浙江大学中国古代文学重点学科基金资助

一真集

孙敏强 等 ◎ 著

浙江大学中国古代文学与文化研究所

孙敏强教授荣休纪念集

ZHEJIANG UNIVERSITY PRESS
浙江大学出版社
·杭州·

图书在版编目（CIP）数据

一真集 / 孙敏强等著. -- 杭州 ： 浙江大学出版社，
2022.9

ISBN 978-7-308-23020-9

Ⅰ．①一… Ⅱ．①孙… Ⅲ．①中国文学－古代文论－
文集 Ⅳ．①I206.2-53

中国版本图书馆CIP数据核字(2022)第164619号

一真集

孙敏强　等著

责任编辑	牟琳琳	
责任校对	吕倩岚	
封面设计	周　灵	
出版发行	浙江大学出版社	
	（杭州市天目山路148号　　邮政编码　310007）	
	（网址：http://www.zjupress.com）	
排　　版	杭州林智广告有限公司	
印　　刷	广东虎彩云印刷有限公司绍兴分公司	
开　　本	710mm×1000mm　1/16	
印　　张	19	
字　　数	300千	
版 印 次	2022年9月第1版　2022年9月第1次印刷	
书　　号	ISBN 978-7-308-23020-9	
定　　价	88.00元	

目　录

薄言采之

嘤其鸣矣

雪泥鸿爪

薄言采之

文学的自觉与人的自觉

——兼谈庄子语言观的思想意义

鲁迅先生在题为《魏晋风度及文章与药及酒之关系》的演讲中提出了有关文学自觉的重要命题，学界在较长时期内曾将注意焦点放在了文学自觉的时段而非内涵上，这是值得探讨和深思的问题。从孔子论诗、庄子言意之辨，一直到鲁迅谈文学的自觉，乃至我们后人对鲁迅先生论断的理解，这本身就体现了文学自觉的漫长过程。文学自觉，是一个正在进行中的过程，一个沉重的话题。

一

鲁迅是在这样的语境中提及文学自觉的：曹丕"也是喜欢文章的。其弟曹植，还有明帝曹叡，都是喜欢文章的。不过到那个时候，于通脱之外，更加上华丽"，"他说诗赋不必寓教训，反对当时那些寓训勉于诗赋的见解，用近代的文学眼光看来，曹丕的一个时代可说是'文学的自觉时代'，或如近代所说是为艺术而艺术（Art for Art's Sake）的一派。所以曹丕著的诗赋很好，更因他以'气'为主，故于华丽以外，加上壮大"①。这显然专指曹丕时代"为艺术而艺术"的文学观念而言，它体现为"喜欢文章"，崇尚"华丽"，反对"寓训勉于诗赋"。

应该指出：当以往学人引用鲁迅"曹丕的一个时代可说是'文学的自觉时代'"这句话时，其实已抽掉了原文的具体语境、内涵和特定指向，而加进了自己的

① 鲁迅：《而已集·魏晋风度及文章与药及酒之关系》，《鲁迅全集》（第三卷），人民文学出版社1981年版，第504页。

理解，把对特定历史阶段的文学现象、文学精神的阐述，当成对整个大文学史做出的一个权威性结论；将有具体内涵的"文学的自觉时代"，视为整部文学史宏观意义上的、全方位的、一过性和不可逆的自觉。事实上，鲁迅先生的演讲娓娓道来，极为平易，并没有将曹丕的时代从整个中国古代文学史中超拔、特列出来，作为唯一的"文学的自觉时代"来看待的意思，其语气也不像是在对整个中国古代文学史下一断语和结论。演讲中提到："汉末魏初这个时代是很重要的时代，在文学方面起一个重大的变化。"① 这是专指文学上的变化，而并非将当时特定意义的文学自觉当作整个中国文学的自觉。这由下文相同语气、句式的话，"这样下去一直到明帝的时候，文章上起了个重大的变化，因为出了一个何晏"②，也可以得到充分的证明。

当然，我们并不否认汉末魏晋文学的历史地位和划时代意义。先秦两汉，如《诗经》、汉乐府、《古诗十九首》中绝大多数篇什都人世难详。建安以后，作品署名现象越来越普遍，无名氏之作则越来越少，因为着意为诗、以求留名的多了，而社会对文学的普遍重视，也使其诗其名较易得到流传，文集的编纂越来越得到重视，作家作品数量几乎代逾一代。与此同时，文论也产生了长足的发展，文学批评成为时人书信往来讨论的重要内容，开始出现文论专篇乃至专著。文人意识和文士气开始凸现。从曹操一辈尚用求实、质直冷峻的文学取向，到曹丕《典论·论文》"诗赋欲丽"、气分清浊的文论观念，陆机《文赋》提出的"诗缘情而绮靡"之说，从"文""笔"之分的重"笔"轻"文"到重"文"轻"笔"，这一切迹象都表明，汉末魏晋文学的确正在发生着重大的变化，中国文学的自觉已经发展到了新的阶段。但我们以为，鲁迅对汉末魏初文学时代的变化及其重要性的强调，并不等于说：曹丕以前就没有过文学的自觉；曹丕以后，文学就一直是自觉的；曹丕等文学家自觉了，那么所有的文学家就都自觉了；诗赋方面自觉了，其他所有的文学种类就都自觉了。在《中国小说的历史的变迁》中，鲁迅先生指出：

---

① 鲁迅：《而已集·魏晋风度及文章与药及酒之关系》，《鲁迅全集》（第三卷），人民文学出版社1981年版，第501页。

② 鲁迅：《而已集·魏晋风度及文章与药及酒之关系》，《鲁迅全集》（第三卷），人民文学出版社1981年版，第506页。

唐人小说少教训；而宋则多教训……宋时理学极盛一时，因之把小说也多理学化了，以为小说非含有教训，便不足道。但文艺之所以为文艺，并不贵在教训，若把小说变成修身教科书，还说什么文艺。①

显然，在鲁迅看来，宋代有些小说家文学自觉的程度还远不如唐人，修身教科书式的教训小说，恐怕不能算作是"自觉"的文学。

我们认为：文学的自觉绝不意味着整个文学领域瞬间的彻悟和自觉，而是表现为一种时隐时现、时起时伏的文学思潮，呈现为一个充满曲折和反复的、有阶段性、有侧重点和有规律性的漫长过程，其实质便是对文学本质和审美特性的自觉追求与把握。文学的自觉没有截然可分的时代界限，也不是可以由某个事件、某项指标来标示来判断的命题，就像文学与非文学较难找到单纯划一的文体标准一样。文学的自觉不仅和文学家"人的自觉"，文学观念的进化，对文学的重视，对文学风格和创作个性的认识、肯定和尊重，对文学的语言、具体文体的特性和特定创作规范的认识等方面有关，而且还与文学家对文学的内部与外部各方面的关系与规律、文学创作与鉴赏的审美活动的特殊性、文学内容与形式诸要素的区分与相互关系认识的深化等联系在一起；文学的自觉也不是一个静止的、单向的、一过性和不可逆的过程，而是一个在多层次、多侧面上不断递延、渐进，并且时有曲折和反复的漫长的动态过程。严格地说，就是时至今日，我们恐怕仍然不能断定，所有的作家作品都已经实现了真正的文学自觉。例如，今人的文学观念也许比庄子进步，但在创作实践上，文学自觉的程度不一定都超过了庄子。我们也许可以说，文学的自觉现在尚在继续。

二

从宏观角度来看，文学诞生之日，便是其开始走向自觉之时。总的来说，中国古代文学的自觉明显经历了三个阶段：一是先秦以庄、屈创制为标志的发轫阶段；二是魏晋以后以文论上的突破为内涵的深化阶段；三是明清以小说戏

---

① 鲁迅：《中国小说的历史变迁》，《鲁迅全集》（第九卷），人民文学出版社1981年版，第319页。

曲及相关理论试图从经史的深厚影响中挣脱出来，实现独立和复归的意向为代表的趋向全面完成的阶段。

清章学诚在其《文史通义》第一篇中开宗明义就指出："《六经》皆史也。""《六经》皆先王之政典也。"①这实际上代表了从先秦以迄清代的儒生、史官和学者贯穿始终、根深蒂固的文史观。由"《六经》皆史"之说，我们可以得到这样的启示：史官文化（换言之，就是一直主导着中国古代文化传统的经史文化、儒学文化、官方文化）对中国古代文艺、史学观念对中国古代文艺观念影响至深至巨。在中国古代目录学经、史、子、集四部分类中，由周朝（乃或周朝以前流传下来的部分）古典诗歌编成的诗集被列为六经之一，子、集中还有许多经、史的内容，可以说，经与史一起，笼罩着子、集，笼罩着中国古代包括诗歌在内的大部分著述，笼罩着中国古代的学说思想。纵观中国古代文学史和文学思想史，我们可以发现一个独特而令人深思的现象：文学本身的客观规律，人们生命中对生活、对自然、对艺术之美的热爱和对情感抒发的强烈要求，使我国古代文学自然而然地生长、发展和繁荣着，而文论却在一开始就从属于经、史之学。例如，早期的诗学与《诗三百》一样，本身就是经学的一部分。孔子论诗，有"可以兴，可以观，可以群，可以怨。迩之事父，远之事君。多识于草木鸟兽之名"之说②，要求诗歌履行政治教化和伦理实践的功能。汉儒解说诗歌，所用的完全是经学的思维模式和解释方式，并时或与作品的实际内涵严重脱节。中国古代的小说观、戏曲观也明显受到史学观念的深刻影响。从这个角度，我们也许可以认为：中国古代诗学发展的历程，就是其从经史之学向诗学本身复归的过程；中国古代小说戏曲理论发展的历程，也就是小说观、戏曲观从历史向小说、戏曲复归的过程。

就是在这样的背景下，战国后期《庄子》与屈原辞赋等文学作品，却已然呈现出非常鲜明的文学自觉意识。一方面，屈原追求完美的社会理想与人生境界的人格精神，与庄子对独立人格和自由精神的弘扬虽有鲜明的差异，但屈原作品中反复出现的"我"，和《庄子》齐万物、等生死的逍遥游境界，都展现着诗人强烈的自我意识、生命意志和生命情感，文学家"人的自觉"正是文学

---

① 章学诚：《文史通义》，中华书局1985年版，第1页。
② 杨伯峻：《论语译注》，中华书局1980年版，第185页。

自觉的基础和前提，也是文学自觉不可或缺的重要元素和精神因子。另一方面，屈原辞赋芬芳高洁、华美感人的文学境界与篇章词句，和《庄子》洋溢着诗人激情与审美精神的寓言，已充分体现了高度自觉的审美意识和文学追求；《庄子》超功利的文艺观、对言意关系的深刻论述，其寓言创作所达到的艺术境界及其审美愉悦，屈原《九章·惜诵》"惜诵以致愍兮，发愤以抒情"说①，都足以说明以庄、屈为代表的先秦诗人对文学艺术特性和审美效应已有相当深刻的体认，产生了相当自觉的文学意识。这是中国文学自觉的很高的起点，值得大书特书。

尤其值得注意的，是老、庄对圣人经典的批判和对语言的认识。实际上，对语言的深刻认识是文学自觉的一个关键性问题。文学是语言的艺术，文学的自觉意识与对语言的认识是密切相关的。从这个角度而言，文学的真正自觉有赖于对语言的深刻认识。

表面上来看，儒家对语言、对文学的重视程度在先秦诸子中是首屈一指的，而老、庄则对圣人经典连同诗乐和语言一起加以彻底的否定，实际上，当儒家通过类似仓颉作书、孔子身世、庖牺氏作八卦、文王演《周易》、河图洛书等神话故事，将八卦符号、语言文字、诗歌音乐神秘化、神圣化，从而赋予语言诗乐、圣人经典以不可思议的神秘魔力和社会重任时，他们已经给文学和诗人们披上了一袭不堪重负的黑袍。而老、庄却正是通过对语言、诗乐和经典的似乎不无偏激的否定，消解了儒家施于诗乐的魔咒，轻轻地为文学艺术揭去了这一领沉重的黑袍。

正如海德格尔在《诗·语言·思》中所说："人是能言说的生命存在。"②语言的发明和运用是人区别于动物的根本标志之一。正是借助语言，人类从远古的荒原走向辉煌的未来，正是以语言为工具，人类构建了自己理性的大厦和灿烂的文明。因此对语言的地位、功能似乎怎样重视都不会过分。但当儒家通过包括引导和灌输对语言的迷信和崇拜在内的手段，确立了圣人经典的独尊地位和话语霸权时，当儒家诗学不适当地夸大诗对现实政治的作用，将扭转乾坤的重任强行赋予诗和诗人，并以此来解析诗作时，他们就已把作为人类工具之一的语言，作为人类思想工具的语言，变成了奴役人和人的思想的沉重的大山，

---

① 屈原：《九章·惜诵》，马茂元：《楚辞选》，人民文学出版社 1998 年版，第 89 页。
② 海德格尔：《诗·语言·思》，彭富春译，文化艺术出版社 1991 年版，第 165 页。

将人的工具、人的思想的工具化为了把人工具化、把人的思想凝固化的可怕实体。可以说，是儒家经学给诗乐、语言和人们本该自由的思想笼罩上了一袭厚重的黑袍，将诗乐、语言由生命和思想存在的家园，变成了存在的牢笼。

正是鉴于这样的背景，我们说，文学自觉的过程从根本性质上讲，就是文学和文学观从作为史官文化代表的儒家经学的束缚中解脱出来的过程，是诗由史复归于诗的过程，也是语言复归于人和人的思想之工具的过程。文学的自觉常常是与对儒家经典和诗学的怀疑和反思联系在一起的。在中国古代思想史上，以老、庄为代表的道家学派对儒家经学的文化主流地位发起了有力的挑战和第一道冲击波，也为文学的自觉和繁荣拉开了帷幕。

《庄子》一书，尽管对儒家诗乐论进行了根本的否定，并提出"擢乱六律，铄绝竽瑟，塞师旷之耳""灭文章，散五采"的极端主张①，但正是他诗化的哲学以其艺术的气质、审美的态度、自由的精神和独特的思维方式，特别契合文学艺术，从而予后代文艺美学以深刻的影响。《庄子·天下》中的自白可以说是文学自觉的宣言：

> 古之道术有在于是者，庄周闻其风而悦之，以谬悠之说，荒唐之言，无端崖之辞，时恣纵而不傥，不以觭见之也。以天下为沈浊，不可与庄语，以卮言为曼衍，以重言为真，以寓言为广，独与天地精神往来，而不傲倪于万物，不谴是非以与世俗处。其书虽瑰玮，而连犿无伤也。其辞虽参差，而諔诡可观。彼其充实，不可以已。②

当庄子承老子之说，提出"知者不言，言者不知"③的命题时，他并不是在否定一切的言语，而是用他的"谬悠""荒唐""无端崖""恣纵而不傥"的"卮言""重言""寓言"来消解对人及人的思想和语言的束缚，来"得意"并抵达"独与天地精神往来"的境界。《庄子·山木》有云："物物而不物于物。"④

① 陈鼓应：《庄子今注今译》，中华书局1988年版，第259页。
② 陈鼓应：《庄子今注今译》，中华书局1988年版，第884页。
③ 陈鼓应：《庄子今注今译》，中华书局1988年版，第558页。
④ 陈鼓应：《庄子今注今译》，中华书局1988年版，第498页。

由庄子之论来看，语言也是一种物，是人和人思想的工具。作为使用语言工具来表达自己思想的主体，人，不能死于章句之下，死于人所创造的语言和由语言所表达的思想。所以《庄子·外物》说："筌者，所以在鱼，得鱼而忘筌；蹄者，所以在兔，得兔而忘蹄；言者，所以在意，得意而忘言。"①

强调语言的意义和作用本身并没有什么错，问题在于，语言与人、语言与思想的关系，是工具与主体、手段与目的的关系，决不能本末倒置。然而，当儒家将用语言制造的经典推上神坛的时候，人和人的思想顿时黯然失色。正是针对这样的现实背景，这样或者潜在或者已经显露的危险，庄子断然对经典进行了激烈的彻底的否定。《庄子·天道》云：

> 桓公读书于堂上，轮扁斫轮于堂下，释锥凿而上，问桓公曰："敢问，公之所读者何言邪？"公曰："圣人之言也。"曰："圣人在乎？"公曰："已死矣。"曰："然则公之所读者，古人之糟粕已夫。"桓公曰："寡人读书，轮人安得议乎！有说则可，无说则死。"轮扁曰："臣也以臣之事观之。斫轮，徐则甘而不固，疾则苦而不入。不徐不疾，得之于手而应于心，口不能言，有数存焉于其间。臣不能以喻臣之子，臣之子亦不能受之于臣。是以行年七十而老斫轮。古之人与其不可传也死矣。然则君之所读者，古人之糟粕已夫！"②

庄子就这样以他无所滞碍的思想和汪洋恣肆的文风，轻轻消解了儒家经典与诗学对语言与诗的威压和重负，他以其"解衣般礴"的自由精神，轻轻脱去儒家给诗披上的厚重的黑袍。正因为如此，我们才更深切地理解，自言"吾文如万斛泉源，不择地而出，在平地滔滔汩汩，虽一日千里无难"③的苏东坡，会由衷地感叹："吾昔有见于中，口不能言，今见《庄子》，得吾心矣。"④ 正是庄子，解除了笼罩于语言和诗的禁忌、威压和重负，使苏东坡找到了自己的言

---

① 陈鼓应：《庄子今注今译》，中华书局1988年版，第725页。
② 陈鼓应：《庄子今注今译》，中华书局1988年版，第357—358页。
③ 苏轼：《自评文》，《苏轼文集》（第五册），中华书局1986年版，第2069页。
④ 苏辙：《东坡先生墓志铭》，《苏轼诗集》（第八册），中华书局1982年版，第2813页。

说方式，我们相信，在这刹那间，对苏东坡而言便是文学的自觉。

三

到了魏晋时代，杰出的青年思想家王弼继承并进一步发展了"得意忘言"之说。他在《周易略例·明象》中指出：

> 言者所以明象，得象而忘言；象者所以存意，得意而忘象。犹蹄者所以在兔，得兔而忘蹄；筌者所以在鱼，得鱼而忘筌也。然则，言者，象之蹄也；象者，意之筌也。是故，存言者，非得象者也；存象者，非得意者也。象生于意而存象焉，则所存者乃非其象也；言生于象而存言焉，则所存者乃非其言也。然则，忘象者，乃得意者也；忘言者，乃得象者也。得意在忘象，得象在忘言。[①]

在这里，王弼不仅和庄子一样强调了人与语言、思想与语言之间主体与工具、目的与手段的关系，而且还更进一层，不无极端地认为，只有忘言才能得象，唯有忘象才能得意。只有忘言忘象，人才能自由地思想和书写。忘言、忘象，这实际上至少在理论层面为文艺以及文艺美学解除了束缚。我国古代文论的大发展，正在这个时期徐徐拉开了帷幕，这绝不是偶然的。

语言的神性和光辉是源于人和人性的，而不是相反。因此，我们有理由追问：如果没有立言者和接受者的思想的光辉，如果没有人的情感、智慧和人性的光辉，语言果真有如此巨大而神奇的魔力吗？换言之，作为语言艺术的文学，果真有如同儒家诗学所渲染的那种全方位的社会作用和神奇的政治功能？

我们的回答是否定的。即如鲁迅先生，深恶痛绝于当时中国看客太多、侠客太少的现实，多次以他犀利无比的文笔刻画国人麻木围观的场面，无情地讽刺和解剖看客心理。这位文学巨匠辞世已六十多年，令人遗憾的是，那种冷漠旁观和"鉴赏"不幸的现象还远未绝迹，那种围观热闹的嗜好依然未减当年。

---

① 王弼：《周易略例·明象》，《王弼集校释》（下册），中华书局1980年版，第609页。

尤其令人感慨的是，鲁迅先生自己还被扭曲、被利用，被现代造神运动推上了神坛，像一颗孤星寂寞地闪耀在没有星光的天空，而他的作品、他的言论和他的思想却改变不了这样的历史命运。由此可见，文学对于社会政治的作用力显然是被儒家诗学过分地夸大了，而历朝历代愈演愈烈的使诗人"避席畏闻"的"文字狱"的制造者们更是显得那样地神经过敏和心虚胆怯。清龚自珍《咏史》有"避席畏闻文字狱，著书都为稻粱谋"之句①，表现了对经过无数次骇人听闻的文字大案后万马齐喑的文化现状的强烈不满和对统治者的愤怒抗议。实际上，让语言复归于语言的家园，让诗复归于诗的土地，让思想复归于自由的空间，语言和思想才有鲜活的生命和灵魂，诗才能真正地自觉，人也才是真正自觉的人。

民族语言中蕴含着深厚丰富的现实感与历史文化心理积淀，因此，它是厚实的、凝重的，但它同时也应该是鲜活的、飞动的。作为语言的艺术，诗的灵魂应当寄寓于现实的土地，但是同时，诗也应当展开她自由、轻盈的翅膀，高高地飞翔到天上。因此，我们能够更深地理解，为什么曾经将文学当作匕首和投枪，一生都在战斗的鲁迅，却要从文学家的立场和角度出发，赞许曹丕"诗赋不必寓教训"的文学观，欣赏"为艺术而艺术"的文学。鲁迅当然不认为存在纯粹的"为艺术的艺术"，他指出："那诗文完全超于政治的所谓'田园诗人'，'山林诗人'，是没有的。完全超出于人间世的，也是没有的。既然是超出于世，则当然连诗文也没有。诗文也是人事，既有诗，就可以知道于世事未能忘情。"②他显然认为，文学应该是为人生的文学，却决不应该是修身教科书。

值得注意的是，鲁迅先生称为"文学的自觉时代"的建安时期，正是儒家经学随着汉家皇权的崩溃而衰弱，其在学术文化中的主流地位受到挑战和冲击的时期。尽管这种挑战和冲击比起庄子来显得温和得多，也不足以从根本上撼动儒家的地位和根基，但是当时酝酿和兴起的魏晋玄学，继承了老庄学说之余绪，其有关"言""意"关系的论辩和讨论，直接启发和影响了陆机、刘勰、钟嵘等文论家关于"物""文"关系和"言有尽而意无穷"的命题的思考，启发和影响了南朝文士对文学创作规律和言语形式的研究和探讨，为迎接盛唐诗歌繁

① 龚自珍：《咏史》，《龚自珍全集》（第九辑），上海人民出版社1975年版，第471页。
② 鲁迅：《而已集·魏晋风度及文章与药及酒之关系》，《鲁迅全集》（第三卷），人民文学出版社1981年版，第516页。

荣时代的到来做好了充分的准备，这是一个文学自觉的时代。

在中国古代文学史上，有文学自觉的时代，也或有不那么自觉的时代；同一时代中，有自觉的诗人，也或有不那么自觉的诗人；同一位诗人，有文学自觉的时候，也有不那么自觉的时候。当宋代科学家、文学家沈括于《江州揽秀亭记》中写下"南山千丈瀑布，西江万顷明月"的时候，他是位自觉的诗人，而当他在《梦溪笔谈》中一时手痒，对杜甫《古柏行》中"霜皮溜雨四十围，黛色参天二千尺"一联加以计算，认为其比例严重失调，而有"无乃太细长乎"之讥的那一刻，他恐怕就不能说是自觉的诗人。诗（文学）与政治、哲学、道德、宗教乃至科学自有其或疏或密的关系，但诗有诗的特性和原则，当人们以政治或是其他的原理或原则强加于诗，或取代诗的原则时，诗便不成其为诗，也谈不上文学的自觉了。

如果说，儒家诗学赋予古代诗人以对现实人生深沉的关怀意识，那么，庄子那自由的想象、鲜活的思想和以审美的态度观照一切的精神，则常常给予诗人以精神的滋养，启迪他们去发现和感悟宇宙自然、现实人生中的美。如果说，儒家诗学将诗和语言视为具有神秘魔力和强大社会功能的工具实体，那么，庄子语言观则试图解脱其束缚，使之恢复本来的面目。如果说，中国古代文艺思想史是一曲雄浑、悠长的乐章，那么，老庄哲学便像那一再复现的空灵、自由、飞动的乐思，伴随着儒家学说那厚实、凝重、庄严的主旋律。要是没有后者，这一乐章也许会失去其浑厚；而要是没有前者，这一乐章便会失去其悠扬。在中国古代诗学史上，是儒家学说确立了诗学体系的基础和框架，而道家学说则赋予诗学以灵性，促进了语言和文学的自觉，直至西学与新知的输入所引发的诗学重新整合和大裂变时代的到来。

原载《中国人民大学学报（哲学社会科学版）》2003年第5期

试论庄子对文学想象论的贡献

作为先秦诸子中最具诗人气质和叙事天才的思想家，庄子对中国古代美学与叙事理论多有建树。《庄子》寓言及其理念在中国小说史和小说理论史上也理当占有重要一页。庄子对文学想象论的贡献在理论和实践方面都有突出体现，前者主要为虚静之说，后者则为其撰述《庄子》中运用的寓言式思维与叙事性想象。对于前者，以陆机与刘勰为代表的论家予以充分重视、接受和阐发，至于后者，似乎在相当长时期内没有得到足够的重视。

一、陶钧文思，贵在虚静——艺术想象论之渊源

刘勰《文心雕龙·神思》开篇以一段引言揭示艺术想象的基本特征："古人云：形在江海之上，心存魏阙之下。神思之谓也。"[①]此语出于《庄子·让王》："中山公子牟谓瞻子曰：'身在江海之上，心居乎魏阙之下，奈何？'"[②]原意指身在草野而心系庙堂，本无涉于想象之论，刘勰却以此引出神思主旨，是因为庄子在此虽非专论神思，而其论却每每自然涵盖和涉及艺术想象论。庄子一方面对人心与思维想象不受控制羁勒的特征有深刻揭示，同时又对人作为主体谋求和臻于思维想象最高境界的状态、方法和途径等进行了多方面探讨。

《庄子·在宥》有云："女慎无撄人心。人心排下而进上，上下囚杀。淖约柔乎刚彊。廉刿雕琢，其热焦火，其寒凝冰。其疾俯仰之间，而再抚四海之外，

---

① 刘勰撰、范文澜注：《文心雕龙注》上册，人民文学出版社 1958 年版，第 493 页。
② 郭庆藩：《庄子集释》，中华书局 1961 年点校本，第 979 页。

其居也渊而静，其动也县而天。愤骄而不可系者，其唯人心乎？"①（此亦陆机《文赋》"抚四海于一瞬"句意所本。）正是庄子，较早揭示了人心及其思维想象难以羁勒与控制，不受时空、虚实与身观所限的特征。对庄子之语的引用，反映了刘勰想象论与庄子学说颇有渊源。

在纵论思理之致及其关键后，刘勰强调："是以陶钧文思，贵在虚静，疏瀹五藏，澡雪精神，积学以储宝，酌理以富才，研阅以穷照，驯致以怿辞。然后使玄解之宰，寻声律而定墨；独照之匠，窥意象而运斤：此盖驭文之首术，谋篇之大端。"②"疏瀹五藏，澡雪精神"，语出《庄子·知北游》："汝斋戒，疏瀹而心，澡雪而精神。"③运斤，则典出《徐无鬼》。

对思维想象不受控勒之特征的揭示，与强调澡雪精神，都涉及对想象（包括艺术想象）特征、状态与条件的理解，似相反而实相成。由人心之驰骛不羁，而着眼于精神的内省、清虚与澄明。在庄子看来，唯全神贯注，凝心静气，汰除一切尘思俗虑和冗余信息，方能以虚静澄明的心境，感悟自然，观照我生，与宇宙大道默然相契。故《在宥》又谓："君子苟能无解其五藏，无擢其聪明；尸居而龙见，渊默而雷声，神动而天随，从容无为而万物炊累焉。吾又何暇治天下哉！"④其"心斋""坐忘"说有云："若一志，无听之以耳而听之以心，无听之以心而听之以气！听止于耳，心止于符。气也者，虚而待物者也。唯道集虚，虚者，心斋也。"⑤"堕肢体，黜聪明，离形去知，同于大通，此谓坐忘。"⑥所述修身养性、体悟大道的精神境界与方式，十分契合艺术构思与想象的原理，这成为后世艺术想象论的重要思想资源。

陆机充分认识到上述境界对诗人观照想象的重要性，其论想象之始谓："收视反听，耽思傍讯，精骛八极，心游万仞。"⑦即可视为对"心斋""坐忘"及《在宥》《天运》两次涉论的"尸居而龙见"说的诠解。"收视反听"是"心斋"，"坐忘"，是"尸居"；"耽思傍讯"是"龙见"，是想象的极致境界；惟"收视反听"，

① 郭庆藩：《庄子集释》，中华书局1961年点校本，第371页。
② 刘勰撰、范文澜注：《文心雕龙注》上册，人民文学出版社1958年版，第493页。
③ 郭庆藩：《庄子集释》，中华书局1961年点校本，第741页。
④ 郭庆藩：《庄子集释》，中华书局1961年点校本，第369页。
⑤ 郭庆藩：《庄子集释》，中华书局1961年点校本，第147页。
⑥ 郭庆藩：《庄子集释》，中华书局1961年点校本，第284页。
⑦ 陆机：《文赋》，萧统编、李善注：《文选》，中华书局1977年版，第240页。

方能"耽思傍讯",而臻于"精骛八极,心游万仞"的"龙见"之致。有见于此,刘勰总论《神思》而外,特撰《养气》《物色》两篇,专论想象所需精神境界、心灵状态,和对自然物象的观照,详明深入地阐发了前人所论。

当然,"虚静"说非庄子独创,就道家学派而言,此说源于老子①,体现着古代哲人观照世界的共同的生命哲学和智慧。如《周易》《黄帝内经》等经典,《管》《列》《韩》《荀》直至《淮南子》等子书,都各有其虚静之说。《管子·内业》论治国治心而涉于养生之道,所论与《黄帝内经》相通②。《韩非子·主道》所论重在君人之术,为主之道③。荀子"虚壹而静"说则重在君子之认知和成就君子的精神人格④。刘勰神思、养气诸论自然传承了先秦儒家的思想主张,而庄子之说作为思想渊源,在刘勰《文心》中得到继承和发扬,也是显而易见的。

刘勰《养气》赞语云:"水停以鉴,火静而朗。"⑤前句出《庄子·德充符》:"人莫鉴于流水而鉴于止水。唯止能止众止。"⑥成玄英疏:"止水所以留鉴者,为其澄清故也。"⑦《庄子》文中,言水为多,如《天道》:"万物无足以铙心者,故静也。水静则明烛须眉,平中准,大匠取法焉。水静犹明,而况精神!……夫虚静恬淡寂漠无为者,天地之平而道德之至,故帝王圣人休焉。休则虚,虚则实,实则伦矣。虚则静,静则动,动则得矣。"⑧《刻意》:"水之性,不杂则清,莫动则平;郁闭而不流,亦不能清;天德之象也。故曰,纯粹而不杂,静一而不变,惔而无为,动而以天行,此养神之道也。"⑨此亦为刘勰《养气篇》所本。

---

① 《老子》第十六章有云:"致虚极,守静笃。万物并作,吾以观复。夫物芸芸,各复归其根。归根曰静,是谓复命;复命曰常,知常曰明。"

② 《管子·内业》:"凡人之生也,必以其欢。忧则失纪,怒则失端。忧悲喜怒,道乃无处。爱欲静之,遇乱正之,勿引勿推,福将自归。彼道自来,可藉与谋。静则得之,躁则失之。灵气在心,一来一逝,其细无内,其大无外,所以失之,以躁为害。心能执静,道将自定。得道之人,理丞而屯泄。胸中无败。节欲之道,万物不害。"

③ 《韩非子·主道》:"道者,万物之始,是非之纪也。是以明君守始以知万物之源,治纪以知善败之端。故虚静以待令,令名自命也,令事自定也。虚则知实之情,静则知动之正。"

④ 《荀子·解蔽》:"心何以知?曰:虚壹而静。心未尝不臧也,然而有所谓虚;心未尝不满也,然而有所谓一;心未尝不动也,然而有所谓静。……虚壹而静,谓之大清明。万物莫形而不见,莫见而不论,莫论而失位。坐于室而见四海,处于今而论久远,疏观万物而知其情,参稽治乱而通其度,经纬天地而材官万物,制割大理而宇宙里矣。恢恢广广,孰知其极!睾睾广广,孰知其德!涫涫纷纷,孰知其形!明参日月,大满八极,夫是之谓大人。夫恶有蔽矣哉!"

⑤ 刘勰撰、范文澜注:《文心雕龙注》上册,人民文学出版社 1958 年版,第 493 页。

⑥ 郭庆藩:《庄子集释》,中华书局 1961 年点校本,第 193 页。

⑦ 郭庆藩:《庄子集释》,中华书局 1961 年点校本,第 194 页。

⑧ 郭庆藩:《庄子集释》,中华书局 1961 年点校本,第 457 页。

⑨ 郭庆藩:《庄子集释》,中华书局 1961 年点校本,第 544 页。

刘勰《养气》赞语亦可谓是对庄子"尸居龙见""心斋""坐忘"诸说的注解。水停火静，通于庄子所谓"尸居""心斋""坐忘"，而"鉴"与"朗"，便是"龙见"。惟水停，方能鉴照大千，惟火静，才可充分燃烧，光焰近乎透明。水停火静，而以"鉴"以"朗"，即是"心斋"。虚以待物，容纳万有。雕龙之文心，理当如此。《人间世》有云："瞻彼阕者，虚室生白，吉祥止止。"[1] 在"汝斋戒，疏瀹而心，澡雪而精神"之后，一方面是所谓收视反听，即"听止于耳，心止于符"，"堕肢体，黜聪明，离形去知"；另一方面，则是虚而待物后心与天通的最高境界，是我心的透亮光明，是我思的无所挂碍。《大宗师》称之为："同于大通。""心斋""坐忘"之后，我心已向宇宙天地打开："其来无迹，其往无崖，无门无房，四达之皇皇也。"[2] 虚室生白，此心如明窗净几，满心满室光明彻照。以此心观照想象，则由"儵鱼出游从容"，可以知"鱼之乐"[3]。"旧国旧都，望之畅然；虽使丘陵草木之缗，入之者十九，犹之畅然。"[4] "心斋"，可以虚而待物，容纳万有；"坐忘""尸居"而可"龙见"。如《神思》所谓："神思方运，万涂竞萌，规矩虚位，刻镂无形。登山则情满于山，观海则意溢于海，我才之多少，将与风云而并驱矣。"[5]《庄子》一书中类此表述随处可见，不胜枚举。如《知北游》："若正汝形，一汝视，天和将至；摄汝知，一汝度，神将来舍。德将为汝美，道将为汝居，汝瞳焉如新生之犊而无求其故！"[6] 唯有滤尽尘嚣，摆落名缰利锁，以寂寞恬淡、清虚澄明的心境和逍遥于大化之中的精神状态，方能体道而履真，臻于"天和将至""神将来舍"的境界。《齐物论》谓："南郭子綦隐机而坐，仰天而嘘，答焉似丧其耦。颜成子游立侍乎前，曰：'何居乎？形固可使如槁木，而心固可使如死灰乎？今之隐机者，非昔之隐机者也。'"[7]《天运》借子贡之口谓老聃："然则人固有尸居而龙见，雷声而渊默，发动如天地者乎？"[8]《达生》载纪渻子为王养斗鸡，数十日而至最高境界："鸡

---

[1] 郭庆藩：《庄子集释》，中华书局 1961 年点校本，第 150 页。

[2] 郭庆藩：《庄子集释》，中华书局 1961 年点校本，第 741 页。

[3] 郭庆藩：《庄子集释》，中华书局 1961 年点校本，第 606 页。

[4] 郭庆藩：《庄子集释》，中华书局 1961 年点校本，第 883 页。

[5] 刘勰撰、范文澜注：《文心雕龙注》上册，人民文学出版社 1958 年版，第 493—494 页。

[6] 郭庆藩：《庄子集释》，中华书局 1961 年点校本，第 737 页。

[7] 郭庆藩：《庄子集释》，中华书局 1961 年点校本，第 43 页。

[8] 郭庆藩：《庄子集释》，中华书局 1961 年点校本，第 525 页。

虽有鸣者，已无变矣，望之似木鸡矣，其德全矣，异鸡无敢应者，反走矣。"①
都是指喻心灵既向内收视反听，又向外完全打开，神情彻朗，心天合一，同于
大通的最高境界。刘勰论想象而多引庄子之语，就是深刻认识到，唯有虚静的
心境，才能"神与象通"，达到艺术想象构思与创作的最佳境界。庄子上述思想，
在陆机尤其是刘勰的文论中得到了传承与发展。

二、言意对应，立象尽意
——庄子言意论对后人想象论的启迪与导向

先秦哲人极其重视言意关系，对此各有所述。尤其是儒道两家所论，呈现
对立互补的格局。孔子有"辞达""正名"之说，对语言的表达功能予以充分
肯定，道家则对语言的表意功能深表怀疑与否定。《庄子·秋水》："可以言
论者，物之粗也；可以意致者，物之精也。言之所不能论，意之所不能察致者，
不期精粗焉。"②《天道》谓："世之所贵道者书也，书不过语，语有贵也。语
之所贵者意也，意有所随。意之所随者，不可以言传也，而世因贵言传书。世
虽贵之，我犹不足贵也，为其贵非其贵也。故视而可见者，形与色也；听而可
闻者，名与声也。悲夫，世人以形色名声为足以得彼之情！夫形色名声果不足
以得彼之情，则知者不言，言者不知，而世岂识之哉！"③《外物》则指出："荃
者所以在鱼，得鱼而忘荃；蹄者所以在兔，得兔而忘蹄；言者所以在意，得意
而忘言。"④对辞能否达，正名有无意义表示深刻怀疑。当然，道家虽表面上否
定语言及其表达功能，但依然不得不以语言言道，其对语言的重视度绝不亚于
儒家（老子五千精妙，庄子寓言诗意与精准的表述都足以说明其斟酌锤炼语言
的精心程度）。孔子强调"辞达"，老庄认为辞不能达，其实都涉及同一问题
的两个方面：言能尽其所能尽之意，不能尽其所不能尽之意。孔子与儒家，更
多着眼于前者，但并不无视后者；而老庄在以言言道的同时更多地强调后者。

---

① 郭庆藩：《庄子集释》，中华书局 1961 年点校本，第 655 页。
② 郭庆藩：《庄子集释》，中华书局 1961 年点校本，第 572 页。
③ 郭庆藩：《庄子集释》，中华书局 1961 年点校本，第 488—489 页。
④ 郭庆藩：《庄子集释》，中华书局 1961 年点校本，第 944 页。

儒道都运用着语言去尽其所欲尽之意，也同样体认着言不能尽其所不能尽之意的困惑，只是在具体论述中两家各有侧重罢了。

面对言不尽意的困境，儒道各自提出了解决方案。《易·系辞上》曰："子曰，书不尽言，言不尽意……圣人立象以尽意，设卦以尽情伪，系辞焉以尽其言。"① 显然，《易》和孔子之说代表的是意象与意象式思维。而庄子学派则提出另一方案。《寓言》云："寓言十九，重言十七，卮言日出，和以天倪。"②《天下》谓："古之道术有在于是者。庄周闻其风而悦之，以谬悠之说，荒唐之言，无端崖之辞，时恣纵而不傥，不以觭见之也。以天下为沈浊，不可与庄语，以卮言为曼衍，以重言为真，以寓言为广。独与天地精神往来而不傲倪于万物，不谴是非，以与世俗处。其书虽瑰玮而连犿无双也。其辞虽参差而諔诡可观。"③ 庄子所谓寓言，当指自拟虚构，用以寄寓和表达特定思理的人与事。以上所述具体表述了其寓言和寓言式思维。两种解决方案各有其特性与取向，《易》和孔子之说代表的意象与意象式思维，似更切合抒情文学与抒情性想象，而庄所述寓言和寓言式思维，似更适合叙事文学与叙事性想象。

魏晋时期的言意之辨，承继了先秦哲人关于言意关系的思考而有所发展。这种发展具体体现在陆、刘等论家所着力阐释的文学想象论中。言意之辨争议的焦点集中在言尽意言不尽意，自有其建构与解构的哲学思想上的意义，而其文论意义则在于启发诗人论者探讨如何通过语言之所能尽尽其所不能尽。纵观魏晋南朝文论尤其是文学想象论，我们不难发现：

第一，受先秦哲人关于言意关系的论述和时人玄学言意之辨的影响，陆、刘等文论家们倡论创作与想象，总是以言意及其关系为经纬与焦点。在继承《易》书不尽言、言不尽意之说的同时，更多吸取了庄子的论断。言意的二极对应，构成其想象论的基本框架或理论重心。

《文赋》有"恒患意不称物，文不逮意"之说，如果说"意不称物"属观照事物的认识论（意）范围，而观照表达都离不开语言的定义与指述功能，那么作为陆机创作论总纲，物—意—文三者的理论重心自然落到言意关系上。一

---

① 王弼注、孔颖达疏：《周易正义》卷七《系辞上》，《十三经注疏》上册，上海古籍出版社1997年版，第82页。

② 郭庆藩：《庄子集释》，中华书局1961年点校本，第947页。

③ 郭庆藩：《庄子集释》，中华书局1961年点校本，第1098—1099页。

则曰："放言遣辞，良多变矣。"再则曰："随手之变，良难以辞逮。"①让我们联想《庄子·天道》轮扁之语斫轮："徐则甘而不固，疾则苦而不入。不徐不疾，得之于手而应于心，口不能言，有数存焉于其间。"而其为数，"臣不能以喻臣之子，臣之子亦不能喻之于臣"②。外在事物千差万别，瞬息万变，内心感悟与思维过程也微妙复杂，难以言喻。书写创作之欣悦与苦恼，大半与语言表达息息相关。难怪刘勰《文心·神思》深切感慨："若情数诡杂，体变迁贸。拙辞或孕于巧义，庸事或萌于新意；视布于麻，虽云未费，杼轴献功，焕然乃珍。至于思表纤旨，文外曲致，言所不追，笔固知止。至精而后阐其妙，至变而后通其数，伊挚不能言鼎，轮扁不能语斤，其微矣乎！"③引用的正是庄子轮扁的寓言。无独有偶，陆机也在类似论述中引此寓言："若夫丰约之裁，俯仰之形，因宜适变，曲有微情。……是盖轮扁所不得言，故亦非华说之所能精。"④

《文赋》全篇常言意对文相提并论，在其创作论重心的想象论中，言也始终作为重要元素被不断提到。在陆氏对文学想象与表达全过程的理论观照与阐释中，思意与语言成为二极对应的重心与焦点，而言则为落脚点。值得注意的是，陆机论灵感状态谓："方天机之骏利，夫何纷而不理？思风发于胸臆，言泉流于唇齿；纷葳蕤以馺遝，唯豪素之所拟；文徽徽以溢目，音泠泠而盈耳。"⑤贯彻与体现了同样的思致。这也体现在刘勰想象论中，其论思理之妙，而与辞令同举："故思理为妙，神与物游。神居胸臆，而志气统其关键；物沿耳目，而辞令管其枢机。枢机方通，则物无隐貌；关键将塞，则神有遁心。""方其搦翰，气倍辞前，暨乎篇成，半折心始。何则？意翻空而易奇，言徵实而难巧也。是以意授于思，言授于意，密则无际，疏则千里。"⑥可见言意二极对应，构成陆、刘想象论的基本框架或理论重心。

第二，庄子言意论对后人文学想象论也有导向性影响。魏晋玄学中言不尽意论者对语言尽意功能的怀疑，和与之相联系的对以语言建构起来的儒家经学

---

① 陆机：《文赋》，萧统编、李善注：《文选》，中华书局 1977 年版，第 239—240 页。

② 郭庆藩：《庄子集释》，中华书局 1961 年点校本，第 491 页。

③ 刘勰撰、范文澜注：《文心雕龙注》上册，人民文学出版社 1958 年版，第 495 页。

④ 陆机：《文赋》，萧统编、李善注：《文选》，中华书局 1977 年版，第 242—243 页。

⑤ 陆机：《文赋》，萧统编、李善注：《文选》，中华书局 1977 年版，第 243 页。

⑥ 刘勰撰、范文澜注：《文心雕龙注》上册，人民文学出版社 1958 年版，第 493—494 页。

大厦的隐约而深切的怀疑，其理论思致，得之于老庄为多。而作为言意之辨的文论成果，时人解决言不尽意困境的方案与路径，则以意象与意象式思维理论为主。所论重心也在抒情性文学与抒情性想象。

如王弼所论，兼综儒道并偏于意象与意象式思维。《周易略例·明象》："夫象者，出意者也；言者，明象者也。尽意莫若象，尽象莫若言。言生于象，故可以寻言以观象；象生于意，故可以寻象以观意。意以象尽，象以言著。故言者所以明象，得象而忘言；象者所以存意，得意而忘象。犹蹄者所以在兔，得兔而忘蹄；筌者所以在鱼，得鱼而忘筌也。……然则，忘象者，乃得意者也；忘言者，乃得象者也。得意在忘象，得象在忘言。故立象以尽意，而象可忘也；重画以尽情伪，而画可忘也。"[①] 蹄、筌一节，与《庄子·外物》同，而立象以尽意说，则本《易·系辞传》所引孔子之语。其所论重心在意象与意象式思维。此可另文详论，兹不赘述。陆、刘等论家所述基本循此理路，重在意象与意象式思维。其想象论重心在抒情文学与抒情性想象，而意象与意象式思维尤其切合抒情文学与抒情性想象。

中国人以意象来说话，也将意象作为形象思维的基本单元和要素。我们的汉字本身就是意象型文字。整部《易经》，都以象来说话。"立象以尽意"是儒家圣贤著述经典的基本方法。五经之中，《礼》所载礼仪规范、过程环节和特殊细节，《书》与《春秋》中圣王先贤的言行事迹等，多为事象，和《诗》中意象，《易》中卦象一样，被视为关乎天地人伦，可由此举一反三、见微知著和鉴古知今的象征和标示性符号，也就是象。孔子述论往往体现着意象式思维的特点，其"兴观群怨"与"多识于鸟兽草木之名"说，亦关乎意象。广义地看，象不仅是儒家构建经学大厦的重要基石和基本元素，而且也成为老、庄等诸子消解经学的武器和手段。庄子寓言中的鲲鹏、蝴蝶、象罔、玄珠等，也是意象，是其阐述大道、消解儒经的手段和符号。由此可见，以象尽意，是先秦经学与诸子著书立说的基本手段，它也成为笼罩中国古代学术与艺术、经学与非经学、文学与非文学的抒情、叙事和论说的传统手段。不仅深远影响中国古代的骚人墨客的创制，也影响到民间创作和生活习俗。

---

① 王弼著、邢璹注、陆德明音义：《周易略例》，《钦定四库全书》经部，易类。

《文赋》开篇道："遵四时以叹逝，瞻万物而思纷。悲落叶于劲秋，喜柔条于芳春。"① 赋中所述，意象满目，其思致所体现的，正是意象式思维。钟嵘《诗品》开篇及"春风春鸟，秋月秋蝉，夏云暑雨，冬月祁寒……"一节，通篇体现着意象式思维。刘勰《文心·物色》篇，可谓意象专论。他对文学想象构思有深刻认识，对意象理论的发展也作出了重要贡献。他不仅将玄学热点命题中的"意"与"象"融合而成"意象"一词（此前《文赋》"情瞳昽而弥鲜，物昭晰而互进"一语，实已将人们所欲立、欲忘之物"象"，与其所欲尽、欲得之情"意"紧密联系，视为构思想象的核心内容，但别创意象新词者，为刘勰），而且还将艺术意象及其营构与呈现视为核心理念和优先课题②。考虑到《神思》篇为全书理论重心创作论与下部之首，则驭文首术、谋篇大端的提法更凸显出意象在作者理论建构中的重要性与特殊性。虽然篇中所说"意象"，明显是指尚未形诸作品的作者头脑中的艺术表象，与后人所说的意象尚有距离，但刘勰是在详论"神思"活动及所需基础条件后提到"意象"的："然后""使玄解之宰，寻声律而定墨；独照之匠，窥意象而运斤"③。可知，作为"神与物游"的结果，"意象"业已成熟而呼之欲出，只是如何完美呈现的问题了。因此刘勰所谓的"意象"尽管不能完全等同于现在所说的"意象"，但实已本质相通，具有后人意象概念的基本属性。提炼出"意象"这一专门术语，是刘勰对传统"意象"论作出的重要贡献。其想象论聚焦于意象的酝酿和发生，提出了系统性的真知灼见，有其特有的审美意义和价值。

三、不语怪、力、乱、神
——被忽视的寓言式思维与叙事性想象

但刘勰想象论或不无偏缺，这主要体现在他囿于传统理念而对叙事性想象虚构的轻忽。我们在《神思》篇中难觅其关注寓言思维和叙事想象的迹象，却在《辨骚》《诸子》诸篇中看到他将叙事性虚构斥为"夸诞""踳驳"。

---

① 陆机：《文赋》，萧统编、李善注：《文选》，中华书局1977年版，第240页。
② 《神思》："使玄解之宰，寻声律而定墨；独照之匠，窥意象而运斤。此盖驭文之首术，谋篇之大端。"
③ 刘勰撰、范文澜注：《文心雕龙注》上册，人民文学出版社1958年版，第493页。

先秦诸子常借寓言立说，其叙事性为后世叙事艺术的重要渊源，而成就最为突出的代表是庄子。其为文，常以汪洋恣肆、思落天外的寓言，影写讽味世事。他以异于儒家诗学和史学传统的创作理念和极富艺术精神的文学实践，对中国古代小说的发展作出了特殊贡献。庄子常以子虚乌有的情节加诸圣贤名下，如楚狂接舆的一曲狂歌，"儒以诗礼发冢"的寓言故事等，都极尽嘲讽揶揄之能事。他不仅在庖丁解牛中赏会乐曲的旋律和舞蹈的姿式，而且将鲜血淋漓的屠宰与尧舜圣君的庙堂乐舞相提并论，于挥洒谈笑中消解圣贤经典，将崇高庄严的政治历史化作一场闹剧。在庄子鲜活飞动、层出不穷的寓言和诙谐幽默、无所滞碍的言说中，历史人物被戏说嘲讽，被漫画化与文学化，而始终洋溢着的是艺术的精神、自由的思想和诗人的激情。正是凭着这样的审美精神，庄子尝试和实现着诗对经与史的反叛和突围。

庄子寓言的成功实践，不仅充分显示作者非凡的艺术想象力，也反映出对情节构成性想象的高度重视和自觉的艺术虚构意识。而情节构成性想象和虚构正是小说艺术的基本要素之一，是小说区别于诗与史的关键性因素。由此而言，庄子寓言体现着自觉的虚构意识，其叙事大多呈现为艺术性的结构框架，奇思异想而情节连贯。如《外物》篇："任公子为大钩巨缁，五十犗以为饵，蹲乎会稽，投竿东海，旦旦而钓，期年不得鱼。已而大鱼食之，牵巨钩，錎没而下，骛扬而奋鬐，白波若山，海水震荡，声侔鬼神，惮赫千里。任公子得若鱼，离而腊之，自制河以东，苍梧已北，莫不厌若鱼者。"[①] 又如鲲鹏之怒而飞与"庖丁解牛"等，也多以想象性的虚构叙事来表达哲学认识。这里，庄子寓言有别于远古创世神话的是，神话作者或许并不认为其所述虚妄荒诞，而庄子却明显是有意识地虚构，有自觉的情节想象和虚构意识。虽然这种想象虚构与后世小说相比还未充分展开，但毕竟有不可忽视的开创性意义。不仅启迪后人的艺术思维与小说创作，其故事本身也成为后代传奇小说构思和取材的渊薮。对小说艺术的自觉、独立和发展也产生了深远的影响。

如前所述，刘勰神思论凸显的是意象式思维，而庄子寓言则是寓言式思维实践的产物。寓言中可包含诸多意象，且本身也可说是一种广义的意象，同样，

---

① 郭庆藩：《庄子集释》，中华书局 1961 年点校本，第 925 页。

庄子的寓言式思维也通于意象式思维。但具体而言，寓言不等于意象，寓言式思维也不同于意象思维。因为意象和意象式思维更切合抒情诗，而寓言更多地具有叙事性成分和小说的属性。诗人通过意象组合营构意境，来抒写其主观情感和生命生活体验，而寓言叙事则通过描绘人物及其动作、冲突过程来展现社会人生。意象式思维更契合抒情文学与抒情性想象，而寓言式思维则更契合于叙事文学与叙事性想象。这是庄子寓言与《诗经》中的意象和诗人比兴手法之间的差异所在。

艺术想象是催生作品的重要环节。文学的构思想象既有总的特征和规律，又随体制样式的差异，呈现不同的具体形态。同样是构思想象，抒情者与叙事者在创作中会有不同的侧重和具体微妙的差异。如在诗中表现为抒情性想象（即意境构成性想象，主要着眼于情景关系，通过情景、意象的想象营构，创造艺术意境，传抒生命情感）；而在小说中则为叙事性想象（即情节构成性想象，主要着眼于人物事件的逻辑关系，通过人物形象和生活情节、细节的想象描画，书写社会生活和对生活的印象）。这里所谓情节构成性想象，是指作家在叙事创作中运用的既不同于严格写实的史学原则，又不同于诗歌抒情写意传统的，按照社会生活与人物性格发展的必然逻辑进行的虚构和想象。如果说意境构成性想象应和着诗人心灵的律动，更多地遵循抒情逻辑；那么情节构成性想象则对应现实与幻想中的人和事，更多地遵循叙事原则。

一般而言，在抒情诗文的创作中，诗人更多地运用抒情性想象和意象式思维，而在叙事性创作中，作家则更多地运用叙事性想象（情节构成性想象）和寓言式思维。

在先秦两汉以降深具儒家"诗言志"和历史写实传统影响的艺术想象论中，占主导地位的是对想象总体特征的阐述和偏于抒情诗创作的抒情性想象与意象式思维的论述内容，对叙事文学创作中的情节构成性想象虚构及其文学理念常较忽视，甚至更多地予以否定性评价。

范文澜先生说："汉族传统的文化是史官文化。"[①] 史学传统、史传体制和史官文化理念对中国古代叙事文学的影响至深至巨。先秦以来，"不语怪、力、

---

① 范文澜：《中国通史简编》（修订本第二编），人民出版社1949年版，第255页。

乱、神"①成为一种传统。在孔子对文化遗存的整理和阐释中，先民富于文学色彩、想象奇特的神话故事，经现实理性的曲解和历史主义的解说，被改造成了一段段历史②。这体现了对神话叙事中的荒诞性虚构的漠视或不理解。在相当长时期内，人们总是以史官文化的视野和角度看待叙事文学。受此影响，汉代一些论家（如扬雄）对文学创作中的想象虚构给予了较严苛的批评。这在汉儒对《楚辞》与汉赋的评判中也有所体现。即使是对文学有深刻见解的司马迁，也因历史观念影响而在《司马相如传》中对其创作提出了批评："无是公言天子上林广大，山谷水泉万物，及子虚言楚云梦所有甚众，侈靡过其实，且非义理所尚。"③"相如虽多虚辞滥说，然其要归引之节俭，此与《诗》之风谏何异？"④其对《庄子·逍遥游》中"尧让天下于许由"故事的怀疑，也是基于政治逻辑和历史真实性的要求，这反映了史官文化对太史公的深刻影响。司马迁作为伟大的历史学家，对我国古代叙事文学的发展无疑有积极贡献和深远影响，但他的批评也较典型地体现了汉代人对艺术想象虚构的看法（如扬、班等人对辞赋的批评更为峻切）。

　　刘勰文论思想也体现此种倾向。一方面，他对文学想象有深刻认识，对意象理论作出了重要贡献。另一方面，他也在很大程度上继承了上述轻忽虚构叙事的传统理念。《辨骚》篇把屈原富于神话色彩的想象虚构视为"夸诞"："至于托云龙，说迂怪，丰隆求宓妃，鸩鸟媒娀女，诡异之辞也；康回倾地，夷羿弹日，木夫九首，土伯三目，谲怪之谈也。"⑤《诸子》篇激赏庄周"述道以翱翔"，却直接无视庄子的寓言风格和散文成就，对《天下》篇所述的庄子文风、文学理念和寓言想象更无一语涉及，他赞赏的叙事范型是："孟荀所述，理懿而辞雅；管、晏属篇，事核而言练……"⑥而"若乃汤之问棘，云蚊睫有雷霆之声；惠施对梁王，云蜗角有伏尸之战；《列子》有移山跨海之谈，《淮南》有倾天折地之说"

① 《论语·述而》，杨伯峻译注：《论语译注》，中华书局1980年版，第72页。
② 如《尸子》卷下载："子贡问孔子曰：'古者黄帝四面，信乎？'孔子曰：'黄帝取合己者四人，使治四方，不谋而亲，不约而成，大有成功，此之谓四面也。'"又，《韩非子·外储说》左下，也有相似的记载："哀公问于孔子曰：'吾闻夔一足，信乎？'曰：'夔，人也，何故一足？彼其无他异，而独通于声。尧曰："夔一而足矣。"使为乐正。故君子曰："夔有一足。"非一足也。'"
③ 司马迁：《史记》，中华书局1959年版，第3043页。
④ 司马迁：《史记》，中华书局1959年版，第3073页。
⑤ 刘勰撰、范文澜注：《文心雕龙注》上册，人民文学出版社1958年版，第46—47页。
⑥ 刘勰撰、范文澜注：《文心雕龙注》上册，人民文学出版社1958年版，第309页。

等等，则被同归于"蹄驳之类"①。显然，他对庄子寓言叙事的倾向接近于扬、班②。究其根由，在下述两个方面：

第一，史家重史实，影响文论家尤为强调叙事的真实性，对叙事文学的想象与虚构持较审慎的态度。诗、骚都有富于浪漫主义神话色彩的想象虚构，但《诗经》中的神话想象，往往属民族史诗性质的创世神话，经后人加工改造或重新阐释，积淀了史官文化的理性色彩，自然得到汉儒的尊崇；而《楚辞》中更多地保留着先民天真浪漫的思想想象，折射出原始巫术与思维的色彩，或异于史官文化传统的理性色彩，因而得到的也往往是有保留的尊崇。

第二，中国古代文论注重抒情言志的传统又使批评家们在论艺术想象时，更多地着眼于与抒情写意、写景有关的想象，而相对忽视神话、寓言中与叙事相关的想象和虚构。

史官文化和诗歌抒情传统的双重影响，使文论家们注重肯定的，大多是观照映现宇宙与人生的想象，是摹写反映现实或心灵的想象，是侧重于构思艺术意象意境的诗歌创作中的意境构成性想象。自《文赋》到《文心》《诗品》，在论述创作想象时，往往将其与春恨秋悲四时之感对应和联系在一起，就说明了这一点。而对于既不同于真实描述历史与现实、又不同于直抒胸臆的情节构成性想象，对于神话传说和寓言故事等叙事之作的艺术虚构，他们则常持否定拒斥的态度。因此，《诗经》中的叙事性想象，因与记载民族历史的创世神话及史诗联系在一起，而得到汉儒的尊崇；《楚辞》中的浪漫主义想象，凡抒情性的，大多得到首肯，而"异乎经典"的叙事性想象虚构，便不同程度地受到批评。这种不无偏颇的文学理念和文论态度，不利于小说艺术的生长和发育。应该说，刘勰对艺术想象的认识虽很深刻，却并不全面。其艺术想象论中存在的深刻矛盾也正是上述两方面因素综合作用的结果。

刘勰所论极具代表性。在较长时期内，文论家们受传统影响，偏于抒情性想象和意象式思维，而轻忽史传之外的叙事艺术，忽视由庄子等阐释和运用的寓言式思维和叙事性想象。直到唐代，小说虽已发展为独立的文体，但人们仍

---

① 刘勰撰、范文澜注：《文心雕龙注》上册，人民文学出版社1958年版，第308—309页。
② 班固《汉书·艺文志》："小说家者流，盖出于稗官。街谈巷语，道听途说者之所造也。……诸子十家，其可观者九家而已。"

未摆脱"以文为史"的观念。明代小说论家有"羽翼信史"一派。小说戏曲都曾被称为传奇。传奇，是另类的史，传奇、志怪者，都被归入野史之列，"小说"作为名称，也与"野史"相等相当，恰成对子。戏曲之称戏、戏文，也是被视为游戏、小道。在人们观念中，小说是讲故事，故事就是过去的事，也就是历史。是以小说常以"记""传""志""录""（历史）演义"为书名，四大名著皆然（《红楼梦》也另有《石头记》别名）。传奇作者每每申明所述来自耳闻目睹。这显然都是史官文化、历史观念深刻影响的结果。史官文化所包含的政治教化要求和历史真实性原则，对我国古代叙事文学发展有积极贡献和深远影响，史传及其话语方式也成为叙事文学发展的必要艺术准备和材料积累。但史是史，小说、戏剧是小说、戏剧，叙事文学有其自身内在的审美特性和创作规律，史官文化的强大影响和文史不分家的观念，使叙事文学长期处于史学和史观的阴影之中，这也许正是我国叙事文学在早期未能得到充分发育的重要原因之一。

四、由正而奇、由真而幻、大半寓言
——对庄子之说的久远回应

庄子寓言所代表的寓言式思维和奇幻莫测的叙事性想象，体现了叙事艺术试图从史官文化传统中挣脱出来的最初的意向与努力，虽似曾被轻忽，但在创作实践上却一直为后代叙事家所继承，在理论上也时时得到不绝如缕的回应。尤其自中唐以后文风嬗变，审美趋向和文学重心在雅与俗、抒情与叙事间发生微妙的转向与位移，文学叙事实践与理论也呈现新的进展。除由"以文为史"到"以文为戏"（对此笔者曾加探讨①）外，进展还表现为叙事理念与审美取向的由正而奇、由真而幻，及"大半寓言"诸说。这对叙事创作想象自然亦有导向性意义。

首先值得讨论的是韩愈。总的来说，他持较为传统的文学理念，但与此同时，其文学实践与主张却也呈现出一些新质。比如他主张"以文为戏"，以游戏笔墨为毛颖（毛笔）立传，并抒写不平。《毛颖传》之作，诚如明胡应麟所说：

---

① 《试论〈庄子〉对我国古代小说发展的重要贡献》，见《浙江大学学报（人文社会科学版）》2002年第4期。

"变异之谈，盛于六朝，然多是传录舛讹，未必尽幻设语。至唐人乃作意好奇，假小说以寄笔端。"①从刘勰的"执正驭奇"和对庄、骚的有所保留，到"作意好奇"审美取向的出现，对于叙事艺术的发展是颇有意义的。韩愈以后，苏轼效仿之，分别为杜仲、砚台、干贝、柑橘、茶叶、馒头作传奇，而有《杜处士传》《万石君罗文传》《江瑶柱传》《黄甘陆吉传》《叶嘉传》《温陶君传》等传体寓言，此类寓言体小说，将寓言形式与史传体融而为一，通过虚拟假托，将生活中的常见物人格化，诙谐有趣而深涵哲理。有意思的是，庄子正是"以文为戏"的鼻祖，其笔下灵动着如此多活色生香会说会笑会辩论会调侃的物类。而韩子喜欢并效法庄子，其《进学解》将庄骚并举，列于《易》《诗》之后，苏子更是酷爱庄子。二人之作亦可谓颇得庄子之风。此类寓言之作，独成一体，其影响甚至及于海外。其创制与理念，可说是对庄子久远的回应。

"作意好奇"，可谓明清叙事家的共同理念。"传奇者，传其事之奇焉者也，事不奇则不传。……桃花扇何奇乎？其不奇而奇者，扇面之桃花也；桃花者，美人之血痕也；血痕者，守贞待字，碎首淋漓不肯辱于权奸者也；权奸者，魏阉之余孽也；余孽者，进声色，罗货利，结党复仇，隳三百年之帝基者也。帝基不存，权奸安在？惟美人之血痕，扇面之桃花，啧啧在口，历历在目，此则事之不奇而奇，不必传而可传者也。"②一部《红楼梦》，写到诸多"奇"字，而"奇"，也是评点者运用频率最高的词。

与"奇"相联系的是"幻"，奇与正相对，幻与真相对，由传统的求真归正，而取向于奇幻，由艺术的奇审美的幻曲折映射出更高意味上的真与正，这正是明清叙事大师们的创作指归与阐释理念。而奇与幻，也正是庄子的艺术特点。刘熙载以"缥缈奇变"论庄，谓："意生尘外，怪生笔端，庄子之文，可以是评之。"③又云："庄子寓真于诞，寓实于玄，于此见寓言之妙。"④所论极是。如《至乐》篇述庄子与骷髅一节，对话场景如此荒诞怪异，而思考与思理却是极严正极认真的。可谓情景如画，极幻而极真。明代戏曲家屠隆，论文极欣赏

①　胡应麟：《少室山房笔丛》三十六，广雅书局校刊，光绪二十二年春二月。
②　孔尚任：《桃花扇传奇小识》，蔡毅编著《中国古典戏曲序跋汇编》第三册，齐鲁书社 1989 年版，第 1602 页。
③　刘熙载：《艺概·文概》，上海古籍出版社 1978 年版，第 8 页。
④　刘熙载：《艺概·文概》，上海古籍出版社 1978 年版，第 7 页。

庄子的奇幻，谓："庄、列之文，播弄恣肆，鼓舞六合，如列缺乘蹻焉，光怪变幻，能使人骨惊神悚，亦天下之奇作矣。"① 无独有偶，著名戏曲家汤显祖论文激赏："文章之妙不在步趋形似之间。自然灵气，恍惚而来，不思而至。怪怪奇奇，莫可名状。非物寻常得以合之。"② 其千古绝作《牡丹亭》，情节构思奇幻之至，亦真诚之至。诚如其自序所言："天下女子有情宁有如杜丽娘者乎。梦其人即病，病即弥连，至手画形容传于世而后死。死三年矣，复能溟莫中求得其所梦者而生。如丽娘者，乃可谓之有情人耳。情不知所起，一往而深，生者可以死，死可以生。生而不可与死，死而不可复生者，皆非情之至也。梦中之情，何必非真，天下岂少梦中之人耶。……嗟夫！人世之事，非人世所可尽。自非通人，恒以理相格耳。第云理之所必无，安知情之所必有耶。"③ 奇变幻妙的叙事想象与情节设计，可谓步武庄子而别开生面。"世间多少惊蝴蝶，长恨庄生说渺茫。"④ 汤显祖的诗句，已然道出其"临川四梦"皆写梦境之渊源有自。由是亦可知庄子之创制及理念对后人叙事原则与叙事想象影响之深远。

尤当注意的是李渔与金圣叹。李渔论戏曲创作，特撰《审虚实》一节，明辨虚实，倡论"实则实到底"，"虚则虚到底"，有"传奇无实，大半皆寓言"之说。李渔所论实质上涉及戏曲作为叙事艺术不同于史传叙事的本质特征。其说旨在明确强调戏曲与历史的差异，反对以历史真实观混淆和消解戏曲剧本作为叙事艺术的特征。强调戏曲艺术可以虚构叙事。"实则实到底"，"虚则虚到底"之说，看似绝对，然其本意恰恰是为了强调戏曲艺术的叙事不同于历史叙事，才用不无偏激意味的绝对之语来凸显和强调戏曲叙事与史传叙事的明确区划。"传奇无实，大半皆寓言"一语，也表明其立论重心正在戏曲作为叙事艺术的本位，认为戏曲小说虽然也可借鉴历史叙事，而其本位和重心却"大半"在想象虚构。所以他批评"凡阅传奇而必考其事从何来、人居何地者，皆说梦之痴人，可以不答者也"。⑤ 李渔之说最重要的意义，正在于从理论上将戏曲艺

① 屠隆：《文论》，郭绍虞、王文生主编《中国历代文论选》第三册，上海古籍出版社1980年版，第137页。
② 汤显祖：《合奇序》，见徐朔方笺校《汤显祖诗文集》下册，上海古籍出版社1982年版，第1078页。
③ 汤显祖：《牡丹亭记题词》，见徐朔方笺校《汤显祖诗文集》下册，上海古籍出版社1982年版，第1093页。
④ 汤显祖：《甲午秋在平昌梦迁石阡守，并为儿蘧梦得玉床，自占石不易阡，素床岂秋兆，漫志之》，见徐朔方笺校《汤显祖诗文集》上册，上海古籍出版社1982年版，第456页。
⑤ 李渔著，江巨荣、卢寿荣校注：《闲情偶寄》，上海古籍出版社2000年版，第31页。

术的叙事与历史叙事区分开来，将戏曲艺术与历史区分开来。"传奇无实，大半寓言"之说，是对庄子寓言和寓言式思维的继承。

而金圣叹则是在小说理论史上明确将小说艺术的叙事与历史叙事区分开来，将小说艺术与历史区分开来的重要理论家。他显然是对叙事艺术情有独钟的论家，如其将《庄》、《骚》、《史记》、杜诗、《水浒》、《西厢》称为才子书①。"六才子书"中，半属叙事文学，另一半《庄》、《骚》、杜诗，也有相当比重的叙事成分。其《谈第五才子书法》有云："《史记》是以文运事，《水浒》是因文生事。以文运事，是先有事生成如此如此，却要算计出一篇文字来，虽是史公高才，也毕竟是吃苦事。因文生事即不然，只是顺着笔性去，削高补低都由我。"②金氏将《史记》与《水浒》相提并论，且"以文运事"和"因文生事"虽则不同，重心却都在于"事"，实际上是将叙事艺术与抒情艺术加以厘清和界划，将小说与诗明确区分开来，真正从叙事文学的视野和角度来进行评点与论述。而对《史记》与《水浒》"以文运事"和"因文生事"差异的揭示，则是将小说与史书叙事明确区分开来，真正从小说艺术的视野和角度来进行评点与论述。这本身就具有文论史的划时代意义。同时，我们对金氏之说丰富的理论内涵也可作多重理解。一方面，叙事者在拟想虚构人物和事件上可以有很大的自由度与能动性，"削高补低"，操之在我。这便是"顺着笔性去"的本义。但另一方面，如考虑"削高补低"之动因与所以然，除了作者主观拟想以外，也有客观外在的因素。叙事者在形象塑造与情节安排上，自然也要考虑顺应生活常理，合乎社会生活发展的必然性与可然律，符合人物思想性格及其发展的内在逻辑。这也当是"顺着笔性去"的题中应有之义。

"顺着笔性去"之说，是值得重视的重要叙事理念，其包含着叙事想象与叙事原则的深刻而丰富的内容。此说深具"无端崖""恣纵而不傥"的意味，可谓颇得庄子之风。如果试为金氏之说在《水浒》之外找范例，我们首先想到的便是《庄子》。其诸多寓言，奇致异想，匪夷所思，如鲲鹏之羽化而南翔，如儵鱼之出游从容，正可谓是"顺着笔性去"的经典。金圣叹将《庄子》列为

---

① 金圣叹《〈三国志演义〉序》云："余尝集才子书者六。目曰《庄》也，《骚》也，马之《史记》也，杜之律诗也，《水浒》也，《西厢》也。谬加评订，海内君子皆许余，以为知言。"
② 金圣叹：《谈第五才子书法》，郭绍虞、王文生编：《中国历代文论选》第三册，上海古籍出版社1980年版，第245页。

第一才子书，他是庄子的一位知己，而其所论，也与李渔等一样，成为庄子之说约 1900 年后意味深长的回应。至此，中国的文学想象论方始走向真正的完备和完成。只有在上述背景中，我们才能充分理解李、金之说的历史意义。

原载《浙江社会科学》2015年第1期。黄敏雪参与修改，并共同署名。

文果载心　余心有寄

——从《文心雕龙》起结看刘勰持论的文化心理

清人章学诚在《文史通义·诗话》中指出："《文心》体大而虑周。"[①] 此语堪称定评。大到结构布局、纲目篇章，具体到论述行文之思理逻辑与阐释模式，我们都可以感受到刘勰的深思熟虑，以及《文心雕龙》文论体系的严整周密。更重要的是，刘勰将其生命情感和《文心雕龙》的理论体系建基和安放于文化根源之处，因而使其创制获得了整个古代文化资源与体系的支撑，也使其著述立论自然而然地显现着一种特有的文化自信。我们在全书行文字里行间可以品悟到作者谦逊却自信，踏实而圆满，安详与安稳的气象和气度。在此，笔者试将《文心》起首与末尾联系全书合而观之，以把握和体认这部文论巨著的体系特征，及其深厚鲜明的文化底蕴与特性。

一、"心"—"言"—"道"

《原道》开篇如此言道：

> 文之为德也大矣，与天地并生者何哉？夫玄黄色杂，方圆体分，日月叠璧，以垂丽天之象；山川焕绮，以铺理地之形：此盖道之文也。仰观吐曜，俯察含章，高卑定位，故两仪既生矣。惟人参之，性灵所钟，是谓三才，

---

① 章学诚著、叶瑛校注：《文史通义校注》下册，中华书局 1985 年版，第 559 页。

> 为五行之秀，实天地之心。心生而言立，言立而文明，自然之道也。[①]

我们切不要以为，刘勰论文而由天地说起，是怎样大而无当和不着边际，而忽略了弥满充盈于此段文字之间的深沉广阔的宇宙意识和虔诚真挚的人生情怀。在刘勰看来，天玄地黄，天圆地方，天大、地大，天地生人，而有文艺，日月星辰，大地山川，孕育和辉映着天地之文与人之文，由此，他找到了"文"之本原——"道"，从而于根源之处踏踏实实地构筑了他的理论大厦的第一块基石。这样的宇宙时空意识和对"道"的归依，使作者的生命情感有所寄托，也使他的文学理论体系有了深厚的背景、根基和文化家园。在这里，生命情怀、宇宙意识和文学理论是如此密切地联系在了一起。这样的思维模式、立论依据和思理逻辑，非常典型地体现了中国古代哲人文士普遍而深刻的文化心理。

刘勰论文而先由天地玄黄、宇宙大道谈起，这与古代名家巨制立论、开篇往往追溯到某个时空原点的宏大叙事模式是完全一致的。《老子》有"道生一，一生二，二生三，三生万物"之说[②]，呈现为"一—二—三"模式，《易经》有"易有太极，是生两仪，两仪生四象，四象生八卦"之说[③]，则呈现为"一—二—四—八"模式，二者正可谓是殊途同归，异曲而同工。其相似相通的重要方面，就是对元、始的追本溯源。《淮南子》发端便是《原道训》对"道"的阐述："夫道者，覆天载地，廓四方，柝八极，高不可际，深不可测，包裹天地，秉受无形……"[④]钟嵘《诗品序》开篇由"气""三才""万有"说起，萧统《文选序》由"式观元始"起首，与《文心》的开篇亦同一思致。一直到后世，如长篇历史演义小说《三国演义》第一回即由战国秦汉叙起，而《红楼梦》则由女娲氏炼石补天写起，如果我们将刘勰《文心雕龙》开篇与《西游记》第一回《灵根育孕源流出，心性修持大道生》比读，就不难看出，二者思理是如此相似相近。应该说这都是由根源之处从头说起的观照与思维模式使然。

刘勰论文之始先由宇宙天地之道谈起，一气灌注到作为"三才"之一的人

---

① 刘勰撰、范文澜注：《文心雕龙注》上册，人民文学出版社1958年版，第1页。
② 王弼注：《老子道德经》下篇，第四十二章，《百子全书》第八册，浙江人民出版社1984年版。
③ 王弼、韩康伯注，孔颖达疏：《周易正义》卷七《系辞上》，《十三经注疏》上册，上海古籍出版社1997年版，第82页。
④ 刘安：《淮南子·原道训》，何宁：《淮南子集释》上册卷一，中华书局1998年版，第2页。

类的性灵与文言，而以"天地之心"（人心文心）为焦点。此一开篇与《序志》篇所云正好遥遥相对：

> 夫"文心"者，言为文之用心也。昔涓子《琴心》，王孙《巧心》，心哉美矣，故用之焉。古来文章，以雕缛成体，岂取驺奭之群言雕龙也。夫宇宙绵邈，黎献纷杂，拔萃出类，智术而已。岁月飘忽，性灵不居，腾声飞实，制作而已。①

在这里，作者正是以宇宙绵邈为背景，突出了人心之智术、性灵及其制作（文章）。"心"，成为刘勰《文心雕龙》开篇与尾声的一个焦点，首尾呼应，正揭示出作者以"文心"为书名的深刻寓意和用心。在刘勰的意念之中，惟此之"心"，以至高无上之"道"为归依，以性灵智术为内蕴，鉴照和辉映宇宙天地、日月山川，发而为美轮美奂的灿烂文章（"言"）。这使我们很自然地联想到黑格尔《美学》中著名的核心定义："美就是理念的感性显现。"② 二者比照，是颇有意味的。鉴照宇宙万物、社会人生、思想与审美之历史的慧眼和灵光、体悟生命和生命情感的诗意与诗心，这一切，使《文心》之作焕发着异样的光彩和文化魅力。

在作为《文心》全书结尾部分的《序志》篇赞语中，刘勰如此咏叹道：

> 生也有涯，无涯惟智。逐物实难，凭性良易。傲岸泉石，咀嚼文义。文果载心，余心有寄。③

这样的起首与结尾，实在是大有深意，耐人寻味。由对宇宙天地自然之道的仰观俯察，和对至高无上之"道"的归依，最后落实到著书立说以发抒性灵寄托我心。起首高屋建瓴，结尾意味深长。由此发端，我们可以想见刘勰"搦笔和墨，乃始论文"之时，神思飞跃、目光如炬、胸有成竹的神情；由"文果载心，余心有寄"的尾声，我们也可以感受到作者完成著述之时如释重负、圆

---

① 刘勰撰、范文澜注：《文心雕龙注》下册，人民文学出版社1958年版，第725页。
② ［德］黑格尔：《美学》第一卷，朱光潜译，商务印书馆1979年第2版，第142页。
③ 刘勰撰、范文澜注：《文心雕龙注》下册，人民文学出版社1958年版，第728页。

满安宁、得大安稳的心情。在刘勰看来：吾人吾心，也便是宇宙天地之心，以我虚静、纯正、真诚之心去仰观俯察，一切都是有序的，可以把握和期待的；作为"三才"之一的大写的人，理当有所作为，以语言寄托和承载我心，寄托和承载自我的生命情感、思想才智和对宇宙天地自然之道与儒家圣人之道的领悟和皈依。此一起一结，三复其言，令人久久沉吟回味。对处于当下文化境域的我们而言，作者的创作心态足以发人深省。

二、归依于自然和圣人之道

由《文心雕龙》一起一结去通观全书，我们可以把握到作者的基本创作理念和心态：一是对宇宙自然之道和儒家经学、圣人之道的依归，二是对语言承载我心、可以于此安身立命的坚信不疑。而这也正是古代士人颇为典型的文化心理的体现。

《文心雕龙·原道》所谓"文之为德"的"德"，与《庄子》所说的"天德"之"德"相近相通。庄子曾以大舜的身份，诗一般的口吻说道：

> 天德而土宁，日月照而四时行，若昼夜之有经，云行而雨施矣。①

在庄子的心目中，云行雨施，四时代序，天地自然一气流行，生生不息，循环往复，是那样的和谐、完美，而日月叠璧的烛照，更为之带来了无处不在的光辉与明丽。这里的描述和赞叹与《原道》篇同一思致，与以《周易》为代表的先秦哲学乃至儒家经学的表述也相似相通或同出一源，代表了整个农耕文明时代中国人的宇宙观和自然观。无论是在《庄子》还是在《文心雕龙》中，我们都能够感受到一如康德著名的墓志铭所彰显和昭示的那种哲人彻悟宇宙人生之后圆满、自适、宁静、安详的审美心态。

《文心》开篇"仰观吐曜，俯察含章"一节，也同样体现了古代哲人观照天地宇宙的典型态势与方式。《易·系辞》一则有云："仰以观于天文，俯以

---

① 《庄子·天道》，陈鼓应注译：《庄子今注今译》，中华书局1983年版，第345页。

察于地理，是故知幽明之故。"①再则又谓："古者庖牺氏之王天下也，仰则观象于天，俯则观法于地，观鸟兽之文，与地之宜，近取诸身，远取诸物，于是始作八卦，以通神明之德，以类万物之情。"②《易经》将其观照归纳自然社会万象的八卦符号体系与阐释模式置放于根源之处，这种由根源之处从头说起的思维模式，正是《文心》和其他鸿篇巨制开篇叙论模式之所由来。而仰观俯察的鉴照方式，在古代也有着极其广泛的影响力，此亦为刘勰《原道》一节所本。《淮南子·原道训》高诱注有云："四方上下曰宇，古往今来曰宙，以喻天地。"③中国古代人们心目中的宇宙概念首先是与房舍屋宇有关的，而宙便是人由屋宇中入与出（古《击壤歌》所咏叹的"日出而作，日入而息"亦可与此相印证）。宇代表空间，宙代表时间，自宏观的角度视之，天地一庐宇，百年一出入。百年生命，俯仰天地之间，人生与天地时空本来就不可分割，而宇宙意识与人生情怀也就必然是二而一、一而二的诗情和诗思了。

受此影响，古代许多优秀的诗文作品，其艺术想象和人生情感常常是在两个方面进行运思、拓展和得到呈现的：一方面是抚今追昔的感兴模式，另一方面则呈现为仰观俯察的观照视野，一个是时间维度，一个是空间维度。由时间维度，是追根溯源，归结于历史时空深处的某一个原点；由空间维度，是仰观俯察，"精骛八极，心游万仞"④。《文心·神思》篇论艺术想象，便有"寂然凝虑，思接千载；悄焉动容，视通万里"⑤之说。上下几千年，纵横几万里，成为古代诗词、散文、联语典型的境界与模式。如果没有纵向的时间维度，空间的展开就泛若不系之舟，生命的情怀也难以得到充分和完美的显现；同样，没有空间的展开，关于时间的追溯也便没有了根基，而无所依归。书圣王羲之与文士墨客春日雅集，于良辰美景，酒酣耳热之际，赋诗序文，而有千古名篇《兰亭集序》。文中写道："仰观宇宙之大，俯察品类之盛，所以游目骋怀，足以极视听之娱，信可乐也。"仰观俯察，即就宇宙空间而言，而"夫人之相与，俯仰一世，或取诸怀抱，晤言一室之内；或因寄所托，放浪形骸之外"云云，

① 王弼注、孔颖达疏：《周易正义·系辞下》，《十三经注疏》上册，上海古籍出版社1997年版，第77页。
② 王弼注、孔颖达疏：《周易正义·系辞下》，《十三经注疏》上册，上海古籍出版社1997年版，第86页。
③ 刘安：《淮南子·原道训》，何宁：《淮南子集释》上册卷一，中华书局1998年版，第4页。
④ 陆机：《文赋》，金涛声点校：《陆机集》，中华书局1982年版，第1页。
⑤ 刘勰撰、范文澜注：《文心雕龙注》下册，人民文学出版社1958年版，第493页。

即以此为空间背景。文中"向之所欣，俯仰之间，已为陈迹，犹不能不以之兴怀。况修短随化，终期于尽。古人云：死生亦大矣，岂不痛哉"，和"每览昔人兴感之由，若合一契……后之视今，亦犹今之视昔"①云云，则是就时间而言的，在关于宇宙时空的浩叹中寄寓着深切的人生情感。受其影响，李白的《春夜宴从弟桃李园序》开篇："夫天地者，万物之逆旅也；光阴者，百代之过客也。"②便由对时空的追溯与观照发端。张若虚的《春江花月夜》则是在描绘月光下无限空蒙的宇宙空间之后，转而为对时间的哲学式沉思（苏轼的《前赤壁赋》也大体上呈现着这样的格局），追溯人之初，月之初，宇宙之初。这样的时空观与生命情感始终贯穿于我国古代诗文经典作品之中，同样也体现在刘勰《文心雕龙》的创制中。

《易·系辞》仰观天文，俯察地理，近取诸身，远取诸物云云启示我们，中国古代哲人文士的观照视野和阐释叙述往往呈现为由大到小，由宏观到微观，由群体到个体，由历史到现实，由古代到当下即刻的模式③。这样的文化文学传统渊源于经学，而影响深远，及于后世。如《文心·原道》继开篇之后，又进一步申说："人文之元，肇自太极。"④这些论述的基本理念都本于经学。如《礼记·礼运》一再说："是故夫礼，必本于天，动而为地，转而为阴阳，变而为四时。""夫礼必本于天，分而之地，列而之事，变而从时。"⑤我们在《周易·系辞》中也可看到同样的表述："易有太极，是生两仪，两仪生四象，四象生八卦。"⑥这实际上是向我们标示了先秦哲学中一个关于宇宙万物、社会生活的

---

① 王羲之：《兰亭集序》，吴调侯、吴楚材选：《古文观止》下，中华书局1959年版，第286、287页。

② 王琦注：《李太白全集》下册卷二十七，中华书局1977年版，第1292页。

③ 当然，《易·系辞》所云："仰以观于天文，俯以察于地理，是故知幽明之故。""古者庖牺氏之王天下也，仰则观象于天，俯则观法于地，观鸟兽之文，与地之宜，近取诸身，远取诸物，于是始作八卦，以通神明之德，以类万物之情。"既体现了追本溯源，由大到小，由宏观到微观，由群体到个体，由历史到现实的特性，却同时又反映了中国古代哲人由小观大，由近见远、以近推古，以形而下表征形而上的观照与思维的特点。而这两方面是相反相成的。古代哲学与文论中以人人日日所行之道表征至高无上之"道"，由口舌之味言审美之"味"，庄子既认为"道"超乎一切，不可闻见言说，却又指出"道"无处不在，在虫蚁、稊稗、瓦甓，甚至等而下之在屎溺，刘勰以"洄曲湍回"指喻文之"势"，《二十四诗品·含蓄》一品以"悠悠空尘，忽忽海沤"传写"是有真宰，与之沉浮"，而"不著一字，尽得风流"。类此论例屡见不鲜，都体现了中国古代哲人这种观照把握宇宙自然、思考论述社会人生的思维模式、思辨特征的后一个层面。对此双向同步、相反相成的两个方面，似可由专文论之，此不赘述。

④ 刘勰撰、范文澜注：《文心雕龙注》上册，人民文学出版社1958年版，第2页。

⑤ 郑玄注、孔颖达疏：《礼记正义》卷二二《礼运》，《十三经注疏》下册，上海古籍出版社1997年版，第1426页。

⑥ 王弼、韩康伯注，孔颖达疏：《周易正义》卷七《系辞上》，《十三经注疏》上册，上海古籍出版社1997年版，第82页。

发生、发展及其基本结构的重要阐述模式（《礼记·礼运》之说就是具体运用上述模式的一个典型例证）。《淮南子·天文训》这样来描述天地万物的生成："天坠未形，冯冯翼翼，洞洞灟灟，故曰太昭。道始于虚，虚霸生宇宙，宇宙生气，气有涯垠。清阳者薄靡而为天，重浊者凝滞而为地。清妙之合专易，重浊之凝竭难。故天先成而地后定。天地之袭精为阴阳，阴阳之专精为四时，四时之散精为万物。"①这样的阐述模式同样也体现在文论之中，如曹丕《典论·论文》提出"文以气为主"之说，并且认为"气之清浊有体"，这正显示出一气二体的分析模式。其论文体则有"四科八体"之说。刘勰《文心雕龙》首章《原道》开篇探究文学的本源，从天开地辟、"两仪"、"四象"说起，《体性篇》论文学风格，更分析了"才""气""学""习"四大因素的决定性作用，并且将文学风格归纳为"典雅""远奥""精约""显附""繁缛""壮丽""新奇""轻靡"八种类型，便足以说明这样的分析和归纳模式与先秦哲学尤其是儒家经学中的上述阐述模式之间应该存在着必然的联系。

刘勰特撰《原道》《征圣》《宗经》三篇，对"明道""征圣""宗经"三位一体的文学观进行了全面、系统和深入的阐述，作为《文心雕龙》总纲"文之枢纽"的主干部分。这一观念体系源于先秦荀子学派，而阐发于东汉扬雄，经由刘勰的系统阐述，深远地影响后人。《原道》篇提出"道沿圣以垂文，圣因文而明道"②的基本理念，《宗经》篇则标举："文能宗经，体有六义：一则情深而不诡，二则风清而不杂，三则事信而不诞，四则义直而不回，五则体约而不芜，六则文丽而不淫。"③此"六义"可以视为刘勰对儒家经典特征的归纳和总结。作者将此诸篇置于最关键的位置，其篇名便已然彰显和突出了可以视为其整个文论体系的指针和灵魂的思想原则与核心理念。这一切，在在处处都体现了刘氏对儒家经学和圣人之道的归依。

应该指出的是，刘勰反复申说的"原道""明道"，与宋代以后理学家们所标举的"载道"之说显然还是并不完全相同的。在宋代理学家的意念之中，

---

① 刘安：《淮南子·天文训》，何宁：《淮南子集释》上册卷三，中华书局1998年版，第165、166页。
② 刘勰撰、范文澜注：《文心雕龙注》上册，人民文学出版社1958年版，第3页。
③ 刘勰撰、范文澜注：《文心雕龙注》上册，人民文学出版社1958年版，第23页。

文章如同车舆，只是"载道"之具。周敦颐有"文所以载道"①之说，朱熹则强调："这文皆是从道中流出，岂有文反能贯道之理？文是文，道是道，文只如吃饭时下饭耳。若以文贯道，却是把本为末。"②他据此批评苏东坡说："道者，文之根本；文者，道之枝叶。惟其根本乎道，所以发之于文，皆道也。三代圣贤文章，皆从此心写出，文便是道。今东坡之言曰：'吾所谓文，必与道俱。'则是文自文而道自道，待作文时，旋去讨个道来入放里面。此是它大病处。缘他都是因作文，却渐渐说上道理来；不是先理会得道理了，方作文。所以大本都差。"③他甚至认为："苏文害正道，甚于老佛。"④理学家们的理论重心在"道"，而《文心雕龙》书名和从头至尾的阐述中，突显的是"文心"。朱子对苏轼的批评，可以帮助我们理解"载心"与"载道"的差异。在刘勰的意念中，"原道""明道"的主体是"心"。就像《文心》"文之枢纽"《原道》《征圣》《宗经》三篇着重强调"通"的一面，而《正纬》《辨骚》两篇则着眼于"变"的方面一样，《原道》篇中与"道"—"圣"—"文"（"经"）三位一体的列式并行不悖的是"心生而言立，言立而文明"的"自然之道"。《文心》全书从开篇强调："仰观吐曜，俯察含章，高卑定位，故两仪既生矣。惟人参之，性灵所钟，是谓三才，为五行之秀，实天地之心。"到下篇创作论首章《神思》对"登山则情满于山，观海则意溢于海"的诗人心神的论述，直至末章《序志》篇所说："夫'文心'者，言为文之用心也。昔涓子《琴心》，王孙《巧心》，心哉美矣，故用之焉。"都体现了作者在强调"原道""明道"的同时，对诗人的主体性、对"文心"和以文"载心"的高度重视，其理论重心显然在"文"和"文心"。对"自然之道"的标举和"心"—"言"—"文"的模式，是对同篇阐述的儒家圣人之道和"道"—"圣"—"文"（"经"）三位一体模式的必要与重要的补充，表明刘勰《文心雕龙》的论文思路和文论体系显然更为多元和开放。

---

① 周敦颐：《通书·文辞》，郭绍虞主编：《中国历代文论选》第二册，上海古籍出版社1979年版，第283页。
② 黎靖德编、王星贤点校：《朱子语类》第八册卷一三九，中华书局1986年版，第3305页。
③ 黎靖德编、王星贤点校：《朱子语类》第八册卷一三九，中华书局1986年版，第3319页。
④ 黎靖德编、王星贤点校：《朱子语类》第八册卷一三九，中华书局1986年版，第3306页。

三、语言是存在的家园

海德格尔在《诗·语言·思》中说："人是能言说的生命存在。"[①]语言的发明和运用是人类区别于动物的根本标志之一。正是借助于语言，人与人组成社会，从远古的荒原一步步走向辉煌的未来。也是以语言符号为工具，人类构建了自己理性的大厦和灿烂的文明。因此，对语言的地位功能似乎怎样重视都不会过分。在先秦诸子百家之中，儒家对语言是特别注重的。尤其不可忽视的是，尽管"子不语怪、力、乱、神"[②]，但儒家在撰述经典时，还是制造了不少关于圣人、经典、语言和诗乐的神话，这对儒家经典权威地位的确立无疑也有着重要的意义。《吕氏春秋·古乐》云："乐所由来者尚也，必不可废。有节有侈，有正有淫矣。贤者以昌，不肖者以亡。"这明显继承了儒家的音乐思想。下文曰："昔古朱襄氏之治天下也，多风而阳气蓄积，万物解散，果实不成。故士达作为五弦瑟，以采阴气，以定群生。"[③]音乐被赋予不可思议的魔力。《淮南子·本经训》中有关于文字诞生的传说："昔者，仓颉作书而天雨粟，鬼夜哭。"[④]这与《尚书》"神人以和"、《毛诗序》"动天地，感鬼神"、《易传》包牺氏作八卦及文王演《周易》、孔子身世、河图洛书等传说何其相似乃尔，都赋予语言符号和诗乐等以神秘和巨大的魔力。儒家诗乐论体现了其对经典、对诗乐、对语言、对象（符号）秉持着的一种近乎宗教信仰般的虔敬、神圣的态度。儒家学派及其思想之所以被视为儒教，与此种宗教般的情感显然有着密切的关联。

在这里，我们可以看出：对语言（象、符号）的崇拜和对圣人、对经典的崇拜是三位一体的，对诗乐和儒经的神圣化与对语言文字的神圣化也是密不可分的。回溯历史，我们可以从中国人对著述的态度和敬惜纸墨的举止中深切地感受到民族心理深层对语言文字敬若神明的文化心态，而儒家对此心理与文化现象的生成是起了重要作用的。我们不能忽视《易·系辞传》"立象以尽意"这一命题包含的意义和力量。解读"古者包牺氏之王天下也，仰则观象于天，

---

① ［德］海德格尔：《诗·语言·思》，中国社会科学出版社1999年版，第189页。
② 《论语·述而》，杨伯峻译注：《论语译注》，中华书局1980年版，第72页。
③ 《吕氏春秋·古乐》，《百子全书》第五册，《吕氏春秋》卷五，浙江人民出版社1984年版。
④ 《淮南子·本经训》，何宁：《淮南子集释》中册卷八，中华书局1998年版，第571页。

俯则观法于地，观鸟兽之文，与地之宜，近取诸身，远取诸物，于是始作八卦，以通神明之德，以类万物之情"这段经典文字，我们不难得出这样的观感：所谓仰观天文，俯察地理，"是故知幽明之故"等等话语，都赋予了八卦符号和语言，从而也赋予了儒经以魔咒般的神秘力量和神圣意义，是儒家语言观的深刻体现。"为天地立志，为生民立道，为去圣继绝学，为万世开太平。"[①] 中国古代理学家何以有这样的底气和自信？说到底，就是靠诗乐、靠经学、靠八卦符号、靠语言文字。通过类似仓颉作书、包牺氏作八卦、"《论语》折狱，《春秋》断案"、"半部《论语》治天下"等神话，通过对八卦文字等的神秘化神圣化，儒家使自己也试图使民众相信，八卦符号、语言文字、诗歌音乐，尤其是儒经有如此神秘巨大的力量。汉儒"比兴""美刺"诸说，认为诗语诗象可以沟通天地人神，和睦君臣父子夫妇，关乎治国平天下，实际上正深刻地反映着这样的文化心理。刘勰在《程器》篇中强调："摛文必在纬军国，负重必在任栋梁。"[②] 也是上述文化心理的体现。

实际上，对语言文字的信仰敬畏，作为我们民族普遍而深刻的文化心理，是源远流长的。这样的文化心理，在经史著作中不胜枚举。《左传》谓"立言"为"三不朽"之一。《襄公二十五年》载：崔杼杀无道之齐庄公，"太史书曰：'崔杼弑其君。'崔子杀之。其弟嗣书，而死者二人。其弟又书，乃舍之。南史氏闻太史尽死，执简以往，闻既书矣，乃还"[③]。在权臣方面，反映了对文字记载和舆论背后的道义是何等畏惧；在史官方面，则展现了怎样无畏的"直录"精神和凛凛风骨！这又与对道义的坚守、语言的虔敬不可分割。这种以生命相殉的执著与坚守，和将文章视为经国大业、不朽盛事的观念，"二句三年得，一吟双泪流"[④] 的苦吟，汉宋诸儒及乾嘉学派将全部心血倾注于经典注疏的精神是一脉相承的。我们由此理解了常州词派何以在敏感到厝火积薪的危机时，要强调词须"有寄托"，并且"以经术为古文"（阮元《茗柯文编序》评张惠言）。只不过，与前人不同的是，张周诸公所面对的是亘古未遇的大变局大危机，是

---

① 张载：《张子语录》（中），《张载集》，中华书局1978年版，第320页。
② 刘勰撰、范文澜注：《文心雕龙注》下册，人民文学出版社1958年版，第720页。
③ 杜预注、孔颖达等疏：《春秋左传正义》卷三十六《襄公二十五年》，《十三经注疏》下册，上海古籍出版社1997年版，第1984页。
④ 贾岛：《送无可上人》，齐文榜校注：《贾岛集校注》卷三，人民文学出版社2001年版，第120页。

生机勃勃的近现代文明和工业革命武装起来的坚船利炮，而他们准备的却仍然是经学和诗词。在历尽封建时代春夏秋冬之后，儒生们依然未改那样的虔诚和执著，他们坚信诗乐关乎时运，能担负天下兴亡的重任。这种信念与对圣人、经典的崇拜，对道义的坚守和对语言的敬畏，对历史的重视多位一体，密切相关。

实际上，儒家诗乐论所代表的，是中国古代哲人对语言符号的普遍和共通的文化情感。即如作为道家代表人物的老、庄，一方面激烈地提出"擢乱六律，铄绝竽瑟，塞师旷之耳""灭文章，散五采"①，主张通过否弃和超越语言、心智、感官和形而下层面的一切，以臻于至高无上的"道德"境界，但事实上，在另一方面，他们赖以承载和传写其哲学玄思的，依然还是语言。在深切体认到"道不可言，言而非也"②的同时，他们依然言而不已，摸索着通过语言通向和传写大道的途径与方法。因此，《老子》的五千精妙，那大道至简的语言形式，是精心撰述的结果。《庄子》自由不拘，灵动而富于诗意的"谬悠之说，荒唐之言，无端崖之辞"③，其神思飞跃、层出不穷的"卮言""重言""寓言"，在在处处体现着对语言形式的精心和专注。可以说，在对语言及其形式的专注和重视程度方面，老、庄绝不亚于孔、孟。就此而言，他们的语言观与儒家相反相成，并有其共通之处，体现了古代文士共同的文化情感和文化心理。

刘勰《文心雕龙》的一起一结表明，这样的文化情感和文化心理贯穿始终地体现于《文心雕龙》全书体系和字里行间。联系全书，我们可以看到，不仅前述以《易经》为代表的关于语言文字的几乎所有神话，都一再地出现，而且其为论行文，也每每追根溯源于神理和神理之数。《原道》篇说："人文之元，肇自太极，幽赞神明，《易》象惟先。庖牺画其始，仲尼翼其终。而《乾》《坤》两位，独制《文言》。言之文也，天地之心哉！若乃《河图》孕乎八卦，《洛书》韫乎九畴，玉版金镂之实，丹文绿牒之华，谁其尸之？亦神理而已。"《赞》中也写道："道心惟微，神理设教。光采玄圣，炳耀仁孝。龙图献体，龟书呈貌。天文斯观，民胥以效。"④《正纬》云："夫神道阐幽，天命微显，马龙出而大《易》兴，神龟见而《洪范》耀，故《系辞》称'河出图，洛出书，圣人则之'，

---

① 《庄子·胠箧》，陈鼓应注译：《庄子今注今译》，中华书局1988年版，第259页。
② 《庄子·知北游》，陈鼓应注译：《庄子今注今译》，中华书局1988年版，第580页。
③ 《庄子·天下》，陈鼓应注译：《庄子今注今译》，中华书局1988年版，第884页。
④ 刘勰撰、范文澜注：《文心雕龙注》上册，人民文学出版社1958年版，第2、3页。

斯之谓也。"①在《文心》下篇，刘勰列《章句》《练字》《丽辞》诸篇专论练字炼句、谋篇布局，体现了他对语言文辞的高度重视。其《练字》篇有云："夫文象列而结绳移，鸟迹明而书契作，斯乃言语之体貌，而文章之宅宇也。苍颉造之，鬼哭粟飞；黄帝用之，官治民察。先王声教，书必同文；辎轩之使，纪言殊俗，所以一字体，总异音。"②作者论情采，也要追根寻源，从神理之数说起，在《情采》篇中，他指出："故立文之道，其理有三：一曰形文，五色是也；二曰声文，五音是也；三曰情文，五性是也。五色杂而成黼黻，五音比而成韶夏，五性发而为辞章，神理之数也。"③《丽辞》篇有云："造化赋形，支体必双；神理为用，事不孤立。"④论骈体四六形式，依然要从神理造化从头说起。

同时，《文心雕龙》在文论思路与模式上，也以先秦儒家经学和哲学的叙论模式为根源和依归。即如《文心》篇目五十，《序志》说："位理定名，彰乎《大易》之数，其为文用，四十九篇而已。"⑤如前所述，先秦哲学尤其是《易经》中"一气""两仪""四象""八卦"的阐述模式，也对刘勰的论文产生重大影响。又如《情采》篇之形、声、情三文，与五色、五音、五性之间的三五对应模式，正是对《通变》所说"参伍因革，通变之数"⑥的因借和运用。类此现象，在《文心雕龙》中屡见不鲜。

尤为值得注意的是，在创作论部分，刘勰特列《章句》一篇，其对章句的定义特别意味深长："夫设情有宅，置言有位；宅情曰章，位言曰句。故章者，明也；句者，局也。局言者，联字以分疆；明情者，总义以包体。"⑦此段文字，诵读讽咏至再至三，我们可以深切地感受到作者对于语言辞章别样的情感，"使人味之，亹亹不倦"。是的，语言是我们存在的家园，"设情有宅"，"宅情曰章"，与其《练字》篇所说"夫文象列而结绳移，鸟迹明而书契作，斯乃言语之体貌，而文章之宅宇"云云，深刻而充满感情地揭示了中国古代士人对于语言的体认和重视：语言文字，和以语言文字缀连分疆合成的篇辞文章，是士人生命情感

① 刘勰撰、范文澜注：《文心雕龙注》上册，人民文学出版社 1958 年版，第 29 页。
② 刘勰撰、范文澜注：《文心雕龙注》下册，人民文学出版社 1958 年版，第 623 页。
③ 刘勰撰、范文澜注：《文心雕龙注》下册，人民文学出版社 1958 年版，第 537 页。
④ 刘勰撰、范文澜注：《文心雕龙注》下册，人民文学出版社 1958 年版，第 588 页。
⑤ 刘勰撰、范文澜注：《文心雕龙注》下册，人民文学出版社 1958 年版，第 727 页。
⑥ 刘勰撰、范文澜注：《文心雕龙注》下册，人民文学出版社 1958 年版，第 521 页。
⑦ 刘勰撰、范文澜注：《文心雕龙注》下册，人民文学出版社 1958 年版，第 570 页。

与思想存在的家园。刘勰对章句的定义表明，他是如此虔敬地秉持着对语言篇章的上述理念，是那样精心地结撰了这体大而虑周的《文心》巨制。

总而言之，《文心雕龙》是一棵枝繁叶茂的文化之树，其深深植根于中国古代文化、语言之地基。刘勰撰写《文心》的过程，自始至终有着一种文化充实感，圆满、自信、从容、安宁和安稳。想当刘勰撰述《文心》，写到最后一句"文果载心，余心有寄"的时候，溢于言表的是一种生命有寄、生命情感与思想有寄的圆满感，那从容不迫的神情，那自信、自适、踏实、安宁与安稳的幸福感，如此种种，特别能够引起我们的深切感喟与共鸣。作为经历、传承和感受了中国百多年文化冲突、社会震荡、心灵裂变和制度转型的漫长历史的学人，我们仍然在找寻自己的文化之路，试图重建自己的文化根基与重心。在这个意义上，也许可以说，在文化心理上我们失去了重心，失去了家园，无法像刘勰那样获得传统意义上的来自整个体系、资源和根源之处的文化支撑。找寻我们新的文化重心和基础，整合、创造新的文化根基和文化体系，重建我们自己的文化家园，或许还需要许多年，这，也应该是我们现代学人的历史使命吧。

原载《中文学术前沿》2011年第1期

试论南北融合背景下魏晋南朝文学的发展趋向

魏晋南北朝是古代文学发展史上一个重要的转折时期。中国文学在文风与文体、文学内容与创制结构上的发展和演变，是以文学观念的进化，南北文学的差异与融合为大背景的。

一、南北融合与文学观念的进化

魏晋之际，文学与文学的观念正在发生着巨大而深刻的变化。随着汉王朝皇权的削弱和经学相对的衰微，文学由依附于经史而逐渐趋向相对独立。文学家的审美意识也更为自觉，对自我情感和自然之美更为注重，把文学作为个人的事业来看待，自觉地体认和追求文学的美的风格境界和文采形式。以下三个方面，正体现了当时文学所发生的重要变化。

首先，曹丕在他的《典论·论文》中首次提出："文以气为主，气之清浊有体，不可力强而致。"他还提出了"诗赋欲丽"的主张[1]，这在我国文论史上是十分重要的转折点。前此，司马迁在《史记·太史公自序》中写道："屈原放逐，著《离骚》。""《诗》三百篇，大抵贤圣发愤之所为作也。此人皆意有所郁结，不得通其道也。"[2] 这是当时对文学最为深刻的认识，也是对这一时代文学创作特点的反映。从《诗经》到建安文学，大多是发愤而作、不平而鸣的文学，而且，除楚文学中一些篇章外，这个时代文学的典范之作也大多是浑莽一气，融清浊刚柔于一炉的，雄深雅健的太史公文就是这一时代文学的杰出代表。而到了曹

---

① 曹丕：《典论·论文》，郭绍虞编：《中国历代文论选》第一册，上海古籍出版社1979年版，第158页。
② 司马迁：《史记·太史公自序》，《史记》第十册卷一百三十，中华书局1959年版，第3301页。

丕的时代，文学已经不是贤圣发愤而作的副产品，而是文士自觉追求的"经国之大业，不朽之盛事"了。鲁迅先生说：曹操专权，尚刑名，"影响到文章方面，成了清峻的风格。——就是文章要简约严明的意思"。[①]刘勰《文心雕龙·章表》篇说："曹公称为表不必三让，又勿得浮华。所以魏初表章，指事造实，求其靡丽，则未足美矣。"[②]可见曹操一辈人是主张文章清峻质朴，尚用求实的。而到了曹丕一辈人，就更为有意识地追求华丽清美的文学境界与风格。曹植的文论主张就体现了这样的文学意向，其《前录序》谓："故君子之作也，俨乎若高山，勃乎若浮云，质素也如秋蓬，摛藻也如春葩，泛泛洋洋，光乎暠暠。"[③]他在《王仲宣诔》中称赏其"文若春华，思若涌泉"[④]。《与吴季重书》也说："得所来讯，文采委曲，晔若春荣，浏若清风。"[⑤]其时卞兰在《赞述太子赋序》中亦有"沉思泉涌，发藻云浮"之语。可见，曹丕提出"诗赋欲丽"，代表了当时许多文士的新的文学观念。

曹丕以"气"论文并气分清浊和他"诗赋欲丽"的文学主张，是我国文学在建安时代由"大抵贤圣发愤之所为作"的浑莽一气的文学，变而为在创作中自觉地体现文士自己的个性风格、自觉地追求某种审美境界的刚柔相判、清浊分流的文学倾向的必然反映。这是值得我们注意的文风递变的第一个重要迹象。

其次，《晋书·陆机传》载："（陆机）至太康末，与弟云俱入洛，造太常张华。华素重其名，如旧相识，曰：'伐吴之役，利获二俊。'"[⑥]陆机、陆云初到洛阳，有不少饶有意味的事情，《世说新语·简傲》说：

> 陆士衡初入洛，咨张公所宜诣，刘道真是其一。陆既往，刘尚在哀制中。性嗜酒，礼毕，初无他言，唯问："东吴有长柄壶芦，卿得种来不？"陆兄弟殊失望，乃悔往。[⑦]

① 鲁迅：《而已集·魏晋风度及文章与药及酒之关系》，《鲁迅全集》第3卷，人民文学出版社1981年版，第502页。
② 刘勰：《文心雕龙·章表》，范文澜注：《文心雕龙注》下册，人民文学出版社1958年版，第407页。
③ 曹植：《前录序》，严可均辑：《全上古三代秦汉三国六朝文》第二册《全三国文》卷十六，中华书局1958年版，第1143页。
④ 曹植：《王仲宣诔》，萧统编、李善注：《文选》下册卷五十六，中华书局1977年版，第779页。
⑤ 曹植：《与吴季重书》，萧统编、李善注：《文选》中册卷四十二，中华书局1977年版，第595页。
⑥ 《晋书》卷五十四《陆机传》，《二十五史》第二册，上海古籍出版社、上海书店1986年版，第1415页。
⑦ 刘孝标：《世说新语·简傲》，徐震堮校笺：《世说新语校笺》下册，中华书局1984年版，第413页。

张华、刘宝对陆氏兄弟的赏誉和傲慢的不同态度，也许并不仅仅意味着北方中原士族对南方士族的不同态度，也意味着对南方风物文华的推崇和轻视。《晋书·张华传》谓，"初，陆机兄弟志气高爽，自以吴之名家，初入洛，不推中国人士"，唯"见华一面如旧，钦华德范，如师资之礼焉"①。《世说新语·赏誉》："张华见褚陶，语陆平原曰：'君兄弟龙跃云津，顾彦先凤鸣朝阳，谓东南之宝已尽，不意复见褚生。'陆曰：'公未睹不鸣不跃者耳！'"②陆氏兄弟的不推"中国人士"和刘宝的傲慢态度多少透露给我们这样一个微妙的消息：经过动乱分裂的时代，南北士族间存在着一定的隔阂，而与此相联系的，不会没有文化文学上的差异和距离。在上述言行中，陆机的自豪感是溢于言表的，这固然是陆机作为南方士族的骄傲，也未始不是陆机作为南方文士为南方文化、南方文学而感到的由衷的自豪，而张华与陆机兄弟的相赏得也不只是因为各自的声名德范、风度志趣——张华作为当时主持文坛的领袖，高情赏会，自然显示出兼容并蓄的气度风范，更重要的，也许是张华对陆机兄弟所代表的南方文化、南方文学怀有浓厚的兴趣，而且张华与陆机两兄弟在文学创作上有相近的趋尚。刘勰《文心雕龙·明诗》篇中说："晋世群才，稍入轻绮，张潘左陆，比肩诗衢，采褥于正始，力柔于建安；或析文以为妙，或流靡以自妍。"③《文心雕龙·时序》篇也谓当时文士："并结藻清英，流韵绮靡。"④这标志着建安以来文学的演变进入了一个新的阶段。而在文学演变这一阶段中，张华导前，陆机继后，起着特殊的作用。钟嵘《诗品》评张华："其体华艳，兴托不奇。巧用文字，务为妍冶。……疏高之士，犹恨其儿女情多，风云气少。"⑤《诗品·上品》也说陆机："才高词赡，举体华美。气少于公干，文劣于仲宣。……然其咀嚼英华，厌饫膏泽，文章之渊泉也。"⑥张华、陆机的相赏得正是以他们文学风格的相近为重要因缘并与这一文学演变背景相联系的。如果说，张华以他辞采华艳而体格柔弱的诗风影响了当时的文坛，那么，陆机

---

① 《晋书》卷三十七《张华传》，《二十五史》第二册，上海古籍出版社、上海书店1986年版，第1369页。
② 刘孝标：《世说新语·赏誉》，徐震堮校笺《世说新语校笺》上册，中华书局1984年版，第235页。
③ 刘勰：《文心雕龙·明诗》，周振甫注释《文心雕龙注释》，人民文学出版社1981年版，第49页。
④ 刘勰：《文心雕龙·时序》，周振甫注释《文心雕龙注释》，人民文学出版社1981年版，第478页。
⑤ 陈延杰：《诗品注》，人民文学出版社1961年版，第33页。
⑥ 陈延杰：《诗品注》，人民文学出版社1961年版，第24页。

更是踵其事而增其华，推进了文风的演变。

陆机兄弟、顾荣、褚陶等人入洛阳，这一南人北来的事件，实际上意味着随着西晋的统一而来的南北文化的交融，在文学上，则预示着晋代以后在张华影响下的文风演变由于南方文学因子的加入而更加趋向南方化了。所以，由陆机提出"诗缘情而绮靡，赋体物而浏亮"①，这绝不是偶然的。唐李延寿《北史·文苑传》谓："江左宫商发越，贵于清绮，河朔词义贞刚，重乎气质。"②"初唐四杰"之一的卢照邻《南阳公集序》也说："北方重浊，独卢黄门往往高飞；南国轻清，惟庾中丞时时不坠。"③南北文学之异同，前人论之已详。由此观之，陆机"诗缘情而绮靡"之说，在内容上强调情感的重要，在风格词采上偏爱柔美华丽的南方文学风貌，陆机《文赋》符合并较深远地影响了晋代与南朝的文学发展趋向。明代谢榛《四溟诗话》谓："'绮靡'重六朝之蔽，'浏亮'非两汉之体。"④从某种意义上来说，他不为无见，看到了陆机的文学观对南朝文学的影响。西晋在政治上虽是大一统的，但在文学风气上，却已趋向偏安江左的南朝文学了。到了南朝，正像萧涤非先生在《汉魏六朝乐府文学史》中所说：

> 迨晋室东渡……风土民情，既大异于汉，加以当时佛教思想之流行，儒家礼教之崩溃，政治之黑暗，生活之奢靡，于是吴楚新声，乃大放厥彩。其体制则率多短章，其风格则儇佻而绮丽，其歌咏之对象，则不外男女相思。⑤

南朝文人文学的风气也是如此，由刚健质朴的文学逐渐变为儇佻绮丽的文学，由发愤而作的实感的文学渐渐演变为吟咏风谣的寄托的文学，由重乎气质的北方中原之音到吴楚新声、大放厥彩，此文学风气所关，我们不能不加意于此。

第三是自晋代以后开始盛行的"文""笔"之分。《晋书·蔡谟传》："文

① 陆机：《文赋》，萧统编、李善注：《文选》上册卷十七，中华书局1977年版，第241页。
② 《北史·文苑传》，《二十五史》第四册，上海古籍出版社、上海书店1986年版，第3187页。
③ 卢照邻：《南阳公集序》，郭绍虞编：《中国历代文论选》第二册，上海古籍出版社1979年版，第14页。
④ 谢榛：《四溟诗话》卷一，人民文学出版社1961年版，第18页。
⑤ 萧涤非：《汉魏六朝乐府文学史》，人民文学出版社1984年版，第25页。

笔论议，有集行于世。"①《晋书·成公绥传》："所著诗赋杂笔十余卷行于世。"②
《晋书·张翰传》谓："其文笔数十篇行于世。"③《南史·颜延之传》载："帝
尝问以诸子才能，延之曰：'竣得臣笔，测得臣文。'"④"文""笔"之分，
不是偶然的文章体裁上的大致归类，更重要的是，它标志着当时人文学概念的
净化和文学观念的进步。正如罗根泽先生《中国文学批评史》所说："因为文
学观念的渐趋于狭义的文学，由是不能列于狭义文学的作品，别名为'笔'，
而有'文''笔'之分。"⑤南朝宋文帝立四学，"文学"与"儒学""玄学""史学"
分列，这也是文学概念净化的明证。既有"文""笔"之分，当时文士对"文""笔"
自然不会不有所轩轾。所以，"以文才见知，时人云任笔沈诗，昉闻，甚以为病"。⑥
《南史·沈庆之传》：庆之谓颜竣："君但当知笔札之事。"⑦范晔谓："手笔
差易，文不拘韵故也。"⑧萧绎《金楼子·立言》云："笔退则非谓成篇，进则
不云取义，神其巧惠，笔端而已。""至如不便为诗如阎纂，善为章奏如柏松，
若此之流，泛谓之笔。"对"笔"流露出轻视的态度。而对"文"，他是非常
热情地阐述其性质的："吟咏风谣，流连哀思者，谓之文。""至如文者，惟
须绮縠纷披，宫徵靡曼，唇吻遒会，情灵摇荡。"⑨

那么"文""笔"的轩轾究竟意味着什么呢？罗根泽先生在《中国文学批
评史》中说："今考六朝人当时言语所谓'笔'者，如《晋书·王珣传》（珣
梦人以大笔如椽与之，既觉语人曰：'此当有大手笔事。'俄而帝崩，哀册谥议，
皆珣所草。）……诸'笔'字皆指公家之文。"⑩清代梁光钊著《文笔考》谓：
"沈思翰藻之谓文，纪事直达之谓笔。"⑪可见"笔"大多是指与国家政治有关

---

①　《晋书·蔡谟传》，《二十五史》第二册，上海古籍出版社、上海书店 1986 年版，第 1482 页。
②　《晋书·成公绥传》，《二十五史》第二册，上海古籍出版社、上海书店 1986 年版，第 1522 页。
③　《晋书·张翰传》，《二十五史》第二册，上海古籍出版社、上海书店 1986 年版，第 1523 页。
④　《南史·颜延之传》，《二十五史》第四册，上海古籍出版社、上海书店 1986 年版，第 2766 页。
⑤　罗根泽：《中国文学批评史》第一册，上海古籍出版社 1984 年版，第 140 页。
⑥　《南史·任昉传》，《二十五史》第四册，上海古籍出版社、上海书店 1986 年版，第 2828 页。
⑦　《南史·沈庆之传》，《二十五史》第四册，上海古籍出版社、上海书店 1986 年版，第 2774 页。
⑧　范晔：《狱中与诸甥侄书》，郭绍虞编：《中国历代文论选》第一册，上海古籍出版社 1979 年版，第 222 页。
⑨　萧绎：《金楼子·立言》，郭绍虞编：《中国历代文论选》第一册，上海古籍出版社 1979 年版，第 340 页。
⑩　罗根泽：《中国文学批评史》第一册，上海古籍出版社 1984 年版，第 142—143 页。
⑪　梁光钊：《文笔考》，郭绍虞编：《中国历代文论选》第一册，上海古籍出版社 1979 年版，第 349 页。

的史官纪事、行政应用之公文，而"文"则是指更多地包含着个人情感的纯文学。根据前人对"笔"的阐述而推演，我们不妨称"笔"为史官的文章，以示其与文士纯文学作品的"文"之区别。我国魏、晋以前不太分"文""笔"，即使六朝以后，"文"的概念也还是较为宽泛的，这与我国古代文化、文学的传统特性有关，正如范文澜先生在《中国通史简编》中所说的那样：

> 汉族传统的文化是史官文化。史官文化的特性，一般地说，就是幻想性少，写实性多；浮华性少，朴厚性多；纤巧性少，闳伟性多；静止性少，飞动性多。这种文化特性东汉以前和以后，本质上无大变化。但东汉末年，经汉灵帝的提倡，文学和艺术在形式上开始发生了变革。这就是原来寓巧于拙，寓美于朴的作风，现在开始变为拙朴渐消，巧美渐增的作风。建安三国正是这个变革的成功时期。①

而"文""笔"之分正是这一变革趋势的体现。"文""笔"之分与当时一些文士对"文""笔"的轩轾，意味着史官文章（或称"史官文学"）在文学殿堂里的正统地位受到了严重的挑战，"史官文学"将逐渐被纯文学所代替，这也标志着我国文学由写实更多地加上幻想、由朴厚变为华美、由闳伟而向纤巧、由史转向诗的发展演变趋势。所以，"文""笔"之分实在是标志着文风递变之迹的重要事件。

从曹丕"诗赋欲丽"、气分清浊的文论观念，到陆机入洛，提出"诗缘情而绮靡"之说，再到"文""笔"之分与重"文"轻"笔"，这一切迹象都演示着魏晋南朝文学处于一个正在发生重大演变的时期。综观魏晋南朝文学的发展，我们不难看出：当时文学正从发愤而作、浑莽一气的文学趋向刚柔相判、清浊分流的文学；正从北方型的刚健质朴的"力"的文学趋向南方型的吟咏风谣的清美的文学；正从写实的、朴厚的、闳伟的"史官文学"趋向幻想的、华美的、纤巧的文人文学。总之一句话，当时的文学正逐渐从以北方气质为体的文学趋向清柔艳丽的南方型文学。文学的趋向南方化，正是魏晋南朝文学发展的大趋势。

---

① 范文澜：《中国通史简编》（修订本第二编），人民出版社 1949 年版，第 255 页。

二、复古与新变

文学发展的南北融合与南方化趋向，深远地影响着当时的文论。面对这样的文学新变情势，晋代南朝的文学、文论家或反对这一文学的新变；或积极参与文学新变运动；或既参与和肯定文学的变革，又清醒地看到这场文学新变运动势必存在着的不足，试图指导和影响文学的新变，弥补、充实其不足，纠正其偏向。由此形成了晋代南朝文坛"复古""新变""通变"三派不同的观点。

"复古"派其来已久，东汉扬雄、班固就有此论。扬雄少而好赋，后又自谓童子雕虫篆刻、壮夫不为。作《太玄经》，仿《易经》，其论学则谓："好书而不要诸仲尼，书肆也。""委大圣而好乎诸子者，恶其识道也？"其论文则谓，"景差、唐勒、宋玉、枚乘之赋"，"必也淫"，"诗人之赋丽以则，辞人之赋丽以淫"[①]。可见，他是以复古宗经的思想来论文的。班固也有相近的思想。梁代裴子野作《雕虫论》，篇名取自扬雄，立意非常明显。对《诗经》以后的作者，他是一概抹倒的："后之作者，思存枝叶，繁华蕴藻，用以自通。若悱恻芳芬，楚《骚》为之祖，靡漫容与，相如扣其音。由是随声逐影之徒，弃指归而无执。""爰及江左，称彼颜、谢，箴绣鞶帨，无取庙堂。（引者按：扬雄《法言·寡见》：'今之学也，非独为之华藻也，又从而绣其鞶帨。'裴氏此语，似出扬雄，与《雕虫论》篇名所自合观，颇可见裴氏此论之渊源。）""自是闾阎年少，贵游总角，罔不摈落六义，吟咏情性。学者以博依为急务，谓章句为专鲁。淫文破典，斐而为功，无被于管弦，非止乎礼义。"[②]从以上所引的论述可见，以裴子野为代表的"复古"派观点，与扬、班之论一脉相承，而且裴氏对文学南方化趋向的态度也显而易见，他以复古、宗经思想论文，反对吟咏个人的情性，主张只抒发符合儒家礼义规范的情感，盲目摈斥绮艳清丽的文学，一味强调文学的朴质。他推崇的是有助于人伦教化的经典文学，符合统治者意志的庙堂文学，切合政治实用的"史官文学"。他就是要以经典的文学、庙堂的文学、史官的文学来替代正趋向南方化的纯文学。

"复古"派的观点当然也有其合理的因素，他们看到了文学新变中出现的

---

① 扬雄:《法言·吾子》，郭绍虞编:《中国历代文论选》第一册，上海古籍出版社1979年版，第91—92页。
② 裴子野:《雕虫论》，郭绍虞编:《中国历代文论选》第一册，上海古籍出版社1979年版，第324页。

一些弊端，尤其是一味繁华蕴藻而造成的绮靡无力的文风，针对一些不良的创作倾向，他们推崇尚用求实的质朴的北方型文学，主张继承《诗经》的文学传统，以北方的气质来解救他们看来非此已无可药救应该全盘否定的南方化文学，观点虽较偏颇，但也还是有一定针砭意义的。但他们不明文学发展大势，过于拘执，全盘否定文学的新变，观点是较为落后的。所以萧纲就针锋相对地指出："裴氏乃是良史之才，了无篇什之美。"显然认为裴氏的文章仅仅是史官的文章，谈不上有纯文学的篇什之美，所以他认为"裴亦质不宜慕"。对于复古主义的主张及其文学实践，萧纲也是一笔抹倒的，他说："比见京师文体，懦钝殊常。""若夫六典三礼，所施则有地；吉凶嘉宾，用之则有所。未闻吟咏情性，反拟《内则》之篇，操笔写志，更摹《酒诰》之作，迟迟春日，翻学《归藏》，湛湛江水，遂同《大传》。"[1] 在他的观念中，裴子野等人所推崇的经典的、庙堂的、史官的文学是应该摈除于纯文学之外的。他主张新变，谓古今作家，"观其遣辞用心，了不相似。若以今文为是，则古文为非；若昔贤可称，则今体宜弃，俱为盍各，则未之敢许"。[2] 萧纲在文学实践上，鼓励和提携宫体诗的创作，自己也写了一些宫体诗，他的论文篇什中，不无正确的主张。

而在萧纲以前，萧子显在《南齐书·文学传论》中已理直气壮地提出了新变主张："习玩为理，事久则渎，在乎文章，弥患凡旧，若无新变，不能代雄。"[3]"新变"派对于"复古"派来说是占压倒优势的，他们的文学实践也比他们的理论声势规模大得多，从他们的文论主张和文学实践看，如果说，以裴子野为代表的"复古"派是崇尚经典的、庙堂的、史官的文学的一派，是主张文学北方化的一派，那么，以萧氏们为代表的"新变"派可以说是倾向于纯文学的一派，是主张文学南方化的一派。萧统《文选序》谈到《文选》对古今文士之所作"略其芜秽，集其清英"，其选录标准是："赞论之综辑辞采，序述之错比文华，事出于沉思，义归乎翰藻。"[4] 沈约在《宋书·谢灵运传论》中亦谓："屈平、宋玉导清源于前，贾谊、相如振芳尘于后，英辞润金石，高义薄云天"，并推

---

① 萧纲：《与湘东王书》，郭绍虞编：《中国历代文论选》第一册，上海古籍出版社1979年版，第327—328页。
② 萧纲：《与湘东王书》，郭绍虞编：《中国历代文论选》第一册，上海古籍出版社1979年版，第327页。
③ 《南齐书·文学传论》，《南齐书》卷五十二，《二十五史》第三册，上海古籍出版社、上海书店1986年版，第2005页。
④ 萧统：《文选序》，《文选》上册，中华书局1977年版。

崇和赞赏"清辞丽曲"①，这和萧子显《南齐书·文学传论》所标的"平子之华篇"，"魏文之丽篆"，"卿、云巨丽，升堂冠冕"，"郭璞举其灵变"，"谢混情新"，颜、谢"擅奇"云云，以及他批评"典正可采，酷不入情"与"唯睹事例，顿失精采"②的创作倾向是相近的，都体现了"新变"派较推崇抒发个人情感的文学，尤其是流连哀思、柔情绝艳之文，他们更倾心于"清绮"的南方化文学，特别注重文学的形式辞采，其文学观念更具有纯文学的色彩。他们是文学南方化的积极倡导和推进者，是倾向于"为艺术而艺术"的一派。

"复古""新变"两派的文论主张各有其合理因素和局限之处，"复古"派之长短已如前述，而"新变"论者对推进文学的发展是有功的，但他们在理论上较为忽视对前人创作经验的继承借鉴，尤其是在文学实践中较为片面地强调形式技巧、追求华丽辞藻，不注意以刚健的气质充实自己的作品，因而绮靡无力的文风也较为严重。在这样的情势下，吸取了两派文论中合理因素，而又扬弃其局限之处的"通变"论应运而生了。"通变"论者对"复古"派一概抹杀文学的新变，反对文学的南方化持保留态度，同时，他们也反对"新变"派一味追求形式辞采和当时出现的情感纤弱、绮靡无力的文风。而且，由于"新变"派的影响远较"复古"派为大，所以"通变"论者更多是针对"新变"派而发的。他们吸取了"复古"论者合理的因素来指导文学新变。对两家合理因素的吸取和对其局限之处的扬弃，使"通变"观成为当时最为全面中肯的文学观。

如前所述，魏晋南朝文学的发展趋向是：从浑莽一气莫辨清浊刚柔的文学，变为刚柔相判清浊分流而偏于清柔的文学；从以气质为体的南北交融而偏于北方化的文学，变为所尚不同而以清绮为主偏于南方化的文学；从"文""笔"兼容，即"史官文学"与纯文学兼容的文学，变为"文""笔"相判，即"史官文学"与纯文学分途的文学。"新变"派的文学主张与文学这样的演变趋势是同一指向的，"复古"派则主张以经典的、庙堂的、史官的文学来代替南方化的纯文学，而"通变"派则以历史的眼光来看待文学的现实，既肯定文学的演变，又看到其不足。他们更倾向于文学的历史的复归，即从刚柔相判清浊分

---

① 《宋书·谢灵运传论》，郭绍虞编：《中国历代文论选》第一册，上海古籍出版社1979年版，第215页。
② 《南齐书·文学传论》，《南齐书》卷五十二，《二十五史》第三册，上海古籍出版社、上海书店1986年版，第2005页。

流的文学，复归于浑莽一气莫辨清浊刚柔的文学；从偏于南方化的文学，复归于南北交融以气质为体的文学；从"史官文学"与纯文学分途的文学，复归于"文""笔"兼容的文学。这样的复归不是历史简单的重复，而是否定之否定呈螺旋式的向上发展，是文学趋向更高境界的"复归"，与"复古"有着本质的区别。从古代文学尤其是先秦到隋唐文学的宏观发展来看，"通变"派的主张符合中古文学发展的现实和规律，一定程度上超越了当时的文学时代。

最集中和典型地体现"通变"文学观的当然是刘勰的"通变"之论，对刘勰此论，我们已经看到许多论述。我们赞同"通变"观是关于文学继承与革新辩证关系的观点之说，并且认为"通变"之论决不仅限于此。我们尤其赞同把"通变"观作为刘勰《文心雕龙》最基本的指导思想的观点，并且认为"通变"思想不是刘勰一人的发明，而是"通变"一派的文学观，其有一个发展的过程。所以，谈"通变"，不仅不能只限于《通变》一篇，而且只就《文心雕龙》文论体系本身来论，似乎也是不够的，如果联系当时文学文论的发展大势，就不难看出，"通变"观是"通变"派关于文学发展方向的重要思想，它有一个演进的过程，"通变"论实际上蕴含着一个重要思想，即主张以北方型的、古代的、经典的、质朴刚健的文学来充实、弥补当时南方化的清绮柔美而较缺乏力度的文学。也就是说，"通变"观实际包含了南北交融这一重要的文学思想。我们认为，刘勰等人的"通变"思想中最为重要的、实质性的内涵也许就在于此，其理论价值与文学实践上的价值也在于此。"通变"思想与当时文学发展大势是密切相关的。

陆机作《文赋》，主"缘情绮靡"之说。其论文强调："其为物也多姿，其为体也屡迁。其会意也尚巧，其遣言也贵妍。""藻思绮合，清丽千眠，炳若缛绣，凄若繁弦。"[①]显然推崇清美妍丽的南方化的文学。但他同时也反对"或寄辞于瘁音，言徒靡而弗华""或遗理以存异，徒寻虚以逐微，言寡情而鲜爱，辞浮漂而不归""或奔放以谐合，务嘈囋而妖冶。徒悦目而偶俗，故高声而曲下"[②]的创作倾向。可见他还注意到为文的典雅与情感的深沉，并不一味追求绮靡艳丽之文。他列论十种文体，有"文"有"笔"，没有把经典的、庙堂的、史官

---

① 陆机：《文赋》，《文选》上册卷十七，中华书局 1977 年版，第 241 页。
② 陆机：《文赋》，《文选》上册卷十七，中华书局 1977 年版，第 242 页。

的文章排斥在外，表现出一种通达兼容的态度。而他论列的次序是诗、赋、碑、诔、铭、箴、颂、论、奏、说，正好把曹丕《典论·论文》中所说"奏议宜雅，书论宜理，铭诔尚实，诗赋欲丽"①的次序倒了过来。从次序的变化上我们可以看出文学观念的进化和陆机对曹丕文体论的发展。以今天较为纯粹的文学概念来看，我们当然更为欣赏"新变"论者把经典的、庙堂的、史官的文学摈斥于文学殿堂之外的主张。但考虑到范文澜先生所说的汉族传统的文化是史官文化的事实，考虑到我国文学发展中儒家经典的正统主导的地位和我国古代文士编纂文集的体例和习惯，我们认为陆机文体之论对各类文体兼收并蓄的持论态度，次序的排列和具体论述是比较容易为当时文人所接受的，是较为实际的通达的论文态度。这种持论态度正反映了"通变"论者的主张，那就是提倡融合"文""笔"之所长。更重要的是："文""笔"兼容体现了以"史官文学"的特性来充实纯文学，即以写实的、朴厚的、宏伟的文学，来充实幻想的、华美的、纤巧的文学的思想，如果说在陆机《文赋》中这种意向还不太明晰的话，那么刘勰的"论文叙笔"就更为自觉和鲜明地体现了这样的思想。刘勰发展了陆机的文体之论，"论文叙笔"也比陆机更为细致深入，但基本的排列次序和思路是一致的。而这正是和南北交融的文学观密切联系着的。

值得注意的是，陆机还指出："若夫丰约之裁，俯仰之形，因宜适变，曲有微情。""或袭故而弥新，或沿浊而更清。"这也是他"通变"观的体现。他说过："虽杼轴于予怀，怵他人之我先，苟伤廉而愆义，亦虽爱而必捐。"②可见，他说的"袭故"，不是简单地抄袭、因袭，而是借鉴古人创作经验，以创造新的文学的意思。这里他强调的是故与新，即古与今的相契合，这是对崇古的"复古"派与崇今的"新变"派观点的折衷。至少在理论上，陆机对古与今、继承和革新关系的认识是正确的。"或沿浊而更清"一句更有其深意，可视为清浊通流、刚柔相济、南北交融的文学思想的具体体现。陆机，无论是在理论主张还是文学实践上，都是倾向于文学南方化的。他是文学趋向南方化的倡导者和积极的实践家。但与此同时，他还注意到各种类型的文学及其风格、境界的相互融合和补充的。他强调文与质的兼济，古与今的契合，并已有南北交融、

---

① 曹丕：《典论·论文》，郭绍虞编：《中国历代文论选》第一册，上海古籍出版社1979年版，第158页。
② 陆机：《文赋》，萧统编、李善注：《文选》上册卷十七，中华书局1977年版，第242页。

清浊通流、刚柔相济的文学意向。他列论"文""笔",并精当地指出其各自特性,表现了兼容并蓄的持论态度,不失大家风范。因此,我们不妨说陆机是一个倾向文学南方化的"通变"论者。

三、通变思想与南北融合

刘勰"通变"论是对陆机等人"通变"观的进一步发展和集大成。我们也和许多学者一样,认为刘勰的"通变"论,一方面主张"望今制奇",要求革新,对一味复古因袭、不思变革的"复古"论者的主张持保留态度;另一方面,又强调"参古定法",主张在"通"的基础上变,更多地反对"新变"论者忽视继承前人创作经验和原则的倾向。我们还认为,"通变"观绝不仅仅是关于文学的继承与革新的观点,而是刘勰写作《文心雕龙》,建构其力量体系的最根本的指导思想之一。刘勰的"通变"观与我们如上所述的文学发展趋势是密切相关的。刘勰所要解决的也正是关于文学发展方向的重大问题。"通变"论的基本思想,实际上是主张以北方型的、古代的、经典的、质朴的、刚健的文学,来充实和弥补当时南方化了的清绮柔美但缺乏力度的文学,南北融合,是刘勰等人"通变"观所实际蕴含着的重要文学思想。

刘勰在《通变》篇中指出:"名理有常,体必资于故实;通变无方,数必酌于新声。"在"赞"中又说:"望今制奇,参古定法。"资故实,是参古定法;酌新声,是为了望今制奇。所以他强调:"故练青濯绛,必归蓝蒨,矫讹翻浅,还宗经诰;斯斟酌乎质文之间,而隐括乎雅俗之际,可与言通变矣。"还宗经诰的目的也还是着眼于当下的创作怎样在质文、雅俗之间斟酌会通,其立足点仍在于今。因此他强调作家要"凭情以会通,负气以适变"[①]。还宗经诰,参古定法也是以"凭情""负气"为基础的。以上所引,可说是刘勰《通变》篇最重要的议论。如果就事论事地看,这里所论只是一般的文学继承与革新的辩证关系的问题,但如果我们探究一下,看刘勰对他所要尊崇的"经"的特点是怎样认识的,看他于资故实中所要学习借鉴的是什么,再联系当时文学的发展,

---

① 刘勰:《文心雕龙·通变》,周振甫注释:《文心雕龙注释》,人民文学出版社1981年版,第330—331页。本文以下引用同书时,于文中随注页码。

尤其是刘勰所认为的当时文学的弊端所在，那就大有深趣了。

刘勰《宗经》篇说："文能宗经，体有六义：一则情深而不诡，二则风清而不杂，三则事信而不诞，四则义直而不回，五则体约而不芜，六则文丽而不淫。"（第 19 页）这里一、三、四则是关于思想情感内容的，二、五、六则是有关形式辞采风格的，这"六义"归纳起来，可以说也就是指"经"的以气质为体、精约质朴的特点。他在《原道》篇中赞颂文王繇辞的"精义坚深"，在《征圣》篇中强调："志足而言文，情信而辞巧，乃含章之玉牒，秉文之金科矣。"并数有"体要"之说："《易》称'辨物正言，断辞则备'；《书》云'辞尚体要，弗惟好异'。故知正言所以立辩，体要所以成辞；……虽精义曲隐，无伤其正言。微辞婉晦，不害其体要。体要与微辞谐通，正言共精义并用。圣人之文章，亦可见也。"（第 11—12 页）可见他非常推崇"经"的质直精约。他认为后代和当时文士创作中的弊端恰恰在于"逐奇而失正"，"为文而造情"，"淫丽而烦滥"，"采滥忽真，远弃风雅，近师辞赋；故体情之制日疏，逐文之篇愈盛"（第 347 页），所以"楚艳汉侈，流弊不还"（第 19 页）。因此他要以精约坚深、质直朴实来针砭为文造情、淫丽烦滥的文弊。这正是刘勰为文用心之所在。值得注意的是，他既在《宗经》篇中说："楚艳汉侈，流弊不还"，并且要"正末归本"，但在同列于"文之枢纽"的《辨骚》篇中却又对《楚辞》大加赞赏："《骚经》、《九章》，朗丽以哀志；《九歌》、《九辩》，绮靡以伤情；《远游》、《天问》，瑰诡而慧巧；《招魂》、《大招》，耀艳而深华；……气往烁古，辞来切今。惊采绝艳，难与并能矣。"并略论楚文学的特色谓："故其叙情怨，则郁伊而易感；述离居，则怆怏而难怀；论山水，则循声而得貌；言节候，则披文而见时。"（第 36—37 页）这似乎有点矛盾。但实际上，这也是刘勰《通变》篇所说"资故实"的重要内容。如果说《宗经》篇所说的"六义"和《原道》《征圣》等篇所论的是史官的、经典的也是北方型文学的特点，那么，《辨骚》篇所论的则是南方楚文学的特点，这些都是他所要资的"故实"。因为《楚辞》"衣被词人，非一代也"（第 36 页），后世文学受楚文学影响很大，尤其是南朝文学，受楚文学的影响更为明显，而且在文学趋向南方化的过程中出现了前述弊端。所以刘勰在《通变》篇中更侧重于"还宗经诰"，倾向于以北方型文学的刚劲气质来运柔美清绮的文辞。《通变》篇还说："是以规略文统，宜宏大体。先博览以精阅，总纲纪而摄契；然后拓衢路，置关键，长辔远驭，从容按节……"（第331页）这里所说颇可与《辨骚》篇"若能凭轼以倚雅颂，悬辔以驭楚篇"（第36页）相参看，而《通变》篇所说："斟酌乎质文之间，而隐括乎雅俗之际，可与言通变矣"（第331页），也就是《辨骚》篇所述："酌奇而不失贞，玩华而不坠其实；则顾盼可以驱辞力，咳唾可以穷文致。"（第37页）《辨骚》篇详论楚文学的特色，而最终归之以"凭轼以倚雅颂，悬辔以驭楚篇"，这与《通变》篇所论何其相似，也是与其"宗经"思想相一致的。可见，刘勰的"宗经""辨骚"与他的"通变"观是密切关联着的。以北方的、经典之文的气质来充实"骚"体的文学，这可说是刘勰"通变"论最基本的观点。

所以，刘勰在"文之枢纽"中阐论"原道""征圣""宗经"三位一体的思想，同时，又特列《正纬》《辨骚》两篇。刘勰不将此篇与《明诗》《诠赋》诸篇同列，自有他的道理。《原道》等三篇，归根到底，是论如何宗尚经典，而《正纬》《辨骚》两篇，则是论述如何看待和酌取后经典。前者所论比重比后者要大。《辨骚》列入"文之枢纽"，"宗经""辨骚"并提，却自以"宗经"为主。这正是刘勰《风》《骚》两挟而以"经"驭"骚"的"通变"思想的具体体现。这里既有传统经学的影响，却又有新意。他在《比兴》篇中就称屈原"依《诗》制《骚》，风兼比兴"（第394页）。《夸饰》篇谓："若能酌《诗》、《书》之旷旨，剪扬、马之甚泰。使夸而有节，饰而不诬，亦可谓之懿也。"（第405页）他在《文心雕龙》一书中数处将《诗》《骚》并列，如："《诗》、《骚》所标，并据要害。"（第494页）"模经为式者，自入典雅之懿；效《骚》命篇者，必归艳逸之华。"（第339页）《体性篇》"数穷八体"，前四体是典雅、远奥、精约、显附，可说属于经典的、史官的、北方气质的文学，而后四体的繁缛、壮丽、新奇、轻靡明显地带着南方化文学的特色。在刘勰看来："八体虽殊，会通合数，得其环中，则辐辏相成。"（第309页）"渊乎文者，并总群势，奇正虽反，必兼解以俱通；刚柔虽殊，必随时而适用。若爱典而恶华，则兼通之理偏。"而问题在于："旧练之才，则执正以驭奇；新学之锐，则逐奇而失正。"所以，"势流不反，则文体遂弊"（第339—340页）。因此他要"长辔远驭，从容按节"（第331页），"凭轼以倚雅颂，悬辔以驭楚篇"（第36页）了。这些都是刘勰南北交融、以北方型文学之气质运南方型华美文辞的文学观念的体现。前面已经提到，楚文学与南朝文学有某些相近之处。从某种意义上说，刘勰《诗》《骚》并提，除了"资故实"外，本身也就有"酌新声"的意味。值得一提的是，《诗》《骚》并提，在当时文论界不乏其人，这正是南北交融的"通变"文学观的反映。钟嵘《诗品》第甲乙、溯师承，《国风》《小雅》两系也就是《诗经》一系，还有就是《楚辞》一系了。在《诗品》中，两系几乎是势均力敌，不相上下。而且在具体论述中，钟嵘还注意到两系诗人之间的相互影响。显然他是非常赞赏这种相互影响的。他论陶渊明，谓出于应璩（应璩属《楚辞》—李陵—曹丕一脉），又挟左思风力（左思属《国风》—《古诗》—刘桢一脉）。而陶渊明既有清新平淡之辞，又有金刚怒目式的诗，确有南北交融的意味。又评谢灵运出曹植，为《国风》一脉，而杂景阳之休。张协是《楚辞》—李陵—王粲一脉的。钟氏所评，当否暂可不论。但从这样的论述中，钟嵘《风》《骚》两挟、南北交融的"通变"思想是显而易见的。这是当时文论中值得注意的重要思想。

正是基于这样的文学思想，刘勰既提出"风骨"之论，推崇北方型的气质刚健的"力"的文学，又重视南方化的清柔隐秀之文。他针对当时绮靡无力的文风，特撰《风骨》篇，提出了"风骨"之论，一开头就说：

> 《诗》总六义，风冠其首。斯乃化感之本源，志气之符契也。是以怊怅述情，必始乎风，沉吟铺辞，莫先于骨（第 320 页）。

论"风骨"而先说《诗》之"六义"，可见"风骨"与经典的、北方的文学气质有联系。他认为《诗》是有"风骨"的。他还说："练于骨者，析辞必精；深乎风者，述情必显。"析辞精而述情显，这正是前述《原道》《征圣》《宗经》诸篇所论的《诗经》等经典文学的特点，也是以气质为体的北方型文学的显著特点。笔者认为：刘勰"风骨"论是提倡"力"的文学的理论。"风骨"是一个整体概念，必欲分而论之，则"骨"似乎有一种内附的静力；而"风"则表现为外发的活力，"风骨"就是指文学作品中强烈深沉的思想情感，与简洁质朴的语言风格相结合所产生的，对读者强烈的感染力、感发力，和对作品本身文辞形式强劲的聚合力、统摄力。"风骨"论是对"力"之美的文学的提倡。而这正是北方型的、经典的、史官的文学较显著的特点。所以，我们可以这样认为：刘勰"风骨"论是为针砭当时绮靡无力的文风而提出来的，"风骨"论与刘勰"宗经"思想是相联系的，实际上是主张以经典的、北方型的、以气质为体的"力"的文学来充实当时南方化了的以情思婉约、辞采清绮为特点的"新变"文学。所以他在《风骨》篇中于主张"镕铸经典之范"的同时，认为还要"翔集子史之术"。他要求作者："洞晓情变，曲昭文体，然后能乎甲新意，雕画奇辞。昭体故意新而不乱，晓变故辞奇而不黩。"在提倡北方型的"风清骨峻"的同时，还要求呈现南方型的"篇体光华"（第321页）。在提倡有"风骨"之"力"的阳刚之美的同时，于《定势》篇中他又说："文之任势，势有刚柔，不必壮言慷慨，乃称势也。""刚柔虽殊，必随时而适用。"（第339—340页）并且特意写了《隐秀》一篇，推崇蕴藉秀美之文。从篇中"秘响旁通"，"伏采潜发"，"自然会妙，譬卉木之耀英华；润色取美，譬缯帛之染朱绿"（第431—432页）等语看。"隐秀"一格与"风骨"的阳刚之美显然是不同的。他也注意和欣赏清美之文，并常常以清丽之词品文论人。

可见，他既推崇北方型文学的质朴典雅，又推崇南方化文学的靡丽华美，既提倡北方型文学的厚重刚健，又看重南方化文学的轻清委婉。对于前述文学的发展趋向，他是有充分认识的，他并且主张以北方型文学的气质运南方化文学的秀辞，无独有偶，钟嵘作《诗品》，虽然只论诗歌，其诗论具体内容也与刘勰各有不同，但在基本精神和指导思想上却是一致的。他一方面感叹当时文学"建安风力尽矣"，提倡"力"的文学，但另一方面，又提出"滋味"说。他说："五言居文词之要，是众作之有滋味者也。"同时，既要求"干之以风力"，又要求"润之以丹采"，"使味之者无极，闻之者动心，是诗之至也"[1]。"干之以风力，润之以丹采"，就是主张以刚健的气质运绮丽的文辞，他非常欣赏清美的文学境界，批评谢灵运诗的境界："譬犹青松之拔灌木，白玉之映尘沙，未足贬其高洁也。"[2]品范云、丘迟诗："范诗清便宛转，如流风回雪。丘诗点缀映媚，似落花依草。"[3]这些也可谓是钟嵘"通变"文学观的具体体现。

颜之推与陆机一样，也是由南入北，而且持着相近的南北融合的"通变"

---

① 陈延杰：《诗品注》，人民文学出版社1961年版，第2页。
② 陈延杰：《诗品注》，人民文学出版社1961年版，第29页。
③ 陈延杰：《诗品注》，人民文学出版社1961年版，第51页。

文学观，只是陆较倾向于文学的南方化，颜较倾心于北方文学的刚健气质。他在《颜氏家训·文章篇》中引了一段掌故，颇有意味，可作为陆机、刘勰等人上述文学思想的形象表达：

> 齐世有辛毗者，清干之士，官至行台尚书。嗤彼文学，嘲刘逖云：君辈辞藻，譬若荣华，须臾之玩，非宏才也；岂比吾徒十丈松树，常有风霜，不可凋悴矣。刘应之曰：既有寒木，又发春华，何如也。辛笑曰：可矣。[①]

十丈松树，常有风霜。犹刘勰所谓："鹰隼乏采，而翰飞戾天。"正是北方气骨型文学刚健气质风格的形象比喻，而既有寒木，又发春华，正是刘勰所谓："唯藻耀而高翔，固文笔之鸣凤也。"钟嵘所谓："干之以风力，润之以丹采。"归根到底也就是主张以北方型文学的气质运华美绮丽的文辞。颜氏又谓："文章当以理致为心胸，气调为筋骨，事义为皮肤，华丽为冠冕。"同上。也是上述思想较为系统的阐述。他希望更多地出现文学改革者："必有盛才重誉、改革体裁者，实吾所希。"他认为："古人之文，宏材逸气。体度风格，去今实远，但缉缀疏朴，未为密致耳。今世音律谐靡，章句偶对，讳避精详，贤于往昔多矣，宜以古之制裁为本，今之辞调为末，并须两存，不可偏弃也。"[②]这也正是刘勰"正本归末"之意。总而言之，从以上所述可见，魏晋南北朝文论中的文学"通变"观是在文学分化发展的趋势下主张南北交融的文学观念。"通变"论者强调南与北的融合，古体与新声的结合，主张"风骨"与辞采、质朴与华美、清越与凝重的结合，尤其主张以北方化的强劲的气质，来充实当时日渐南方化的文学。可以说，"通变"观是魏晋南北朝文论最为重要的文学观念。

初唐史家曾经在总结以往文学发展轨迹的基础上，满怀激情、无限憧憬地这样展望未来文学发展的大趋势：

---

① 颜之推：《颜氏家训·文章篇》，郭绍虞编：《中国历代文论选》第一册，上海古籍出版社1979年版，第352页。
② 颜之推：《颜氏家训·文章篇》，郭绍虞编：《中国历代文论选》第一册，上海古籍出版社1979年版，第352页。

江左宫商发越，贵于清绮；河朔词义贞刚，重乎气质。气质，则理胜其词；清绮，则文过其意。理深者，便于时用；文华者，宜于咏歌。此其南北词人得失之大较也。若能掇彼清音，简兹累句，各去所短，合其两长，则文质彬彬，尽美尽善矣。①

虽然在南朝时代，"通变"论者的主张并没有能立即得到普遍的实践，但是，文学在发展，随着隋唐的大一统，盛唐文学果然如南朝"通变"论者所提倡，如初唐史家所展望的那样，以其兼容一切的气象，裹挟一切的气势出现在我国文学史上，盛唐之音那雄浑的交响，正标志着我国文学由分化发展又复归到了更高层次的大融合。从陆机所论，到刘勰等人的"通变"论，再到初唐史家的评述与预言，以及殷璠对盛唐诗歌特点的总结，我们看到了南北融合文学思想发展的历史轨迹，也看到了"通变"论的历史价值。

本文主要内容以《试述"通变"观的历史发展——兼论刘勰"通变"观》为题，刊载于《杭州大学学报（哲学社会科学版）》1986年第4期。

① 《北史·文苑传》，《二十五史》第四册，上海古籍出版社、上海书店1986年版，第3187页。

泣血的杜鹃：作为中国诗人心灵史象征的黛玉形象

——兼谈黛玉形象的写实性和写意性

虚实相生，抒情写意，是中国古典美学的基本理念，也是中国古典艺术所呈现的一个显著特征。这也正是《红楼梦》不同于《人间喜剧》，黛玉形象不同于欧美现实主义作家笔下的典型形象之所在。黛玉形象，这位由深受中国传统诗学濡染的作者精心创造的具有标示性意义的人物，是中国古典诗史上的最后一位伊人。漫长的古典美学时代化育和酝酿了她，几千年的审美积淀成就了她，使她成为叙事艺术中特殊的意象意境和美学符号般的存在。她从深邃的历史中走来，又作为中国古典诗学和叙事艺术的标志性符号而成为历史。

如果说，泣血的杜鹃是中国古代诗人的一个象征，那么，黛玉形象正是这样的象征。黛玉形象既是写实的，又是写意的；既丰富而充实，又虚幻而空灵。一方面，作者将黛玉形象置于错综复杂的现实关系之中，在贾府这样一个作为中国封建社会缩影的典型环境中，刻画了一位真实可信的贵族少女形象。另一方面，黛玉形象又是"灵想之所独辟，总非人间所有"[1]的。作为读者，我们通过想象，似乎真能在资本原始积累时期法国巴黎或外省的某条街巷某座宅子里找到巴尔扎克的《人间喜剧》中的某个人物，而由绛珠仙草转世为人报恩还泪的林黛玉，却如"空中之音，相中之色，水中之月，镜中之象"[2]，使我们只能"可

---

① 恽南田：《题洁庵图》，宗白华：《美学散步》，上海人民出版社1981年版，第58页。
② 严羽撰、郭绍虞校释：《沧浪诗话校释·诗辨》，人民文学出版社1983年版，第26页。

望而不可置于眉睫之前"。①在中国古典小说的艺术群象之中,林黛玉可以说是写实性与写意性完美结合的特殊范例,是中国古代普遍的审美原则在现实主义小说创作中的又一次成功实践。如果说,西方现实主义经典作家强调摹仿和再现,主张按照社会生活发展的客观逻辑和人物形象性格成长的必然逻辑来塑造典型环境中的典型人物,那么,中国古代以曹雪芹为代表的小说家们,首先便是诗人,他们虽然也遵循现实主义和典型创造的一般原则,按照生活与性格发展的必然逻辑来写人叙事,但同时,他们又以诗的原则和创造意境的方法,遵循情感的逻辑、想象的逻辑,来塑造意境化的典型形象,其创作目的不仅是真实地摹仿和再现生活,而且更是真诚地抒发和表现作者对社会人生诗意的感受、审美体验和独特而强烈的生命情感。读《红楼梦》,就像是在读一首长诗,这里不仅有诗的意境,还可以看到诗人的匠意深心和独特的艺术手法。正像李太白咏贵妃而及于名花,苏东坡咏西湖而及于西子一样,《红楼梦》中写贾府,便有甄府;有贾宝玉,便有甄宝玉;李纨、妙玉的今天是宝钗、惜春的明天,而宝钗、惜春的今天便是李纨、妙玉的昨天;于晴雯可以看到黛玉的影子,由袭人亦可见宝钗的影子;宝钗与黛玉恰成对照,晴雯与袭人亦相对成趣。真可谓左右映带,如灯取影,莹彻玲珑,妙合无垠。

观黛玉形象,如赏凌波仙子,风中摇曳的花与水中荡漾的影共同构成美好的整体形象。其花容月貌、其一颦一笑,跃然如在纸上,而其神、其魂、其韵,却只能得之于言语之表,得之于感悟与想象。

一、黛玉形象的写实性

读《红楼梦》至第三回《林黛玉抛父进京都》,写黛玉到贾府依傍外祖母生活,其最初反应是:"步步留心,时时在意,不肯轻易多说一句话,多行一步路。"②很容易给人一种其自我防卫心理过甚的印象。读第二十七回《埋香冢飞燕泣残红》中黛玉《葬花词》"一年三百六十日,风刀霜剑严相逼"等句,其多愁善感,自伤自怜,也使人大有"想眼中能有多少泪珠儿,怎经得秋流到冬尽,春流到夏"

---

① 司空图:《与极浦书》,郭绍虞:《中国历代文论选》第二册,上海古籍出版社1979年版,第201页。
② 本文以下所引《红楼梦》文字,均见人民文学出版社1982年版。

之叹，觉其种种心理与行事，似非人间世上所有。然掩卷而思，又觉贾府中大观园潇湘馆内好似真有黛玉其人，其音容其呜咽，与潇潇竹声、雨打芭蕉之景，宛若即在耳目之前。总之，黛玉形象，既是典型，又不同于一般的典型。我们惊异于在作者的笔下，历史与现实，生活与艺术，严酷的人生与诗情画意、艺术情感和审美理想竟然会如此和谐地统一在一起。《红楼梦》第一回谈到以往才子佳人等书，千部一套，大不近情理，"竟不如我半世亲睹亲闻的这几个女子，虽不敢说强似前代书中所有之人，但事迹原委，亦可以消愁破闷；也有几首歪诗熟话，可以喷饭供酒。至若离合悲欢，兴衰际遇，则又追踪蹑迹，不敢稍加穿凿，徒为供人之目而反失其真传者"。表明作者正是遵循现实主义原则创制这部传世巨著的。

在黛玉形象的塑造中，作者不仅为她精心安排了富于浪漫主义神话色彩的背景与前身，叙写她为双亲爱如珍宝，却先后丧母失父，沦为孤女，寄人篱下的不幸命运，而且还细腻深入地描绘了她的内心世界和一波三折的宝黛爱情，更重要的是，作者成功地将这一切置于贾府特定的环境氛围之中，深刻、含蓄而全方位地描绘了黛玉所处的错综复杂的人际关系和贾府中的世态炎凉。尽管，作者似乎没有一个字正面揭示黛玉寄人篱下的悲凉处境，没有一句话直接明写黛玉所感受到的冷漠，但实际上却入木三分地揭示了贾府中人在礼数上错不了的表象后面人情的凉薄，写出了贾府中母子、父子、兄弟、夫妇、妯娌、婆媳等关系中亲情之寡淡冷漠与矛盾之错综复杂，使黛玉上述防卫心理与独特的心理、行事显得十分自然、必要和真实可信。

关于黛玉的特殊处境，有两件事给我们留下了极其深刻的印象。一是黛玉刚进贾府，王夫人、凤姐等一干人围着黛玉，嘘寒问暖，随贾母而笑而泣，而悲而喜，其词意殷殷，让人几乎为浓浓的亲情所感动了。然而，紧接着作者写贾母命两个老嬷嬷带了黛玉去见两个母舅，两个亲舅舅都没有见痛失慈母、穷鸟入怀般的小外甥女。贾赦打发人来回话说："老爷说了：'连日身上不好，见了姑娘彼此倒伤心，暂且不忍相见。'"还嘱咐黛玉倘有委曲之处"只管说得，不要外道才是"。有意思的是，通观全书，好色而霸道，无耻亦无情的贾赦哪里是个有亲情会伤感的人？黛玉来到她二舅贾政处，老祖宗不在当场，王夫人自然已不必惺惺作态，只淡淡地说："你舅舅今日斋戒去了，再见罢。"

如果我们把第三回所叙与第四回薛家进贾府作一比较，对比就更加鲜明了："过了几日，忽家人传报：'姨太太带了哥儿姐儿，合家进京，正在门外下车。'喜得王夫人忙带了女媳人等，接出大厅……忙又引了拜见贾母……忙又治席接风。""薛蟠已拜见过贾政，贾琏又引着拜见了贾赦、贾珍等。贾政便使人上来对王夫人说：'姨太太已有了春秋，外甥年轻不知世路，在外住着恐有人生事。咱们东北角上梨香院一所十来间房，白空闲着，打扫了，请姨太太和姐儿哥儿住了甚好。'"在王夫人，其亲疏厚薄，自然而然，而贾府中人于人情凉薄之中更显得势利，亦自不待言。

第二件事，是第七十四回《惑奸谗抄检大观园》，这是《红楼梦》一精彩大关目，这里写凤姐一干人：

> 一径出来，因向王善保家的道："我有一句话，不知是不是。要抄检只抄检咱们家的人，薛大姑娘屋里，断乎检抄不得的。"王善保家的笑道："这个自然。岂有抄起亲戚家来。"凤姐点头道："我也这样说呢。"一头说，一头到了潇湘馆内。黛玉已睡了，忽报这些人来，也不知为甚事。才要起来，只见凤姐已走进来，忙按住他不许起来，只说："睡罢，我们就走。"这边且说些闲话。那个王善保家的带了众人到丫环房中，也一一开箱倒笼抄检了一番。因从紫鹃房中抄出两副宝玉常换下来的寄名符儿，一副束带上的披带，两个荷包并扇套，套内有扇子。打开看时皆是宝玉往年往日手内曾拿过的。王善保家的自为得了意，遂忙请凤姐过来验视。

自然，薛大姑娘是贾府的亲戚，但失去双亲、并无母兄可以依靠的林姑娘难道不是贾府的外亲？对于抄检大观园，作为管家婆的凤姐虽不以为然，但没有表示异议（邢王两夫人斗法，她是王家人，与邢又是名义上的媳妇，自然不容置喙）。在此事件中，她自我定位极其精准，她是一个跟随者、见证人、监管者和保护人。她保护她所保护的（如王家人薛大姑娘。又，抄出宝玉的东西时，她出来一句话就化释了事），她不保护她认为无须保护的。一句"这边且说些闲话"，就告诉我们，凤姐除了例行性嘘寒问暖之外，无一句涉及她知道黛玉此刻最想知道，却又无从出口的问题："你们翻箱倒柜，这是要干什么？"

凤姐的潜台词是：我无可奉告，此事非我所为，与我无关，你不要怪到我身上。虽理势所然，但其对黛玉在表面热情背后的凉薄冷漠，也是显而易见的。也许，贵族之家大抵如此吧。当然，必要时，她会有杀伐决断。隐忍不发之后，一旦见机而作，便是雷霆手段。邢夫人身边的大红人王善保家的就吃了大亏，其外孙女司棋，便成为了牺牲品。大观园众芳凋落，由此拉开序幕。素称大方温和的宝钗不动声色地作出了相应的反应——以照顾母亲为由搬出了大观园。当向李纨辞行时，李纨笑道："好妹妹，你去只管去，我自打发人去到你那里去看屋子。你好歹住一两天还进来，别叫我落不是。"宝钗笑道："落什么不是呢，这也是通共常情，你又不曾卖放了贼。"弦外有音地表露了自己的不快。泼辣精明、有气性的探春更是声色俱厉地作出了特别激烈的反应：先是率众丫环开门秉烛而待；继而只让搜检自己的箱笼，不准动丫环们的东西，置对方于非常尴尬的境地；末了还打了王善保家的一个耳光。连丫环晴雯都无言地表示了抗议："到了晴雯的箱子，（王善保家的）因问：'是谁的，怎不开了让搜？'袭人等方欲代晴雯开时，只见晴雯挽着头发闯进来，豁一声将箱子掀开，两手捉着底子，朝天往地下尽情一倒，将所有之物尽都倒出。王善保家的也觉没趣。"却唯有素来被认为小性儿、行动爱恼的心高气傲、尖刻敏感的林黛玉，在仗势欺人的王善保家的一干人将宝玉旧物乱翻乱抄时，只能忍气吞声，逆来顺受，没有也不能作出任何反应。黛玉寄人篱下的处境便不问可知了。全书类似这样对黛玉的命运与处境不写之写的例子不胜枚举。

综观全书，我们看不到两个舅舅对孤苦病弱的亲外甥女有过什么亲切关怀的表示。两个舅母，吝啬冷漠的邢夫人自不必说，至于成日念佛的王夫人，第七十四回当王善保家的进谗言诽毁晴雯时，王夫人问凤姐道："上次我们跟了老太太进园逛去，有一个水蛇腰、削肩膀、眉眼又有些象你林妹妹的，正在那里骂小丫头。我的心里很看不上那狂样子……"嫌恶之意溢于言表，黛玉在其心目中的地位、印象也可想而知。让人不得不怀疑黛玉母亲贾敏（她的小姑）是否得罪过她。在贾府这个大家族里，人际关系异常紧张和复杂，正如第七十五回《开夜宴异兆发悲音》中探春所说："咱们倒是一家子亲骨肉呢，一个个不象乌眼鸡，恨不得你吃了我，我吃了你！"而黛玉又是多病善感的人，第八十三回中王大夫向紫鹃道："这病时常应得头晕，减饮食，多梦，每到五更，必醒个几次。即日间听见不干自己的事，必要动气，且多疑多惧。不知者疑为性情乖诞，其实因肝阴亏损，心气衰耗，都是这个病在那里作怪。"

这样的环境氛围，这样的主客观因素，使我们能够理解和接受黛玉形象富于个性特征的行为举止和甚至看似过激的反应。当看到第七十六回写中秋佳节贾府合家团圆观月赏桂，而黛玉与湘云、妙玉三位孤女在"凹晶馆联诗悲寂寥"时，当看到第六十七回《见土仪颦卿思故里》时，当看到第五十七回《慈姨妈爱语慰痴颦》中黛玉要认舅家的亲戚薛姨妈做娘，极其难得地伏在慈祥的薛姨妈身上撒了一次娇时，真令人为之鼻酸。从第四十五回《金兰契互剖金兰语》写宝钗一番关心关切的话，便令黛玉大为感激，说了许多推心置腹的话语，从黛玉与宝玉心心相印的一片痴情，从黛玉与丫环紫鹃痛痒相关、亲如姐妹的情谊，我们完全有理由说，看似口尖量小的黛玉，其实不仅美丽多情，而且心地善良，是个真诚厚道的人。

总之，作者运用现实主义的创作手法，成功地塑造了生活于贾府这个典型环境中真实可信的永恒的黛玉形象。

二、黛玉形象的写意性

如果说，作者对现实主义典型化创作原则的成功运用使黛玉形象具有了永恒的认识价值，那么，作者对诗的原则和意境化手法的遵循和运用使黛玉形象具有了不可言说的美，无尽的审美韵致和光彩照人的艺术魅力。

黛玉形象自然是曹雪芹取材于现实人生的天才创造，但这一形象的审美特质和构成要素却并非全然出于作者的亲身经历。正像杜甫《绝句》让读者由窗外积雪而"思接千载"，由门前泊船而"视通万里"，黛玉形象也让我们联想到往古的诗人作者和历史、传说以及文艺作品中的人物。诗人之哀乐，过于常人。《红楼梦》中人物，宝玉得其乐，而黛玉则得其哀，观其一筋一咏，大有李贺、李商隐之遗韵和李清照、朱淑真之遗风；其一颦一蹙，则颇似西子"病心而颦"之态。想象其形象神貌，仿佛既有赵飞燕的轻盈袅娜（第二十七回《滴翠亭杨妃戏彩蝶　埋香冢飞燕泣残红》即以杨贵妃比宝钗，以赵飞燕比黛玉），又有王昭君之美丽凄怨（第六十三回《寿怡红群芳开夜宴》写黛玉抽得芙蓉花签，上题着"风露清愁"四字，那面一句旧诗："莫怨东风当自嗟。"而此句引自宋欧阳修《和王介甫明妃曲》二首之二，上句为"红颜胜人多薄命"。显然是以红颜薄命而幽怨的昭君暗比黛玉）；既有苏蕙的兰心蕙性，又有谢道韫的锦心绣口；既有崔莺莺的多情，又有杜丽娘的善感。概而言之，黛玉形象兼有多层象征意蕴。

首先，上文所述"风露清愁"四字，道出了黛玉形象特有的美。作为花季少女的黛玉形象，在作者笔下与读者心目中却并非未涉世事、天真烂漫的少女，而是似乎天生就熟谙人生、彻悟世事、早慧而忧郁的女性形象。对这一形象，我们和贾宝玉一样有"曾见过"的感觉，或者"虽然未曾见过他，然我看着面善，心里就算是旧相识，今日只作远别重逢，亦未为不可"。因为，作者是以千百年来形成的审美理念来塑造这一形象的。

我们中华民族是一个早慧的民族，早在先秦时代诗人们的吟咏唱叹中，就已体现出令后人惊异的成熟的审美观。《诗经》中写四季，有"春日迟迟"[1]"灼灼其华"[2]的美，也有"杨柳依依""雨雪霏霏"[3]的美，而写得最好的恐怕是："蒹葭苍苍，白露为霜。所谓伊人，在水一方……"[4]这位以秋水长天、苍茫的蒹葭、清寒的霜露为氛围、为背景的伊人形象，虽通篇不言其美，却有着异乎寻常的艺术魅力，其神秘的美超越了深邃的历史在读者心中获得了永恒的生命。在我们的想象中，伊人形象有几分落寞，有几分清寒，在清秋薄暮中伫立，曾经沧海却依然是那样天然本色，含蕴着超逸绝尘的美。无独有偶，《楚辞·九歌·湘夫人》中也仿佛有此境界："帝子降兮北渚，目眇眇兮愁予。袅袅兮秋风，洞庭波兮木叶下。"[5]这里的帝子形象一如伊人形象，那种不可言说而臻于极致的美，那种"清水出芙蓉，天然去雕饰"[6]的寂寞与静穆的美，标志着先秦的诗人们已炉火纯青地把握了美的极致，而伊人、帝子形象从此便作为最美最动人

[1]《诗经·豳风·七月》，朱熹：《诗集传》卷八，上海古籍出版社1980年版，第91页。
[2]《诗经·周南·桃夭》，同上卷一，第5页。
[3]《诗经·小雅·采薇》，同上卷九，第106页。
[4]《诗经·秦风·蒹葭》，同上卷六，第76页。
[5]《楚辞·九歌·湘夫人》，北京大学中国文学史教研室选注：《先秦文学史参考资料》，中华书局1962年版，第537页。
[6]李白：《经乱离后天恩流夜郎忆旧游书怀赠江夏韦太守良宰》，瞿蜕园：《李白集校注》卷十一，上海古籍出版社1980年版，第732页。

的神秘形象，在诗人们的笔下不断地重现。"翩若惊鸿，婉若游龙，荣曜秋菊，华茂春松"，"仿佛兮若轻云之蔽月，飘飖兮若流风之回雪"[①]；"绝代有佳人，幽居在空谷……天寒翠袖薄，日暮倚修竹"[②]；"曲终人不见，江上数峰青"[③]；"淮南皓月冷千山，冥冥归去无人管"[④]，我们从这些意境和形象上常常依稀仿佛可以看到伊人、帝子的影子，而曹雪芹又为伊人、帝子形象系列增添了一个新形象。

黛玉形象的韵致，是"清凉素秋节"[⑤]的韵致。黛玉形象的秋心既是与其性格命运、特定环境相联系的有现实具体内涵的忧愁，又是中国古代诗人对宇宙自然、现实人生诗意的感受和审美体验的显现，是中国古代诗史上悲秋咏秋主题旋律的又一次呈示与回响。总之，黛玉形象的忧愁幽思是以中国古代诗人特有的生命情感、强烈的审美意兴和深邃的宇宙意识为背景、为内涵的。黛玉形象是中国古典艺术秋之韵的又一个诗意的象征。

其次，远古的江南，大小部落遍布于淮泗沅湘之间，在楚国从筚路蓝缕、以启山林到兼并"蛮""苗"诸部落的漫长过程中，楚地的风土人情、民俗习惯和山清水秀的神秘山川，以及原始宗教（巫术）等赋予楚文化以有别于北方中原史官文化的鲜明特征，作为楚文化的杰出代表，楚辞以其丰富奇特的想象、瑰丽多姿的辞采和美丽神秘的神话境界，与作为现实主义丰碑的《诗经》交相辉映，并深远地影响了后世文学。

黛玉原籍苏州，曹雪芹是将她作为一位南国佳人来塑造的。作者倾注了心血与才情赋予这一形象以浓郁的南方楚文化色彩。第一回开头就向读者叙述了一个"千古未闻"的神话故事："西方灵河岸上三生石畔，有绛珠草一株，时有赤瑕宫神瑛侍者，日以甘露灌溉，这绛珠草始得久延岁月。后来既受天地精华，复得雨露滋养，遂得脱却草胎木质，得换人形，仅修成个女体，终日游于离恨天外，饥则食蜜青果为膳，渴则饮灌愁海水为汤。只因尚未酬报灌溉之德，故

① 曹植：《洛神赋》，北京大学中文系教研室选注：《魏晋南北朝文学史参考资料》上册，中华书局1962年版，第97页。
② 杜甫：《佳人》，钱谦益：《钱注杜诗》卷三，上海古籍出版社1979年版，第85页。
③ 钱起：《省试湘灵鼓瑟》，沈德潜：《唐诗别裁集》卷十八，中华书局1975年版，第239页。
④ 姜夔：《踏莎行·燕燕轻盈》，夏承焘：《姜白石词校注》，广东人民出版社1983年版，第33页。
⑤ 陶渊明：《和郭主簿》其二，北京大学中文系教研室选注：《魏晋南北朝文学史参考资料》下册，中华书局1962年版，第389页。

其五内便郁结着一段缠绵不尽之意。"恰逢神瑛侍者凡心偶炽，欲下凡造历幻缘，那绛珠仙子道："他是甘露之惠，我并无此水可还。他既下世为人，我也去下世为人，但把我一生的眼泪还他，也偿还得过他了。"这一故事显然受娥皇、女英的神话传说的启发，富于楚文化色彩，从一开始便为黛玉形象定下了情韵与格调。第三十七回《秋爽斋偶结海棠社》中，发起成立诗社的探春为黛玉起雅号说："当日娥皇女英洒泪在竹上成斑，故今斑竹又名湘妃竹。如今他住的是潇湘馆，他又爱哭，将来他想林姐夫，那些竹子也是要变成斑竹的。以后叫他作'潇湘妃子'就完了。"相传唐尧将二女嫁给虞舜，大舜南巡，崩于苍梧，娥皇、女英二妃追之不及，泪洒湘竹，而成斑竹，又称潇湘竹。这一神话传说源于楚地潇湘，典型地体现着楚文化的色彩和韵味。《红楼梦》便承继和传写了这样的情韵。第二十六回写黛玉所居："苍苔露冷，花径风寒""凤尾森森，龙吟细细"，室内"湘帘垂地，悄无人声"，辞采情调，也大有李贺《昌谷北园新笋》（四首其二）中所云"斫取青光写楚辞"①的风味。潇湘馆环境氛围的渲染对于黛玉形象的成功塑造具有特殊意义。

黛玉的前身是绛珠仙子，而她亲如姐妹的知心丫环又叫紫鹃，这里暗含着一个蜀地凄怨而美丽的神话传说。传说古代蜀国国王杜宇，于周末自号望帝。死后其魂魄化为杜鹃鸟，日日夜夜声声悲啼，泪尽而继之以血。从情韵和格调来看，这一神话故事更多地与楚神话相通，与娥皇、女英的神话传说恰成姐妹篇，同为古代诗人的灵感之源。唐宋诗词中如"望帝春心托杜鹃"②"啼鸟还知如许恨，料不啼清泪长啼血"③等皆出于此。由此来看，紫鹃是啼血的杜鹃，而绛珠则正是血之泪。

屈原"忧愁幽思而作《离骚》"④，"故骚经九章，朗丽以哀志；九歌九辩，绮靡以伤情"⑤，观屈原辞赋，往往在一唱三叹之中，凝结着人生的大忧患，其伤感凄艳的情韵格调，奠定了楚辞和楚文学鲜明的风格基调。如《九章·抽思》：

① 李贺：《昌谷北园新笋》四首其二，王琦等注：《李贺诗歌集注》，上海古籍出版社1978年4月新1版，第140页。
② 李商隐：《锦瑟》，《全唐诗》下册，上海古籍出版社1986年版，第1360页。
③ 辛弃疾：《贺新郎·绿树听鹈鴂》，胡云翼：《宋词选》，上海古籍出版社1982年版，第303页。
④ 司马迁：《史记·屈原贾生列传》第八册卷八十四，中华书局1982年版，第2482页。
⑤ 刘勰撰、周振甫注释：《文心雕龙注释·辨骚》，人民文学出版社1981年版，第36页。

"心郁郁之忧思兮，独永叹乎增伤。思蹇产之不释兮，曼遭夜之方长。悲秋风之动容兮……伤余心之忧忧。""愿承闲而自察兮，心震悼而不敢；悲夷犹而冀进兮，心怛伤之憺憺。""望北山而流涕兮，临流水而太息。""烦冤瞀容，实沛徂兮。愁叹苦神，灵遥思兮。""忧心不遂，斯言谁告兮！"[①]忧思如雪花一样弥漫全篇。值得注意的是，曹雪芹在塑造黛玉形象时，用了许多具有浓郁楚文化色彩的神话典故，可谓独具匠心，曲折三致意焉。而其曲意与深心，和黛玉的凄怨与忧思，正与楚辞作者们的情思相通。

再次，在第七十六回《凹晶馆联诗悲寂寞》中，黛玉以"冷月葬花魂"对湘云的"寒塘渡鹤影"，此句甲辰本作"冷月葬诗魂"。花魂也好，诗魂也罢，《红楼梦》诸多人物之中，当然非黛玉莫属。黛玉形象，可谓中国古典小说中最富于诗意的形象，她是美的象征，诗的化身。

中国古代小说、戏曲与诗和史有着深刻的不解之缘，历史赋予古代小说、戏曲以丰富的题材、主题和深邃的历史观、人生观，根深蒂固的文史不分家的观念，对中国古典小说、戏曲发展的影响和限制是不可低估的；而诗则赋予古代小说、戏曲以体制、格局、情调和灵魂。中国古典戏曲、小说的诗化特征是值得我们探讨的重要现象。就小说而论，便从最初的引诗（或以诗）为证，对人物或情节加以评述，和以诗穿插点缀于小说情节演进之中，发展到清代以《聊斋志异》《红楼梦》等为代表的结构、体制和形象、境界的诗化。如《浮生六记》《聊斋》等作品中许多部分，本身便是绝妙的诗。而黛玉形象就是最成功的诗化形象。黛玉形象仿佛就是为诗而塑造出来的，或者可以说，作者几乎是将黛玉作为女诗人来塑造来描绘的。说黛玉形象是诗的象征，首先因为黛玉是大观园中最有灵气和才情的诗人。自先秦"诗骚"时代就已形成，并在汉魏南朝诗歌理论与创作实践中得到确认的春恨秋悲的主题旋律，也回响和弥漫于《红楼梦》中，而在所有伤春悲秋的诗作中，黛玉的诗是最好的。第三十七回《秋爽斋偶结海棠社 蘅芜苑夜拟菊花题》，第三十八回便是《林潇湘魁夺菊花诗》，被宝玉称为"虽不善作却善看，又最公道"的李纨评菊花诸诗说："各有各人的警句。今日公评：《咏菊》第一，《问菊》第二，《菊梦》第三，题目新，诗也新，

① 屈原：《九章·抽思》，洪兴祖注：《楚辞补注》，中华书局1983年版，第137—141页。

立意更新，恼不得要推潇湘妃子为魁了。"而第七十回《林黛玉重建桃花社》中，黛玉一首《桃花行》令众人叹服，因改"海棠社"为"桃花社"，并推黛玉为社主。此外，黛玉的《葬花词》《秋窗风雨夕》《唐多令》等诗词篇什在大观园诸人创制中也属上乘之作。这些诗作都寄寓着春恨秋悲的深切情感，可以视为黛玉形象塑造中画龙点睛之笔。第十七至十八回《大观园试才题对额 荣国府归省庆元宵》写元妃命宝玉题咏"潇湘馆"等四处，黛玉为宝玉代作《杏帘在望》一首，不仅宝玉自觉"此首比自己所作的三首高过十倍"，而且元妃也"指'杏帘'一首为前三首之冠"。这是化用李清照、赵明诚故事，以李清照比黛玉的。第四十八回《慕雅女雅集苦吟诗》写香菱潜心学诗，而黛玉则循循善诱，仿佛一对诗痴、诗魔。

总而言之，黛玉形象不仅具有写实性，更有写意性。她仿佛就是为诗而存在的。作者不仅将渗透自己强烈生命情感的动人诗篇归于黛玉名下，而且以诗一般的语言和匠心，按照诗的原则来塑造黛玉形象，从而完美地创造了"这一个"含蕴着秋之韵、楚之风、诗之魂的特殊典型。可以说，黛玉形象是诗、诗意和诗人的一个象征。

三、泣血的杜鹃

《红楼梦》是一首诗，一首酝酿、积累了数千年，而由一位集大成的文学大师最终写就的瑰丽而凄怨的诗篇。随着诗篇末尾宿命般的残缺与悲剧的落幕，天地似为之易色，草木亦为之同悲，一个经历了繁华与苦难、坎坷与艰辛的伟大心灵发出了余韵悠悠的沉重叹息。在《红楼梦》中，作者倾注了他全部的心血、才华与诗情画意，以杜宇啼血般的笔调和珠圆玉润的辞句，精心结撰了一个艺术世界，在这里，积淀着中国传统文化与艺术的生命信息和遗传基因，流动着中国古代诗歌的节奏旋律和精神气韵。

当我们以这样的眼光再一次感受和审视黛玉形象时，黛玉已然不单纯是一位美丽多情、敏感善良、富于诗人气质与才情的少女形象，也不仅仅是揭示了一定历史时期社会生活某种本质与规律的典型，而是承载了几千年中华文化厚重负荷的一个永恒的诗性象征，一种富于典型意义的审美境界，从这一形象中，我们仿佛可以看到中国古代许多文士淡淡的背影。

作为中国古代文化精神传统的传承者与批判者，我们是以特殊的心境来感受和面对黛玉形象，感受她和她的创造者所感受到的一切的。实际上，当我们面对和审视这一形象时，我们也是在面对和审视我们自己的心性，面对和审视从古到今的中国诗人那心灵跋涉的漫漫长路及审美精神、审美实践的悠悠旅程。

清刘熙载在《艺概·诗概》中说："诗人之忧过人也"，"诗人之乐过人也。忧世乐天，固当如是"[①]。《红楼梦》中，神瑛侍者凡心偶炽，意欲下凡造历幻缘，则宝玉的精神中似有乐天之意；而绛珠仙子则欲随神瑛侍者下世为人，以一生所有的眼泪还报其甘露灌溉之惠，则黛玉的精神中似更多忧世之心；宝玉喜聚，而黛玉则在聚时即以平静的心态准备迎接散的结局。这里似乎正包含着一个相反相成的人生命题，而从"好一似食尽鸟投林，落了片白茫茫大地真干净"的结局来看，全篇笼罩在对人生宿命般的悲剧性感受和大忧患中。鲁迅先生在《中国小说史略》中谈到《红楼梦》时说："悲凉之雾，遍被华林，然呼吸而领会之者，独宝玉而已。"[②]诚然如此，不过，那应该是指"苦绛珠魂归离恨天"以后，因为比起林黛玉来，宝玉也许应该算是后知后觉者。

的确，《红楼梦》是一部痛史，一曲悲歌，从第五回离恨天、灌愁海，放春山遣香洞太虚幻境和痴情、结怨、朝啼、夜怨、春感、秋悲诸名目，从《红楼梦引子》曲文"趁着这奈何天，伤怀日，寂寥时，试遣愚衷。因此上，演出这怀金悼玉的《红楼梦》"，从四春之元、迎、探、惜及"千红一窟""万艳同杯"的谐音中，我们听到的是啼血的杜宇那声声的悲鸣。而那杜宇便是曹雪芹，也便是林黛玉。可见，曹雪芹就是泣血的杜鹃，他寄哭泣于黛玉形象，寄哭泣于《红楼梦》。

黛玉善泣，第五回《枉凝眉》曲有"想眼中能有多少泪珠儿，怎经得秋流到冬尽，春流到夏"之句，第二十八回宝玉唱道："滴不尽相思血泪抛红豆，开不完春柳春花满画楼，睡不稳纱窗风雨黄昏后，忘不了新愁与旧愁，咽不下玉粒金莼噎满喉，照不见菱花镜里形容瘦。展不开的眉头，捱不明的更漏。呀，恰便似遮不住的青山隐隐，流不断的绿水悠悠。"这些都是黛玉之悲泣的写照。

---

① 刘熙载：《艺概·诗概》，上海古籍出版社1978年版，第50页。

② 鲁迅：《中国小说史略》，《鲁迅全集》第9卷，人民文学出版社1981年版，第231页。

黛玉善泣，而黛玉的悲泣非同凡响，至能感应花鸟，通于自然。第二十六回以诗一般美丽的笔调写黛玉："左思右想……越想越伤感起来，也不顾苍苔露冷，花径风寒，独立墙角边花阴之下，悲悲戚戚呜咽起来。原来这林黛玉秉绝代姿容，具稀世俊美，不期这一哭，那附近柳枝花朵上的宿鸟栖鸦一闻此声，俱忒楞楞飞起远避，不忍再听。真是：花魂默默无情绪，鸟梦痴痴何处惊。因有一首诗道：'颦儿才貌世应希，独抱幽芳出绣闺，呜咽一声犹未了，落花满地鸟惊飞。'"这大约是中国古典小说中写哭写得最美、最富有诗意的一段文字，与《聊斋志异·婴宁》写笑恰成对照。

黛玉的悲歌与哭泣就是曹雪芹的歌哭，《红楼梦》是作者的一部伤心史。金陵十二钗，那是作者半生碌碌中感念与怀想的闺阁女子的化身，当心中与笔下美丽的生命之花一一凋谢之时，怎不令作者悲慨万端，长歌当哭！读第一回中自序性的文字："当此""愧则有余，悔又无益之大无可如何之日也！""则自欲将以往所赖天恩祖德，锦衣纨绔之时，饫甘餍肥之日，背父兄教育之恩，负师友规谈之德，以至今日一技无成、半生潦倒之罪，编述一集，以告天下人"。将其与经历了国破家亡惨痛变故的张岱所撰《陶庵梦忆·自序》和《自为墓志铭》比读，觉二者心绪苍凉，语语沉痛，何其相似乃尔。这里有几分忏悔，有几分反语，有几分不平，有几分无奈，有几分自嘲，亦有几分自傲！"满纸荒唐言，一把辛酸泪！都云作者痴，谁解其中味？""无材可去补苍天，枉入红尘若许年……"这是作者的愤世之语，牢骚之语，是欲有所为而不能为、不可为的伤心之语，是冷眼观世，白眼看人的狂傲之语，是洞察古今、彻悟人生的佛道之语，总之，《红楼梦》是作者所写的沉痛而绝望的一曲悲歌。

四、黛玉歌哭的象征意蕴

晚清作家刘鹗在《老残游记·自序》中说：

《离骚》为屈大夫之哭泣，《庄子》为蒙叟之哭泣，《史记》为太史公之哭泣，《草堂诗集》为杜工部之哭泣，李后主以词哭，八大山人以画哭，王实甫寄哭泣于《西厢》，曹雪芹寄哭泣于《红楼梦》……名其茶曰"千芳一窟"，名其酒曰"万艳同杯"者，千芳一哭，万艳同悲也。

黛玉之歌哭是曹雪芹之歌哭，又非曹雪芹一人之歌哭。千古文人善哭，其歌也无端，其哭也有怀："有身世之感情，有家国之感情，有社会之感情，有种教之感情。其感情愈深者，其哭泣愈痛。"[①] 黛玉的悲哭也是曹雪芹的悲哭，更是凝聚着千古文人生命意兴和审美情感的千红一哭、万艳同悲。在《红楼梦》中，在黛玉形象上，我们仿佛可以看到千古文士孤鸿般缥缈的身影，听到他们探索、徘徊的足音和隐约、悠长的喟叹。

透过历史的风烟，我们看到：鲁哀公十四年西狩获麟，孔子悲叹"吾道穷矣"而老泪纵横[②]；屈原彷徨山野，沉吟泽畔，"长叹息以掩涕兮，哀民生之多艰"[③]；"杨子哭歧道，墨子哭练丝"[④]；贾谊凭吊屈原，泪洒于湘水；阮籍行不由径路，恸哭于穷途[⑤]；陈子昂登古幽州台，于时空浩渺中涌上心头弥漫天地的忧思，化为震颤古今的悲歌："前不见古人，后不见来者，念天地之悠悠，独怆然而涕下。""作《易》者其有忧患乎？删《书》者其有栖遑乎！《国语》之作，非瞽叟之事乎！《骚》文之兴，非怀沙之痛乎！吾非斯人之徒欤，安可默而无述？""初唐四杰"之一的卢照邻在其《释疾文序》中所说的这段沉痛的话，道出了古今志士仁人共通的大忧患。

这种先天下之忧而忧的忧患与幽思，并非源于对自我生命损失的具体感受，而是面对宇宙绵邈、大地苍茫时，来自生命最深处的使命感和寂寞心，是源于人性中的高贵、伟岸和光华，是基于一种宇宙观、人生观，基于对历史与人生的哲学态度、艺术精神和审美体验。"无材可去补苍天，枉入红尘若许年。"曹雪芹的忧思、他的"辛酸泪"，与志士仁人是相通的，在写到转世还泪的林黛玉那声声悲泣时，我们相信，他有着相似的情感体验和审美视野。这是黛玉的、

① 刘鹗：《老残游记·自叙》，刘德隆：《刘鹗及老残游记资料》第1辑，四川人民出版社1985年版，第73页。
② 何休、徐彦：《春秋公羊传注疏》下册卷二八，中华书局聚珍仿宋版，第853页。
③ 屈原：《离骚》，姜亮夫：《屈原赋校注》卷一，人民文学出版社1957年版，第33页。
④ 王充：《论衡·率性》，刘盼遂：《论衡集解》卷二，（北京）古籍出版社1957年版，第34页。
⑤ 陈寿：《三国志·魏志·王粲传》，《魏氏春秋》，影印本《二十五史》第二册，上海古籍出版社1986版，第1139页。

也是曹雪芹的哭泣所具意蕴的重要方面。

当李唐宗室、郁郁早亡的诗坛奇才李贺，于夕阳西下秋风瑟瑟"芙蓉泣露"的时节徘徊于荒郊野外，在他心中和天地之间搜寻呕心泣血、神思妙想的动人诗句的时候；当李商隐在黄昏时分无限惆怅地回首凝望那美丽的夕阳，当他面对如泪的湘波或异乡的秋色，不胜凄凉地吟哦出"楚天长短黄昏雨，宋玉无愁亦自愁"①"阶下青苔与红树，雨中寥落月中愁"的诗句②，当他伫立曲江池畔，在一派萧瑟中遥想此地盛唐时的繁华，极其伤感地写下"死忆华亭闻唳鹤，老忧王室泣铜驼。天荒地变心虽折，若比伤春意未多"之句的时候③，他们的伤春和悲秋决不仅仅是因为"我当二十不得意，一生哀谢如枯兰"的失意和坎坷④，不仅仅是因为对流逝中的自我生命与青春的留恋和叹惋，这分明是诗人为一个伟大而强盛的辉煌帝国如夕阳般坠落所发出的沉痛的叹息。文人那"惜春长怕花开早"的敏感⑤，"不啼清泪长啼血""啼到春归无寻处"的哀歌⑥，常常蓄积着几多"兴亡满目"的英雄泪⑦。而我们在黛玉的《桃花行》和《秋窗风雨夕》的春恨与秋悲中，似乎就感受和谛听到了李贺《将进酒》中"桃花乱落如红雨"的意境，李商隐《宿骆氏亭寄怀崔雍崔衮》诗那"留得枯荷听雨声"的余响。第七十回《林黛玉重建桃花社》中，黛玉的《唐多令》词有"嫁与东风春不管，凭尔去，忍淹留"之句，即本于李贺《南园》诗句："可怜日暮嫣香落，嫁与春风不用媒。"黛玉诗词之作的意境、情致和韵味，得之于晚唐诗人为多。

在乾隆帝志得意满地自诩为"十全老人"的时候，大清王朝连同整个中国封建社会实际上已处在崩溃、覆亡前的回光返照时期，曹雪芹以诗人的敏感，通过贾府的兴衰预言了这一必然的命运。通过黛玉的声声悲泣，曹雪芹从心底里早早地为他曾经所属的贵族、为一个王朝、为中国的封建制度送行。《红楼梦》是一部兴亡史，是一曲挽歌。这是黛玉的，也是曹雪芹的哭泣所包含的又一层意蕴。

① 李商隐：《楚吟》，彭定求、沈三曾、杨中讷等编：《全唐诗》下第八函第九册，中华书局1960年版，第1368页。
② 李商隐：《端居》，同上，第1365页。
③ 李商隐：《曲江》，同上，第1377页。
④ 李贺：《开愁歌》，高文：《全唐诗简编》上册，上海古籍出版社1993年版，第1043页。
⑤ 辛弃疾：《摸鱼儿·更能消几番风雨》，胡云翼：《宋词选》，上海古籍出版社1982年版，第266页。
⑥ 辛弃疾：《贺新郎·绿树听鹈鸪》，同上，第303页。
⑦ 辛弃疾：《念奴娇·我来吊古》，辛弃疾《稼轩长短句》卷二，上海人民出版社1975版，第15页。

唐、宋以后，随着中国封建社会步入漫漫下坡路，政治上越黑暗、越单调、越沉闷，文士们春恨秋悲的主题旋律就显得愈沉痛、愈激越，并发而为悲凉、为狂傲。如《六如居士外集》卷二载：唐寅尝居桃花庵，因自号桃花庵主，"轩前庭半亩，多种牡丹花，开时邀文徵仲、祝枝山，赋诗浮白其下，弥朝浹夕，有时大叫痛哭。至花落，遣小伻——细拾，盛以锦囊，葬于药栏东畔，作落花诗送之"。明季多狂生，如前之唐伯虎、文徵明、祝允明，后之徐渭、李贽。李贽在《焚书》卷三《杂说》中有一段极为沉痛的话，可以视为一代狂生的自我写照：

> 其胸中有如许无状可怪之事，其喉间有如许欲吐而不敢吐之物，其口头又时时有许多欲语而莫可所以告语之处，蓄极积久，势不能遏。一旦见景生情，触目兴叹；夺他人之酒杯，浇自己之垒块；诉心中之不平，感数奇于千载。既已喷玉唾珠，昭回云汉，为章于天矣，遂亦自负，发狂大叫，流涕恸哭，不能自止。

虽然我们从黛玉葬花之举及其葬花诗中看到了唐代诸才子的影子和与他们相通的悲凉、沉痛和孤傲，却似乎并没有从中强烈地感受到狂放的成分，但是，我们从曹雪芹的好友敦敏为他写的《题芹圃画石》"傲骨如君世已奇，嶙峋更见此支离。醉余奋扫如椽笔，写出胸中块垒时"中可见，曹雪芹的"块垒"也即李贽的"垒块"，曹雪芹的孤傲与狂放也一如明代诸贤，这是黛玉的，更是曹雪芹的哭泣所包含的又一层意蕴。

黛玉是大观园中最有才情的诗人，《红楼梦》中所有伤春悲秋的诗里，黛玉的诗是最好的，第三十八回《林潇湘魁夺菊花诗》及被李纨公评为诸诗之冠的前三首诗，都是黛玉所作。在第七十回《林黛玉重建桃花社》中，黛玉的一首《桃花行》又令众人兴起，改"海棠社"为"桃花社"，并推黛玉为社主。黛玉诗词中的春恨秋悲，是曹雪芹对传统诗歌主题的延续和总结。黛玉的悲哭是凝聚了千百年仁人志士骚人墨客辛酸之泪的千古一哭。

从庄子的"荒唐之言"到曹雪芹的荒唐言①,是一段完整的历史,是一首长诗,一曲悲歌,一如从屈原的自沉到王国维的自沉之为一段完整的交织着辉煌与苦难、梦想与幻灭、欢笑与哀痛的历史,而其前后不绝如缕贯注始终的是一种血脉精神与生命气韵。然而,历史不会简单地循环和重复,曹氏的荒唐言不同于庄子的荒唐之言,一如王氏的自沉不同于屈子的自沉,因为中间发生了太多的变故,因为他们分别经历了古老中国的日出与日落。在《庄子》的荒唐之言中,有"神秘的怅惘,圣睿的憧憬,无边际的企慕,无涯岸的艳羡"②,而在曹雪芹的荒唐言中,是一片"白茫茫大地真干净",是"悲凉之雾,遍布华林"。

五、黛玉歌哭的时代特征

黛玉形象的美,是一种令人炫目、不可仰视的美,是一种诗意的美,同时,也是一种凄艳的美,一种脆弱的美,一种绝望的美,一种最后的美。黛玉形象和她的创造者曹雪芹都非常典型地体现着中国古典审美理念的继承者和终结者的浓厚意味,体现着历史的局限性。

《红楼梦》第六十五回写小厮兴儿对尤二姐说起林黛玉和薛宝钗:"一肚子文章,只是一身多病,这样的天,还穿夹的,出来风儿一吹就倒了。我们这起没王法的嘴都悄悄地叫他'多病西施'。还有一位姨太太的女儿⋯⋯竟是雪堆出来的⋯⋯我们鬼使神差,见了他两个,不敢出气儿。""生怕这气大了,吹倒了姓林的;气暖了,吹化了姓薛的。"尽管以此来把握和概括整个时代的精神特征与风貌是片面的和不恰当的,但是,将黛玉等形象与清代尤其是清中叶及以后的艺术创造联系起来,我们不能不强烈地感到,作为集大成的时代,清代士人为中国古代文化艺术画上了一个较为圆满的句号,但虎虎有生气的时代既然早已成为过去,那么,精神风貌不复再有汉唐时的强健,也便是自然而然的事了。此气运所关,且冰冻三尺,非一日之寒。

观纳兰性德《饮水词》与沈复的《浮生六记》等清人之作,其心性中似别

---

① 《庄子·天下》,陈鼓应:《庄子今注今译》,中华书局1983年版,第884页。
② 闻一多:《闻一多全集》第9册,湖北人民出版社1993年版,第8页。

具一种对美的悟性与天分，"笔墨间缠绵哀感，一往情深"①，凄惋处令人不忍卒读；读李渔《闲情偶寄》与袁枚诗文，也觉其对艺术有极高的鉴赏力，世事洞明，很会生活；游苏州园林，叹赏其构思之巧妙，布局之精致，纳须弥于芥子之中，几夺造化之功。然而，如果觉得中间还似乎缺点什么的话，那么，这正是先秦儒家知其不可而为之的人生精神，庄子笔下横绝宇宙的鲲鹏形象与齐万物、等生死的逍遥游的境界，和古长城那蜿蜒曲折奔腾万里之势，这一切不知从何时开始消歇于春雨和秋风之中。

"十笏茅斋，一方天井，修竹数竿，石笋数尺，其地无多，其费亦无多也。而风中雨中有声，日中月中有影，诗中酒中有情，闲中闷中有伴……"②修身养性，已臻于极高的境界，然而，芥子园式的局促封闭的空间，是否正象征着文士的心性人格和审美视野，已从汉赋式的"席卷天下、包举宇内、囊括四海之意，并吞八荒之心"③，越来越趋向内化、趋向内省和退缩？类似冯小青这样自恋自怜、多愁善感、弱不禁风的人物形象的频繁出现及其在文人圈中被欣赏把玩、津津乐道、普遍受欢迎的程度，是否正意味着文士心性人格和审美情趣已从生机勃勃、精力弥满而越来越趋向纤柔和软弱化？我们在黛玉形象上或多或少、隐隐约约可以感受到这种内化与弱化的双重倾向。这种趋向的产生和形成是千百年封建专制统治的必然结果。

面对明清时代一些艺术作品炉火纯青却时而显露出精致、纤柔、小巧、局促、凄艳而绝望的美，我们常常要痛苦地发问：先秦诸子那种敢为天下先、敢树一家言的气魄哪里去了？那种吞吐一切、包容一切的气度哪里去了？先秦两汉那种苍茫雄浑、厚重朴茂的气韵哪里去了？盛唐那种刚健硬朗、华美壮大的气象哪里去了？民间创制那种天真浪漫、生动活泼的充满泥土味的清新气息哪里去了？

《红楼梦》中的林黛玉在贾府覆亡之前似乎就已预感到它的未来命运，而身处清王朝盛世酣梦中的曹雪芹则以《红楼梦》预言了封建王朝末世的到来。在他以后，常州词派诸贤，如张惠言，更真切地感受到厝火积薪风雨飘摇的危

---

① 王韬：《浮生六记跋》，沈复：《浮生六记》，江西人民出版社1980年版，第6页。
② 郑燮：《郑板桥集·题画·竹石》第5辑，上海古籍出版社1979年版，第168页。
③ 贾谊：《过秦论》，萧统：《文选》卷五一，中华书局1977年版，第707页。

急局势，然而他们料想不到的是，作为中国封建社会的最后一个王朝，大清帝国面对的是社会经济制度先进、工业革命以后拥有巨大生产力、以坚船利炮武装起来的欧洲列强。面对亘古未有的大危机、大变局，张氏们为之准备的却仍然只有经学与诗词，阮元《茗柯文编序》说：张氏主张词要有比兴、有寄托，"以经术为古文"，"求天地消息于《易》虞氏，求古圣王礼乐制度于《礼》郑氏"。而这样的药方显然是无助于解救危局的。我们深深理解明清时代志士狂生那深广的忧愤、郁闷和痛苦，正像陈寅恪先生《王观堂先生挽词并序》中所说："凡一种文化值衰落之时，为此文化所化之人，必感苦痛，其表现此文化之程量愈宏，则其所受之苦痛亦愈甚。"甚至"迨既达极深之度，殆非出于自杀无以求一己之心安而义尽也"。我们也深深地理解如冯小青这样的形象所包含的对封建礼法和专制制度摧残人性与人格的血泪控诉。从艺术的、审美的角度我们非常地欣赏和喜爱黛玉形象和明清时人的许多美的创造，但从现实的角度，我们不能不觉得，类似冯小青这样的形象、境界和心性人格，似乎太精致、太局促、太柔弱了，无以面对现实，也不能拥有未来。更不必论如鲁迅先生所讥讽并厌恶的"秋天薄暮，吐半口血，两个侍儿扶着恹恹的到阶前看秋海棠"①之类的无聊、做作的雅，以及有缺陷的病态的心性人格。

近代以迄清末，在饱经内忧外患的文士中，以龚自珍等为代表的一批文学家、思想家们，一方面延续和继承了前人的忧愤和春恨秋悲的主题，另一方面又仿佛预见和呼唤着未来，在他们的笔下，出现了值得注意的精神因子。身当"左无才相，右无才史，阃无才将，庠序无才士，陇无才民，廛无才工，衢无才商，抑巷无才偷，市无才驵，薮泽无才盗，则非但鲜君子也，抑小人甚鲜"的万马齐喑的时代，面对"才士与才民出，则百不才督之缚之，以至于戮之。戮之非刀、非锯、非水火；文亦戮之，名亦戮之，声音笑貌亦戮之……戮其能忧心、能愤心、能思虑心、能作为心、能有廉耻心、能无渣滓心"的无边无际的黑暗，"才者自度将见戮，则蚤夜号以求治，求治而不得，悖悍者则蚤夜号以求乱"②，求治不得而咒其速朽，这是多么了不起的觉醒与彻悟呵！他的《己亥杂诗》有"落红不是无情物，化作春泥更护花"之句，依然是春恨的主题，却于"桃花乱落

---

① 鲁迅：《且介亭杂文·病后杂谈》，《鲁迅全集》第 6 册，人民文学出版社 1981 年版，第 162 页。

② 龚自珍：《乙丙之际著议》第 9 册，《龚自珍全集》第 1 辑，上海人民出版社 1975 年版，第 6 页。

如红雨"之中寄望于未开的花朵，这是前人的春恨之作中所罕见的。这使我们联想到伟大的革命先行者孙中山先生，他在最黑暗的时刻奔走呼号，为推翻封建制度而呕心沥血、出生入死，他在"天下为公"[①]的古老口号中注入民主、共和的新精神；在革命远未成功之时，就已走遍大江南北，以科学的态度实地考察，求教专家，写出《建国方略》这样以科学的客观规律建设新中国的伟大设想和宏伟蓝图。他高扬民主与科学的两大旗帜，领导志士仁人和全国民众，百折不挠，苦苦奋战，终于推翻了清朝帝制和封建专制统治。我们也联想到曾经有一位诗人以他青春的热情和理想，讴歌与欢唱那在烈火中涅槃并获得永生的凤凰，这代表了那一代中国知识分子开始了新的心路历程……尽管是那样反复和曲折，但是那漫长的期待一直在延续着。我们的眼前和心中，依然有那泣血的杜鹃，和炼狱中永生、烈火中涅槃的凤凰形象。

以落红而护花，在黑暗中摸索光明，在破坏中着眼于建设，唯有那些先行者和以他们为代表的仁人志士才能预见到明天，才属于和拥有未来。然而，希望从绝望中孕育，黎明在黑暗中诞生。以热血、生命和大智慧，在奋斗和搏杀中呼唤与迎接未来的第一代人当然应该得到我们的敬仰和怀念，而在痛苦和绝望中、在徘徊与彷徨中总结和终结过去的最后一代人也理应得到我们后人的礼敬和纪念。因此，黛玉形象及其创造者是不朽的。

本文前两节以《试论黛玉形象的写实性和写意性》为题，刊载于《温州师范学院学报（哲学社会科学版）》2001年第2期；后三节以《作为中国古代文士心灵史象征的黛玉形象》为题，刊载于《浙江大学学报（人文社会科学版）》2001年第4期。

---

① 孔颖达：《礼记正义·礼运》，中华书局聚珍仿宋版，第985页。

"蒙清尘"与"罗袜生尘"试析

——"尘"之特殊用法举隅

在中国古代作品中，"尘"是经常出现的意象和词语。通常在形而下的一般意义上，作为尘土、灰尘来使用。如《左传·成公十六年》："甚嚣，且尘上矣。"[①]李白《古风》其二十四："大车扬飞尘，亭午暗阡陌。"[②]但在古代哲学思想与审美理念的辉映下，"尘"又有其特殊意蕴，焕发着诗性、灵气与光辉，我们在此特别提出来加以讨论。

在庄子哲学及其对宇宙自然的审美把握中，"尘"在灰土尘埃之义外，还有自然元气的意味。《庄子·逍遥游》云："野马也，尘埃也，生物之以息相吹也。"[③]野马，也就是指尘埃，为空中之游气飞尘。如王夫之即解为："野马，天地间气也。尘埃，气蓊郁似尘埃扬也。"[④]葛洪《抱朴子·畅玄》有云："吟啸苍崖之间，而万物为尘氛。"[⑤]显然都是将尘与气（氛即气）联系在一起的。《知北游》有云："通天下一气耳。"[⑥]尘，本来就是气的体现和组成部分，所谓"大者含元气，细者入无间"[⑦]，细者就是游气飞尘。在古代哲人看来，宏大磅礴如日月天体的运行，乃至轻柔飘渺如纤尘游氛的流动，无不与宇宙本体生命息息

① 《左传·成公十六年》，杜预注、孔颖达等疏：《春秋左传正义》卷二八，《十三经注疏》下册，上海古籍出版社 1997 年版，第 1918 页。
② 李白：《古风》其二十四，王琦注：《李太白全集》上册卷二，中华书局 1977 年版，第 120 页。
③ 《庄子·逍遥游》，陈鼓应《庄子今注今译》，中华书局 1983 年版，第 3 页。
④ 王夫之：《庄子解》卷一，中华书局 1964 年版，第 2 页。
⑤ 葛洪：《抱朴子·畅玄》内篇卷一，《百子全书》第八册，浙江人民出版社 1984 年版，据扫叶山房石印本影印。
⑥ 《庄子·知北游》，陈鼓应：《庄子今注今译》，中华书局 1983 年版，第 559 页。
⑦ 扬雄：《解嘲》，北京大学中国文学史教研室：《两汉文学史参考资料》，中华书局 1962 年版，第 66 页。

相通。而愈轻柔愈细微的事物及其运动，愈能显现宇宙自然生命的微妙律动。因此，宇宙空明之中肉眼所能看到的最小单位，那至轻柔至细微的纤尘游氛，便被视为"道""气"的体现与化身。尘，即气也。司空图在《诗品·含蓄》一品中有"悠悠空尘，忽忽海沤""是有真宰，与之沉浮"[①]之语。尘是泥土，凝结为大地，化育出生命和万事万物，在无限与永恒的宇宙中，我们每一个人，乃至我们的星球，难道不可以说都是尘埃而已吗？正是本着这样的哲学思想，古代哲人将形而下的尘埃灰土，视为与形而上的气、道、"真宰"息息相通之物。因此，司空图所说的"尘"，实际上与气是同一的，是指代一切的"一"，是与真宰同沉浮的"尘"。这是值得我们注意的古代哲学和美学著述中对"尘"的特殊用法。这种用法与其用形而下的道（人每天所走的路）来喻指形而上的"道"，用味（人每天饮食的味道）来喻指妙不可言的艺术美感是相通相似的，体现了中国古代哲学和美学的思致和特点。在文学作品中，"尘"同样有特殊的用法。较早的著名例子是枚乘的《七发》："使先施、征舒、阳文、段干、吴娃、闾娵、傅予之徒，杂裾垂髾，目窕心与，揄流波，杂杜若，蒙清尘，被兰泽，嬿服而御。"[②]受此影响，曹植《洛神赋》描绘洛神，也有"体迅飞凫，飘忽若神，陵波微步，罗袜生尘"[③]之语。

关于两篇名作对"尘"字的用法和意涵，前人一直有困惑或误解，似乎没有解释清楚过。如李善《文选》注解释为："陵波而袜生尘，言神人异也。洛灵即神，而言'若'者，夫神万灵之总称，言'若'所以类彼，非谓此为非神也。《淮南子》曰：'圣足行于水，无迹也；众生行于霜，有迹也。'"[④]六臣《文选》注吕向则云："步于水波之上，如尘生也。"[⑤]无论是李善还是六臣，似乎都对"罗袜生尘"一语不无疑问：既为洛水之神，且又"陵波微步"，则何以生尘，更于何处生尘？故李善注勉强以"神人异也"释之，六臣注则更明确地解为"如尘生也"，但二者依然无法解决"无迹"与有尘的矛盾。这样的注解思路和疑惑也为后人所沿用。如赵幼文《曹植集校注》在引用了李善的上述注解后说："陵

---

① 司空图：《二十四诗品·含蓄》，郭绍虞：《诗品集解续诗品注》，人民文学出版社1963年版，第21页。
② 枚乘：《七发》，北京大学中国文学史教研室：《两汉文学史参考资料》，中华书局1962年版，第16页。
③ 曹植：《洛神赋》，萧统编、李善注：《文选》上册卷十九，中华书局1977年版，第271页。
④ 曹植：《洛神赋》，萧统编、李善注：《文选》上册卷十九，中华书局1977年版，第271页。
⑤ 萧统编、六臣注：《文选》第十册卷十九，四部丛刊初编本。

波犹言踏波。神行无迹而人行则有迹，窃疑子建盖以洛神拟人，故其思想、感情、行为一如人也，因曰若神、生尘以喻之。"[①] 其他多种选注本于"罗袜生尘"之"尘"或有意无意地忽略不注，或将此句注为："溅起的水沫如扬起微尘。"[②] "脚下溅起水雾有如扬起尘埃。"[③]《两汉文学史参考资料》在解释"蒙清尘"一语时也说："（《文选》五臣注）张铣说：'望其气如蒙覆清尘。'按，'蒙'，犹言'承'；'清尘'，指足下之尘，引申为敬人之辞。'蒙清尘'意谓居人之下风，听人吟咐而为人服役。疑张说非是。"[④]

以上注解都有共同的思维误区，那就是将枚乘、曹植所说的"尘"理解为灰土尘埃，又意识到"飘忽若神，陵波微步"的洛神应该不会"生尘"，用蒙覆尘土来状写佳人也是不可思议的事情。因而只好曲为之解，或用"如"字来加以弥缝。但这样的理解和注释显然与作品的意境不相吻合。

《七发》中此语是描绘美女举止动态、形貌神情的，显然无涉于居人下风、听人吩咐而为之服役；且既曰"蒙"，曰"承"，则定非足下之尘，而为发际头顶之物。因此，张铣"望其气如蒙覆清尘"一语所训较为接近原意，给我们提供了一个正确理解枚乘、曹植之语的思路。无论是曹植所云足下罗袜所生之尘，还是枚乘所云头顶所蒙之尘，都不可坐实地解为飞尘土灰。二作所用的"尘"应该就是指"气"，且是有别于浊尘的"清气"，"清尘"犹言清气。

商务印书馆 1979 年版《辞源》第一册在将"尘"解释为"飞散的灰土"的同时，又指出："踪迹。流风余韵，都称尘。《文选》晋左太冲（思）《魏都赋》：'且魏地者，毕昴之所应，虞夏之余人，先王之桑梓，列圣之遗尘。'"上海辞书出版社 1977 年版《辞海》下册也如此解释："尘土；灰尘。""踪迹。如：步后尘。《宋史·南唐李氏世家》：'思追巢许之余尘。'"以洛神出尘之姿而"陵波微步"，其罗袜所生之"尘"决非飞扬的尘土，而以"流风遗韵"较为近是。但洛神当下即刻宛然如在陵波微步而生之尘，与西施吴娃等所蒙覆之尘，还是不同于"列圣之遗尘""巢许之余尘"，因为后者是前尘往事的遗韵遗迹，而且是形而上的泛指，而前者是此在的、具象的。因此，如果以遗韵、踪迹来

---

① 赵幼文：《曹植集校注》卷二，人民文学出版社 1984 年版，第 271 页。

② 尹赛夫：《中国历代赋选》，山西教育出版社 1989 年版，第 198 页。

③ 杨仲义：《中华名赋集成》，中国工人出版社 1999 年版，第 357 页。

④ 枚乘：《七发》，北京大学中国文学史教研室：《两汉文学史参考资料》，中华书局 1962 年版，第 16 页。

解释"罗袜生尘"之尘，显然还不是十分妥帖。

我们认为：枚乘、曹植所说的"尘"，既不是尘土飞埃，也不是神女们"溅起的水沫""脚下溅起水雾"和踪迹、流风余韵，而是指与神女、美人的神韵有着特定联系的柔曼飘渺的轻烟薄雾，是由其形象本身所禀赋和焕发出来的清辉和光华。

"尘"既可训为"气"，那么也可训为雾、露，这无须繁加引述，便可得到证明。如汉王逸《九思·怨上》中有"时昢昢兮旦旦，尘莫莫兮未晞。"之句，宋洪兴祖《楚辞补注》注曰："莫莫，合也。晞，消也。朝阳未开，雾气尚盛。"[1]显而易见，王逸之解"尘"未晞，是将"尘"当作雾、露的同义词来用的，而洪兴祖也是将"尘"当作雾气来看待的。又，唐玄宗李隆基《过老子庙》一诗中云："草合人踪断，尘浓鸟迹深。"[2]试想，芳草遍合，人迹罕至；绿荫之中，只闻鸟音，不见鸟迹，何处生尘，又何来"尘浓"？这里的"尘"也定非尘埃土灰，只有解释为烟霭、为云雾，才能与这位"其犹龙乎"的道家师祖，被大唐皇室尊为祖宗的老子的身份相称。同样，枚乘、曹植所说"蒙清尘""罗袜生尘"之"尘"，也只有解释为轻烟、薄雾，才能与西施、吴娃等美女形象绝世之姿容、和洛灵出尘之韵致相吻合。

枚乘、曹植赋中相关的描写明显脱胎于屈宋辞赋，尤其是宋玉《神女赋》，如曹植赋中"翩若惊鸿"一语便出于此赋。更重要的是，《洛神赋》继承的是以描绘美人香草来抒写和象征完美的人格、高洁的情志和美好的理想追求的艺术手法和精神传统，曹植在芬芳美丽、逸乎尘表的洛神形象中寄寓着自己永恒的思慕与怅望、无尽的寂寞和伤感。"其形也，翩若惊鸿，婉若游龙，荣曜秋菊，华茂春松。仿佛兮若轻云之蔽月，飘飖兮若流风之回雪；远而望之，皎若太阳升朝霞；迫而察之，灼若芙蕖出渌波……"[3]诗人以一往情深的天才辞笔，向我们描绘了难以言说而臻于绝致的美。面对如此美丽而具潇洒出尘之姿的神女形象，将其"罗袜生尘"之"尘"释为飞土尘埃，显然不合于作者想象与情感的审美逻辑。"践远游之文履，曳雾绡之轻裾。微幽兰之芳蔼兮，步踟蹰于山隅。"[4]

① 洪兴祖：《楚辞补注》，中华书局1983年版，第319页。
② 李隆基：《过老子庙》，《全唐诗》上册，上海古籍出版社1986年版，第27页。
③ 曹植：《洛神赋》，萧统编、李善注：《文选》上册卷十九，中华书局1977年版，第270页。
④ 曹植：《洛神赋》，萧统编、李善注：《文选》上册卷十九，中华书局1977年版，第270页。

"于是洛灵感焉，徙倚彷徨。神光离合，乍阴乍阳。竦轻躯以鹤立，若将飞而未翔。践椒涂之郁烈，步蘅薄而流芳……"① 既然曹植笔下的是"含辞未吐，气若幽兰"、"华容婀娜"② 的美丽女神，那么，其所践、所曳、所步、所随，其罗袜所生之"尘"，定是那环绕和辉映着陵波仙子的轻盈地流动、柔曼地荡漾着的雾霭、清辉、倩影和灵光，而且焕发着兰若特有的清幽与芬芳。同样，枚乘《七发》中说的也是："杂杜若，蒙清尘，被兰泽。"那沐浴兰泽，洋溢着杜若的芬芳的"清尘"，自然也是神光辉映、郁烈流芳的。

由屈原《离骚》的"芳与泽其杂糅兮，唯昭质其犹未亏"，"佩缤纷其繁饰兮，芳菲菲其弥章"③，和宋玉《神女赋》"沐兰泽，含若芳"④ 的形象意境，到曹植赋中超逸清幽、雅洁芬芳的洛神形象，体现的是同样的人格精神与理想。唐代诗人李白《感兴》组诗六首其二咏洛神，即本曹植《洛神赋》之意境，对"陵波微步，罗袜生尘"别有会心，其诗有云：

> 洛浦有宓妃，飘飘雪争飞。
> 轻云拂素月，了可见清辉。
> 解佩欲西去，含情讵相违？
> 香尘动罗袜，绿水不沾衣。⑤

杜甫《月夜》诗有"香雾云鬟湿，清辉玉臂寒"⑥ 之句，以"香雾""清辉"为枚乘《七发》之"蒙清尘"作解是颇为贴切的，而以李白此诗意境形象为曹植赋传神写照也是再合适不过了。宋代词人赵闻礼《水龙吟·水仙》一词，化用曹植赋意境，也有助于我们正确理解"罗袜生尘"之义，兹录于后：

> 几年埋玉兰田，绿云翠水烘春暖。衣熏麝馥，袜罗尘沁，凌波步浅。

① 曹植：《洛神赋》，萧统编、李善注：《文选》上册卷十九，中华书局1977年版，第271页。
② 曹植：《洛神赋》，萧统编、李善注：《文选》上册卷十九，中华书局1977年版，第270页。
③ 屈原：《离骚》，萧统编、李善注：《文选》中册卷三十二，中华书局1977年版，第458页。
④ 宋玉：《神女赋》，萧统编、李善注《文选》上册卷十九，中华书局1977年版，第267页。
⑤ 李白：《感兴》组诗六首其二，《全唐诗》上册，上海古籍出版社1986年版，第426页。
⑥ 杜甫：《月夜》，《全唐诗》上册，上海古籍出版社1986年版，第545页。

细碧搔头，腻黄冰脑，参差难剪。乍声沉素瑟，天风珮冷，翩跹舞霓裳遍。湘波盈盈月满，抱相思、夜寒肠断。含香有恨，招魂无路。瑶琴写怨，幽韵凄凉。暮江空渺，数峰清远。粲迎风笑，持花酹酒，结南枝畔。①

这里所写的水仙，正是伊人形象的又一个化身；其凌波步浅时所沁之尘，也是与埋玉兰田、绿云翠水春暖、衣熏麝馥和湘波月满同调，是幽韵含香的。

要而言之，以至微至细至平常至普通之物，比喻和象征至大至广至圣洁至美丽的事物形象，以形而下的"道"和"味"等词语来喻指至高无上的形而上的"道"和审美特性，这一切充分体现了中国古代独特的宇宙观、哲学观和审美观，很值得我们加以重视。洛神、西施等首蒙足履、如影随身的"尘"，绝不是灰埃尘土，而是清幽芬芳的轻云、薄雾、烟霭、素辉和光华。这是中国古代文学中伊人系列形象的审美特征和诗人们的审美理想所决定的。

原载《浙江社会科学》2002年第2期

---

① 赵闻礼：《水龙吟·水仙》，朱彝尊《词综》卷二十三，中华书局1975年版，第221页。

《桃花扇》和《红楼梦》的中心意象结构法

——兼论孔尚任"曲珠"说

作为两位文学大师天才创制的呈现，《红楼梦》与《桃花扇》在艺术构思和结构方法上有一个共同的特点，那就是通过设置中心意象来结构全体，贯穿全剧。

"立象以尽意"是圣人立言的基本方法，也是儒家经学阐释学普遍遵循的方法。《礼》中的礼仪规范、过程环节和特殊细节，《书》与《春秋》中圣人君王的言行事迹等等，都被视为事象，和《诗》中的意象，《易》中的卦象一样，被认为是关乎天地人伦，可以由此举一反三、见微知著和鉴古知今的象征性和标示性的符号标志，也就是象。更有意思的是，象不仅是儒家构建经学大厦的重要基石和基本元素，而且也成为老庄消解经学的重要武器和基本手段。《庄子》一书，寓言十九，而庄子寓言中的鲲鹏、蝴蝶、象罔、玄珠等等，都是很典型的意象，是庄子用来阐述大道，消解儒家经学的手段和符号。由此可见，以（立）象尽意，是先秦经学与诸子著书立说的基本手段，它成为笼罩中国古代学术与艺术、经学与非经学、文学与非文学的抒情、叙事和论说的传统手段。这种传统深远地影响了中国古代骚人墨客，甚至影响到民间大众的艺术创作和生活习俗。（例如，我国民间传统婚礼风俗中，亲友准备红枣、花生、桂圆、莲子等物，以寄寓早生贵子等祝福之意。）不必说楚汉辞赋、唐诗宋词中的美人香草等琳琅满目的意象世界，也不必说古代画家笔下的山水亭台，兰梅竹菊，乃至传统戏曲艺术中的各式脸谱，生旦净末丑，即如在叙事艺术中，《西游记》里有猴猪龙牛，狼虫虎豹，《红楼梦》有僧道甄贾，花花草草，《水浒传》中一百零八将，作者也以形形色色的绰号诨名，对其进行类意象化的标目，梨园戏坛对于刘、关、张、曹、诸葛等人物红黑白脸谱和色彩的意象化处理，与《三国演义》作者的艺术构思和创作原则也是完全相吻合的。这一切都有着深刻的文化和艺术渊源。这，也同样是《红楼梦》与《桃花扇》作者天才构想的渊源和背景。

孔尚任在《桃花扇传奇凡例》第一条中提出"曲珠"之说："剧名《桃花扇》，则桃花扇譬则珠也，作《桃花扇》之笔譬则龙也。穿云入雾，或正或侧，而龙睛龙爪，总不离乎珠，观者当用巨眼。"① 我们认为，《红楼梦》与《桃花扇》作者的创作实践，以及孔尚任的"曲珠"之说，是在叙事艺术中承继并发展了中国古代文艺抒情写意的审美传统、古代诗歌辞赋意象意境创作的艺术手法和古代文论中"诗眼""词眼""文眼"之说的结果。孔尚任所谓的"珠"，相当于前人所说"诗眼""词眼""文眼"的"眼"，是指作品意境或形象体系的关键性部位和中心意象。而他这部传奇中的"珠"就是桃花扇。作者设置桃花扇这一中心意象，将其作为贯穿侯李悲欢离合和照映南明存亡兴衰的"珠"和"眼"，使描绘全剧人物与剧情的如龙之笔得以有了神魂与焦点，不管怎样夭矫盘旋，宛转腾挪，其神情气象，却"总不离乎珠"。"曲珠"说，是作者创作心得的夫子自道，这段话揭示了《桃花扇》命意与结构艺术的一个重要手法和特征，我们称之为中心意象结构法。作者告诫我们："观者当用巨眼。"是为了突出作为该剧创作重要特色和宝贵经验的中心意象结构法，强调其对于该剧审美创造与接受的重要意义。作为古代最完美的剧作之一，《桃花扇》本身就是"曲珠"说最好的典范。同样，《红楼梦》也以其别具匠心的命意和卓绝的结构艺术，成为与此相呼应的又一个成功范例。他们的艺术创制，也典型地体现了中国古代叙事文学的诗性特征与诗化倾向。

所谓中心意象结构法，是指古代一些戏曲小说家采用的特殊叙事手段和结构方法，即通过设置关系全局、贯穿全书的，具有丰富历史积淀与审美意蕴的中心或焦点性意象，对作品主题命意、情节冲突乃至整体结构起到贯通会神、画龙点睛、衬托映照等艺术效应，从而辉映和拓展作品的境界与层面，聚合和统摄作品的结构体系，使之成为完美的艺术整体。

---

① 孔尚任：《桃花扇传奇凡例》，蔡毅编著：《中国古典戏曲序跋汇编》第三册，齐鲁书社1989年版，第1605页。

作为这一方法的成功实践，《桃花扇》与《红楼梦》中的中心意象桃花扇和石头，所包含的审美意蕴，以及其所特有的艺术效应与结构功能，使整个作品的艺术结构和形象体系别具特色，所体现的艺术效应与结构功能具有特别的意义，在世界文学史上也是罕见的成功范例，很值得我们加以探讨和总结。

一、《桃花扇》的中心意象结构法

在江南风雨飘摇、雌了男儿的时与地，一把作为定情礼物相赠的诗扇，溅洒上一个奇女子搏命抗争的鲜血，血痕被点画成了朵朵桃花，这是桃花扇的传奇。而此血此花，此情此志，对比和映衬着昏君的娱乐偷安，奸臣的蝇营狗苟，文士的屠弱凄惶，武将的进退失据；血色的桃花，竟然映照和收摄着一个朝代覆亡的历史与一个民族辛酸的痛史。这真是一个伟大的灵感！虽则历史上有事实生成如此如此，却惟有既禀赋至性挚情与深沉的历史感，又具有卓绝的艺术感觉和结构能力的剧作家，才能天才地熔铸和构想出这样的戏剧画面和艺术结构。

这或许是作者最为得意的艺术创造，所以他还一再地申说："传奇者，传其事之奇焉者也，事不奇则不传。桃花扇何奇乎？妓女之扇也，荡子之题也，游客之画也，皆事之鄙焉者也；为悦己容，甘蘖面以誓志，亦事之细焉者也；宜其相谑，借血点而染花，亦事之轻焉者也；私物表情，密痕寄信，又事之猥亵而不足道者也。桃花扇何奇乎？其不奇而奇者，扇面之桃花也；桃花者，美人之血痕也；血痕者，守贞待字，碎首淋漓不肯辱于权奸者也；权奸者，魏阉之余蘖也；余蘖者，进声色，罗货利，结党复仇，隳三百年之帝基者也。帝基不存，权奸安在？惟美人之血痕，扇面之桃花，啧啧在口，历历在目，此则事之不奇而奇，不必传而可传者也。人面耶？桃花耶？虽历千百春，艳红相映，问种桃之道士，且不知归何处矣。"①

桃花扇中心意象的设置对于剧作审美意蕴的表现和艺术结构的完成有着至关重要的意义和作用。首先，桃花（扇）是中国古代诗史上有着特殊审美内蕴和色彩的意象。从"人面耶？桃花耶？""问种桃之道士"诸语可知，当作者将

① 孔尚任：《桃花扇传奇小识》，蔡毅编著：《中国古典戏曲序跋汇编》第三册，齐鲁书社1989年版，第1602页。

桃花扇作为剧作中心意象时，很自然会想起玄都观观桃花和再游玄都观的刘禹锡，想起"去年今日此门中，人面桃花相映红。人面只今何处在，桃花依旧笑春风"①和"况是青春日将暮，桃花乱落如红雨"②的诗句，以及晏几道《鹧鸪天》"彩袖殷勤捧玉钟，当年拼却醉颜红。舞低杨柳楼心月，歌尽桃花扇底风"③的词句，前者倔强乐观地面对世事变幻，洋溢着一种风骨精神；后一类诗句则有着共同的色泽基调，那就是"疏疏密密，浓浓淡淡"的桃花，及其所表征的美好景象与时刻的消逝，此中弥漫着由时空转换、世事变幻所带来的忧伤和沧桑感。这两个层面的意蕴通过桃花扇这一中心意象的设置积淀到了剧作中。一方面，《桃花扇》中香君的倔强也许有着刘宾客的影子，而另一方面，桃花是春天最美艳而易凋的花，古代诗人往往将其对春天、生命和世事的伤感与喟叹赋予桃花。伤春伤别，红颜的凋谢，世事的无常等等，成为桃花诗历久弥新的主题。当作者以桃花扇为中心意象和剧名时，正是以古代诗人有关桃花（扇）的绝作及其所寄寓的对世事人生的深沉感喟为底色和背景，来抒写他对兴亡盛衰的无限感慨和民族情感。他以巧妙而特殊的方式将有关桃花（扇）的历史积淀和主题旋律自然地"嫁接"到了剧作中，使之别具意味和韵致，成为全剧最出彩、最具有戏剧性的部分，而剧作的主题命意、韵致精神也赖以得到收摄与凸现。

作者强调说："朝政得失，文人聚散，皆确考时地，全无假借。至于儿女钟情，宾客解嘲，虽稍有点染，亦非乌有子虚之比。"④为此，原书还专列《考据》一篇，一一枚举剧中重要史实事件之所本。孔氏特别指出，剧中展现弘光遗事的几乎所有情节都为实录，"独香姬面血溅扇，杨龙友以画笔点染之，此则龙友小史言于方训公（孔氏族兄）者。虽不见诸别籍，其事则新奇可传。《桃花扇》一剧感此而作也。南朝兴亡，遂系之桃花扇底"⑤。可见，此则逸事勾起了作者的故国之思、创作灵感和激情；而作者之所以对此尤为敏感，将其点化和升华为关键性情节与中心意象，并用为剧名，也是基于他对桃花（扇）在古代诗史

① 崔护：《题都城南庄》，富寿荪：《千首唐人绝句》下册，上海古籍出版社1985年版，第555页。
② 李贺：《将进酒》，王琦：《李贺诗歌集注》卷四，上海古籍出版社1978年版，第313页。
③ 晏几道：《鹧鸪天》，俞平伯：《唐宋词选释》中卷，人民文学出版社1979年版，第88、89页。
④ 孔尚任：《桃花扇传奇凡例》，蔡毅编著：《中国古典戏曲序跋汇编》第三册，齐鲁书社1989年版，第1605页。
⑤ 孔尚任：《〈桃花扇〉传奇本末》，蔡毅编著：《中国古典戏曲序跋汇编》第三册，齐鲁书社1989年版，第1602页。

上形成的特殊审美积淀的深刻理解。剧中写道："你看疏疏密密，浓浓淡淡，鲜血乱蘸。不是杜鹃抛；是脸上桃花做红雨儿飞落，一点点溅上冰绡。"[①] 作者寄寓了"桃花薄命，扇底飘零"的深沉感喟。

从艺术结构上看，作者以桃花扇为剧名和中心意象，对其进行精心的结撰与浓墨重彩的书写，全剧因此便确立了一条情节主线，通过赠扇定情、血溅扇面、点染画扇、寄扇代书、撕扇出家等情节，作者写出了侯李悲欢离合的完整过程，并且以此为主线，将他们与众多人物及其矛盾冲突，乃至国家覆亡的背景联系在一起。于是，有关桃花扇、主人翁及家国命运的所有重要场景与情节，被作者有序地组合为构成前后强烈对比与反差的时空序列，和平时期的情缘与战乱中的乖离，个人命运与国家民族的兴衰存亡，善与恶的矛盾冲突，主人公间性格的差异等，被有机地纳入这个时空序列中，历史的变幻感和沧桑感就这样被完美地凝固在了以桃花扇为焦点，以历史时空为纵横主轴建构起来的艺术结构和框架之中。"南朝兴亡，遂系之桃花扇底。"这体现了作者匠心独运的创意和把握艺术结构的高超能力。

桃花既与香君及其人生遭际有着天然的审美关联，又对应着南明王朝及其历史命运。以有着特殊来历的桃花扇作为中心意象，那具有特定历史积淀与审美意蕴的桃花（扇）便给全剧定下了基调和底色。人物的悲欢离合、家国的沦落衰亡，都被这浅淡深红所映照。香君的挚爱深情、果决坚贞，使昏君的宝座、奸臣的得计黯然失色，也更加彰显了文士武将的孱弱愚蠢；这点点血色桃花的凄美与悲壮，给覆亡的故国、破碎的山河笼罩了更深沉更痛切的悲剧感。叫作者和观者双眼迷离、痛彻心肺的，正是这血色的桃花，及其所蕴涵的审美情感，以及由此映照和观照中的个人生涯与家国历史的沧桑。

二、《红楼梦》的中心意象结构法

无独有偶，《红楼梦》中让我们感受那彻骨的悲凉的，同样并不仅仅是作品中兴衰际遇、离合悲欢的具体情节，还有缘于作品的中心意象，那块冰冷的

---

① 孔尚任：《桃花扇》第二十三出《寄扇》，人民文学出版社1959年版，第148页。

石头，及其所表征的作者热肠冷眼的感悟与观照世事的审美态度。孔尚任的《桃花扇》，以血色的桃花，对应个人与家国哀痛的历史，而曹雪芹则以清冷的石头，对应那繁华热闹的红楼一梦。这就像是中国陶瓷传统工艺中的上釉，完美的质地和画面，因为有了这一层釉彩而精彩百倍，光芒四射，成为美轮美奂的艺术品。从作品艺术结构的角度上说，《桃花扇》和《红楼梦》中心意象的成功设置，也好比是给作品全景上了一层釉，使得整个作品的艺术结构和时空境界别开生面，更加具有纵深感和立体感了。正可谓异曲同工。因此，《红楼梦》的中心意象结构法同样值得我们加以重视和探讨。

《红楼梦》又名《石头记》，这一书名就已经明白地告诉我们，"石头"是《红楼梦》的中心意象。与桃花扇相似，作为全书一个特殊的叙事焦点和视角，这块通灵石的色彩与光芒映照和辐射着作品整个的艺术体系，它是《红楼梦》叙事图式和艺术建构中神光聚注的一个焦点，对于全书的审美意蕴和艺术结构起着至关重要的作用。

石头也是中国古代诗史上有着特殊历史积淀和审美内蕴的意象。首先，在文化指涉上，石头与玉不同。《红楼梦》开篇便交代这块石头是女娲炼石补天弃置不用的顽石。在古代，石头往往表征一种民间的、审美的、艺术的价值存在。《说文》上说："玉，石之美有五德者。"[①]从归属上说，玉，就是石。在中国古代玉石文化中，石与玉本来就连类并称，因此顽石与宝玉便有了不解之缘。但是，玉与石实际上还是有着不同的意味和指向。《诗经·卫风·淇奥》云："有匪君子，如切如磋，如琢如磨。"[②]是以玉工雕琢美玉比喻君子的修德养性。玉是美石，是经过切磋琢磨的石头。如此说来，石头是天然的，未经雕琢的，宝玉则是经过加工的，这大概就是玉和石最初和最基本的差异，也是"真"顽石与"假"宝玉的由来。

关于玉，先秦就已有"比德"之说。《荀子·法行篇》载孔子云："夫玉者，君子比德焉。温润而泽，仁也；栗而理，知也；坚刚而不屈，义也；廉而不刿，行也；折而不挠，勇也；瑕适并见，情也；扣之其声清扬而远闻，其止辍然，辞也。故虽有珉之雕雕，不若玉之章章。诗曰：'言念君子，温其如玉。'此

---

① 段玉裁：《说文解字注》卷一，上海古籍出版社1981年版，第10页。
② 孔颖达：《毛诗正义》，《十三经注疏》本，上海古籍出版社1997年版，第321页。

之谓也。"① 儒学文化赋予玉以道德人格属性，使其成为高尚的道德品质的象征。玉同时也是身份地位的象征，国家与宗族的许多政治伦理实践活动都离不开玉。在朝野原始宗教活动和宗庙贵族祭祀大典仪式中，玉作为礼器更担当着感通天地人神的重要角色（这也许是通灵宝玉名号之所由来）。古有"六瑞""六器"之说②。足证玉被作为感通人与天地神灵的媒介。另外，在经济活动中，玉又和金帛一起成为财富的象征，担当流通货币的某些功能，所以《管子·地数篇》云："珠玉为上币，黄金为中币，刀布为下币。"③ 可见，玉更多地具有政治、经济、道德、宗教等社会属性与功能。

石很少有玉的上述社会价值与功能，而更具有审美的属性和意味。与对玉的爱重和珍视相比，国人对石的欣赏和关注要晚一些。最先发现和赋予石头以审美意义和艺术价值的是文士。需要特别提到的是宋代诗人米芾，他与石头的缘分，和有关石头的逸事，对于石文化的精神和审美取向尤其具有重要意义。《红楼梦》中"石兄"之称及对话，即本于米元章逸事。《宋史·米芾传》载："无为州治有巨石，状奇丑，芾见大喜曰：'此足以当吾拜！'具衣冠拜之，呼之为兄。"④ 米芾因此被称为"米癫"。"石兄"，后人又称为"石丈人"。颇有意味的是，此传作者之所以记录米芾逸事，实为证明世人和自己对米氏癫狂痴迷的特异性格的判断与结论。此传评米芾云："所为诡异，时有可传笑者。""芾为文奇险，不蹈袭前人轨辙。""不能与世俯仰，故从仕数困。"《老子》第三十九章有云："不欲琭琭如玉，珞珞如石。"顽石的粗糙、磊落、奇崛、坚硬，使其自然不同于经过精雕细刻的玉的华美、高贵、光滑、温润，注定不能成为廊庙之器。石虽然与玉并称而为玉石文化，却体现着与玉迥然不同的文化精神和审美取向。

要而言之，玉石文化实际上可以再细分为玉文化和石文化。玉在社会政治、经济等活动中占有中心和主流的地位，而石则似乎处于边缘，更多地偏于艺术的、审美的领域；石头为文人雅士所欣赏，宝玉则为贵族、大臣、商贾、仕女所注目；文士欣赏石头的，是其自然而然的怪异、奇崛、丑陋与古意，贵族、商贾

① 王先谦：《荀子集解》，《诸子集成》本，上海书店 1986 年版，第 351—352 页。
② 陈戌国点校：《周礼》，岳麓书社 1989 年版，第 54 页。
③ 戴望：《管子校正》，《诸子集成》本，上海书店 1986 年版，第 383 页。
④ 脱脱：《宋史·米芾传》，《二十五史》第八册，上海古籍出版社、上海书店 1986 年版，第 1488 页。

着眼于宝玉的，是其作为富贵和地位的象征属性；石头所包含的是审美意义和艺术价值，而宝玉所凸显的是其社会政治、经济价值与财富象征等意义与功能。石头是在野的，宝玉是庙堂的。

作为没落贵族的浪子，和具有诗人气质的小说家，曹雪芹在玉与石二者之间的情感和审美取向是显而易见的。《红楼梦》贾府人物玉字辈中，如贾珠早亡，珍、琏、瑞等皆为皮肤滥淫之物，环、琮、璜等也大多不堪，似乎是说，玉是越来越不行了。表而出之者唯有宝玉，曹雪芹却从一开始就明明白白地告诉读者，他是被弃的顽石，是"假"宝玉。在第一回中，他突出强调的是顽石的无用和被弃。在开篇以后，作者先自叙述石头"自恨粗蠢，不得已，便口吐人言"，继而写其自述"弟子蠢物，不能见礼"，"弟子质虽粗蠢，性却稍通"，再则述那僧之语："若说你性灵，却又如此质蠢，并更无奇贵之处，如此也只好踮脚而已。"后文更是一口一个"蠢物"，第一回中类似"蠢物""粗蠢""质蠢"的称呼凡九出。则石兄小传几乎又可以称之为"蠢物传"了。特别需要指出的是，作者不仅为石头作传，而且还为顽石作画。其友人敦敏以《题芹圃画石》高度评价其顽石画云：

傲骨如君世已奇，嶙峋更见此支离。
醉余奋扫如椽笔，写出胸中块垒时。[1]

此诗所传写和《红楼梦》中所展现的，实际上是与以米芾为代表的狂狷者一脉相通的人格精神。作者告诉我们，这块弃石，终究没有被俗世所同化，社会的"如切如磋，如琢如磨"并不能磨掉它的光泽、棱角和本来面目，即使被视为废物，目为癫狂，石头还是石头。因此，曹雪芹笔下的宝玉必定是贾（假）宝玉。作者以擅画顽石著称，石头是宝玉的本相，也是作者的自期。直到篇终，贾（假）宝玉还是没有变成甄（真）宝玉，他终究还是贾（假）宝玉，真石头。

石头这一中心意象的设置，使石头（宝玉）一身而两任，这使作品的形象体系和意蕴层面包孕了巨大的反差。《红楼梦》不同的书名便昭示了这样的反差，

---

① 敦敏：《题芹圃画石》，一粟编：《红楼梦资料汇编》（上），中华书局1964年版，第6页。

如宝玉是"红楼梦"的主角,红楼一梦,颇有繁华酣梦正在进行中的意味;而"石头记"则富于酣梦幻灭以后寂冷的感觉。这样的反差产生了特殊的艺术效果。

"红楼梦"是一曲繁华、喧嚣而短暂的幻梦,而其中心意象却是朴质、静穆和久远的石头[①]。在我们看来,它是亿万年前天地开辟、天崩地裂的产物,是炽热的岩浆喷发后凝固的结晶。这是一个强烈的反差:石头的久远与永恒,使贾府的繁华与贾府中人物的兴衰际遇,离合悲欢显得如此无常和短暂;石头意象本身所具有的静穆、冷峻和似乎无情与石头在尘世的携带者,多情公子宝玉之间也构成了对应、反差和相反相成的审美关系。如果说,"红楼梦"这个书名,与作者历尽梦幻与沧桑以后回忆前尘往事时油然而生的叹息、感伤与幻灭感,与作者心性中深情入世的一面联系在一起;那么,"石头记"则与作者寂然回首、旁观世事时的无言和冷峻联系在一起。宝玉与石头之间,红楼梦酣时的热望与深情和梦醒幻灭以后旁观世事的默然与冷峻之间,朴质与繁华、静穆与喧嚣、久远与短暂之间,形成了如此鲜明和强烈的巨大反差与对比!而这一切,也因为"石头"这个中心意象的设置而呈现和突显的。

对"石头"作为中心意象之于"红楼梦"的审美意义和结构作用,我们不妨以李贺诗作为参照:"茂陵刘郎秋风客,夜闻马嘶晓无迹。画栏桂树悬秋香,三十六宫土花碧。魏官牵车指千里,东关酸风射眸子。空将汉月出宫门,忆君清泪如铅水。衰兰送客咸阳道,天若有情天亦老!携盘独出月荒凉,渭城已远波声小。"[②]诗人们就这样将炽热到极点的情感寄寓于似乎冰冷无情的铜人与石头,将挚情的抒发转换为冷峻的书写,使我们产生"无以冰炭置我肠"[③]的强烈感受。也许,读懂了这首诗,读懂了"忆君清泪如铅水""天若有情天亦老"等诗句,也就读懂了《红楼梦》,读懂了"石头",及其作为中心意象的审美意义和作用。曹雪芹将"石头"作为《红楼梦》的中心意象,其人生况味与感喟,其创作动机、审美心理和所产生的艺术效果,与李贺将金铜仙人作为抒情主角是相似的。冰与炭的完美组合产生了特殊的艺术张力和审美效果,也使《红楼梦》在艺术结构上独树一帜。

---

① 《论语·雍也》:"知者乐水,仁者乐山。知者动,仁者静。知者乐,仁者寿。"明文震亨《长物志》:"石令人古,水令人远。"可证石头被视为静穆与久远的象征。
② 李贺:《金铜仙人辞汉歌》,王琦:《李贺诗歌集注》卷二,上海古籍出版社 1978 年版,第 94 页。
③ 韩愈:《听颖师弹琴》,《全唐诗》上册,上海古籍出版社 1986 年版,第 842 页。

其次，除了前文所揭示的，宝玉作为贾（假）宝玉、真顽石的双重身份，体现着深情入世与冷眼向俗的矛盾心态与悖论而外，这块非同寻常的石头还连缀纽结着多重复杂的艺术层面和审美关系。在我们看来，至少有两个层面值得注意。一是这块在大荒山无稽崖补天未用的"零一块"，入世间则为"天下无能第一，古今不肖无双"的贾宝玉所衔之石，其连缀着天上人间。《红楼梦》进入叙事后的开首第一大段，写一僧一道将携石头入世，而第二大段就已是不知过了几世几劫，石头入世回归大荒山、无稽崖青埂峰以后了。文势笔调是如此开合纵横，收放自如。而那一僧一道的出场尤其值得注意，他们在首回中就已经出现了五次，每次都不一样，第一次是石头被弃不得补天之后和历世之前，交代石头来历和入世缘由，第二次是它历世回归之后，揭出《石头记》之创作主旨。如果说前两次是在天上，位于灵之境界；第三至五次则在人间，置身于俗世情境。第三次出现在甄士隐梦中，为一僧一道携蠢石入世途中，兼叙绛珠仙草与神瑛侍者故事和太虚之幻境。紧接着，士隐梦醒，即见一僧一道前来，那僧要士隐把英莲舍给他，然后僧道分手，相约三劫后会于北邙山，一起去太虚幻境销号。第五次是在甄士隐痛失爱女与家产，寄投岳丈家，贫病交加，渐露下世光景之时，道人吟一曲《好了歌》，前来接引士隐出家的。一僧一道，如云中神龙，偶露一鳞一爪，突兀而来，倏忽而去，天上人间，几世几劫。面对基于深邃的宇宙时空观和哲学观的宏大而特殊的叙事场面，面对时间和空间上的变幻莫测和巨大跨度，让人顿然而生如李贺诗句所抒"黄尘清水三山下，更变千年如走马"①的沧桑感。而对于此回主人公甄士隐而言，于作者数行文字之间、读者瞬间阅读之时，即已然经历了人生痛彻心肺的重大变故，失去了生命中挚爱而难舍的一切，亦叫人油然而生世事渺渺的梦幻感和悲悯心。一僧一道，是《石头记》中重要的艺术符号，单就第一回而言，这五次出现，通过一组组起着叠加与对比等艺术作用的意象和镜头，展现了一个空灵变幻、蕴涵无限、意味深长的审美境界。而石头在此中正起着连缀和贯穿作用。在这样的艺术结构与境界之上的，是诗人观照历史与人生的慧眼、灵光和悲悯之心。而此灵光、慧眼和悲悯之心也恰恰收摄聚焦于这块通灵石之中。

---

① 李贺：《梦天》，王琦集注：《李贺诗歌集注》卷一，上海古籍出版社 1978 年版，第 57 页。

　　还有一个不可忽视的重要层面是，作为兼具玉、石两种身份的石头，自然连接着木石前盟和金玉良缘这两条爱情与婚姻的主线。作为真石头，木石宝黛之间，是一份贯通天上人间的真挚深情、曲折浪漫的情缘；而作为贾（假）宝玉，宝玉和宝钗只能演绎理性而无奈、现实而悲剧的婚姻故事，宝玉终究还是不能给予宝钗可靠和合乎期待的一切。木石前盟伤感的爱情旋律，与金玉良缘悲凉的婚姻结局之间，构成了巨大的艺术空间和张力，而两者又殊途同归地彰显着悲剧性的大结局和红楼梦醒的幻灭感。这一切，都是以玉石为焦点和中心的。这一层面和上述天上人间的层面，完全是不同纬度，不同方向的，两者相辅相成地构建起立体交叉，极具纵深感和开放性的艺术结构，而将其有机紧密地融为一体的，便是这一块顽石。这真是一个天才的构想。

　　再次，石头作为中心意象，与宝玉是一而二、二而一的结合体，担当着故事参与者和叙事者的双重功能，在全书整体结构的构建中起着关键性的作用。作者将石头具化为"假"宝玉，并赋予其在贾府、大观园及其人物特定矛盾关系焦点的地位。石头始终是在场的参与者和叙事者，即使在失却宝玉（石头）的回目中，它作为叙事角色亦因贾宝玉的在场而存在。如此，石头就成为通灵而无时无处不在的叙事主角，全书所要描绘的一切都是在石头的视野中发生的，因此，石头所记便具有亲历亲为的现场感，给人一种真实的印象。同时，石头又始终是旁观者，作者赋予其通灵之玉的属性，颇具有形而上的冷眼阅世、白眼观人的况味和意蕴。

　　从作为叙事者的角度而言，石头与作者是浑然一体的，《红楼梦》是作者的精神自叙，作者一宝玉一石头构成一个基本的自叙层面。石头的神光所聚，又是曹雪芹的一双慧眼和一颗悲悯之心的化身，它以其冷峻的目光剖析着世间的人情百态，瞩目于纯情儿女的悲欢离合，洞察着人生的空虚幻灭，在这出人生的悲剧舞台上，作者既入乎其中，一往情深、积极有为地参与和面对世事；又出乎其外，超然物外地审视和观照着俗世的历史与人生。把石头（中心意象）既作为参与者又作为旁观、叙述者的叙事方式，在以往的小说中是不多见的，是作者曹雪芹对传统叙事方式的大胆突破与创造性发展。

　　再就《红楼梦》全书的艺术结构而言，作者幻设了一块"石头"作为中心意象，并且以此联系和贯通两个方外人（即一僧一道）和府（贾府）、园（大观园）、境（太虚幻境）三界，多角度多层面地构建了全书的整体结构。作者以"石头"为中心意象，使全书的叙事结构始终有一个神光所聚的焦点和无所不在的对应与参照系；一"僧"一"道"神龙见首不见尾，偶露一鳞一爪，如草蛇灰线，对全书结构起着埋伏、照应的纵向和线性的连缀作用；贾府、大观园、太虚幻境三界，你中有我，我中有你，虚实相生，如影随形，巧妙地构建了全书境界层深的立体结构。宝玉与石头一体而二名，连类而并称，和一僧一道出入三界，穿插点缀其间，弥缝全篇，更使《红楼梦》成为一座莹彻玲珑，浑然无迹的"七宝楼台"。

以"石头"为中心意象，作者、叙事者、石头、宝玉浑融一体，使《红楼梦》在艺术结构上呈现出鲜明的独创性。而石头与红楼之梦的反差与对比，就不仅仅是点与点、点与面的关系，亦不是局部与局部、局部与整体的关系，而是构成作品全局和艺术整体意义上的反差与对比。由中心意象以及其与故事情节之间的强烈反差，构成整个艺术作品的审美意境和张力，这在世界文学史上也许可以说是绝无仅有的，也是结构美学值得探讨研究的特殊现象。

三、中心意象结构法溯源

如前所述，《红楼梦》与《桃花扇》的中心意象结构法和孔氏"曲珠"之说，显然有着以往文学创作和理论上的传统渊源和基础，是历代诗人通过意象和意象组合创造意境来抒情达意的艺术手法在叙事文学中的运用，其创作理念和成功实践本于中国古代的抒情和叙事传统，是中国古代叙事文学诗性特征与诗化倾向的典型体现。

《红楼梦》和《桃花扇》的中心意象结构法是作者在叙事创作中运用古代诗人意象意境的创造方法的结果，是抒情写意的诗歌传统和审美原则影响于叙事文学的伟大成果。

通过精心选择的意象与意象的完美组合构成审美意境以抒情写意，这是古代诗人的创作传统，小说戏曲家也往往不改诗人本色，自然而然地运用抒情诗的创作方法来进行叙事创作。对于建构意境的基本单位意象，我们可有多种分类方法，像事典类意象、景物类意象，单意性意象、多意性意象，即时即物类意象、意义积淀类意象等等。张若虚《春江花月夜》有"碣石潇湘无限路"之句，碣石与潇湘是相对照的意象，前者与秦皇汉武和铁血枭雄的诗人曹操联系在一起，是北国的、事功的、入声的、刚健冷峻的；后者与浪漫忧伤的诗人屈宋联系在一起，是江南的、唯美的、平声的、缠绵轻柔的。通过这样的事典和意义积淀类意象，诗人仅以寥寥七字，就概写了千古江畔代代南来北往行路客事功与艺术无限的人生之路。像这些多意性、事典类和意义积淀类的意象，也常为后代小说戏曲家所沿用。如汤显祖《牡丹亭》有"遍青山啼红了杜鹃"之句，望帝杜宇的传说赋予杜鹃意象以多意性，后人用以抒写对故国与往日时光的眷恋、对青春与生命的叹惋、思乡的情结、春天的心情等等多重意蕴。作为意象本体，杜鹃还语含双关，是将鸟与花的意象熔铸到了一起。那是古人充满诗意的想象，仿佛那漫山遍野的红杜鹃就是蜀国望帝魂化杜鹃鸟啼血而成。诗人就这样把关于生命、离别、故国、故乡的最忧伤的思想借助这声声啼鸣与殷红的山花完美地抒发出来，给这部洋溢着浪漫激情的诗剧增色不少。石头与桃花（扇）正属于这类多意性、事典类和意义积淀类的意象。

实际上，前人诗作中已不乏中心意象结构法的雏形和成功的例证。如《题都城南庄》用桃花作为中心意象，以收"人面桃花相映红"的映照之功，和"人面不知何处去，桃花依旧笑春风"的对比之效，也许就启迪了孔氏将桃花（扇）作为剧作中心意象的艺术构思。又如，王维常化用佛家禅宗飞鸟的典故，以飞鸟意象作为全诗整体结构的焦点和构成意境的中心要素。飞鸟，是积淀了佛理诗思的意味无穷的意象。佛经里常常出现飞鸟形象[①]，在佛家看来：鸟飞空中，无有挂碍，如空中影，如水中沤，后影显，则前影灭，转瞬间便无有踪影。飞鸟之喻，传示了佛家禅宗对世界万象的把握和理解，故为王维所化用。王维用飞鸟意象，或为写实，更是写意，是借此传写他通于禅家的对世相特有的理解，如《木兰柴》："秋山敛余照，飞鸟逐前侣。彩翠时分明，夕岚无处所。"赵殿成笺注《王右丞集笺注》卷十三，上海古籍出版社1978年版，第244页。暮秋时节，落日最后的余晖，透过深林，化作一缕缕光柱，犹如舞台上的束束追光，那五彩斑斓的小鸟就在这一个个光环中飞渡，呈现出一连串刹那的鲜艳和美丽，

---

① 如僧祐《出三藏记集》卷四著录《飞鸟喻经》一卷，《涅槃经》有"如鸟飞空，迹不可寻"之语，《华严经》也有"了知诸法性寂灭，如鸟飞空无有迹"之句。

最后，这时间意味上瞬间的鲜艳和空间意味上点点的美丽，融入和消失于色调无限丰富的晚霞与雾霭之中，而这一切又将为夜幕那漶漫无边的幽暗所笼罩。飞鸟消失在夕岚里，夕岚消失在夜幕里，夜幕消失在诗人的眼中和心里……这正是佛家禅宗思想最完美、最诗意的体现。看来诗人对这样的意象意境是颇为自得的，因此翩翩飞鸟的意象在诗人笔下一再出现。如《崔濮阳兄季重前山兴》："残雨斜日照，夕岚飞鸟还。"《送方尊师归嵩山》有"夕阳彩翠忽成岚"之句，又，《华子冈》写道："飞鸟去不穷，连山复秋色。上下华子冈，惆怅情何极。"诗性禅趣，意味无穷。在此类诗作中，飞鸟成为全诗意境和整体结构的中心要素和焦点意象，其在点化画意禅趣和构建艺术结构上起着类似于前述石头和桃花（扇）的作用，而李贺笔下的金铜仙人与曹雪芹的石头意象，更可谓有异曲同工之妙。

即使从散文和叙事体的角度来看，中心意象结构法也是古已有之的。《庄子·天地》有寓言说："黄帝游乎赤水之北，登乎昆仑之丘，而南望还归，遗其玄珠。使知索之而不得，使离朱索之而不得，使吃诟索之而不得也。乃使象罔，象罔得之。"[①] 在这里，"知""离朱""吃诟"等分别象征着"心知""聪明"和"文言"，它们都强索"玄珠"（即"道"）而不得，唯有与道同调的"象罔"方才得之。而"象罔"之为意象，正是惟恍惟忽，似有若无，不将不迎，无意于求，无心而遇，无所谓得，也无所谓不得的。在我们看来，《庄子》的这则寓言，也许正可以视为对其文本的绝妙概述。这里的"知""离朱""吃诟""象罔"等等，都可以说是种种意象，而"玄珠"则是中心意象，那种种意象，都指向和围绕着"玄珠"这个中心意象。《庄子》自述其为文有云："寓言十九，重言十七，卮言日出，和以天倪。"[②] "以谬悠之说，荒唐之言，无端崖之辞，时恣纵而不傥。"[③]《庄子》之为文，诗思汪洋恣肆，寓言层出不穷，其寓言意象如鲲鹏之怒而飞，如蝴蝶栩栩然之翔舞，前后左右，分合正反，匪夷所思，变幻莫测，而其指归则全在于言道。"玄珠"（即"道"），成为《庄子》全书的中心意象。就像《老子》所谓："三十幅，共一毂。"[④] 庄子正是以此"玄珠"为核心、焦点和灵魂，建构起了一个完美的艺术整体。由此观之，此则寓

---

① 《庄子·天地》，陈鼓应注译：《庄子今注今译》，中华书局1983年版，第302页。
② 《庄子·寓言》，陈鼓应注译：《庄子今注今译》，中华书局1983年版，第727页。
③ 《庄子·天下》，陈鼓应注译：《庄子今注今译》，中华书局1983年版，第884页。
④ 王弼注：《老子道德经》上篇，第十一章，《百子全书》第八册，浙江人民出版社1984年版。

言，乃至《庄子》一书，可以说是中心意象结构法最早的成功尝试。有意思的是，孔尚任所云："桃花扇譬则珠也，作《桃花扇》之笔譬则龙也。穿云入雾，或正或侧，而龙睛龙爪，总不离乎珠，观者当用巨眼。"[①]这既是对其《桃花扇》中心意象结构法的夫子自道，我们将其用以评述《庄子》之文也正恰到好处。

孔氏"曲珠"说及其中心意象结构法，实际上渊源于"诗眼""词眼""文眼"之说。关于"诗眼"说，前人曾局限于从炼字炼句的角度论之，其实未必能抓住根本[②]。"诗眼"应该是关乎作品全局的神光所聚之处，它固然有待于锤炼字句的精警，但其出神入化，全在精神气韵，而这才是"诗眼"说精髓之所在，也是中国古代一以贯之的艺术传统。顾恺之画人，或数年不点目睛，谓："四体妍蚩，本无关于妙处，传神写照，正在阿堵中。"[③]陆机《文赋》对"石韫玉而山辉，水怀珠而川媚"的美颇有会心[④]。刘勰《文心雕龙》也列专篇标举"川渎之韫珠玉"的"隐秀"之美[⑤]，其具体指涉虽或有异同，但反映了作者和论者都极其重视对整个作品意境或形象体系的关键性部位和中心意象的设置与刻画，以传写审美对象的精神与气韵。徐文长有云："何谓眼？如人身然，百体相率似肤毛臣妾辈相似也，至眸子则豁然朗而异突以警，故作者之精而旨者，瞰是也，文贵眼此也。故诗有诗眼，而禅句中有禅眼。"[⑥]刘熙载也指出："诗眼，有全集之眼，有一篇之眼，有数句之眼，有一句之眼；有以数句为眼者，有以一句为眼者，有以一二字为眼者。"[⑦]他认为，诗有眼，文也有眼："揭全文之指，或在篇首，或在篇中，或在篇末。在篇首则后必顾之，在篇末则前必注之，在篇中则前注之，后顾之。顾注，抑所谓文眼者也。"[⑧]他不仅把"诗眼"由字句拓展到全篇全集，提到关乎作品全局的高度，还将其推广到别的文学种类。他

---

① 孔尚任：《桃花扇传奇凡例》，蔡毅编著：《中国古典戏曲序跋汇编》第三册，齐鲁书社1989年版，第1605页。

② 刘熙载《艺概·词曲概》说得好："'词眼'二字，见陆辅之《词旨》。其实辅之所谓眼者，仍不过某字工，某句警耳。余谓眼乃神光所聚，故有通体之眼，有数句之眼，前前后后无不待眼光照映。若舍章法而专求字句，纵争奇竞巧，岂能开阖变化，一动万随耶？"

③ 刘义庆撰，徐震堮校笺：《世说新语校笺》下册，《巧艺》，中华书局1984年版，第388页。

④ 陆机：《文赋》，金涛声点校：《陆机集》卷一，中华书局1982年版，第3页。

⑤ 刘勰：《文心雕龙·隐秀》，范文澜注：《文心雕龙注》下册，人民文学出版社1958年版，第632页。

⑥ 《徐渭集》第二册卷十七，《论中》之五，中华书局1983年版，第492页。

⑦ 刘熙载：《艺概》卷二《诗概》，上海古籍出版社1978年版，第78页。

⑧ 刘熙载：《艺概》卷一《文概》，上海古籍出版社1978年版，第40页。

所说的"眼",是"前前后后无不待眼光照映""开阖变化,一动万随"的神光所聚之处^①,是传写作品形象意境的精神气韵和整体和谐之美的关键性部位、字句、情景和中心意象。其精辟论述是对前人"诗眼""词眼""文眼"说较为系统的理论总结。

从顾恺之、陆机、刘勰一直到徐渭、刘熙载所论,都揭示了中国古典美学对关乎整个作品形象意境传神写照和结构体系的建构的关键性部位和中心意象的重视。"诗眼"诸说注重神光所聚之所的基本精神,其影响由绘画到抒情性的诗文,而及于叙事性的小说、戏曲,这是《红楼梦》《桃花扇》中心意象结构法之所由产生的背景。而孔氏"曲珠"说对其中心意象结构法的阐述也与上述诸家的论述相通。"眼"之于诗、文,"珠"之于曲,中心意象之于小说、戏曲作品的艺术境界和整体结构,类似于花之与春,日之与光,天上月华之与千江月影。春光烂漫,而其精神,则在于花;天地光明,有赖于太阳的烛照;千江月影,也有待于天上月华的辉映。

四、中心意象结构法叙事方式与功能的特殊性

当然,孔尚任、曹雪芹作为戏曲小说家在其创作中必然要完成由诗人到作家、由抒情向叙事的角色与职能转换,同样,戏曲小说中的中心意象结构法自然也不同于诗歌通过意象组合而成的意境来抒情写意的手法,从抒情意象到叙事意象,意象的性质功能实际上也发生了微妙的变化。

诗人在创作中对意象意境的营构大致有两种情况:一是通过有着平行、交叉审美关系的同(异)质意象的同构来创造意境;二是围绕焦点性(主题)意象反复咏叹和多方描绘,形成如同音乐般的主题旋律,在一唱三叹之中完成诗歌意境的创造。如马致远《秋思》等属于前者;王维写飞鸟意象的小绝,以及一些咏物诗则属于后者,而李贺的《金铜仙人辞汉歌》尤其具有代表性。

《红楼梦》大观园中代表女儿们的花花草草,和《西游记》中的狼虫虎豹,以及《三国演义》中的红黑白脸,都是类似于有着平行并列或交叉对举审美关

---

① 刘熙载:《艺概》卷四《词曲概》,上海古籍出版社1978年版,第116页。

系的同质或异质的意象同构，产生了相互对比或映照的审美功能与效果，与上述前一类意象具有一定的可比性；而石头和桃花（扇）则在作品形象体系中起焦点与核心的作用，颇类似于后一类意象，很值得我们进行探讨和比照。

叙事艺术形象体系中的中心意象所起的作用，表面上看起来似乎与诗歌中的焦点性意象相像，其实则不然。诗人创作以抒情写意、创造意境为根本目的，作为意境的基本单位和主要元素，意象尤其是焦点性意象也成为构成作品艺术体系的基本单元；而戏曲小说等叙事艺术展示的是人物在特定时空背景中的思想和行动，人物与人物在具体的社会关系和环境背景中的矛盾冲突，因而小说戏曲的叙事体系是由人物、环境和情节复合而成的，这三要素就成为了叙事艺术体系的基本单元。《桃花扇》和《红楼梦》中的中心意象，可以成为人物主角的一个化身、人物环境中的一个焦点，或者情节进展中的一条线索，但其本身却不能像诗歌中的焦点性意象那样单独成为艺术体系的基本单元。这是叙事性意象相对抒情性意象的一个最显著的差异。

中心意象结构法的特色与效应也正是由此而产生的。既然，在叙事艺术形象体系中起焦点与核心作用的中心意象，其本身不能单独成为艺术体系的基本和独立的单元，也就是说，抒情诗中的焦点（主题）性意象自然能够成为作品意境中的主角，而小说戏曲中的中心意象虽然可以成为作品主角的化身，人物环境的焦点，或情节进展中的线索，但它却既不是人物本身，也并非整个环境，那么，在中心意象与主角，中心意象与人物的活动及其所处环境之间，必然产生特定的审美间距，这样的审美距离大大地拓展了作品形象体系的纵深感和立体感，同时，中心意象本身所积淀与涵有的情调、意蕴和色泽，也丰富了作品形象画面的色彩和意义，从而生发出微妙而特殊的审美效应和艺术张力。这正是叙事作品中的中心意象结构法的特殊魅力和美学意义之所在。

《桃花扇》和《红楼梦》的成功范例表明：在小说戏曲中设置中心意象，有多方面的结构作用与功能：一是桃花（扇）和石头作为主角的化身，或环境的焦点、情节的线索，在作品形象体系中起着连接人物关系，促进情节发展或烘托氛围环境的重要作用。二是以意象特有的生命情味、冷暖色调和历史积淀而成的审美意蕴，由内向外辐射、映照和点染作品的形象画面，给整个形象体系和艺术空间确定了基调，犹如着上了一层底色或釉彩。其三，在中心意象与作品的形象画面和体系之间，产生特定的审美间距，大大地拓展了作品形象体系和艺术结构的纵深感和立体感。由此自然引申出第四点，中心意象既在作品人物、环境和情节构成的形象体系之中，起到了上述第一方面的叙事作用，又在形象体系之外，起到上述第二方面的抒情写意的作用，这样的双重特性与功能，使得作者可以在写实与写意之间自如地转换，有伸展腾挪的更大的叙事空间。这里前三点上文都已经有所论及，此不赘述，这里试就第四点略作探讨。

任何叙事作品实际上都是作者的自叙，而其叙事上的特殊性不仅取决于作者人生经历的独特性，也取决于叙述方式的独特性。如曹雪芹让石头与其携带者宝玉有一体而二名、连类而并称的审美关系，宝玉在贾府、大观园和人物关系、矛盾冲突中处于圆心和焦点的地位，而无所不在的通灵石，也成为全书的中心意象；宝玉是红楼梦中人，石头则同时担当着冷峻的观照者和叙事者的双重功能，成为作者的慧眼与悲悯之心的化身。这样的巧妙构思和安排，使作者丰富复杂的人生经历、艺术情感与审美体验有了一个全方位、多功能的传导载体和充分的叙事空间。

石头和桃花扇意象如上所述的双重特性与功能，中心意象结构法所凸现的特殊叙事方式，与作者对于家国兴亡历史的观照态度密切相关，体现着深厚的历史叙事传统。中国古代诗人往往深怀历史意识，而史家也常常深具诗人气质，他们总是试图在诗与史之间寻找一个契合点。司马迁著《史记》，在纪传正文冷静客观地叙录和还原历史的同时，又以"太史公曰"的形式，以特定的时空间隔、审美距离和历史情感出乎其外地去观照、概述和评论历史人物与事件。这使得《史记》所书写的历史画面既有现场感，又有纵深感，呈现出作者观照历史的多维角度和充满诗性的主体色彩。这种对历史特定的观照态度和叙述方法，非常具有代表性，并且深远地影响了后人的历史叙事。中心意象上述双重特性与功能，恰恰与历史叙事双重层面和多维角度的传统相吻合。中国古代叙事文学是在深厚的诗学、史学传统与背景中发展起来的，其叙事原则和艺术方法也深受前人观照历史的特有方式和诗学原则的双重影响。《红楼梦》和《桃花扇》的中心意象结构法，正是诗歌抒情传统与历史叙事传统共同影响的结果。

曹雪芹以石头为中心意象，以石头那冷峻的眼光、独有的角度和审美距离观照和叙写了曾经亲历的红楼一梦；以桃花扇为中心意象，则血色桃花，便成为孔尚任叙写和映照南明覆亡历史和昏君奸臣、文士武将乃至草野人士的基调和底色。作者既对家国兴衰存亡的历史进行零距离的写实性描绘，又通过中心意象的设置，将镜头推移转换，对其进行大写意和全景式的鸟瞰、扫描和着色。石头和桃花扇，仿佛是一个聚光点或一层过滤色，给作品画面染上了特定的光芒与色彩，产生特殊的审美效果。作者一方面入乎其内，如身临其境般痛切地叙写所经历的人生巨大反差和家国兴衰的历史，另一方面又出乎其外，以局外旁观者的身份，以一定的审美间距和冷峻的笔调来观照一切和点染历史，含蓄深沉地表述对历史人生的审美体验和哲学思考。于是沉重的历史被轻盈地化为了一曲樵歌渔唱。实际上，这正是古代诗人文士观照和叙写历史的一贯态度和方式。我们在苏轼赤壁词、赋和中晚唐以迄明清诗人的许多作品中都能感受到这种笔调。"多少六朝兴废事，尽入渔樵闲话。"[1] "二十余年如一梦，此身虽在堪惊。闲登小阁看新晴，古今多少事，渔唱起三更。"[2] 靖康之变之后的南宋诗人们，在"却道天凉好个秋"[3]的含蓄与平淡中，抒发着别样的家国与身世之感。

石头既在局内，亦在局外。"一局输赢料不真，香消茶尽尚逡巡。欲知目下兴衰兆，须问旁观冷眼人。"《红楼梦》第二回的卷首诗，与冷子兴演说贾府世系时的评点议论一样，都有一种"说着别人家的闲话，正好下酒"的心态，让人有凉到心底寒冷彻骨的痛切感受。体现了诗人痴心热肠之外冷眼旁观的另一面，这与兼具局内局外双重身份的这块通灵之石的质性是相通的。

孔尚任在《〈桃花扇〉小引》中沉痛地说："场上歌舞，局外指点，知三百年之基业，隳于何人，败于何事，消于何年，歇于何地。不独令观者感慨涕零，亦可惩创人心，为末世之一救矣。"[4] 在《桃花扇》结尾续四十出中，作者叙写已为樵夫渔父的苏昆生和柳敬亭，以其一副热肠一双冷眼，将历史的沧桑兴衰赋之于数曲《余韵》，归结了作者对于古今兴亡，尤其是大明王朝覆灭的无尽感慨："俺曾见金陵玉殿莺啼晓，秦淮水榭花开早，谁知道容易冰消。眼看他起朱楼，眼看他宴宾客，眼看他楼塌了。这青苔碧瓦堆，俺曾睡风流觉，

① 张昪：《离亭燕》，唐圭璋编：《全宋词》第一册，中华书局1965年版，第111页。
② 陈与义：《临江仙》，俞平伯注释：《唐宋词选释》下卷，人民文学出版社1979年版，第170页。
③ 辛弃疾：《采桑子》，俞平伯注释：《唐宋词选释》下卷，人民文学出版社1979年版，第196页。
④ 孔尚任：《桃花扇传奇小识》，蔡毅编著：《中国古典戏曲序跋汇编》第三册，齐鲁书社1989年版，第1601页。

将五十年兴亡看饱。那乌衣巷不姓王，莫愁湖鬼夜哭，凤凰台栖枭鸟。残山梦最真，旧境丢难掉，不信这舆图换稿。诌一套哀江南，放悲声唱到老。"① 真是"渔樵同话旧繁华"②。他们和已为道姑的香君都经历过如桃花般的瞬间繁华，而今跳出世外，回望世事，油然而生历史与人生的沧桑感："白骨青灰长艾萧，桃花扇底送南朝；不因重做兴亡梦，儿女浓情何处消。"③ 这体现了作者对历史特定的观照角度和方式。《桃花扇》以桃花扇为中心意象和《红楼梦》以石头为中心意象一样，是由中国古代诗人文士对历史人生的审美态度、观照角度和叙事方式所决定的。

总而言之，孔尚任和曹雪芹的中心意象结构法，以及孔氏的"曲珠"说，是其继承中国文艺抒情写意的审美传统和理论，并将其创造性地运用于戏曲小说创作实践的结果。《桃花扇》和《红楼梦》的上述特色和艺术成就，是对世界文学文论的创造性贡献，有着特殊的美学意义和价值。

本文关于孔尚任《桃花扇》部分，以《试论孔尚任"曲珠"说与〈桃花扇〉之中心意象结构法》为题，刊载于《文学遗产》2006年第5期。

---

① 孔尚任：《桃花扇》续四十出《余韵》，王季思主编：《中国十大古典悲剧集》下册，齐鲁书社1991年版，第1152—1153页。
② 孔尚任：《桃花扇》续四十出《余韵》，王季思主编：《中国十大古典悲剧集》下册，齐鲁书社1991年版，第1154页。
③ 孔尚任：《桃花扇》第四十出《入道》，王季思主编：《中国十大古典悲剧集》下册，齐鲁书社1991年版，第1146页。

百年沧桑话拓跋

——读李凭先生《百年拓跋》

　　在近几年问世的历史著作中，李凭先生的《百年拓跋》（山西古籍出版社2004年版）无疑是颇具分量的一部历史演义小说，这不仅缘于作者历史学家、民族学家、民俗学家的学术背景，更是由于此书实为填补空白之作。

　　这是第一部完整、有序、多角度介绍北魏平城时代百年历史的著作。而北魏平城时代，是中国历史上极具典型意义和研究、认识价值的重要时代。

　　谈到历史，人们津津乐道的首先是夏商周秦汉，唐宋元明清，更重视大一统的皇朝，而相对较为忽视分裂时期的政权。的确，繁荣强盛的大一统时代，是中国历史雄浑乐章的高潮部分，自然更能获得强烈的共鸣，而作为那些高潮的引子、前奏或铺垫部分，就往往容易被轻忽。但实际上，分裂时期金戈铁马、刀光剑影的搏杀，交织着血与火的灾难，以及人们于祸难和动乱中在社会政治、军事、经济等各方面的惨淡经营和重建活动，砥砺、淬炼和锻造的是整个中华民族的意志、精神和脊梁，以及精力弥满、虎虎有生气的文化性格，那样的时代的精神力量其实并不亚于大一统全盛时代，那时代的人们往往反而不会有像承平日久的社会时或呈现的那种颓唐小巧、平庸苟且的精神风貌。同时，不同区域、不同民族、不同政权之间的差异、冲突、交流和融合，以及由此产生的文化落差与交融，不仅使中国漫长的历史因而显得跌宕起伏，精彩纷呈，而且也赋予中国文化以新鲜血液和强大的生命力。我们也许可以说：大一统皇朝得以兴盛的一些重要原因，也许应该到分裂分治的社会历史时期中去寻找；大一统时期文化之树的繁花与硕果，正种因于分裂时期人们的建设性贡献及其所建构的文化基础。南北朝文化的分途发展和隋唐一统南北融合以后文化的空前繁盛就典型地体现了这一点。可见，不同区域、民族和政权分裂并存的时期之重要性，往往并不亚于某些大一统的朝代，这样的时期无论是对当时的历史，还是对于后来大一统时期经济文化繁盛局面的形成都有重要影响，其为以后的历史所奠基的一切是不应该被忽视的。

中华民族是以汉族为主体的多民族的大家庭，作为中华历史与文化的主要创造者，汉族的成就及其历史主角的事迹似乎更为人们所熟悉，而一般人对兄弟民族建立的政权及其业绩和贡献则相对比较陌生。例如，在一般读者中，赵武灵王胡服骑射故事的知名度似乎就要超过魏孝文帝的易俗改姓和迁都洛阳。关于北朝的历史，介绍性的著作，如历史演义一向是个空白。仅有的蔡东藩的《南北史演义》也是详于南而略于北，拓跋鲜卑创造的北魏的历史几乎是作为南朝历史的附庸或点缀被一笔带过了。

中华文化之所以屡遭劫难而不坠，一方面正是由于其在漫长的文化发展史上形成的内在鲜活的原创性和强大的生命力，以及自我更新、包容一切的性格和能力，另一方面也是因为各兄弟民族以其充满血气、野性与活力的血液精神，和新鲜异质的文化因子源源不断地注入，使中华文化每每别开生面，生生不息。南北文化的差异与融合，汉族与兄弟民族的冲突和交流，外来文化的影响，是中华文化不断发展的三大动因，正是在这种种的文化落差中，中华文化获得了继续发展的强大动力和势能，才得如此博大精深，灿烂辉煌！对此，大江南北兄弟民族与汉族一样厥功甚伟。因此，我们应该重视对我国古代分裂时期的历史以及兄弟民族所建立的政权的研究和介绍，尽可能地把握历史的本来面目，充分认识其历史成就、意义与地位，这不仅是对历史真实与真理的追求，同时也关乎中华民族的福祉。李凭先生的《百年拓跋》，正体现了这样的可贵尝试与努力。他在凝聚多年研究心得撰写了《北魏平城时代》以后，又以尽可能通俗和富于文学色彩的语言，将神秘而复杂的北魏百年历史生动有序地展现在广大读者面前，此书的问世是很有意义的。

发祥于今内蒙古自治区鄂伦春自治旗阿里河镇西北十公里的嘎仙洞的拓跋鲜卑族，是一个传奇般的民族，其从游牧部落联盟到建立北魏封建王朝的历史，是一部辉煌的史诗。北魏平城时代特别是孝文帝时则为其全盛时期，那也是古代中国从南北分裂分治走向强盛繁荣的大唐的过程中的一个重要历史阶段。当我们如数家珍地谈到大唐气象的时候，不能忘记北魏在政治、经济制度和民族精神风貌方面为大唐的兴盛所作的奠基性的贡献，北朝尤其是北魏的上述贡献绝不亚于南朝风流。

一方面，北魏历代君王先后在政治、经济制度上学习汉制进行改革，特别是孝文帝在文明太皇太后的支持下雷厉风行地推行了班禄酬廉、三长、均田等制（作者对此都用不小的篇幅进行了浓墨重彩的介绍），这样的汉化改革和制度创新，推进了社会的进步与发展。班禄酬廉是拓跋贵族统治集团由游牧部落联盟向汉化朝廷转型的最终阶段的一项重要吏治制度改革，均田制的推行则极大地促进了社会生产力的解放和发展（三长制的实施又是均田制得以推行的必不可少的组织措施和政治保证），大唐的兴盛乃至唐诗的繁荣，都可以溯源及于北魏上述的政治、经济建树（例如，对于大唐兴盛至为重要的租佣调制度就不能不溯源及此）。另一方面，魏晋南北朝时期人们比较早熟，青年豪杰层出不穷，北魏尤多出少年有为之君王，这些马背上的青年，英气勃发，精力弥满，富于锐气，敢作敢为。如孝文帝，在短短三十几年的生涯中，已经成就了文治武功、改革创新的诸多伟业，可以说，北魏的几位年轻君王，为18岁即为军事统帅、实际开创大唐一代盛世的太宗李世民导乎先路。在后者身上，我们也不难感受到类似前者的英风豪气。我们还可以说，作为中华瑰宝和大唐气象的表征，盛唐的诗，既承继和发展了魏晋南朝的文士风流与韵致，更得益于北朝的气概与风骨。以拓跋氏为代表的北朝各族纵横驰骋、逐鹿中原的行迹，正是在辽阔大地上写下的诗行，这也成为唐诗产生的一个重要基础。唐诗的产生，离不开魏晋南北朝各族文人武士数百年的酝酿。

李著于演义百年拓跋的历史时，力避平铺直叙，也不仅仅局限于对北魏建立到兴盛的史实本身的叙述，而是大处落墨，突出重心，始终着眼于北魏王朝在政治、经济制度等方面的革新与建树，及其对后来隋唐大一统文化繁荣的贡献，着眼于南北和各民族之间交流、融合的大格局。这成为此书的一条主线，一个灵魂。作者在书中不仅完整清晰地将北魏平城时代百年丰富复杂的历史展现在读者面前，而且还精彩地叙写了孝文帝大刀阔斧地推动和完成班禄酬廉、三长、均田、易俗改姓和迁都洛阳等一系列政治、经济制度改革和重大举措，对有关南北通好、人员往来、文化交流和战争冲突的重要史实，都以相当的篇幅进行介绍。从序章《世家大族难于久长》叙写西晋世族的腐朽没落开始，一直到尾章总结性的论断，作者的眼光和笔触始终关注着中华文化的承续兴衰。在正文三十章里面，如第十七章《魏齐通和金如瓦砾》，第二十二章《范宁儿围棋胜王抗》等章节的叙述中，都有有关南北使节往来的史实，前者为南使北上而涉及经济，后者则是北使南下而及于文化。第二十六章《百年拓跋融于中华》重点介绍拓跋氏的改姓易俗。在具体叙述中，也在在处处反映了作者的上述关注。如序章中谈到凉州刺史张轨时，作者特为指出："永嘉之乱以后，在中原难于存续的汉族传统文化没有中断，张轨功不可没。"末尾又云："诸燕政权（指慕容部建立的前、后、西、南、北燕）或为时不长，或影响不大，但是慕容部在辽阔流域开创的追求汉化的传统却始终未绝。正是在这个传统的熏陶之下，出了一位历史上有名的政治改革家——北魏的文明太皇太后冯氏。"在尾章最后，作者以历史学家充满激情的深沉语调归结全书："正像其他进入中原的游牧民族一样，鲜卑拓跋部一旦进入中华文明的氛围之中，就会迅速地与之融为一体，成为中华大家庭中的一员。""鲜卑拓跋部的融入，为汉族僵化的肌体输入了新鲜的血液。鲜卑拓跋部通过改变自己的面貌，推进了中华文明的发展。而中华文明的发展正是由许许多多像鲜卑拓跋部这样的部族以贡献自己为代价换来的。鲜卑拓跋部已成为历史，但是，作为它的代表，道武帝拓跋珪，太武帝拓跋焘，孝文帝元宏等的形象将永久地彪炳于史册。"

　　北魏的历史纷繁复杂，又年代久远，令后人感到生疏和隔膜。在北魏兴盛的过程中，有许多的线索头绪需要厘清，有许多的史实有待考索。而作者以其多年的研究和史家学识，了如指掌、有条不紊、详略有序地娓娓道来。此书广泛地叙写和描绘了拓跋北魏的历史兴衰，政治、经济制度，风光地理，风俗人情，乃至平城（今山西大同）、洛阳都城和皇宫的方位、格局等等，有机地构成了百科全书式的历史叙事的整体艺术结构。历史的叙述是客观凝重的，难于虚构和展现文采，尤其是关于历史典章制度的叙述，更是很容易显得呆板滞涩，而作者行文时时笔调生动，文采斐然，冷峻中常含幽默，难能可贵。作为演义小说，书中自然也不能不述及宫闱秘事、政变阴谋等等，然作者努力按照历史的本来面目进行叙述，并不夸张造作，刻意渲染，显得极有分寸。而且在述及政治人物时，非常注意不因对人物品格私德的好恶，影响对其社会历史地位和贡献的客观评价。

尤为值得称道的是，李凭先生对历史的叙述和演义，不仅依据对古代典籍资料的梳理和考证，而且还根基于他对历史遗迹的现场考察和感悟。《百年拓跋》一书分别附有作者在大同方山文明太皇太后永固陵思远佛寺前和洛阳邙山孝文帝长陵前沉思的照片，当凭吊历史遗迹、发思古之幽情的时候，作者感悟到了什么呢？在第二十二章《范宁儿围棋胜王抗》中，作者有云，在巍峨的文明太皇太后永固陵东北不远处，有规模较小的孝文帝寿陵，"与永固陵相比，显得很卑微。太和十五年（491 年），孝文帝刚刚二十五岁，却急急忙忙地为自己营建陵墓。而且不建在列祖列宗安葬的盛乐金陵，却建在文明太皇太后的永固陵侧，似乎在向人表明，愿意永远做太皇太后的孝子贤孙。其实，孝文帝的这一举动只不过是一种姿态而已，他根本就没有死葬方山之意。万年堂后来成了一座虚宫，千百年来，只有文明太皇太后的阴魂在方山顶上独自飘荡"。如果我们再去读一下作者的《北魏平城时代》，对上述解悟就会理解得更清楚了。此书第四章《太后听政》指出，在洛阳邙山高大的孝文帝长陵西北侧约百米，也有一座较低矮的陵墓，那里埋葬着孝文昭皇后高氏。"两冢相依，一高一矮，因而俗称大小冢。这种一高一矮的形式，使我们很自然地想起了平城方山顶上的永固陵和万年堂。但是，两处的位置安排又恰恰相反，在方山顶上后尊帝卑，在官庄村旁帝尊后卑。在平城颠倒了的帝后关系被孝文帝及其继承者宣武帝在洛阳颠倒回来了"。"生不能继续忍受母权阴影的笼罩，死不愿葬入文明太后陵侧的陪陵，孝文帝个人的感情因素无疑是北魏迁都洛阳的催化剂"。在历史遗迹及其对比中，作者深刻而准确地感悟和发现了历史人物特定的心理、内心的隐秘，并且从中发现了某种历史的真相。这种来自对历史遗迹现场和实地的考察而得来的敏锐感悟是特别难得的。

有幸与李凭先生一起赴南疆支教，朝夕相处近半年。作为历史学家和民族学家、民俗学家，他是赴疆教师中壮游南北疆最远、最久、最多的一位长者。笔者曾经随先生一日里驱车四百多公里，一路颠簸，到天之尽头寻访险峻深山中的柯尔克孜族村落，与牧民兄弟促膝倾谈，共话家常，也曾经在阅历千年沧桑的莫尔佛塔前拣拾瓦当，合影留念，发思古之幽情。深感先生是一位喜欢游历，注重实地考察，充满激情而敛之以深沉，富于想象而约之以思理，浪漫而又严谨的学者。也是在南疆期间，正好《百年拓跋》一书的清样寄到，笔者得以先睹为快，更加感到，文如其人，此言不谬。想起《汉书·司马迁传》所记载的："（司马迁）二十而南游江、淮，上会稽，探禹穴，窥九疑，浮沅、湘。北涉汶、泗，讲业齐鲁之都，观夫子遗风，乡射邹峄；厄困蕃、薛、彭城，过梁、楚以归。"深深地感叹，无论是诗人，还是学者史家，功夫既在"诗"内，亦在"诗"外，一个人必得要读万卷书，更要行万里路，始可下笔。我想，李先生《百年拓跋》的撰述也试图着证明这一点。

原载《光明日报》2005年8月19日

嘤其鸣矣

科举南传与越南骈文创作略论

孙福轩[①]

一、越南科试骈文制度

中国自汉代以来即有献赋、献策的相关记载,但作为严格意义上的科举制度,正式确立于隋,其后虽然考试的科目和内容有所变化,但却经由唐宋两代一直延续至清代末年西式教育的引入。作为古代一项重要的政治和文教制度,自产生以来,就对汉文化圈的朝鲜、日本和越南有着积极影响。朝鲜和越南都曾模仿中国实行了长期的科举考试制度,日本也有试策、试赋的举措。其中越南科举考试持续时间最长,据《钦定越史通鉴纲目》[②]记载,李朝仁宗太宁四年(1075),"选明经博学者以三场试之,擢黎文盛首选入侍学。本国科目自此始"。从越南发展的实际情形来看,939年吴权建立独立封建王朝之前,长达1000多年的时间越南属于北化时期,文化上逐渐汉化和儒学化。[③]越南从李朝开始实行科举考试,陈朝因之,至黎朝而至于成熟和繁盛。李朝起初的科目名称大体有进士科、

---

① 浙江大学古代文学博士,现为浙大城市学院教授,浙江大学硕士生导师,研究方向为中国古代文学批评史。

② 越南科举考试在《大越史记》《大南实录》等史书中均有记载。其具体情况参见陈文《越南科举制度研究》(商务印书馆2015年版)的导论部分,本文对其科举考试骈文制度的论述多有参考,特此注明。

③ 东汉灵帝、献帝之时,交州人有李进、阮琴、张重等人入朝就学,分别选为交州刺史、司隶校尉、金城太守;献帝又曾以交州茂才、孝廉各一人为夏阳令和六合令。(吴士廉《大越史记全书》外纪卷三)唐代,中原选举之制流布于安南。高宗上元三年(676),专门设置选拔安南士子任官的"南选使",武宗会昌五年(845),又在安南确立每年选送进士、明经任职的制度。参王小盾、何仟年:《越南古代诗学述略》,《文学评论》2002年第5期,第16—17页。

试文学者、试儒佛道三教、试太学生等名目①。但由于史料阙如，具体考试的内容尚不是十分清楚。但既然是对中国唐宋科举制度的继承，经义、诗赋和骈文应该是不可或缺的内容。

1304 年，陈朝英宗帝设定考试形式为四场：第一场考暗写经书，第二场考经义、诗、赋，第三场考诏、制、表，第四场考策文。考试内容明确第三场为诏、制、表等骈体文。陈顺宗光泰九年（1396）四月规定进士科考试：

> 用四场文体，罢暗写古文法。第一场用本经义一篇，有破题接语，小讲原题，大讲墩结，五百字以上。第二场，诗赋各一篇，诗用唐律，赋用古体，或骚或选，亦五百字以上。第三场，诏制表各一篇，诏用汉体，制表用唐体四六。第四场，策一篇，用经史世务出题，一千字以上。以前年乡试，次年会试，中者御试策一篇，定其第。②

明确规定科试文诏用汉体，制表用唐体四六。据史载，陈朝的进士科于睿宗隆庆二年（1374）创立，考试取法于元，同时仿照唐朝和明初的试法。虽然具体来说考试的具体科目和内容每一代都略有变化，但科试骈文的制度却一直保持下来。

黎朝时期，越南按照中国明朝科举成式，开设了进士科、东阁科、明经科、宏词科、制科等科目。明孙绪撰《沙溪集》记载："余尝见《安邦乡试录》一册，安邦者，安南国一道之名，其国凡几道如中国省藩。然试录题曰洪德二年辛卯，……初场，四书义四篇，五经义五篇。二场，制、诏、表各一篇。三场，诗赋各一篇。四场，长策一篇。"③ 严从简《殊域周咨录》亦有相似记载，言安南考试，"其第一场则用九经之文，次二场则用诏制表之文，次三场则用诗赋之文，次四场则用对策之文，次五场则入殿庭，在国王面前，又用对策之文"④。只是多出一场殿试。相较于陈朝而言，诗赋由第二场移至第三场，制、诰、表则提

---

① 陈文：《越南科举制度研究》，商务印书馆 2015 年版，第 35 页。
② ［越］潘清简：《饮定越史通鉴纲目》正编卷一〇，第 25 页。
③ 孙绪撰：《沙溪集》卷一四，《景印文渊阁四库全书》本。
④ 严从简著，余思黎点校：《殊域周咨录》卷七《南蛮·安南》，第 238 页。

至第二场，这和越南统治者注重文章应用性不无关系。

黎朝科举考试的内容随着时代的发展而略有变化，太宗绍平元年（1434）进士科试法规定，乡试考四场，"第一场，经义一道，四书各一道，并限三百字以上。第二场，制诏表。第三场，诗赋。第四场，策一道，一千字以上"。会试法如乡试例。圣宗光顺三年（1462）定乡试例，先暗写汰冗一科。第一场，四书经义，共五道。第二场，诏制表，用古体、四六。第三场，诗赋，诗用唐律，赋用古体、骚选，三百字以上。第四场，策一道，经史世务出题，限一千字以外，与绍平元年同。洪德三年（1472）定会试法。《大越史记全书》记载其试法云：

> 洪德三年三月，会试天下举人，取黎俊彦等二十六人。其试法：第一场，四书八题，举子自择四题作四文，《论》四题，《孟》四题。《五经》每经三题，举子自择一题作文，惟《春秋》二题并为一题，作一文。第二场，则制、诏、表各三题。第三场，诗、赋各二题，赋用李白题。第四场，策问一道，其策题以经书旨意之异同、历代政事之得失为问。[①]

规定得更为详细，如《春秋》作一文，赋用李白题等。洪德六年（1475）乙未科会试的考试内容又有所变化，第一场，四书八题，其中《论语》三题，《孟子》四题，《中庸》一题，士人自择四题作文，不可缺。五经每经各三题，独《春秋》二题。第二场，诗、赋各一，诗用唐律，赋用李白体。第三场，诏制表各一。第四场，策问，以经史同异之旨、将帅韬钤之蕴为问。[②]把诏制表放在了第三场。

阮朝进士科等常科考试基本上沿袭后黎朝之制，并参考中国清朝试法。世祖嘉隆初年开乡试，沿用黎朝四场文套，嘉隆六年（1807）定乡会试法，考四场：第一场制义、经五题，专治一经或兼治亦听，传一题；第二场，诏制表各一道；第三场，唐律诗一首，八韵体赋一道；第四场，策问一道；明命初年沿用嘉隆年间四场试法，明命十三年（1832）改四场试为三场试，第一场用八股制义，五经各一题，传一题；第二场，用诗赋。乡试用七言律，会试用五言排律，

---

① ［越］陈荆合编校：《大越史记全书》卷一二，兴生社昭和 59 年（1984）。

② ［越］陈文为撰，陈辉积校删：《黎史纂要》卷三，第 44 页，越南汉喃研究院藏手抄本。

律赋一首。第三场用策问。嗣德年间又数改试法，主要徘徊在三场和四场之间。如嗣德四年改三场试为四场试，第三场，诏表论各一题，诏表用四六，论用古文；嗣德八年（1855）改四场为三场，第二场为诏表论，依旧式，论题除用四六外，还间用古体如汉诏体。嗣德二十七年（1874）仍试三场，但诏表论改为七言律诗、六七韵赋各一题。值得注意的是，其间停罢四六数次。明命十三年乡试虽然省却四六文体，但由于诏诰笺表文字与酬应相关，乡试中增加复核一环节，考四六酬奉体 1 篇；嗣德二十七年停罢四六，复核用诏或表一题补四六之缺。其后福建元年（1884）又停复核四六题，成泰十五年（1903）又行复核等①。

除进士科的乡试、会试外，广义的科举考试还包括制科、杂科等形式。越南一方面仿照中国的科举制度，另一方面则根据越南国情而作出相应调整与变化，李、陈时期，曾举行过试吏员、试文学者、试三教等科目，后黎朝举行过士望科、东阁科等科目考试。

关于考试内容，黎朝制科与乡试、会试基本相同。黎中宗时设制科，考四场：第一场经义，第二场四六骈文，第三场诗赋，第四场策文。宏词科的考试内容与唐朝相似，"其试题，或诗赋，或料事，或策论，皆临辰随出，亦无一定之式云"，"赋、赞、颂、歌，咸无定体"。而"试东阁之制，原自黎初"，其试法为"御题或五言诗，唐律，或论、辨、判、赋、颂、箴、铭、记、跋，无定式"。黎朝进士科殿试之后，还要举行新科进士应制考试，从洪德年间（1470—1497）到景兴（1740—1786）末年一直如此，考试的内容主要是诗赋、策文以及一些杂文。又如"士望科"，《中学越史撮要》秋集云黎"神宗设士望科，贡士有才望始得预试。试题，诗、赋、赞、颂、歌，咸无定体"。②黎朝学者黎贵惇《见闻小录》亦有记载："士望科亦号宏词科，惟贡士始得入试。其试诗赋、选颂、歌箴，无定体。中者初授知县，余循本资授实任寺丞、知县、宪副、参议职。"③又如"试官员男孙"，洪德六年乙未科的考试内容是"表一题，算一题"。洪德八年规定"从官应得入流子孙，考试中诗表及书算，许充秀林局儒生及各衙门吏，为文武子孙试中例"④。此外黎朝还举行试天下耆俊、试近侍祗候局等科目的考试，如太

---

① 陈文：《越南科举制度研究》，商务印书馆 2015 年版，第 336—339 页。
② ［越］吴甲豆：《中学越史探要》秋集，1911 年刻本，第 92 页。
③ ［越］黎贵惇：《见闻小录》卷二《体例》上。
④ ［越］吴士连等著，陈荆和合校：《大越史记全书》本纪卷十三《黎纪》，第 702 页。

和五年（1447）四月，试近侍祗候局，第一场，暗写古文；第二场，作制、诏、表；第三场，考诗、赋。赐阮璋等人中格，升为入侍局学生，成为入侍皇上左右的学者。① 又如杂科"试教职"：其试法第一场四书各一题，五经各一题。第二场赋一题，用李白体。第三场制、诏、表各一题。② 相较于常科而言，后黎朝的制科、杂科考试形式不拘，没有固定的科目，但出于简拔文职的需求，考察的多是士子的文字运用能力，骈体四六成为不可或缺的重要内容。

南越阮氏王朝（南北朝时期）统治的南方，没有形成正常化的开科。与北方郑氏政权考试科目名称不同，开设的科目有正途试、华文试、饶学试、探访试等。正途试即相当于北方郑氏政权举行的进士科。据《大南实录前编》记载：试三日，第一日试四六骈文，第二日试诗赋，第三日试策问。③ 比北方政权少了第一场经义试。至武王阮福阔下令更定试法。第一场试四六，第二场试诗赋，第三场试经义，第四场试策问。体现出阮氏王朝十八世纪中期以后开始重视儒学，重用儒士。又如"文职试"，据《大南实录前编》卷七载，正和十六年（1695）八月，阮福涠试文职三司于庭，考三场，第一场考四六骈文，第二场考诗赋，第三场考策问。阮朝还曾设置庭试"阮显宗孝明帝，初行殿试法，以诗赋、四六文、策试儒臣……以诗一题试相臣司及令史。南朝殿试，此为起点"。④

由上可见，由于受到中国科举制度的影响，骈体文作为越南科举考试中的基本文体，受到历代统治者的重视。从陈朝至黎朝，均有一场考诏、制、表等行政文体，与中国元明时期的第二场考试内容基本相同。后阮福统一全越建立阮朝，改国号为越南，又沿袭后黎朝试骈文制度（其间有所停废），一直到法国人进入越南后，才逐渐减少诗赋和诏表制等考试内容，维新六年（1912）壬子科乡试，中圻各试场一并停罢诗赋。至此，延续数百年之久的越南进士科的骈文考试才最终结束。

缘于科举试骈文的影响，在越南古代的学校教育中，骈文也成为重要的日课和考核内容。严从简云："安南学校之制，则在国都置国子监，则有祭酒、司业、五经博士、教授之官，以教贡士辈。又有崇文馆、秀林局，则有翰林院

① 陈文：《越南科举制度研究》，商务印书馆2015年版，第121页。
② ［越］陈荆合编校：《大越史记全书》卷一三。
③ ［越］阮国史馆《大南实录前编》卷三《神宗考昭皇帝实录》，第10—11页。
④ ［越］黄高启：《越史要》卷三，第29—30页。

兼掌官，以教官员子孙，崇文、秀林儒生辈。在各府则制学校文庙，有儒学训导之官，以教生徒辈。"[1] 在国子监、太学、崇文馆、秀林局中，所授内容主要是儒家经书和与科举考试相关的书目，如四书、五经、诗、赋以及表、诰、制、行移公文等内容。考课内容也与科举相关，如明命五年（1824）二月，定国子监监生、员子考课内容，第二期为四六、诏制表三题等。关于这一点，诸家论述较多，此不赘言。

二、科试骈文与越南骈文创作

越南汉文学的产生较晚，直到公元 10 世纪，越南才开始出现成文文学，主要以汉语诗歌的诞生为标志。[2] 由于李朝和陈朝的几代皇帝都重视汉文，因而促进了汉文学的繁荣。而其中使节往来、士子流动以及选举和科举考试则是越南汉文学发展过程中最为重要的促进因素。唐朝时，安南地区有些士大夫来中原参加科举考试，唐德宗时"九真姜公辅仕于唐，第进士，补校书郎，以制策异等授右拾遗，翰林学士，兼京兆户曹参军"[3]；杜审言、刘禹锡曾流寓安南，讲学办教育，传授儒家经典，著书立说，对越南汉文化的传播起到了积极的作用。尤其是李朝仁宗泰宁四年（1075）仿中国实行科举制度，选有文学者入翰林院（1086）。从此以往，科举之制经黎朝和阮朝的极盛而延续至于 1919 年，产生了数量巨大的举业作品，形成以汉语言文学为主流的越南语言文学传统。同时刺激了越南汉文学的发展，以诗赋为中心的越南汉文学逐渐由模仿而至于自立，形成汉文化圈一个独特的存在。

中国古代的科举考试，缘于简拔人才的需要，往往注重的是治国理政之才，汉代的策问即是出于这种目的。隋代开科，中经唐宋两代的诗赋取士和经义与诗赋之争，以至明清的制义考试，无不是出于统治者的抢才之需。这既需要雅赡深宏、以观器识的经义、策论与诗赋之体，又需要精通文墨的翰阁之文。

越南科举由于受到中国儒家思想的深远影响，经义是考试的重要一环，科

---

①　严从简著，余思黎点校：《殊城周咨录》卷七《南蛮·安南》，第 237 页。
②　于在照：《越南文学史》，军事谊文出版社 2001 年版，第 5 页。
③　［越］陈荆合编校：《大越史记全书》卷五。

考中往往首列经义即是明证，但和中土稍有不同的是，越南科试更为重视考试
文体的应用性①。仅据《越南汉喃文献目录提要》1684种的文学书籍来看，这
些类目大多是俗文学和应用文体的类目：其中俗文学图书有近七百种，属于应
用的文体又占去了相当数量。为了论述的方便，先试着把越南历代纂刻骈文集（含
中国骈文集的翻刻本）列表如下：

文集名	作者 （编者）	主要内容	备注
骈俪名编	佚名	诏表及酬应文集，收录越南黎朝至阮朝、中国唐至清的表、启、奏、诏、谕、策、诰、记、碑、箴、诗、歌、疏、祭文、对联各文体作品。	抄本
骈体	佚名	骈体文集，包括三十七篇表文，用作科举参考数据。此书分天文、地利、钱币、器用、农桑、书籍、动物、植物各目，附有典故注释。	抄本
酬奉骈体	高春育编	中越古籍中的骈偶句汇编，按门类和韵部排列。	抄本（类书）
俪语文集	佚名	喃文文集，收录一篇赋和十七篇祭文。原目编为 1931 号。	抄本（总集）
陈四六（又名《陈检讨文集》）	陈维崧	收录二十篇书序、六篇祭文和四篇赋文。	中国重抄重印本
奉删四六酬奉	佚名	骈体酬奉文集，书中收录官员上呈嘉隆、明命、绍治的表文。附载三台余象斗所作《诗林正宗序》以及关于天、日、月、四季等的若干考证文字。	抄本
四六文抄	佚名	黎正和丁丑科（1697）会试的骈体诏表制文选，皆取材于中国史籍，用作科举范文。	抄本
历科四六	佚名	历科四六体选集，包括三十一篇诏文、二十八篇制文、三十篇表文，附有自黎正和甲戌科（1694年）至黎景兴四十年（1779）共二十九科会试的登第者姓名、籍贯和成绩。	又存抄本一种，有景兴三十七年李陈伯子瓒的序文，有目录
历科四六	佚名	骈体应试文集，选自升龙、海阳、山南、山西、清化、乂安、直隶各试场嘉隆丁卯年戌（1807）、癸酉年（1813）、己卯年（1819）、辛巳年（1821）的乡试及明命壬午年（1822）的会试。	今存印本一种，嗣德四年集文堂印本
历科四六	佚名	诏表文集，含目录一篇。含诏文、表文两部分。其中诏表各四十篇，共八十篇。	抄本两种
四六抄	佚名	骈体科举范文集。收录一百六十九篇取材于经传与史籍的诏、制、表。	多文堂嗣德十一年本

---

① 至于越南科举考试中一直保留诗赋一场，似乎又体现出重视其文学性的一面，其实这是统治者仿照中土科举唐宋与明清的矛盾心态的体现，具体论述参见陈文《越南科举制度研究》。又：应用性文体在发展过程中，由于文体的互渗和自身的发展，往往又表现出不同程度的文学性，如中国六朝时期的骈文，就深具文学性。越南的应用文体的发展亦如此。

一真集

续表

文集名	作者 （编者）	主要内容	备注
四六撰集	佚名	科举范文集，收录取材于经史传的诏、表、论、启，阮文超撰。	抄本
古四六	佚名	黎景兴各科优等文选集，共二十篇诏、制、表，若干篇标有科场及主名。	抄本
海阳四六选	陈公宪编	收录历代名家所作骈体的若干诏、制、表。书题与内容不符。	抄本
四六新谱	佚名	书内题"四六名家合选卷之一"，知为多卷。所收为试场上作的诏表。	明命三年嘉柳堂据双青正本重刊本
四六文集	佚名	双青学场的骈体范文集，包括诏、制、表等文体，其题材来自中国历史内容可参见原目编为4972号《四六新谱》条。	抄本
四六新选	佚名	骈体的科举范文选。书中作品取材于经传史籍，亦取材于时事问题。	存印本两种。有嗣德四年成章堂本
录选今古四六今策	张国用编	拟作诏表论集，共一百零五篇，是书编选拟汉唐宋元明各代和越南阮朝的诏表、策论、露布等，用为考会、庭试者的范文。书前载录张国用的表奏一篇，述本书编辑缘起，并载《诏式》一篇。	抄本
菊轩四六	黎菊轩	又名《仁睦进士黎菊轩先生场文》，督学黎廷延门生所撰骈体文集。收录诏、表、论、策文八十一篇，各篇具体作者不详，含目录一篇。	抄本
四六文抄唐宋诏书略编	佚名	所录皆取材于中国和越南史籍，拟作体裁有诏、制、表、论等体。	抄本
历代四六集	佚名	拟作诏表文集。书中收录选自各学场和各试场科举考试的诏、制、表等，大多取材于中国古籍，分《尧舜四六》《周表》《汉文帝诏》等。	抄本
四六合选	佚名	骈体科举范文选集。	抄本
四六式	佚名	骈体科举范文集。收录取材于中国历史的诏表论等作品。	抄本
四六文选	佚名	骈体文选。收录取材于中国史籍的制诏谕表等，用作科举的参考。	印本
拟古四六式	佚名	骈体诏表范文集。	抄本
乙未科试录	佚名	举业文集，存卷五、卷六，以卷五之名作为书题卷五题《乙未会试》，收录明命十六年（1835）会试会元黄文收、阮弘义、白冬温等人的及第文章，附有此科的及第名单；卷六题《四六酬应》，收录庆祝明命称帝、庆祝慈寿宫竣工、明命致谢清帝、各进士致谢皇帝等骈体表文。	抄本

文集名	作者（编者）	主要内容	备注
博学宏词科文选	佚名	嗣德四年（1851）博学宏词科应试文集，载及第七人的名单、嗣德的谕文和九道题目。附有嗣德四年（1851）殿试题目和应试文。	嗣德四年柳文堂印本
制科文选（又名《制科宏材文选》）	佚名	嗣德四年（1851）博学宏材科文选，榜眼武辉翼、探花武惟清（一作武维清）撰，书前附博学宏辞的圣谕和九道考题（赋、诗、策文三体）。后附二人谢恩表及登第七人名单。	今存印本两种：一为博文堂印本；一为柳文堂印本

除此之外，《奏表名集》为绍治朝君臣所撰的二十八篇诏谕、表奏，内容包括绍治即位时所作诏书、为送赠品给英国国王事所下谕旨、绍治时百官因复职升迁而作的谢恩表、英国朝廷的答谢书等；《翰阁丛谈》为文章总集，收录陈、黎两朝的诏、表、檄、谕、序、记、碑、志文等，收文颇富，且多越南文学史上的名作，如陈朝有陈兴道的《谕诸裨将檄》、阮忠彦的《磨崖纪功文》、张汉超的《开严寺碑记》、阮飞卿的《清虚洞记》、莫挺之的《玉井莲赋》，黎朝有阮廌的《平吴大诰》《冰壶遗事录》、阮梦苟的《蓝山佳气赋》《至灵山赋》、阮秉谦的《中津馆碑》、潘孚先的《越音诗集进书表》《琼苑九歌》等；另附有若干中国诏文；《方亭先生场文选》为阮文超学场的诏表文集，包括十四篇诏文、十一篇表文，取材于中国古籍中的典故，其中有拟汉唐时的诏文若干，附载请求反抗法国的表文等。

从以上所列骈文文集可以看出，由于受到科举骈文试的影响，越南陈朝以来骈文的创作是十分繁盛的。士子从进入私塾和各级官学开始，即要练习各类骈体文的写作，根据收集黎朝历科翰阁试题及答卷的《翰阁文体格式》所载，翰阁文体的类型有判、歌、颂、箴、铭、檄、谕、露布、跋、辨、论、说、记等。其中大多是严格意义上的骈体文（或四六文），各代进士科考试亦专门有一场考诏制表论，四六文体，诏制表的创作成为骈文创作十分重要的体类。

越南骈文的创作内容，由于受到中国骈文的深刻影响，内容也都是大同小异，如以收录陈、黎各代文选的《皇越文选》为例，涉及骈文的主要有卷三铭、卷四祭文，卷五诏文、制文，卷六谢表启文，卷八表奏公文等。仅以"表"体为例，有《该国奏表》《臣耆奏表》《北朝我国谢表》《乾隆岁贡二道表文》，多是"标著事绪使之明白以告乎上也"。沿用唐代以后文例，多尚四六体。其用亦不出"庆贺、辞免、陈谢、进书、贡物"之类。[①]

从越南骈文发展史来看，越南科试骈文及其创作还大致经历了一个风格的变化过程。裴辉璧序《皇越诗选》云："我越有陈与国初（指黎朝）其气稍浑，洪德清丽，末流渐弱，中兴乃朴拙，永盛保泰更为通畅，近年颇尚意格：继今而作殆将有大雅之遗响欤。"[②] 说到越南汉诗风格变化的过程，其实也表现出越南整个文学创作的风气转向。骈文虽然作为一种行移公文（越南更为重视应用性，不过在文人的观念中还是与文学性兼而有之的），但依然会随着帝王喜尚、时代风气与文学创作思潮的变化而有所变化。大致而言，作为一种应制文体，要以典雅为宗，经历了由唐体而元明以及综合各代之体而为之的倾向嬗转。陈顺宗光泰九年（1396）四月规定进士科考试第三场，诏用汉体，制表四六等用唐体。而生于黎朝景兴年间的著名学者、诗人范廷琥在《雨中随笔》中说："我国四六，则因元明之体而杂就之者。"[③] 由汉唐而至于元明的变迁，既是对中国科举不同时代的取法所致，如陈朝取法的中国唐宋科举制度，而黎阮则是以中国元明清科举制度为式，同时也是越南四六文创作的流变。范廷琥接着说："洪德间，《安邦试录》四六文，曾为内地所称，亦见一斑耳。尝考李、陈、莫四六之文，及国朝制策章表，盖端庆（后黎朝威穆帝年号）前后，为淳漓升降一大机。就中，端庆之前，警句甚多，而其立言大意、通篇气魄无可瑕类者亦鲜。端庆以后，涉于疏散轻浮。至于中兴，而弊尤甚，盖或一句一联，自开门面，语其淳漓浮浇、繁杀斟酌得宜者，不多见焉。"[④] 以后黎端庆年间为骈文创作的一大转折点。就中国骈文创作与理论而言，有骈散未分时期、胚胎时期、全盛时期、蜕变时期、衰落时期、复兴时期之说法。[⑤] 又有永明体、徐庾体、唐骈体、宋四六等分体论，又有六朝派、三唐派、宋四六派、常州派、仪征派等派系之言。总而论之，对于唐代骈文，特别是初唐骈文，诸家多赏赞有加，而对于元明骈文，则大多以其为乏善可陈，是骈文创作的极度衰落期。

这里就有一个问题，陈代取法宋代科举，骈文创作取法于唐自然好理解，

---

① 吴讷著，于北山校点：《文章辨体序说》，人民文学出版社1998年版，第37页。

② ［越］裴辉璧：《历朝诗钞》序，见潘辉注《历朝宪章类志》卷四四《文籍志》，第74页。

③ ［越］范廷琥：《雨中随笔》，孙逊等编《越南汉文小说集成》第16册"四六文体"条，第243页。

④ ［越］范廷琥：《雨中随笔》，第243页。

⑤ 参张仁青：《中国骈文发展史》绪论"骈文变迁之大势"，浙江大学出版社2009年版，第35—37页。

因为唐代最早试箴表论赞等杂文，宋代进士科第二场试杂文。而李陈两代受到中国唐代文化影响极深，对唐代也极其仰慕，源于唐代的诗赋取士制度也一直为越南所继承。越南学人称："唐宋以赋取士，自后讲求格律，日益精工，盖选词按部，范意就班，则知其得力于声韵者深也。故历代试士，靡不以律赋为正轨。"① 唐代骈体文贵博富精工，自然引起初期科举越南王朝的兴趣。但对于中土极度衰落的元明两代骈文，由何却成为黎朝统治者取法的对象而登高一呼，应者云集呢？这除了从科举取法对象不同而论外，我认为还有一个至关重要的原因，即是出于应制文体重应用的考虑和文风的变化。

从中国科举制的发展而言，自宋代出现了诗赋取士与经学取士之争，时而诗赋取士，时而经学取士，但最终还是经学取士占了上风。到元朝，进士科虽仍考诗赋，但增加了诏、浩、制、表等行政文体的内容。到明朝，完全取消诗赋考试，加大了儒家经典的内容，并逐渐发展到八股文体的经学取士，重学识、重才学、重应用的倾向比唐代有了明显的抬升。这一倾向必然会影响到黎朝统治者的文学政策。黎朝开始，便没有四六用唐体的相关记载。特别是黎圣宗时期所制订的进士科试法和倡导的文体，被称为"洪德试法"和"洪德文体"，为黎朝历朝统治者所推崇，虽然间有变化，但最终还是以"洪德文体"和"洪德试法"为准绳。莫朝亦一依黎朝制度。黎朝中兴以后，不仅恢复洪德年间三年一比的进士科考试，而且也循用洪德文体。景治（后黎朝玄宗年号）二年（1664）二月申定会试条例规定，举人行文，"文体用浑雅，禁用浮薄、险破、难涩之词对策陈时务，要斟酌得体，适于实用，不得泛为夸大"。黎朝末年，"文体稍变，渐转支离。命题者以搜玄索隐为工，专业者摘句寻章为务"。郑氏统治者遂于景兴二十年（1759）十一月谕天下贡士复用洪德文体，诏曰"我朝自中兴以来，循用洪德文体，家庭之讲习，乡国之论斤，一以典雅雄浑为尚"。要求"旨趣必究其渊微，文章必取其纯，各宜濯磨思奋，砥砺加工，先义理而后词章，敦操尚而耻浮荡，溯圣贤之阃奥，为国家之基光，以副我奖育成才之至意"。②

越南科举取尚的变化，以及重应制的科场要求和先义理而后辞章的文学风尚的转向，使得越南的骈体文创作以实用为宗，逐渐抛舍唐代的"文辞葩丽"

① ［越］善堂门弟编：《善堂赋草》，成泰十年 (1839) 新刊。
② ［越］吴士连等著，陈荆和合校：《大越史记全书》续编卷四《黎纪》，第 1147—1148 页。

和宋代的"行灏气于对偶之中",转而趋向"含茹不及唐,而浑灏不及宋"的元明之文,想来亦是气运使然,非一人一时之能为也。[①]

三、越南科举骈文试的影响

骈文创作在越南进士科和应制考试中占有较为重要的地位(诗赋、策文最为重要),科举骈文试的持续进行,则又刺激了越南骈文写作的热情,大量骈体文的创作和文集编纂,对越南辞章之学的促进、经史之学的渗融、骈文技法的成熟以及由模拟到自立的变化,汉文文学在越南的传播和发展产生了积极作用。具体到越南骈文乃至汉文学的发展来看,科试骈文的影响与意义,主要可以从以下几个方面分疏:

(一)促进了越南辞章之学的发展

越南辞章之学的发展,实得益于北化时期(约公元前 111 年至 938 年)的汉化与儒学化进程,而汉文化和文学在越南的流传,相当大程度上又是通过选举,尤其是科举实现的,越南读书人进入中原为官和越南接受中国的科举而长期实行的选拔制度,以及相关的教育活动,促进了越南文学的发展。随着科举制度的持续推进,越南的汉文辞赋、杂文、策文创作逐渐兴盛,影响及于喃文文学,而科试骈文(四六)之于骈体文的影响,主要表现于骈文创制与文集编纂两端。其中历科诏制表的创作与编纂,尤为突出。

越南骈文的创制比诗歌略晚,现存最早的散文作品为李朝开国皇帝李公蕴的《迁都诏》,即是用骈文写成:

　　昔商家至盘庚五迁,周室迨成王三徙。岂三代之数君,俱徇己私,妄自迁徙,以其宅中图大,昔商家至盘庚五迁,周室迨成王三徙。岂三代之

---

① 范廷琥《雨中随笔》"文体条"言及越南文风变化,似乎也可以作为骈文创作的一个脚注:中兴(指黎朝,笔者注)以后,文体的卑弱……余尝考我国文献,李(指李朝)文古奥苍劲,仿佛汉人,如太祖《都龙编诏》、太宗《声罪王安石檄文》、仕宗遗诏之类是也。陈(指陈朝)文稍逊于李,然典雅葩艳,议论铺叙,各擅所长,视之汉、唐诸名家之文,多得其形似。……前黎顺天以后,文之传者顾多。惟阮公鹰《永陵神道碑》《下嫁卫国长公主制》……虽工力不齐,然体裁气魄,皆可追踪古者。……明德、大正之间(莫朝1527—1592,太祖、太宗年号)之间,气势日下。骚人文士竞趋于轻浮,盖又视前黎为尤逊者。

数君，徇于己私，妄自迁徙？以其图大宅中，为亿万世子孙之计。上谨天命，下因民志，苟有便辄改，故国祚延长，风俗富阜。而丁、黎二家，乃徇己私，忽天命，罔蹈商周之迹，常安厥邑于兹，致世代弗长，算数短促，百姓耗损，万物失宜。朕甚痛之，不得不徙。况高王故都大罗城，宅天地区域之中，得龙蟠虎踞之势，正南北东西之位，便江山向背之宜，其地广而坦平，厥土高而爽垲，民居蔑昏垫之困，万物极蕃阜之丰，遍览越邦，斯为胜地，诚四方辐辏之要会，为万世京师之上都。朕欲因此地利，以定厥居，卿等如何？

天命观及对殷商、武周迁都的引用都表现出中国文化的深刻影响，全文偶对迭出，议论得当，说理明晰。自此以后，陈朝科举骈试，骈文大量涌现，且多为科试文，前列数十种骈文总集、选集可以大致反映出越南科试骈文的面貌和风格。具体到骈文赋集的编纂，首先是缘于中土的骈文编纂之例，越南选家编辑汇选了大量的骈文作品集，以名家赋作昭示出越南辞章之学的自立。如《古四六》收录历代名家所作骈体的若干诏、制、表；《海阳四六选》收录历代名家所作骈体的诏、制、表等。此外在一些越南文学总集和作家别集中亦多有骈文之选，端庆年间（1505—1509）榜眼黎贵惇编辑的《皇越文海》（10卷），收集自李朝至黎朝前期之诏、册、赋、颂、记、杂著、金遗文等文章。黎朝末年总集《皇越文选》（8卷）则收录李陈、黎朝各类文章：卷一古赋，卷二记，卷三铭，卷四祭文，卷五诏制册，卷六表谢启，卷七散文，卷八表奏文。内含黎太祖、黎圣宗等黎皇以及阮鷹、阮直、阮秉谦、梁世荣、申仁忠、黎贵惇、潘孚先、阮伯骥等黎朝著名文学家的作品。又武干为景统年间进士，著有《四六备览》10卷传世；阮文超著有《方亭文类》，据编者作于嗣德三十五年（1885）的序，知阮文超共有随笔录六卷、地志五卷、文集五卷、诗集四卷，本书即收录其文章。卷一为诏表铭诔；卷二为制表启，其中有奉撰作品；卷三论、辨、书、说、序、跋、赋、引；卷四为庆吊、行状；卷五为庆吊别录、续集。

不仅如此，一些士子还将中国宋元明清名表，以及黎、阮乡会试题目和中格士子答卷编辑成册，刻印发行，作为举子学习的范文。《越南汉喃文献目录提要》专门列有"举业文""酬应文""应用文体"，即多是此类著作。仅汉喃研究院目前所藏即有举业文 314 种,如《宋诏表贺》收录中国宋朝太祖至孝宗的 468 篇诏表,为中国书重抄手印本;《汉表略抄全集》收录 52 篇汉代表文;《唐表略抄全集》收录 47 篇唐朝表文,《宋表略抄全集》收录 42 篇宋朝表文,为中国书重抄重印本,用作科举参考;① 嗣德五年刻印的《历科名表》为清朝乡试会试表文选,自康熙二十六年(1687)至雍正二年(1724),收录张尚瑗、石曰琮、姜宸英、顾兹智等人文 26 篇;《骈俪名编》为诏表及酬应文集,收录越南黎朝至阮朝、中国唐至清的表、启、奏、诏、谕、策、诰、记、碑、箴、诗、歌、疏、祭文、对联各文体作品;《博学宏辞文选》专门列有 459 号"诏表论文体",为武辉翼、陈有翼、黎有笔、陈辉积、阮懿、武惟清(一作武维清)等人所撰试体文;《历科四六》中收集了阮朝前期的乡试四六题目中格者答卷等。影响所及,骈文创作成为越南科试时代的重要文体,虽然越南出于应用之目的,但也不乏一些铺陈体物、抒情达意之作,而正是这些近于文学体性之作,促成了越南古代辞章学的发展。

(二)促成越南骈体文的文体特色

骈文的生成,缘于汉语文之特质,由先秦的偶对之作进而至于六朝之美文。而骈文生成之后,关于其声律、骈对、典实的讲求与批评,促进了骈文艺术的发展。骈文传入越南以后,得到广泛的应用,前揭李朝文学史上现存第一篇文章即为皇帝《迁都诏》,明显带有骈化的色彩。骈体四六于陈朝进入考试文体,虽然有唐宋与元明之别,但作为一种追求技艺的科试文体,字句、音律、偶对、典实的追求与雕琢自然是题中应有之义,这在中国骈文的发展是如此,经过了形式与内容、繁词丽句与潜气内转、气韵沉雄的反复论辩。越南对骈文的探讨,自然没有中土如此深入,其主要是作为行移公文来对待,考察的目的是要求熟悉政府公文的各种文体格式和写作技巧。在各式越南骈体文集中,也多是对中国和越南历代骈体文的汇编,序跋和评点中没有太多的理论评述,只是在一些随笔和笔记中略有涉及,如前所言范廷琥谈及四六文体和各类考试文体,即秉持贵古贱今的思想,对四六的雕章琢句多有批评,言及黎朝端庆朝前后的不同特征,警句甚多而无完篇,疏散轻浮之类,即是对当时骈文创作只讲声对,不

---

① 陈文:《越南科举制度研究》,商务印书馆 2015 年版,第 91 页。

论风骨、气韵的批评。他还借此对中国的四六发展作出评述："四六文，盖古诗之变体也。古诗六义比兴为多，故四六文率用骈俪雕琢之工。汉时四六体最浑灏，而未有声律。唐人声律稳顺，文辞葩丽。宋人因之，然气力较减。仁宗以后，苏氏父子始创为新格，不尚搜刻华艳，行灏气于对偶之中，自成一家机轴。盖赋体多而比兴少，是又四六体之一变也。元、明以后，含茹不及唐，而浑灏亦不及宋,想亦气运使然也。"①基本吻合中国古代骈文创作不同时代的风格特征。越南文人的批评，既是对四六骈体过于束缚于科举、疲苶不振、风骨不闻的不满，同时也揭示出当时骈文创作的创作取向，具有较为重要的史料价值和理论意义。

虽然越南的科举骈文试使得骈文的应用性突显，但作为一种文学体裁，特别是文人文集的骈文书写，由于脱离了科举的限制，成为越南文学史上较为重要的体类，既丰富了越南汉文创作的宝库，而更为重要的是，随着创作技巧的成熟，逐渐由模拟走向自立，形成越南骈文的民族特色。越南汉文学虽然多是源于汉文学，但出于历代统治者不同的文制主张和文人的创作个性，对源于汉文学的各体文学都进行了改变，从而创作出适应民族心理的不同于汉文学的独特篇章，如诗赋，文人们在唐律的基础上，以民歌等口头文学为主要内容创造了一种新的诗体——六八体（又叫"六八六八体"或"翘体"）。赋的创作亦是如此，越南汉赋创作的早期，完全是摹拟中国赋的创作路数，但到了黎朝辞赋创作的繁荣时期，越南文人便不再满足于单纯的模仿之作，不断开拓辞赋艺术新的表现领域和艺术技巧，渗融进自己民族的文化精神，形成了越南辞赋独特的风格特色。如律体赋，起始是以唐宋是尚，但相较于唐宋律赋，越南赋作特别讲究篇幅的结构和文章的起承转合。骈文创作也是由摹拟到创新，由陈朝的仿唐体，至黎阮两代的因元明之体而杂就之，"杂就"虽然表现出范廷琥对越南骈文的不满，但由此也可观照越南骈文由摹拟走向综合创造之路，经过后期文人的极富个人化的书写，终于由借鉴而形成自己的风格特色。

（三）与经史之学的渗融与共进

科举骈体虽为应制之一体，但骈体文经由魏晋发展，典实成为其必不可少的文体特征，尤其是一些骈文大家，更是融经史与骈文为一体；唐代陆贽骈文

① ［越］范廷琥：《雨中随笔》，第243页。

又成为议论时政的绝佳代表，宋代以学理入骈，长于说理。"四六经语对经语，史语对史语"（《四六谈麈》语），自然使得骈文创作或通过典实，或经由时事、经史的议论，或隐或显地体现出当时的学术取向，从而表现出骈体创作与经史之学的渗融与共进。骈文的经学倾向，与骈体的议论化、宋代以来的学术转向以及科举考试以"经史命题"、经义与诗赋论争且最终占有绝对优势有关，尤其是明清两代，以制义取代诗赋，以理学家所厘定的四书五经命题，这自然会影响到骈体文的创作（当然骈文有自己的文学特性，并不完全受经义的影响），又是时代风气和学术思想使然。越南科举骈文试所体现出来的学术特征，与儒学南传、越南陈、黎时期的儒学兴盛、史学发兴相关①，两者形成了动态的良性推阐，经义借骈文而宣扬，骈文以经史而涵蕴，两者相得兼彰。而骈文于经史之学的发动及影响，自然也构成越南骈文和骈文学一个十分重要的方面。

此外，科试骈文也和使节文学互有影响，越南使北使节多为科考饱学之士。一方面，越南科举骈文试使得他们通晓各体汉文学的创作，尤其是与行移公文相关的制、诏、表、启之类，同时使北过程中与北方士子的交流，脱离于科举的诗文创作又使他们远离科举心态与时代氛围，创作出大量的燕行诗文，尤以诗赋和表启之类为主。这也构成越南文学和中越交流史的重要一环，具有重要的文学和史学价值。

综上所论，越南不仅在北属时期受汉文学和文化的熏染，而且在968年建立独立政权后，仍然继承中国唐代以来科举取士的传统和试法。陈、黎、阮时期，不仅进士科取士骈文考试制度化，而且制科和杂科试均有诏制表等题目。且越南骈文试文体种类繁多，甚至有超越中国文类之势。科试骈文的发展，对越南的汉文创作产生了十分重要的推动作用，从骈文创作的进程来看，促成了越南骈文的自立和辞章之学的发展，同时对经史之学在越南的流布，也产生了十分直接的影响。当然，和任何一种科举文体一样，发展到最后，都会对文学创作产生一定的消极影响，"而李陈以来，立教作人之意为之尽变。积习既久，业举子者，将经传正文断截句段，专学小注之文，而尤以史论为尚。及其当大

---

① 关于越南儒家、史学的发展，可参考何成轩《儒学南传史》（北京大学出版社2000年版），梁宗华《儒学在越南的传播及其民族化特征》《越南文化综汇》，郭廷以等《中越文化论集》，李未醉《古代越南史学对中国史学的继承与创新》（《阜阳师范学院学报》2004年第3期）、梁志明《论越南儒教的源流、特征和影响》（《北京大学学报》1995年第1期）等相关论述。

事、议大礼，苟且迁合以求集事。至于制度，文为之末，尤鲜可观者。士习至此，而望其经体赞元，以为国家之用，其将能乎？"[1] 此又关乎时代与文学这一重要话题，亦非科举骈文试所能完全笼罩，不再赘述。

本文主要内容以《越南科举与骈文创作论》为题，刊载于《骈文学研究》（第二辑）（广西师范大学出版社2018年版）。

---

[1] ［越］范廷琥：《雨中随笔》，第238页。

从中国古典戏曲看失落的中国女性之"灰姑娘"情结

袁玲玲[①]

在西方的童话世界中，《灰姑娘》是一个家喻户晓的动人爱情故事。女性心中的"灰姑娘"情结从此挥之不去，她们心中的白马王子的形象虽然大异其趣，然而，王子们的拯救者身份从未改变。灰姑娘以自己的善良与美貌征服了王子，只是在由童话世界向现实世界的迁移中，灰姑娘们更多期望的只是用美貌赢得财富与地位。如莫泊桑的小说《项链》中的女主人公玛蒂尔德，她希望通过舞会与项链这两个舞台与道具，如灰姑娘的舞会与水晶鞋一样，获得改变命运的契机。只是这种心智成了在现实世界中的反讽。"灰姑娘"的浪漫梦想并未成就玛蒂尔德梦寐以求的上流生活，反而让她备尝了现实世界的艰辛。

一、灰姑娘故事的理性思考

灰姑娘不是白雪公主，王子的出现只是让白雪公主得到了她本该得到的一切，而灰姑娘出身低微，她的生命中原本没有这一切，是王子在她有如灰尘般的生活中降临，才使她得以获取万人羡慕的光彩与荣耀，这种荣耀完全来自王子的垂青。所以，灰姑娘故事的视角是男性的，以男性的眼光一下子权衡出了彼此的高下。而《项链》在某种意义上是灰姑娘故事的变形，也是对现代"灰姑娘"心理的完型。由《灰姑娘》到《项链》，这种转变才真正向后来的读者

---

① 浙江大学中文系古代文学硕士，现为浙江省科技厅机关工作人员。

揭露了灰姑娘之现代版的心理特征。

因而，我认为，灰姑娘故事中生发出的思考可以不仅仅局限于一个单纯的童话。

首先，灰姑娘为这次舞会准备了隆重的装束。因而，她不是朴素的象征。所以王子爱的并非不可见的善良与贫困，而是她可表现的美貌与气质。所以这才启发了我们的玛蒂尔德对项链与服装的要求以及对舞会的幻想。玛蒂尔德对童话的误会，其实是一种新的诠释与生发，它启发了女性对成为"灰姑娘"的资本的要求。

其次，灰姑娘的胜利是她赢得了男性的青睐，而由此为她带来的财富与地位更是无法计算的。从这一个层面上，启发其他女性的是，女性改变自身生存状态的机遇就在于能否等到她的王子的降临。所以，女性的等待中就存有了一种"守株待兔"式的巧合与侥幸。这不能不说是女性在改变命运时的自身无能的表现。它滋生了女性对自己美貌的仰赖，以及对男性的物质期待。

最后，从童话世界的角度，我们不能否认，灰姑娘的走运，是出于对善与美的肯定。然而，当这种灰姑娘的情绪蔓延到现实世界中的时候，则是一种对爱情及婚姻的世俗期待中所包含的物质成分的肯定，无论是金钱还是地位，都是可以一蹴而就拥有的。所以与青春与美丽相伴而行的就是自身对物质的无法完成，这种缺憾给予了女性对男性的期待很大的想象空间。这种空间构成了一种男女两性间的互补性生成。这种互补性，是以女性的生存能力的缺失为前提，女性在经济上基本丧失了或者说是根本不具备独立的能力。

而这诸多的"灰姑娘"心理中，最本质的特征，我认为，就是女性对男性的物质崇拜与依赖。

二、中国古典戏曲中"灰姑娘"情结的缺失

中国古典戏曲中的"才子佳人"模式，正是我们在分析灰姑娘模式中的两性间的互补性生成的一个特例。只是，中国传统文化似乎很少表现女性对男性的物质崇拜，而更多体现为一种文化崇拜，"郎才女貌"一词就反映了两性的爱情期待的内容。就像前两年很红的张艺谋的电影《我的父亲母亲》，在纯真

纯美的电影画面背后，暗示的正是这种爱情所包含的文化崇拜的内容。

从中国古典戏曲中，我们不难看出，中国女性很少有"灰姑娘"情结，而在爱情婚姻中一直在寻找一种平衡的状态，因为灰姑娘的不平等在于物质上的无法独立，这种无法独立在当今女性主义的批评理论中，是致命的。正如伍尔芙对"一个人的房间"的要求中，暗含了女性独立必然以充沛的经济独立为前提。然而，中国古代男女则是期求一种动态的平衡。平等是既成事实，而平衡则暗含着一种追求。在中国讲究门第婚姻的社会习俗中，对平衡的追求事实上包含了对秩序与规则的还原。如《西厢记》中的张生，虽然崔张的结合中含有了很大的叛逆因素，在崔母悔婚之后，以是否中举作为实现婚姻的唯一砝码，张生对于功名的追求，正是出于对规则的遵守。最后，崔张的大团圆获得了世俗的肯定与祝福。"洞房花烛夜，金榜题名时"，正是人生命运的双重馈赠，而这两者的一并俱获，却有着深刻的因果链的内容。只有"金榜题名"，才能"洞房花烛"。又如《倩女离魂》中，当王文举被"俺家三辈不招白衣秀士"这样堂而皇之的理由拒绝之后，只有走上上京赶考的唯一出路，这种丝毫没有反抗的接受，不仅仅是因为中国古代男子在自我实现上方式的单一，同时，也是他们希望通过这样骄傲的理由仕进以掩饰自卑情绪的需要。这样一种以文化的方式对政治前途的衡量，造就了古代对科举的迷信。而古代戏曲也正是通过科举，才完成了爱情剧由悲转喜的突变。

《西厢记》中的崔莺莺是大家闺秀，张生的地位显然无法与之匹配。而《倩女离魂》中，当王文举的双亲去世后，显然原先的家族平衡失去了，王文举之于张倩女，构成了新的不平等。所以在所谓的"才子佳人"的结合中，并不是简单的郎才女貌，而是由士之"才"所引申出来的，通过科举的形式，对财富与权势的可能性追求与拥有。但是，这样的情结不是源自女性的爱情期待，而多半是作为婚姻的筹码。如王昌龄的《闺怨》诗中说，"忽逢陌上杨柳色，悔教夫婿觅封侯"，可见，女性虽然对男性有"觅封侯"的支持，却实非出于他们的情感期待。这种筹码交换的双方往往是孤军奋战的才子与佳人的家庭。在这样"等价"的原则下，才有婚姻的现实可能。

所以，古代的才子佳人戏，爱情是建立在男女两性平等基础上的自由选择与自主结合。而婚姻则是从政治与经济角度权衡的结果。然而，中国的女性似乎压根就不食人间烟火，她们大都追求的是一种纯粹的爱情，不顾及家庭的反对以及伦理的约束。她们的心中，很少有我们所谓的"灰姑娘"情结，她们的爱情期待中，虽然也如王子对灰姑娘般一见钟情，彼此倾心，然而，寂寞深闺的少女生活，造就了她们的单纯和率真的性格。所以，私订终身成了她们对自己的最大的决定权。《孟子·滕文公章句下》中说："不待父母之命，媒妁之言，钻穴隙相窥，逾墙相从，则父母国人皆贱之。"但是古代戏曲中，"待月西厢下，迎风户半开，隔墙花影动，疑是玉人来"却恰恰就是孟子所贱之事的经典描绘。古代女性不仅冲破了传统的道德约束，并且也完全不出于婚姻的世俗规划。这种以感性形态展现的女性婚恋观体现了一种简单而脱俗的美。

三、"灰姑娘"情结的二度失落

中国古典戏曲中的另一种典型就是下层女子与落难公子的故事。中国古代女性的地位相当低，《西厢记》之崔莺莺，《牡丹亭》之杜丽娘，她们在婚恋中的地位相对较高，不过是家族的支撑。而古代下层女子，特别是沦落风尘的女性，她们的社会地位更是不高。如果说，她们那不被人看重的命运，更像我们的灰姑娘的话，她们的心中是否有更大的可能形成她们的"灰姑娘"情结呢？

然而，我们的回答是否定的。在有充分的心理空间的下层女性身上，我们也无法获得中国传统女性心中的情感空间所可以容纳的期待。为什么在自身如此微薄的命运的背后，她们却无所期求？

我们并不是主张女性需要有"灰姑娘"情结，这是一种性别意识，这种渴望通过性别差距来得到男性的怜爱与赏识的"灰姑娘"情结，在现代女权主义运动的过程中必然是遭到批驳的。有一部分女性主义者主张的是，尽量地缩小两性的差别，甚至到达无差别。女性主义致力于对改变女性地位的方式的探求，所以，所有期求通过爱情或婚姻来实现与完成自我的方式，都是为女性主义所不齿的。然而，在男权社会中，"灰姑娘"情结的缺失，不能不说是一个时代的特殊。在一个女性普遍地缺乏生存能力与主动权的社会中，我认为，基于经济地位上的不平等，我们可以原谅一个女性所可能存在的对男性的依附性心理，即我们以现代眼光诠释的"灰姑娘"心理。因为在一个女性普遍无能的时代中，"灰姑娘"心理的存在，实际上是女性对自己的价值的模糊认识，这种价值或许并不基于女性的才干与能力，而是女性本能地对男权社会所作出的反馈，是女性作为一个弱势群体的性别心理的体现。所以，我认为以现代女性主义的视角是无法对传统的女性命运与生存努力作出审判的，这样的审判是不符合现实的。

"灰姑娘"情结往往是出于对物质的仰赖，而中国传统女性却是出于对文化的崇拜。这种"灰姑娘"情结在中国文化中的缺失，不是偶然的。

首先，中国下层女性渴望从物的世界回归人的世界的过程中，必然全力追求以情为主核的精神空间。中国古代戏曲很少表现下层的劳动妇女或者普通女性的情感世界。古戏曲中的两大类女主人公就是，千金小姐与下层妓女。前者在家庭殷实的物质基础的前提下，是绝少会侈谈金钱与地位的。而后者是直接脱胎于商业社会的发展的，所以，在物的世界中沉沦的她们，为了保持自身的精神的高贵与清洁，在向往人的世界的过程中，必然真正看重的是情。因而，以物的追求为心态标志的"灰姑娘"心理是不适合诞生在这种纯粹的精神追求的过程中的。关汉卿杂剧《赵盼儿风月救风尘》中宋引章正是基于对情的世界的向往，而逃离物的世界的。然而，周舍却又一次辜负了她。

其次，与之相对的是，中国男性视界中"灰公子"情结的蔓延。以上我们已经讨论了"灰姑娘"情结在中国古代文化中的缺失，中国多有千金小姐的下嫁，却少有贵公子的贱娶。而中国男性在婚姻的道路上，实在比中国女性走得现实多了。虽然中国的文化一直要求的是"糟糠之妻不下堂"以及"贱娶贵不去，不背德也"，然而，男性往往在现实中辜负着女性的善良与忠贞。《琵琶记》的前身《赵贞女蔡二郎》，讲的就是一个负心汉的故事。在及第以后，就将妻子抛在了脑后，为了攀附权贵，不惜牺牲自己的婚姻，当妻子不远万里寻夫而来，为了维持新的既成婚姻，对曾经深爱的妻子熟视无睹，甚至拳打脚踢。唐代传奇中的名篇《霍小玉传》也有相似的情节。李益最终在爱情与婚姻的权衡中选择了后者，因为日渐衰颓的家族需要通过他与范阳甲族卢氏的联姻得到挽救。

"灰公子"正是体现了男性对权势的攀附性，不仅有向上爬的趋向，也有依附的身份的非独立性。以婚姻作为筹码，是男性的惯常伎俩。所以"灰公子"故事的结局模式，就是对传统"才子佳人"的回归。我们已经讨论过，"才子佳人"

戏就是小姐的下嫁，而千金小姐就是基于对穷秀才文化的崇拜与皈依而一见倾心的。

至此，中国传统戏曲中的两类爱情剧，基本形成了一个完整的圆周形式。这个圆周的形式，即由"灰公子"的负心，到富家女单纯的爱情渴望，最终完成"才子佳人"的"大团圆"。而中国女性在有"灰姑娘"心理充分生长的土壤的前提下，却意外地缺失了这种一度普遍的女性心理。这只能说是中国男权文化曾经很深地辜负女性造成的，负心汉一直是中国古戏曲表现的一大主题。而女性却在一种自身极度无能的社会中，独立地负荷。

原载《戏曲艺术》2003年第5期

刘熙载"交游不多"诸说辩

曹　静①

刘熙载（1813—1881），字伯简，号融斋，江苏泰州人，晚清著名文论家。对于其交友情况，学人普遍的印象是"生活恬淡，交游不多"②或"不喜交游"③。但是，通过检视刘熙载的作品集及相关文献后，笔者发现刘熙载并非交游不广，其交游对象下及平民百姓，上及达官名宦，并涉及学界名流、画家和僧道等社会人群。可以说，在其有限的生命里，刘熙载广摄圆包、兼容并取，拥有一个比较广泛的交友圈。笔者写作本文，既是想通过探讨刘熙载的交游概况，更好地知人论世，也是对前人刘熙载"交游不多"或"性不喜交游"等说法的偏颇之处的质疑。

一、刘熙载交游考述

刘熙载的交游主要包括与其友朋、老师及门生交游三方面，但本文只考述最具代表性的一方面，即与其友朋的交游。另外，为节篇幅，本文将从刘熙载交游的每类人群中撷趣一两个代表人物进行重点论述，其他人物从略。

刘熙载一生的至交当属乡人宗裕昆。宗裕昆，字惺泉。刘熙载自述说："惺泉名裕昆，与余为至交。其为人，余独深知之。"④二人是很好的诗友和文友，

---

① 浙江大学古代文学硕士，现为杭州第七中学教师。
② 韩烈文：《刘熙载〈艺概〉》，江苏古籍出版社2002年版，第3页。
③ 杨抱朴：《刘熙载年谱》，《辽东学院学报》2007年第6期。
④ 刘熙载：《南归序下》，《刘熙载文集》，薛正兴点校，江苏古籍出版社2001年版，第640页。

刘熙载在词《临江仙·梦宗惺泉谈文》中说：

> 早岁心交数子，才如宗悫谁先？故矜白战逞空拳。谈天惊稷下，说鬼笑坡仙。①

由"早岁心交数子"可知刘熙载与宗裕昆相识相知时间之久长，由"才如宗悫谁先"和"谈天惊稷下，说鬼笑坡仙"可想见宗裕昆的才情和意气。二人的相处并不仅限于知心赏音的谈文论艺，更有生活上的倾心相助。道光二十四年，刘熙载中进士，改翰林院庶吉士。②但为了帮助宗裕昆抚养其子宗怀荃，毅然请假离京，于次年南归。刘熙载《南归序上》曾记此事：

> 余于乙巳季秋南归，人多以巫巫怪之。呜呼！此岂可以人之怪而或止者乎？宗生怀荃故学于余，其父宗惺泉病归笃以为托。余诺之，而惺泉死。噫！使垂死之言而可负，余岂有人心者哉……③

回忆起故去的知己宗裕昆，刘熙载不禁唏嘘感叹；面对其之子学业未进的情形，刘熙载又不禁忧虑伤痛，毅然担负起抚育友人之子的重任，并不顾他人"多以巫巫怪之"的异样眼光，放弃在翰林院学习晋升的机会而选择南归。次年，刘熙载又携宗怀荃赴泰州应试，给予其父亲般的关怀（见《南归序下》），二人情谊之重，可见一斑。

除宗裕昆外，和刘熙载交往较密切的乡人还有陈广德、李详等人。刘熙载《昨非集》成书，陈广德曾为其题跋并作评语，而李详则为其作叙（见李详《融斋类稿四句集叙》），李详的《药裹慵谈》一书亦有专节记述刘熙载的文字。

刘熙载在他乡为官教学期间，结交了一批品行高尚而又名重一时的才学之士。如广东名流陈澧、著名国学大师俞樾、著名学者萧穆、晚清文学家王闿运、博学多才的张文虎、士大夫名流蒯礼卿等。同治五年，刘熙载督学广东，任学

---

① 刘熙载：《南归序下》，《刘熙载文集》，薛正兴点校，江苏古籍出版社2001年版，第705页。
② 徐林祥：《刘熙载年谱简编》，《扬州文化研究》2006年第3期。
③ 刘熙载：《南归序下》，《刘熙载文集》，薛正兴点校，江苏古籍出版社2001年版，第640页。

政一职，结识陈澧。陈澧，字兰甫，为清代著名经学家、音韵学家，以博学见称。二人相见，讲学甚契，陈澧对刘熙载赞赏有加："先生之醇德清风，人尽知之。先生之硕学，则知者寡矣。若其意趣高出于一世，远侪于古人。"① 二人投契也实属必然，陈澧与刘熙载在性格、兴趣和专长上有颇多相似之处。二人对经学都有专门的研究，且有着同样的治学取向。钱基博说："陈澧……中年以后，学术兴趣转移。学术思想发生重要转变，以致力于汉宋调和为主，是调和兼融汉宋的著名代表与集大成者。"② 刘熙载也是如此，他广学博览，治经无汉宋门户之见，于汉学、宋学都有所取，并力主调和兼融二者；在对教育事业的认知上，二人又不谋而合，陈澧曾有"时事之日非，感愤无聊，既不能出，则将竭其愚才，以著一书，或可有益于世""以为不能治民，犹可以教士，天下治乱未有不由土习而起"的感慨③，而刘熙载也大力肯定教育的医时救弊之作用，他作《惩忿》《窒欲》《迁善》《改过》四箴言来正人心，用大半生的时间躬身于教导学子。如此之多的共鸣，使陈澧与刘熙载相见感叹，陈澧在其《东塾集》中回忆说："且每一相见，论君子之学，谈声音度数之艺，与澧有同好者，信乐见也。"④ 刘熙载归乡后，陈澧仍怀念二人相见之"快事"，想象着与刘熙载共续"相见之乐"⑤，此种真情，实在感人。

任上海书院山长期间，刘熙载与张文虎来往甚密。张文虎，字孟彪，江苏南汇人，于名物、训诂、六书、音韵、乐律、中西算术皆研究深造，尤深校勘之学。同治八年，二人"一见如故，恨相知晚"⑥。初次会面之后，刘熙载就迫不及待地等待着和张文虎的第二次会面。翌日，刘熙载登门拜访张文虎，"不值"，但这并未减少刘熙载与之会面的热情，他又相约次日再来⑦，再一次与张文虎会面时，二人促膝长谈，十分投契，张文虎在日记中记述说："融斋早至，

---

① 陈澧：《送刘学使序》，《东塾集》卷三，《近代中国史料丛刊》第四十七辑，文海出版社1970年版，第161页。
② 钱基博：《后东塾读书记》，世界书局，1936年版，第102页。
③ 陈澧：《送刘学使序》，《东塾集》卷三，《近代中国史料丛刊》第四十七辑，文海出版社1970年版，第120页。
④ 陈澧：《送刘学使序》，《东塾集》卷三，《近代中国史料丛刊》第四十七辑，文海出版社1970年版，第161页。
⑤ 陈澧：《送刘学使序》，《东塾集》卷三，《近代中国史料丛刊》第四十七辑，文海出版社1970年版，第161页。
⑥ 张文虎：《张文虎日记》，上海书店出版社2001年版，第174页。
⑦ 张文虎：《张文虎日记》，上海书店出版社2001年版，第175页。

久谈去。"①张文虎和刘熙载于音韵皆通，二人曾就具体的音韵学问题互传书信，探讨至深。遇到分歧时，二人又能谨从学术精神，坚持自己的观点，甚至不吝指出对方的错误和偏颇之处，表现出严谨的治学态度。如对于刘熙载《说文双声》《四音切韵》这两部详论双声的音韵学著作，张文虎毫不隐讳地指出其偏颇之处，他说："世有《韵学骊珠》一书，其切音皆收匣、影、喻三母，意取沈存中所谓声中无垒块也。然窃谓度曲本主长言，曲折转合，宜有首有身有尾，……非若先生此书专论切音，则但出音、收音宛合而已足也。"②张文虎与刘熙载就是这样于称赏中无恭维，于指正中见真挚，胸襟坦荡，无丝毫做作之态，更无讨伐鞭挞之意，可谓真正的君子之交。

萧穆，字敬孚，桐城人，和刘熙载交往达八九年之久，对刘熙载所知甚深并为之作传，在刘熙载病重时主动筹备送他回乡的事宜（见萧穆《刘中允别传》）；俞樾，字荫甫，德清人，在刘熙载教学龙门书院期间，"频至上海，至必访君"并且"谈谐甚乐"，刘熙载生前特别交代，"如我死，则志墓志之文以属德清俞樾"（见俞樾《左春坊左中允刘君墓碑》），对其信任之深据此可探一二。王闿运，字壬秋、壬父，湖南人。年少时就服膺刘熙载，对刘熙载的"谦德溉人"称赏不置③，而后又有诗赞刘熙载曰"贞介岂远物，遏然自超荣"④，二人年龄相差二十岁，但刘熙载不拘年岁，对王闿运依然欣赏有加并以诗相赠，结成忘年之好。

刘熙载的友朋不仅涉及同里乡人、学界名士，也广涉及政界人士，这些政界中人基本都是可以明载史册的清官明官。如湖北巡抚胡林翼能知人善任、推举贤人（《鄂城留别》）；冯务堂孝廉方正（《喜冯务堂先生归而志之》）；朱梅庵能为民事殚精竭虑《闻朱梅庵病而作》。需特别指出的是，刘熙载甚至与倭仁、曾国藩、郭嵩焘等权贵交游。直上书房期间，刘熙载与大学士倭仁过从密切，二人常常会聚论学。有文献记载，"时故相倭文端同直上斋，以操尚相友重，每五更初，先他人至朝房论学，倭宗程朱，先生兼取陆王及康节、白沙诸儒而仍折衷于程朱，常手录文端日记数篇，文端索观先生所著，谦抑不敢

---

① 张文虎：《张文虎日记》，上海书店出版社 2001 年版，第 175 页。
② 张文虎：《张文虎日记》，上海书店出版社 2001 年版，第 175 页。
③ 李详：《药裹慵谈》，江苏古籍出版社，2000 年版，第 85 页。
④ 王闿运：《寄怀刘熙载先生》，马积高主编：《湘绮楼诗文集》，岳麓书社 1996 年版，第 1301 页。

出"。^① 倭仁是当时的达官，但刘熙载对之绝无附和之意，倭仁遵从程朱理学，而刘熙载兼取陆王心学，二人虽不主一家，但商榷学术能如此频繁，可称良友。刘熙载还与洋务派官员保持着密切联系，如郭嵩焘、曾国藩等，《郭嵩焘日记》即有 1876 年出国前在上海与刘熙载会晤的记录："十月，郭嵩焘出国前拜见上海道台冯竹儒及刘融斋前辈。"^② 又有 1879 年回国后与刘熙载相约畅谈的记载："三月，郭嵩焘回国后诣刘融斋畅谈，并询及融斋龙门弟子张焕纶，知为龙门书院肄业门人，与余萌甫、杨滨石同为求志书院院长。"^③ 可见，刘熙载的操尚与志洁，已经吸引到当朝很多官员的钦重与赞赏。

刘熙载的友朋群体中，还有一类画家人士，如齐学裘、张叔平、顾燕林等，几人之中，尤以和齐学裘最为友善。齐学裘，号玉谿，安徽婺源人。同治六年（1867）到光绪六年（1880），二人时常以诗互赠，刘熙载也常为齐学裘的画作题诗题词，而齐学裘则投桃报李，专为刘熙载作画《化雨慈云图》一幅，孙玉堂曾高度评价此画并称颂二人的友情："玉黔翁此画……气韵藏于笔墨，笔墨成于气韵，逸致苍莽，有天马腾空之妙。吾未见刘融斋先生，但观玉黔翁为作是图，则韩孟之交、云龙之逐，其在斯乎？"^④ 刘熙载和齐学裘十三年的深重情谊，用韩孟之交、云龙之逐来概括，实非夸张。

与刘熙载相交游的，还有一类特殊人群，即弃尘世、绝世俗的隐士和僧人。他在诗文中提到的文毓是位看城门的隐者（《秀庵咏》）；徐宗勉是个厌弃世俗的奇士（《西山禅院访徐进之》）；景一之、隆吾怡为谈道的高士（《闻景一之隆吾怡谈道有感》）；乔二丈是隐于医的处士（《即席赠乔二丈震远》）。刘熙载或听其谈论，或亲自拜访，或写诗赞扬，与这些隐士僧侣们谈佛论道，其乐融融。

除此之外，刘熙载诗词中提及的友人还有浩歌神闲、与刘熙载吟啸呼和的万云卿（《与万芸卿游惠山》），有高风亮节的李海门（《赠李海门》），有不愿附众、志学古贤的韩叔起（《答韩叔起二首》），有安贫无外慕、远离谤与名的成子清（《赠成子清回里》），有不与众同、自守冰弦怀抱的符南樵（《赠

① 沈祥龙：《左春坊左中允刘先生行状》，《乐志簃文录》卷四，云间沈氏刻本，藏上海图书馆。
② 郭嵩焘：《郭嵩焘日记》第 3 卷，湖南人民出版社 1982 年版，第 64 页。
③ 郭嵩焘：《郭嵩焘日记》第 3 卷，湖南人民出版社 1982 年版，第 65 页。
④ 齐学裘：《见闻随笔》卷二十五，同治十年天空海阔之居刻本，16b。

符南樵》），有尽慷慨男儿之气、不与世俗论的杨一丈(《题杨一丈诗文集二首》），有与刘熙载以诗会友、气谊深笃的陈茂亭（《答陈茂亭二首》），有与刘熙载谈佛论佛的薄仲默、胡佛生、朱卧云(《薄仲默胡佛生朱卧云论佛性令余下转语》）。

以上所述，与刘熙载交厚的友人既包括平民式的同里乡人，又包括显贵的当朝权丞、名显一时的才学之士，同时又不乏画家和僧侣隐士等人士。他们来自五湖四海、出身不同、社会身份与背景不同、气质禀赋也各有差异，这足以说明刘熙载的社会活动圈是比较广泛的，并非"交游不多"；同时我们也不难看出，刘熙载喜好与治学有道、志行高洁的志同道合者相交游，而并非一概地"性不喜交游"。

二、"交游不多"诸说产生之缘由

以上笔者初步论述了刘熙载的交游概况，得出的结论为：刘熙载拥有一个比较广泛的交友圈，这与过去学人所持的"刘熙载生性恬淡，交游不多""刘熙载性不喜交游"此类观点有所不同。在此，笔者觉得有必要分析一下学人之所以产生上述印象与认识的缘由。

首先，和当今学人的研究思路有关。刘熙载作为文论家的身份出现于文坛，人们对他的研究也多限于文艺理论方面，于有意无意间忽略了其文学创作，而刘熙载的文学创作与其生活紧密相关，恰恰是最能反映其交游情况的直接材料，如刘熙载的诗集《昨非诗》明确写到友人名姓的多达十八首；词集《昨非词》提到友人确切名姓的有四处；文集《昨非文》提到友人的也有四处，而忽略刘熙载文学创作的学人，也就容易错过这些交友信息。

其次，一般研究者对刘熙载的认识主要来源于相关县志、墓志、行状等史料，而这类史料对刘熙载的交游情况记述得并不多或绝少提及。《兴化县志·刘熙载传》《左春坊左中允刘君墓碑》《清儒学案·融斋学案》对刘熙载的交友只字未提，《清史稿·刘熙载传》仅提及刘熙载与倭仁的交往，《左春坊左中允刘先生行状》提及倭仁和陈广德二人。县志、墓志、行状对人物的记载多是采用撷取人物一生中具有标志性的几个事件加以记述的方式，着重突出人物的出处、生平和品性，而人物的交友情况则不是叙述重点，由于这种编纂体例与内容的特点，在客观上容易造成"刘熙载交游不多"和"不喜交友"的误解。

此外，对刘熙载交友问题产生的误解也与对刘熙载研究不够全面、相关资料整理不够系统的现状有关。关于刘熙载，除了相关县志、墓志记载之外，刘熙载的众多友人、弟子、乡人或友人之友人、弟子之友人对其都有或多或少的论述与评价，而这一方面的资料却少有人发现，更没有专门系统的整理，实为憾事。

另外，笔者认为，对刘熙载交友情况进行考述，意义并非只限于研究其交友本身，同时对研究刘熙载的诗词创作及文艺理论也大有裨益。刘熙载的诗词大量涉及其友人，正确地认识刘熙载的交友情况和交友准则也有益于解读这些作品。而刘熙载的某些文论思想也与友人的影响相关，如刘熙载在文艺创作方面反复强调"作诗不必多，所贵肝胆真"，其实来源于其至交宗裕昆"人若真是诗人，便可不作诗"的观点。刘熙载曾与齐学裘、张叔平、顾燕林等多位书画家相交游，这在一定程度上是否有益于刘熙载《艺概·书概》书画理论的形成，诸此种种，尚待进一步深入发掘和研究。

原载《东南大学学报（哲学社会科学版）》2009年第11期

古代文论范畴"气"与"脉"之关系探赜

　　按照中医学理论，"脉"是血气运行的通道，"血脉"与"气脉"不同，二者的分布有异却在生理上又密切联系。"气脉"为气流经的通道，其中"气"是对人体产生重要作用的因素，"脉（这里指气脉）"是气流通的状态和形式。堪舆学中"气"与"脉"的关系也大致如此。文论家们是否也这样看待文学作品里面"气"与"脉"之关系？对此，我们首先得说明的是，"脉"作为前后相贯，有主干、有支流的存在状态，很容易被古人加诸于各种事物身上，正如中医学所讲的"血脉"、堪舆学所讲的"山脉"均不全与"气"相关，因而，"气脉"一定具有与其他"脉"论范畴不一样的特质。其次，文章的结构不像人体、山川河岳那样精微、复杂，但肯定有读者可以感知的前后连贯、首尾相应的存在状态，我们可称之为"文脉""脉络"等等，它包含了诸多派生范畴，"气脉"是其中最为重要的一个。"气脉"表示"气"运行的通道这一观念，在文论中亦可行，但若将文章之"脉"仅视为文气运行的通道则行不通了。所以我们讨论"气"与"脉"之关系，一方面要将其放在"气脉"范畴的统摄下，以及文气说的理论背景下来审视，另一方面又不要仅囿于此，更应将其纳入整个文章脉络观念中来考察。

[①]　浙江大学古代文学博士，现为江南大学人文学院副教授，研究方向为中国古代文学批评史。

一、文气说与气脉论的生成和逻辑发展

通过曹丕的《典论·论文》，我们可解读出"气"的两层含义，一是创作主体的气质、秉性，即所谓"文以气为主，气之清浊有体，不可力强而致……虽在父兄，不能以移子弟"。二是提倡壮盛之气，他所评孔融"体气高妙"，徐干"时有齐气"，应玚"和而不壮"，刘桢"壮而不密"，即反映出其推崇壮、逸、遒、健的文风。对此，陈伯海先生说："'气秉为性'构成了曹丕创作文学论的基本出发点，那么，'气盛为美'正是他从事文学批评的主要准则……前者重在'气'作为生命的原质，由天地经人传递给'文'；后者强调的是'气的生命活力，故倾倒于壮盛之气的一边'。"① 此实为的论。在我们看来，二者的区别还在于"气秉为性"是未发之前针对创作主体而言的，"气盛为美"则是已发之后对整个文章气势的描述。然而，在创作过程中如何将自己的气质、秉性转化到文章上来，形成气势凌然的文学作品呢？作者之气又怎样与文章之气贯通起来呢？曹丕没有作答。《典论·论文》毕竟不是文学创作论，它仅仅是孤立地从主体、客体两端阐述"气"，未能解释二者之间的关系。

与曹丕所论相反，韩愈笔下的"气盛"所指非文学作品，而是作为创作主体的人。在文学创作上，韩愈受到孟子影响，特别注重养气的作用，其《答李翊书》云："虽然，不可以不养也。行之乎仁义之途，游之乎诗书之源，无迷其途，无绝其源，终吾身而已矣。"② 可以看出，韩愈养气的内容在于行仁义、读诗书，"非三代两汉之书不敢观，非圣人之志不敢存"。③ 接着他便提出"气盛宜言"之说："气，水也；言，浮物也；水之大而物之浮者大小毕浮。气之与言犹是也，气盛则言之长短与声之高下者皆宜。"④ 这里所说的"气盛"则是在读儒家之书、行儒家之道过程中养成的浩然正气。韩愈认为只要以儒家的仁义道德充实自己，那文章也就不难而自至了，这等于说是发扬了孔子"有德者必有言"之观点。所谓"言之长短与声之高下者皆宜"显然是针对骈文而说的，

① 陈伯海：《"气"与"韵"——兼探诗性生命的人格范型》，《古代文学理论研究》第23辑，华东师范大学出版社2005年版，第28—48页。
② 韩愈：《答李翊书》，马通伯：《韩昌黎文集校注》，古典文学出版社1957年版，第99页。
③ 韩愈：《答李翊书》，马通伯：《韩昌黎文集校注》，古典文学出版社1957年版，第99页。
④ 韩愈：《答李翊书》，马通伯：《韩昌黎文集校注》，古典文学出版社1957年版，第99页。

骈文讲究对偶、声律，过分追求文字和声律形式会导致文气疲弱。故韩愈主张以养气药之，气盛则文思泉涌，所作之文不刻意于文辞声律亦能通畅顺达。韩愈的"气盛宜言"说颇为后世所许，刘克庄便认为："此论最亲切。李、杜是甚气魄，岂但工于有韵者及古体乎？"①然而它却有因反对骈文而走向过于轻视语言技巧的倾向。事实上，韩愈提出这一论断与他自己读书、作文的经历有莫大关系。如果说行仁义有助于培养个人精神气质，那读诗书则对个人学识的增长、写作技能的提升都具有重要作用。韩愈虽不重骈文，但其文章技法成熟，气势凌然，这必然与他"游于诗书之源"密不可分。总之，单以养气来指导写作而忽视技法的作用，在创作理论上怎么都是不完整的。

养气是一个长期的过程，考虑到具体的创作时，主体的精神、气质瞬间被激发，进而有创作的冲动，此则韩愈所言"不平则鸣"。然而，激荡于胸中之气如何适当地抒发出来，成为贯穿通篇的文气呢？韩愈在以上两个著名的论断中都没有直接予以回答，可它却是文气说不可回避的重要问题？郭绍虞先生指出，关于文气的辨析，不外两大端："前者以批评理论为主，是从作品中看出作者才气学习的问题；而后者则以创作方面的方法为主，是说明文章如何才能不'吃'而贯的问题。"②不论从内在的气韵着眼，还是从外在的章法技巧入手，文气的连贯性都是文学创作的必然要求。对此，古人早有深刻认识：

> 气不可以不贯；不贯则虽有英词丽藻，为编珠缀玉，不得为全璞之宝矣。③
> 古之至文，未有不以气为主者，气有断续而章法亡矣。④
> 余尝论诗，气、格、声、华，四者缺一不可。譬之于人，气犹人之气，人所以赖以生者也，一肢不贯，则成死肌，全体不贯，形神离矣。⑤

文章之气要连贯而无隔断，故用"脉"来形容文气连贯的状态，是谓"气脉"，此理与人身之"气脉"类似。回到前面提出的问题，人之气与文之气毕竟是不

---

① 刘克庄：《后村诗话》，中华书局1983年版，第60页。
② 郭绍虞：《文气的辨析》，《郭绍虞说文论》，上海古籍出版社2000年版，第36页。
③ 李德裕：《文章论》，《全唐文》第3册，上海古籍出版社1990年版，第3226页。
④ 艾南英：《陈兴公湖上草序》，《天慵子集》，《四库禁毁书丛刊补编》第72册，第358页。
⑤ 归庄：《玉山诗集序》，《归庄集》上册，上海古籍出版社1984年版，第206页。

能够对等的，胸有怨气而不能抒发，就如哑巴吃黄连；但若仅凭激荡之气肆意挥洒，则如平原放马，不免产生芜蔓驳杂之弊。然而，由曹丕首创并由后世文人大加发扬的"文以气为主"很容易让人产生这样的误解：文之核心在于气，人之气盛则文成。对此，元刘将孙认为："文以气为主，非主于气也。乃其中有所主，则其气浩然流动，充满而无不达，遂若气为之主耳。"[①] 此论极为精到，"文以气为主"是肯认个人气质、才性以及文章气势的重要意义，但文章绝非仅仅靠磊落之气就能作成。对于创作主体，养气的核心在于培养成一种精神品格和道德要求，而正气凛然是其外在体现。创作之时不平之气的勃发也是因主体精神受到刺激而产生。由此看来，尽管古人赋予"气"以文学本源的地位，但仅以创作论之，其意义便属形而下者，且非文所主之物。

二、气之连贯与"意""理""象"的内在要求

除"气"之外，文之所主，或曰"意"。南朝范晔云："常谓情志所托，故当以意为主，以文传意。以意为主，则其旨必见；以文传意，则其词不流。"[②] 杜牧云："凡为文以意为主，以气为辅，以辞彩章句为之兵卫。未有主强盛而辅不飘逸者，兵卫不华赫而庄整者。四者高下圆折步骤随主所指。"[③] 其所言之"意"即未发之前的立意，已发之后全篇之主意。论文重"意"，讲求作品意脉的连贯和态势，实是对文气说的突破。或曰"理"。黄庭坚云："好作奇语自是文章病，但当以理为主，理得而辞顺，文章自然出群。"[④] 楼钥云："发为文词，以理为主，以意为先，体制具备，关键严密，简而有法，不为绮丽之习。"[⑤] 宋代理学盛行，程朱理学认为理是形而上之道，气是形而下之器，世界之本源是"理"而非"气"。"理"之升格、"气"之降格必然影响到文论上，理学家论文也以"理"为主，这与他们主张文以载道是息息相关的。"理""道"在理学家眼中不仅

---

① 刘将孙：《谭村西诗文序》，《养吾斋集》，《景印文渊阁四库全书》第1199册，第90页。
② 范晔：《狱中与诸甥侄书以自序》，严可均：《全宋文》，商务印书馆1999年版，第142页。
③ 杜牧：《答庄充书》，《樊川文集校注》下册，巴蜀书社2007年版，第872页。
④ 黄庭坚：《与王观复书》，《黄庭坚全集》第2册，四川大学出版社2001年版，第470页。
⑤ 楼钥：《宝谟阁待制献简孙公神道碑》，《全宋文》第265册，上海辞书出版社、安徽教育出版社2006年版，第336页。

仅是培养个人精神气质、道德情操的关键，也是文章所要表达的核心内容。只有文章体现了"理"与"道"，气之充、气之贯才有意义。正如宋王柏所云：

> 文以气为主，古有是言也；文以理为主，近世儒者常言之。……夫道者形而上者也，气者形而下者也。形而上者不可见，必有形而下者为之体焉，故气亦道也。如是之文始有正气。气虽正也，体各不同，体虽多端，而不害其为正气足矣。盖气不正，不足以传远。学者要当以知道为先，养气为助。道苟明矣，而气不充，不过失之弱耳。道苟不明，气虽壮，亦邪气而已，虚气而已，否则客气而已，不可谓载道之文也。①

理学家们将"理"推崇到如此高的地位，并将"理"视为文章本源，则自然包含了这层规定：文章要以"理"主之，以"道"贯之。换言之，文章之理（道）要一以贯之，不能前后矛盾，也不能驳杂纷乱，此与黄庭坚、楼钥所论异曲同工。事实上，"文以理为主"和"文以意为主"对于创作的意义是相近的。若以"理"指理学家所提倡的文所表达的伦理思想和精神品格，那它与文辞达意皆是为了反映某一主题，在本质上没有什么不同。明代的谭浚论文虽继承了程朱理学的思想，但他所揭示的"意""理"间的关系却具有普遍意义："意之所以为意者，理也。意而不以理，何以为意？"② 以"理"指称平常的道理、事理、情理，则文章之"意"与"理"也应当是并行不悖、相辅相成的。区别在于，"理"偏重文章内在的规定性，即文章要合情合理；"意"则主要指文章的中心思想，即主意，它由人的内心发出，通过语言表达出来，形成文辞顺畅、义理通贯的作品。先立意则主旨明确，创作之时，不离自己所要阐述的意、理，因而古人多提倡文章要"意在笔先"，"以理为主、以意为先"。

推崇诗歌重意、以理为诗、以文为诗是中晚唐以后的事，此前的诗歌多重兴象，重气韵浑成。"象"可以说是中国古代诗歌最为突出的特征。"象"以感发作者、读者，是以有"兴象"；以深含意蕴，故成为"意象"；较大的意象场面或者意象组合且意蕴深远者则为"意境"。"象"在诗歌中频繁出现，

---

① 王柏：《题碧霞山人王公文集后》，《全宋文》第338册，第193页。
② 谭浚：《言文》，王水照：《历代文话》第3册，复旦大学出版社2007年版，第2329页。

甚至通篇全由意象组成，如杜甫《绝句》："两个黄鹂鸣翠柳，一行白鹭上青天。窗含西岭千秋雪，门泊东吴万里船。"此诗一句一意，其间没有很强的关联，明杨慎评之曰："不相连属，即是律中四句也。"① 然而这种纯粹情景的描绘并不杂乱，它给我们以清新畅快的感觉。用"诗以意为主"的诗学观念衡量，则会得出与此诗实际评价相悖的结论，因为它确实没有贯穿通篇的诗意。然而它通过意境所体现的内在意蕴却是前后连贯、首尾一致的。更为明显的例子则是马致远的《天净沙·秋思》，一连串的意象使我们不能了解其显在的意脉流贯，读者也不会花费精力去思考"枯藤""老树"之间到底有何必然的事义联系，而从字里行间流露出的孤独、落寞情绪感染着每一位读者。这样的作品不重在表面的语义句意，它的意象组合影响了读者的情绪，予以读者深刻的感受，就此两篇诗作而言，前者畅快昂扬，后者孤独落寞。在读者看来，引起这种感觉的东西竟是流贯于作品之中的，它比表面的诗意更加深远，而这种东西，古人往往以"气""味"等语称之。因而有人论绝句"一句一意，意绝而气贯"②，这正是提倡诗歌以气为主的原因之一。

"文以气为主"和"文以理（意）为主"反映了不同的创作主张和风尚，从他们对不同阶段文学发展的贡献来说，不应强分轩轾。若单从文学理论的角度视之，我们认为"文以意为主、以气为辅"是顺应了文学史发展潮流的，它比曹丕的文气说和韩愈的"气盛宜言"说更为完善。它说明气之充足鼓荡要以文章所表达的意、理为中心，文气之运行依附于文意、文理之巡行。换言之，气脉要随意脉、理脉而流动，否则旁生枝节，即便气势再盛也未能扭转庞杂之弊。对于诗歌，情况则不尽如此，前面的分析说明意断之处，气亦可连贯，但对那些以达意、说理为主的诗歌（特别是入宋以后在说理、以文为诗的风气影响下所创作的作品），上述结论依然成立。

三、气、脉之关系在字句、章法上的体现

任何文学作品都是由语言文字组成，文气也必藉以某种文学形式才能生发

---

① 杨慎：《升庵诗话》，丁福保：《历代诗话续编》中册，中华书局2006年版，第853页。
② 谢榛：《四溟诗话》，《四溟诗话、姜斋诗话》，人民文学出版社1961年版，第23页。

出来。连字以成句，连句以成段，连段以成章，故文章的章法技巧是其能够达意、贯气之基础。一句或数句之中，若有用字不准确，则势必影响上下文意、情景，有碍气之充足、连贯。试想我们把《天净沙·秋思》中的"枯藤"改为"新藤"，"西风"改为"春风"，"瘦马"改成"骏马"，全篇气韵便顿时丧失，不得连贯始终。再如吴可《藏海诗话》载："余题黄节夫所临唐元度《十体书》卷末云：'游戏墨池传十体，纵横笔阵扫千军。谁知气压唐元度，一段风流自不群。'当改'游'为'漫'，改'传'为'追'，以'纵横'为'真成'，便觉两句有气骨，而又意脉联贯。"① 原诗第一联上句只叙述临摹《十体书》这件事，下句写临摹的作品气势浩然。与下联在意、气上并无隔断之感。但"传"在这里表示临摹、学习，临摹者抱着对碑帖仰望的态度，改为"追"，于临摹之外，更充分体现临摹者奋起直追的主动和自信。既然是"追"，便有与原帖一比高下的决心，故而下句以"真成"二字相接，最为连贯。经作者如此一改，上下文气、文意非但更加连贯，而且颇显骨力。

同样，作品的章法结构对表达主旨、贯注文气也至关重要。就某一篇成型的文学作品来看，它所要表达的意义必然恃其结构而行，如律诗四联，首联起、颔联承、颈联转、尾联合，词有上下片，一般上片写景，下片言情，长篇文章的结构更是纷繁复杂，这于宋代以后为迎合科举而出现的深研经义文法的著作中多有呈现。总之，作品所要表达的意思依其不同的结构形式展现出来，文气也依其结构形式呈现出一种脉络连贯的状态。例如古人论及文法，多留意文章段落的承接处和文意的转折处，视其为文章血脉所在，骈文尤其如此。清代的骈文理论家提出"潜气内转"说，指文意的承接无须用虚字也能显得自然流转②。而名之曰"潜气内转"，显然是说文意、段落转折处，文气随之而转且要连绵不断。就创作主体或创作过程来看，作者必须先胸有成竹，想好如何立意，如何起，如何承，如何结等等。不论这是刻意的准备，还是潜意识的行为，都必使作者之气随着自己预设的章法结构贯注于文学作品当中。当然，文气之贯注可能如山间小溪缓缓流出，也可能如大江大河波涛汹涌，这都取决于作者的安排。不论作者如何选择抒发、叙述的方式，"气"必然受到章法结构

---

① 吴可：《藏海诗话》，丁福保：《历代诗话续编》上册，中华书局 2006 年版，第 329 页。
② 参见吕双伟：《清代骈文理论中的风格论》，《文学遗产》2007 年第 4 期。

的限制，否则盛气之下语无伦次，于作者，不能尽兴，于读者便不知所云。高明的作者总能控其盛气，古人亦云："气不可不节，不节则气驰，而言每浮于其意。"[①]文章的脉络建构于却又超出于章法之上，章法简言之就是作者为了表达情志而采取的语言、段落的组合方式，它与文章要表达的主旨（意）息息相关。文意依文章结构而行，将意脉坐实，其含义自然落到章法之上，故而以脉指章法是顺理成章的事。明宋羽皇云："文字不可无脉……力具而无脉，尽气狂奔也。"[②]"气"往往呈现出一种力量感，王充《论衡·儒增》就说过："人之精，乃气也，气乃力也。"[③]古人论文亦多有"气""力"并用者，表示文章所体现的强健的气势。所以"力具而无脉"就是说文章只凭作者的浩然之气而不顾及章法，那就如万马奔腾没有归旨。方东树对此问题有精到的论述：

> 有章法无气，则成死形木偶。有气无章法，则成粗俗莽夫。大约诗文以气脉为上。气所以行也，脉绾章法而隐焉者也。章法形骸也，脉所以细束形骸者也。章法在外可见，脉不可见。气脉之精妙，是为神至矣。俗人先无句，进次无章法，进次无气。数百年不得一作者，其在兹乎！[④]

方东树在这里显然是将"气""脉"分开来看的，"气"是文章内在的精神、气势，"脉"管摄作品的章法结构。"有气无章法"所指与"力具而无脉"无异。故而我们可以认为，"气脉"所指有两意：一是用作并列词组，即方氏所言之"气脉"；二是用作偏正词组，表示文气运行的通道，即方氏所言"气所以行也"。实际上，文气之运行必待文意的运行或者意象的组合，而文意、意象皆依章法结构而成型和发挥作用。表文气运行的"气脉"必然包含了意脉、意象，进而包含结构上的要求。作为并列词组的"气脉"也绝非表示二者是简单的排列，"气"对"脉"的充实，"脉"对"气"的约束是此中应有的含义，二者决不可分而视之。

---

① 庄元臣：《文诀》，王水照：《历代文话》第 3 册，复旦大学出版社 2007 年版，第 2289 页。
② 左培：《书文式·文式》，王水照《历代文话》第 3 册，复旦大学出版社 2007 年版，第 3158—3159 页。
③ 杨宝忠：《论衡校笺》上册，河北教育出版社 1999 年版，第 269—270 页。
④ 方东树：《昭昧詹言》，人民文学出版社 1961 年版，第 30 页。

四、气、脉之关系在声律、节奏上的体现

徐复观先生在《中国文学中的气的问题》一文中提出"血气与辞气","血气"涉及人的生理的生命,"辞气"表明语言与气不可分[①],这是很有见地的。事实上,"气"这一范畴具有极强的衍生力,它与文学的诸多层面紧密联系。它在一定程度上依附于文意、文理,是以义理充足为文气之本;同时它又离不开章法、文辞,气必须藉之而行。此外,作为语言的形式,声律节奏也与文气密切相关。郭绍虞先生便指出文气与声律有分属同样的性质。[②]韩愈重文气而轻言之长短与声之高下,这是针对骈文而言的,骈文的格局较为固定,它"可以表现气之和,而不能表现气之变,以及由气之变而来的高次元的和……文字节奏的格式限定了气的发抒"[③]。对于古文,言之长短与声之高下对通贯、充实文气至关重要。或许韩愈并没有轻视文辞声律的意思,他所推崇的是文辞声律要随内在气韵而流转变化,若过分修饰文辞声律,或者一成不变地固守某一声律格式,势必影响文气之贯注。更重要的一个方面在于,文学作品是写给人看或者读的,声律节奏则成了读者在阅读、吟诵过程中对作品的直观印象。朱光潜先生说:"人体中呼吸、循环、运动等器官本身的自然的有规律的起伏流转就是节奏。人用他的感觉器官和运动器官去应付审美对象时,如果对象所表现的节奏符合生理的自然的节奏,人就感到和谐和愉快,否则就感到'拗'或'失调',就不愉快。"[④]文学作品的声律、节奏便必须与文意、文气在读者感官和思想上起到同样的效果。一般说来,文意平缓处,声律节奏亦平缓;文意跌宕处,声调铿锵,节奏急促,如此相得益彰,便为好文。如欧阳修《醉翁亭记》语言声律顺畅,节奏平缓,宋陈模评此文:"'也'字深得其体。虽只是叠'也'字,却落落地一气相属,不觉藏得许多工夫。"[⑤]全文二十一个"也"字,形成回环往复的韵律,使文章更加舒缓,读之让人切身感受到作者悠然自得的心态。文意、文气、文辞声律

---

① 参见徐复观:《中国文学中的气的问题——〈文心雕龙·风骨〉篇疏补》,徐复观:《中国文学精神》,上海书店出版社 2006 年版,第 104—105 页。
② 参见郭绍虞:《文气的辨析》,《郭绍虞说文论》,上海古籍出版社 2000 年版,第 36—39 页。
③ 徐复观:《中国文学中的气的问题——〈文心雕龙·风骨〉篇疏补》,徐复观:《中国文学精神》,第 137 页。
④ 朱光潜:《谈美书简》,北京出版社 2004 年版,第 63—64 页。
⑤ 陈模:《怀古录》,王水照《历代文话》第 1 册,复旦大学出版社 2007 年版,第 519 页。

配合得天衣无缝，实为佳作。

对于诗歌，格律虽然给诗人设定了声律上的框架，但格律本身就是人们在长期创作实践当中形成的较为符合人们审美规律的声律形式，永明体斤斤计较、过犹不及，故而被诗家淘汰。诗人在此规定性中尽可能地将声律与诗意合理地搭配起来，至少不要以声律而害意伤气。徐复观先生指出："文字中不合节律的芜杂之声，非由气所贯注而来，势必反而干扰到气的发抒。"[①] 拗句不是正规的律句，但在某些情况下读之亦不觉其拗，或者说它依然符合人们对声律的审美习惯。但如黄庭坚的某些诗作那样过分追求字句的奇崛和声律的奇拗、深涩，致使读之诘屈聱牙，深害读者解其诗意精神。然而格律毕竟是有限度的，短篇犹可，长篇如排律则声律的变化必定受限，难以神完气足，王世贞云："七言排律创自老杜，然亦不得佳。盖七字为句，束以声偶，气力已尽矣，又欲衍之使长，调高则难续而伤篇，调卑则易冗而伤句，合璧犹可，贯珠益艰。"[②] 近体诗少长篇，盖由于此。

刘大櫆论文有神气、音节、字句之说，以神气为文之最精处，音节次之，字句为文之最粗处。其论音节与神气之关系，颇为人称道："音节高则神气必高，因音节下则神气必下，故音节为神气之迹。……积字成句，积句成章，积章成篇，合而读之，音节见矣；歌而咏之，神气出矣。"[③] 我们可以将此视为古人对声律、节奏与文气关系的终结性表述，它也是我们上述所论的简练的概括。

五、总结

三石善吉认为："曹丕、刘勰、苏辙等'神'、'气'概念的重点是在以才气闪现为中心的诗人的天资气质，倾向于天才论，与此相对，刘大櫆是把在闪现中印象变化的整个心理过程作为问题来研究。"[④] 这无疑是不小的进步，而

① 徐复观：《中国文学中的气的问题——〈文心雕龙·风骨〉篇疏补》，徐复观：《中国文学精神》，第129页。
② 王世贞：《艺苑卮言》，丁福保：《历代诗话续编》中册，中华书局2006年版，第1009—1010页。
③ 刘大櫆：《论文偶记》，《论文偶记、初月楼古文绪论、春觉斋论文》，人民文学出版社1959年版，第6页。
④ 三石善吉：《桐城派中的气——以诗文论为中心》，小野泽精一等编著：《气的思想——中国自然观和人的观念的发展》，李庆译，上海人民出版社1990年版，第477页。

我们也可以在这样的启示下，从文学创作的内在的心理过程和外在形式出发结束对"脉"与"气"之间关系的讨论。不同的创作主体具有不同的精神气质，养气则使得内在的精神气质朝着自己预定的方向发展。主体受到外界的触发，产生鼓荡于胸中之气（此即创作——抒发情志——的冲动），发而为文，为使作品气脉不乱，其必有一以贯之的情志或者义理。文意的表达，文气的运行皆依赖于章法的安排和字句的组合。反过来，字句、结构的设计是为了表情达意，贯通文气。讲"气"与"脉"之关系，归根到底是讲了气如何贯的问题，气的连贯不断是谓气之脉，而对气连贯的要求则落实到意、理、情等的一贯（如意脉之连贯，情韵之一致）和结构的有序（行文之脉络）上来，此外，声律、节奏所形成的"声气"上或抑扬顿挫、或缓缓而行的感觉与文气之贯相得益彰。文学作品是完美的有机统一体，其神气、音节、字句之间密不可分，此外它还关联着作者和读者。作者之气抒发到文章当中，读者又从中受到感染，产生共鸣。气在人—文—人之间不也是以一种脉络流贯的状态存在着的吗？古人论气多讲"一气呵成""一气连属""浑然一气"等等，这相当于"气脉"的另一种表述，高明的作家一气呵成，读者阅之也一气尽之，文章便在这气韵的双层流贯中萌发其独特的魅力。

原载《文艺理论研究》2013年第4期

"蕉园五子"补考

范晨晓[1]

"蕉园诗社"曾盛于一时,当时即以"蕉园五子"为首,在杭州地区结社唱和,蔚为风气。梁乙真《中国妇女文学史纲》评价"蕉园诗社"曰:"分题角韵,接席联吟,极一时艺林之盛事。其后分道扬镳,各传衣钵。终清之世,钱塘文学为东南妇女之冠,其孕育滋乳之功,厥在此也。"[2] 不能说"蕉园诗社"对清代女子结社有滥觞之作用,但"蕉园诗社"之地位和影响可见一斑。

"蕉园五子""蕉园七子",是历来冠于蕉园诸子的称号。但这两个合称群体究竟指的是哪几位作家,由于流传至今的文献资料杂芜纷乱,互相矛盾,当代学术界也是众说纷纭,莫衷一是,甚至还存在不少错误。其中关于蕉园诸子中的"蕉园五子",宋清秀曾于2004年作《蕉园女子诗社成员考略》一文,详细考证了"五子"具体所指,但尚有未尽事宜。本文即根据笔者所掌握的资料,对宋清秀的"蕉园五子"考证补充新证,本文共分为两部分,第一部分就"蕉园五子"成员构成的不同说法,做一统一梳理。第二部分就所列诸说做一考辨。

一、旧有诸说

据笔者检录,目前关于"蕉园五子"成员构成的说法共有四种,兹节录涉及"蕉园五子"成员构成的资料数则。

---

① 浙江大学中国古代文学硕士,现为浙江大学图书馆馆员。

② 梁乙真:《中国妇女文学史纲》,上海书店1990年版,第385页。

（一）"蕉园五子"第一说：柴静仪、林以宁、顾姒、钱凤纶、冯娴

孙以荣辑，孙文燨校订的《湖墅诗钞》卷八"柴静仪"小传曰：

> 柴静仪，字季娴，孝廉云倩女，虎臣侄女，适广文沈汉嘉。工书画。与林以宁亚清、顾姒启姬、钱云仪、冯又令称"蕉园五子"，有合刻。载《钱塘志》。①

按《湖墅诗钞》据卷首编者自序，成书于乾隆三十年（1765）。此处提到的《钱塘志》，根据《（民国）杭州府志》卷一百七十八记载，可能称之为《钱塘志》的有新淦聂心汤修《（万历）钱塘县志》，共十卷；真定梁允植修《（康熙）钱塘续志》，共二十六卷，后附邑人吴农祥撰《钱邑志林》四十卷；南康魏峐修《（康熙）钱塘县志》三十六卷，后附邑人吴允嘉撰《钱塘县志补》，钞本六卷。除梁允植修的《钱塘续志》因当时未刊行不得寓目外，各书均不见此条记载。

陶元藻《全浙诗话》卷五十一"柴静仪"小传、施淑仪《清代闺阁诗人征略》卷二"柴静仪"小传，皆以《湖墅诗钞》为"蕉园五子"出处，后郭蓁《清代女诗人研究》在第三章《清代女诗人的文学生活》第三节《女子诗社》涉及"蕉园诗社"的章节里亦注两种说法，第二说追本溯源，亦在《湖墅诗钞》。另采取此说法的尚有：《历代名人并称辞典》第二说，《中国文学家大辞典（清代卷）》《全清词·顺康卷》"柴静仪"小传等。

宋清秀在《蕉园女子诗社成员考略》列此为第三种说法，考证其为正确提法，本文亦采取此观点。

（二）"蕉园五子"第二说：徐灿、柴静仪、朱柔则、林以宁、钱凤纶

陈文述编《西陵闺咏》卷十《亦政堂咏顾玉蕊》小序记载：

> 玉蕊，名之琼，钱塘人，太史钱某室。工诗文骈体，有前后《北征赋》、《〈撷芳初集〉序》、《初阳台》、《西溪》、《渔夫》、《河渚》、《花

---

① 孙以荣：《湖墅诗钞》，王麟辑：《湖墅丛书》本，光绪五年己卯（1879）刻，上海图书馆藏，第3b页。

坞》、《净慈寺》诸诗。招诸女作"蕉园诗社",有《"蕉园诗社"启》。蕉园五子者:徐灿、柴静仪、朱柔则、林以宁及女云仪也。①

施淑仪《清代闺阁诗人征略》"顾之琼"小传据《西泠闺咏》此条收录,与同卷柴静仪条有所出入。梁乙真《中国妇女文学史纲》、朱培高《中国文学流派史》、谭正璧《中国女性文学史》等书采纳此条说法。至于相关研究论文,笔者就所见论文,可知《清代钱塘闺阁词人研究》《从"蕉园诗社"看清初女性意识的觉醒》《清初浙江闺秀诗词浅探——以钱塘"蕉园诸子"为中心》等论文皆记载此说。值得注意的是,部分研究者虽然未能理清"蕉园五子"成员,但也意识到问题所在,在收录时同时记载了两种说法,表示存疑。如《历代名人并称辞典》,就著有两种说法。《文坛佳秀——妇女作家群》也记载此说,另注第二说。《清代女诗人研究》《"蕉园诗社"考述》《清代初年的"蕉园诗社"》,皆有第一说和第二说的收录,另有吴晶《"蕉园诗社(派)"与蕉园诸子》在文中引用了《清代初年的"蕉园诗社"》的考证结果。

(三)"蕉园五子"第三说:徐灿、柴静仪、顾之琼,其他未列不详

南京大学中国语言文学系《全清词》编纂委员会编《全清词·顺康卷》"顾之琼"小传记载:

[顾之琼]与徐灿、柴静仪等结诗社,号焦[蕉]园五子。②

这里以徐灿、柴静仪、顾之琼为"蕉园五子",与前述该书"柴静仪"小传自相矛盾。宋清秀《蕉园女子诗社成员考略》认为:"另外两人应是林以宁与钱凤纶。因为林以宁为顾之琼儿媳,而钱凤纶为顾之琼之女。"③笔者以为缺乏证据,不应臆测。

---

① 陈文述:《西泠闺咏》卷十,光绪十三年丁亥(1887)西泠翠螺阁刻本,第1b页。
② 南京大学中国语言文学系《全清词》编纂委员会:《全清词·顺康卷》第1册,中华书局2002年版,第460页。
③ 宋清秀:《蕉园女子诗社成员考略》,《北京大学中国古文献研究中心集刊》第四辑,北京大学出版社2004年版,第465页。

（四）"蕉园五子"第四说：林以宁、钱凤纶、柴静仪、顾姒、朱柔则

段继红在《清代闺阁文学研究》第一章《清代女性文学概况》第三节《清代女性文学兴盛的原因》中提到：

> 康熙年间杭州的"蕉园诗社"，由顾之琼发起，林以宁、钱凤纶、柴静仪、顾姒、朱柔则为"蕉园五子"。①

段继红此说未注明出处，亦不知何据。

此外，吴晶在《"蕉园诗社（派）"与蕉园诸子》中提到："陈文述也在《西泠闺咏》中的另一处说徐灿、柴静仪、朱柔则、林以宁和徐德音（林以宁友人，杭州女诗人）是'蕉园五子。'"② 钟慧玲《〈西泠闺咏〉的女性群像》也有相同观点："陈文述对女作家之间的交游往来亦多有着墨……又言徐灿，柴静仪，朱柔则，林亚清，徐淑则为'蕉园五子之一也'。"③ 笔者翻检《西泠闺咏》全书，均无如此表述，唯在其卷十"渌净轩咏徐淑则"条目中明确记载："淑则尤为'蕉园五子'后灵光也。"④

另，高彦颐在其著作《闺塾师——明末清初的才女文化》对"蕉园五子"成员没有明确指出，但认为"蕉园五子""随着两位成员的离去，剩下的三位邀请了四位亲、朋，组成了'蕉园七子'"⑤。此种含糊的说法并不鲜见，不少著作曾作如此表述。

二、旧说考辨

在我国文学史上，两个以上的诗人、文士常被合在一起称呼，因为其有共同之处。合称根据分类不同，各有区别。其中根据合称出现时代年限不同，而有"当

---

① 段继红：《清代闺阁文学研究》，南开大学出版社 2007 年版，第 54 页。
② 吴晶：《"蕉园诗社（派）"与蕉园诸子》，《杭州研究》2008 年第 3 期。
③ 钟慧玲：《〈西泠闺咏〉中的女性群像》，《东海大学学报》2005 年第 17 期。
④ 陈文述：《西泠闺咏》卷十，光绪十三年丁亥（1887）西泠翠螺阁刻本，第 10a 页。
⑤ 高彦颐：《闺塾师——明末清初的才女文化》，江苏人民出版社 2005 年版，第 247 页。

时即有"和"后人追加"的不同，所谓"后人追加"是指年限相距较远，比较广泛的合称群体，如"唐宋八大家"之类，是后世人根据其文学成就将其八人统称为一个群体，各自活动年限是可以完全不同的。而"当时即有"是指合称群体的成员是共同活动过一段时间的，成员组成不仅为后世人确定，而且是同时代人所认同的甚至于是当事人自己提出的。如"西泠十子"。"蕉园五子"这一合称群体到底是"当时即有"还是"后人追加"，这对于"蕉园五子"的考辨至关重要。

根据现有资料，笔者判定本文的"蕉园五子"属于"当时即有"的范围。依据有二：

第一，根据钱凤纶《古香楼杂著》中《与林亚清》一书曰："昔会蕉园者五子，今启姬已棹舟北上，我辈相去不数步，复以尘务纷扰，经年契阔，徒深岭云梁月之思。花下拂笺，窗间剪烛，其乐杳不可得。顷将觅传神手绘蕉园雅集图，位置五人于乔松、茂竹、清泉、白石间。使我辈精神，永相依倚；一时胜事，传之千秋。"[1] 由此可知，"蕉园五子"不仅是同时并存之人，更是具有乡里之谊。因此将"蕉园五子"作为一时概称，是不准确的。

第二，过了六十余年后，这种称法也是流传不误的，与钱凤纶、林以宁都有所交往的徐德音[2]等人也是承认并广泛使用这种称法的。其中女诗人方芳佩[3]所著《在璞堂吟稿》中明确提到"蕉园五子"之称共有四处。择其二录之，徐德音曾为《在璞堂吟稿》作序，曰：

> 吾乡闺媛能诗者惟"蕉园五子"，更倡迭和，名重一时。迄今六十年来，风雅寖衰，良可慨也。[4]

长洲陈棨为《在璞堂吟稿》题辞曰：

> 武林风雅数蕉园，作手今推渌净轩。（武林名媛旧称"蕉园五子"，近

---

① 钱凤纶：《古香楼杂著》，清刻本，缩微制品，国家图书馆文献缩微中心藏，第16b页。
② 徐德音，字淑则，钱塘人。著有《渌净轩诗集》。详见第三章《"蕉园诸子"交游考》。
③ 方芳佩，字芷斋，号怀蓼，钱塘人。工诗，常与徐德音等唱和。著有《在璞堂集》。
④ 方芳佩：《在璞堂吟稿》，《四库未收书辑刊》第10辑第20册，第510页。

推许夫人淑则，有《渌净轩诗》行世。）在璞一编行嗣出，湖山秀气萃闺门。①

综上所述，则排除了后人因为列举诗人方便而给一泛称的可能性。从《与林亚清》一文可以明确知道，钱凤纶、林以宁、顾姒三人名列"蕉园五子"，而其中"蕉园五子"相出入者则有徐灿、柴静仪、朱柔则、冯娴、顾之琼五人。

（一）徐灿不在"蕉园五子"之列

结合徐灿事迹考证，当知徐灿不在"蕉园五子"之列。可知徐灿字湘蘋，一字明深，又字明霞，晚年号紫管，有《拙政园诗集》《拙政园诗馀》。徐灿生于万历四十五年（1617）或万历四十六年（1618），大约卒于康熙三十八年（1699）之后。

关于徐灿是否参加过"蕉园诗社"，研究者各有争论。笔者以为徐灿并未列"蕉园五子"。

徐灿的丈夫陈之遴，字彦升，号素庵，明崇祯进士。入清后，官至礼部尚书，授弘文院大学士。顺治十三年（1656），以结党之罪，命以原官徙盛京，十月召还。后顺治十五年（1658）又因贿赂交结内监吴良辅，免死革职，家产籍没，并父母妻子俱流徙盛京。后陈之遴"死戍所，诸子亦皆殁"②。康熙十年（1671），皇帝东巡，徐灿跪道旁自陈，方准其扶榇南归。因此从顺治十五年开始流放到康熙十年流放结束这一段期间，徐灿是不可能参与诗社唱和的。如果将结社时间推至顺治十五年前，却又与"蕉园五子"其他成员生辰不符，以"蕉园五子"中生年比较明确的林以宁为例。顺治十五年，林以宁才四岁，是应该不能和徐灿"昔会蕉园者五子"，且"相去不数步"的。康维娜《"蕉园诗社"考述》论文中亦注意到此问题，但她又认为："即1671年后，此亦是诸子聚首，人订金兰之时，故以为湘蘋如与诗社，应在康熙辛亥（1671）之后。"③笔者以为不然，因为徐灿"自塞外称未亡，即停吟管，不留一字落人间矣"④。且徐灿回到家乡后，晚年更是卜居海宁新仓小桐溪上之南楼。据吴兆骞《过南楼感旧》

---

① 方芳佩：《在璞堂吟稿》，《四库未收书辑刊》第10辑第20册，第514页。
② 赵尔巽：《清史稿》，中华书局1977年版，第14050页。
③ 康维娜：《"蕉园诗社"考述》，南开大学硕士论文，2007年。
④ 徐灿：《拙政园诗集》，拜经楼丛书，嘉庆八年癸亥（1803）刻本，第1b—2a页。

诗前小序曰："南楼在小桐溪上，故相国陈素庵夫人徐氏旧居也……相国得罪，同徙辽左。迨赐环后，故第已不可复问，遂卜居于此。日惟长斋绣佛，初不问户外事，人称阁老厅。"① 以常理度之，试问夫死子亡，孑然一身，皈依佛门，又非同居杭城的老妇人又如何能和一群青年女子花下拂笺，窗间剪烛呢？

到此，徐灿不是"蕉园五子"之一，问题已明确无误。

（二）顾之琼不在"蕉园五子"之列

顾之琼事迹已在上节简述，此不赘述。

将顾之琼列为"蕉园五子"，是本文所列第二说，即《全清词·顺康卷》的记载。施淑仪辑《清代闺阁诗人征略》记载，顾之琼曾招诸女作"蕉园诗社"，并作有《"蕉园诗社"启》。而《两浙輶轩录补遗》记载："《蕉园诗启》则绮丽风华，又不减《玉台》一序也，"② 然今未见。台湾中正大学外国语文学系助理教授陈静媚在《阅读越界——记一部十七世纪的〈牡丹亭〉木刻印本如何穿梭时空为女性阅读作见证》中写道，"［顾之琼］为了使诗社往后的聚会更加正式，于是在1674年撰写了一篇文告郑重宣布：于是年，包括她自己、妯娌冯娴、女儿钱凤纶、侄女柴静仪、顾姒以及媳妇林以宁在内的诸家闺秀正式结盟，命名为蕉园的女性诗社也正式成立。"③ 此条文告即指《"蕉园诗社"启》，同文注释此条材料出自上海书店出版的施淑仪《清代闺阁诗人征略》，然而检索该版《清代闺阁诗人征略》，其中并无《"蕉园诗社"启》内容及时间等相关介绍，不知陈氏何据。

顾之琼作过《"蕉园诗社"启》，但其并非"蕉园五子"之一，此论为多人所执，但都没有给出确切论证。今知"蕉园五子"是同时并列五人，而且顾之琼是钱凤纶的母亲，林以宁的婆婆，钱凤纶在《与林亚清》一文中称顾姒、林以宁为同辈，是合理的，因为份属姑嫂，又是表姊妹关系，但是绝不可能称顾之琼为其同辈的。其次，顾之琼在诗社成员相互酬唱的诗文中也未曾提及。所以顾之琼不在"蕉园五子"其列。第二说亦不能成立。

---

① 吴骞：《拜经楼诗集》卷一，《续修四库全书》第1454册，第10页。

② 潘衍桐：《两浙輶轩续录》卷五十二，《续修四库全书》第1687册，第158页。

③ 陈静媚：《阅读越界——记一部十七世纪的〈牡丹亭〉木刻印本如何穿梭时空为女性阅读作见证》，《中外文学》2006年第34卷第9期。

（三）朱柔则不在"蕉园五子"之列

除《西泠闺咏》在"顾之琼"条目中记述朱柔则为"蕉园五子"之一，《历代画史汇传》也记载朱柔则为"蕉园五子"之一。林以宁曾有《读表侄媳朱顺成与诸媛唱和诗，走笔作答》诗云："深闺寂寞少知己，苦忆蕉园诸娣姒。可怜存没散晨星，零落残编如断绮……时流辈出多唱酬，丽句清辞名并驾。此中惟子最亲串，昔在高堂常侍安……把君新诗日三复，思我良朋掩面苦。"[①] 既然林以宁时随宦洛阳，苦忆蕉园诸子，并感慨蕉园诸子零落存没，那么朱柔则应非"蕉园五子"，但朱柔则作为晚辈尝与林以宁、柴静仪一起唱酬，故笔者以为朱柔则可以列入蕉园诸子。

（四）柴静仪为"蕉园五子"之一

柴静仪与钱凤纶、林以宁、顾姒等人彼此酬唱，在诗文中多有所见。在《本朝名媛诗钞》收录了柴静仪的一首诗《怀钱云仪兼题影》云："忆昔与君初会面，握手名园花似霰。前有启姬后亚清，玉台旧体惊新变。闺阁知音有几人，惆怅芳时阻欢宴。清风在林月在楼，往往梦里来想见。"[②] 从诗中可以得知，所谓"握手名园"当指"蕉园"结社之事，闺阁知音便指钱凤纶、顾姒、林以宁等人。再根据柴静仪诗作《过愿圃，同冯又令、钱云仪、顾启姬、林亚清作》：

> 雕阑画阁倚层空，翠树红霞入望中。
> 照水双双看舞鹤，衔芦一一数归鸿。
> 帘前夜映梅花月，笔底春生柳絮风。
> 相过名园夸胜景，清尊喜与玉人同。[③]

从诗歌题目可以看出，愿圃之游，已是五美相携了，分别是柴静仪、冯娴、钱凤纶、顾姒、林以宁。如此同游同赏之情，自号为"蕉园五子"也是情理之中。因此柴静仪当是"蕉园五子"之一。

---

① 林以宁：《墨庄诗钞》卷二，清刻本，国家图书馆文献缩微中心藏，第23b页。
② 胡孝思：《本朝名媛诗钞》卷二，乾隆三十一年丙戌（1766）凌云阁刻本，第1a—1b页。
③ 蔡殿齐：《国朝闺阁诗钞》卷一《凝香室诗钞》，道光二十四年甲辰（1844）刻本，第40b页。

（五）冯娴为"蕉园五子"之一

林以宁曾给冯娴《和鸣集》作跋云："岁甲寅，嫂得疾以卒。兄寅三思成其志，始命余为小启，请海内同人为哀挽以吊焉，遂以余名达于闺媛大家。其耳余名而谬称许最先者，则又令冯夫人也。一日，见持夫人挽章来示，余观其姓氏，善其文辞，因备考其世谱，盖余夫子同宗婶也。夫人第宅去余不数里，又忝戚谊之末，而诗文翰墨向余不一焉，四海之大，才人之众，又安望一一能耳目之耶？遂因诗启而得见于夫人，夫人忘其卑幼而引与交，月必数会，会必拈韵分题，吟咏至夕，且又各推其姻娅，若柴季娴、李端明、钱云仪、顾启姬，人订金兰，家饶雪絮，联吟卷役，日益月增。所恨吾嫂仙游，不获躬逢其盛，可为永叹。丁巳之夏，夫人汇其全稿，题曰《和鸣集》。"[1] 文中"甲寅"即康熙十三年（1674），林以宁与冯娴相交于此后。林以宁曾作《哭柴季娴》四首，前有冯娴小序曰："蕉园之订自丙辰气谊相投，有如一日，虽一岁会面无几而精神结聚无间，同堂窃以为陈雷莫过也。季娴仙逝，同人各有挽章。亚清诗苍坚高古，骨秀神清，反复缠绵，不忍卒读，思向之痛，虽有同心吊□之文，瞠乎后矣。"[2] 可知康熙十五年（1676），柴静仪、林以宁、冯娴业已相订"蕉园"。

"蕉园五子"她们之间也多有诗歌唱和，彼此之间的赠答和来往书札是十分频繁密切的。五子一起活动的诗歌更是可以作为佐证。如上文柴静仪《过愿圃，同冯又令、钱云仪、顾启姬、林亚清作》，冯娴《重九后二日，林亚清、顾启姬、钱云仪偕游顾侍御愿圃，即景限韵》，林以宁《秋暮宴集愿圃，同季娴、又令、云仪、启姬分韵》等。

至此，"蕉园五子"谜题已解，"蕉园五子"当为：钱凤纶、林以宁、顾姒、冯娴、柴静仪。《湖墅诗钞》记载不误。即本文第一说是正解。

① 汪启淑：《撷芳集》卷二十七，乾隆五十年乙巳（1785）飞鸿堂刻本，第10a页。
② 林以宁：《墨庄诗钞》卷二，清刻本，国家图书馆文献缩微中心藏，第15b—16a页。

明代嘉隆之际的馆阁文学生态

闫　勛①

嘉靖四十一年（1562）五月，徐阶取代严嵩成为首辅，以"三语"②为政纲，将内阁行政引回赞襄辅弼的正轨。隆庆改元，明穆宗庸碌怠惰，需要强臣代行皇权，徐阶遂去。隆庆三年十二月（公历已入 1570）高拱起复，到万历初张居正柄政时，明代阁权回升至顶峰。从嘉靖到万历初，不断发展的阁权一直影响着与之息息相关的馆阁文学，其间文学权力的转换正如明末黄道周所总结："方嘉靖之初年，议臣鹜起，文章之道散于曹僚，王弇州、李历下为之归墟。……迨万历之初年，阁臣鹜起，文章之道复归词林，李大泌、姚吴门为之归墟。"③嘉隆之际，经徐阶努力成为阁权发展中的短暂回落期，从文学史的角度看却是"文章之道复归词林"的预备期。纵向考察明代馆阁文学的发展，此时是一个重要的节点。

横向审视，则黄道周之言以馆阁为中心，不免有失偏颇。此时其他文学阶层并未消歇，尤其是身处郎署的复古派。虽然后七子在反严嵩斗争结束后渐失锐气，但他们声望益高，其领衔的复古运动平稳发展，复古思潮渐成全国势力。郎署作家对文学主权的强势操控，改变了其他阶层的文学生态。山林作家难以保持隐逸的旧风格，而新风格尚未形成，这使他们只能依附于馆阁、郎署的文学活动，但人数众多、流动性强、活动丰富的山人阶层已经出现。在馆阁、郎署、

① 浙江大学古代文学博士，现为广东海洋大学文学与新闻传播学院讲师，研究方向为明清文学和文献。
② 《明史》卷二一三《徐阶传》："帝以嵩直庐赐阶。阶榜三语其中曰：'以威福还主上，以政务还诸司，以用舍刑赏还公论。'"中华书局 1974 年版，第 5635 页。
③ 黄道周：《黄石斋先生文集》卷七《〈姚文毅公集〉序》，《续修四库全书》第 1384 册，第 182 页。

山林的立体文学格局逐渐明朗的背景下，馆阁文学以何种姿态应对外来影响，以何种方式保持自身发展，都是晚明文坛风向变化的关键因素。

但是，无论纵向还是横向比较，此时的馆阁文学都尚未引起学界的足够重视。叶晔先生指出："晚明馆阁文学的研究，一直是学界的一个盲点，很多学者想当然地将其视作无价值的研究领域。"①郑礼炬先生在出版博士论文《明代洪武至正德年间的翰林院与文学》时，将其后续研究增补为末章，②以概述正德以后馆阁文学的发展趋势为主，提出了一些很值得思考的问题。但为了不破坏既成框架，该章作为原课题的延伸，对许多现象背后深层原因的挖掘只能从略。本文希望在前人成果的基础上有所推进，对嘉隆之际馆阁文学生态的复杂性做更细致的梳理。

一、嘉靖末年的内阁：徐阶与袁炜等"青词宰相"③

明世宗晚年深居西苑，专事修醮，却绝不放权。亲近内阁，疏远外朝，再借操纵首辅以控扼内阁，是他掌握朝政的独特方式，首辅越附上专下，朝臣越安分守己，他就越能控制朝政。④严嵩去后，阁臣仅剩徐阶和袁炜，人手不够，徐阶奏请再简任一人，却招致多疑的世宗不快，反让阁臣推荐，徐阶惶恐，推辞不知人，此事遂不了了之。于是直到嘉靖四十四年袁炜病卒，他是徐阶在内阁唯一的同僚。当年袁炜还是诸生时，徐阶正督学浙江，二人有师生之分，且此时他刚入阁半年，对已入阁十年的新首辅本当恭敬有加，但他性行不羁、恃才傲物，对仅比自己年长四岁的徐阶并不以师礼事之，相反倒是稳健老练、城府极深的徐阶处处退让。除了都曾高中一甲，二人有着太多不同，徐阶有多年的地方行政经验，且钻研王学，有志于事功，而袁炜的仕宦履历则是典型的书生宰辅。这使得徐、袁二人对待文学的态度截然相反，王稚登描述：

① 叶晔：《明代中央文官制度与文学》，浙江大学出版社2011年版，第96页。
② 该书第十章"正德以后明代翰林院与馆阁文学的发展趋势"为出版时增补。
③ 《明史》卷一九三《袁炜传》："自嘉靖中年，帝专事焚修，词臣率供奉青词。工者立超擢，卒至入阁。时谓李春芳、严讷、郭朴及炜为'青词宰相'。"
④ 参姜德成：《徐阶与嘉隆政治》，天津古籍出版社2002年版，第198页。

嘉靖末，文荣公居右相，左相方恶言诗，公卿朝贵，相顾以诗为戒，登高能赋之士，莫能见其所长，风雅道几丧矣。袁公独喜谈诗，时时召稚登谈，未尝不解颐也。是时天子在西苑求神仙，左、右相与四五贵臣皆入直，百官入谒者麇至，吐握倒屣，皆不暇休沐，还邸中者岁不能再三。而人每读公诗，无不敛手推服曰："是冥搜玄览之言，而夙夜在公者，饶为此乎？"①

王稚登以山人身份游于袁炜门下，正是袁炜的力捧让他在北京文名鹊起，他一直对袁炜感恩戴德，这又是为袁炜的诗集作序，轩轾之下未免把袁炜抬高到文化保存者的模样。但"恶言诗"的确是徐阶本人都不回避的事实，②他曾明确表示过重道轻文的思想：

士之生者，不患其无文，患其无行。诗又文之一也，其学传与不传，无足深论。……区区文词之学，徐而议焉可也。③

甚至否认文学有愉悦人心的功能：

昔韩子有言："儒者之于患难，其玩而忘之以文辞，若奏金石以破蟋蟀之鸣、虫飞之声也。"以予言之，文辞之于道浅矣，夫奚足玩之以忘患难？唐时能文词者，莫若韩子，其次莫若柳宗元。韩之于富贵，既不能无婴情，而宗元之在柳州，其愁苦悲思，至今读其言犹使人凄恻，亦乌在其能忘之以文词也？④

而认为文学的意义在于其史料性：

然萧、曹以下诸君子，虽不以文称，而所为书疏诗赋与其刻集，亦往

---

① 王稚登：《〈袁文荣公诗略〉序》，袁炜：《袁文荣公诗略》卷首，《四库全书存目丛书》集部第104册，第349页。
② 参罗宗强：《隆庆、万历初当政者的文学观念》，《文学遗产》2005年第4期。
③ 徐阶：《世经堂集》卷一一《〈金精吟社集〉序》，《四库全书存目丛书》集部第79册，第558页。
④ 徐阶：《世经堂集》卷一二《赠藩参汭阳周君序》，《四库全书存目丛书》集部第79册，第596页。

往而传，则岂非重其事业故哉？①

心怀这样的文学观，徐阶论诗文多限于文学的外部探讨，对创作、批评等实践方法关注较少。相应地，他诗作不多，诗才平平，且应酬之作占相当比例，诚如四库馆臣所评："其中敷陈治体之文，皆能不诡于正，余则未见所长。"②

袁炜为政为文和徐阶大不相同。他实在没什么行政能力，翻检史籍，甚至找不出他有一篇能流传于世的奏疏。他因撰青词最称旨而迅速升迁，和同样善写青词、后官宰辅的李春芳、严讷、郭朴被称为"青词宰相"。这个称谓放在李春芳等人身上多少还有点委屈，但对于袁炜名副其实。其诗略胜徐阶，雍容平易，无论风格还是水平都是典型的词臣诗歌：

> 天空木落镜光秋，把酒凌风此日游。云敛西山诗思静，烟飞金阙御香浮。晚霞晴落
> 芙蓉殿，飞阁虚含芦荻洲。满目青衿生羽翰，凤池应不羡丹丘。③

袁炜的诗文散佚很多，此诗难以说是他最好的作品，却很有代表性。和创作相比，他的文学主张更值得我们留意。王锡爵记述：

> 公以为文字至有台阁体而始衰，尝试令之述典，诰铭鼎彝，则如野夫闺妇，强衣冠揖让，五色无主，盖学士家溺其职久矣。④

郑礼炬先生认为："明朝嘉靖末年的文学创作盛行复古，……而馆阁作家亦以七子派之'文必秦汉'为宗，如袁炜的读书和行事。"⑤袁炜不满台阁体、致力于复古显而易见，但此时的馆阁文学并非多人一面、众口一词的状态，这显然

---

① 徐阶：《世经堂集》卷一二《〈阳峰家藏集〉后序》，《四库全书存目丛书》集部第79册，第602页。"萧、曹"指汉初丞相萧何、曹参。
② 《四库全书总目》卷一七七"《世经堂集》二十六卷"条，中华书局1965年版，第1580页。
③ 袁炜：《袁文荣公诗略》卷下《暮秋携诸生游镜光阁》，第361页。
④ 王锡爵：《王文肃公文草》卷一《〈袁文荣公文集〉序》，《四库全书存目丛书》集部第136册，第195页。
⑤ 郑礼炬：《明代洪武至正德年间的翰林院与文学》，中国社会科学出版社2011年版，第557页。

不能代表所有的馆阁作家，像徐阶那样不置可否之人不在少数。袁炜反对台阁体也绝非反对馆阁文统，而是希望馆阁文学能通过复古之路走向兴盛。他和徐阶最大的不同是没有重道轻文的思想，相反毫不掩饰对文学的热爱和重视。一个朋友要去偏远的云南做推官，很不情愿，他便以文学相期许、相鼓励："夫其诩猷播政，绥迤民夷，固可逆睹纪，而博观殊眺，乃艺文将日益奇丽以工矣。"①并由此发表了对作者阅历和创作才能关系的看法：

> 盖人情囿恒域之观者执拘挛之态，而游诡异之胜者发昭旷之思。……中原岳渎，其翕纯曜灵，非不闳且骏也。然登览者相随属则，取足无穷，乃所见率人人垺矣。惟夫方外山川融结迥异，而豪俊之士寄迹于其间，则灏气珍景独窥其深，声之而为诗，笔之而为文，皆足以探玄化、发秘藏，而奇词逸调必非恒学所能道者。故穷则工，游则富，超勿则入神，其诗之谓乎？②

作者阅历和创作才能的关系是一个大问题，仅以徐、袁二人论，徐阶的阅历远比袁炜丰富，诗才却不及袁炜。袁炜的议论显然很即兴，也不深入周密，但他提出的问题却是时人鲜少触及的。尽管历代文论家不乏高妙的论调，但在当时多数人的实际写作中，先代文学经典既是文辞的范本，也是灵感的源泉。通过这样一番话，可以看出他对文学复古有着自己的思考。他的论题尽管仍属于文学的外部探讨，但由于旨趣是助力创作，和徐阶纠结于文道关系的传统外部探讨相比，无疑更合乎他们所处的时代。

　　袁炜卒后，应徐阶之请，严讷、李春芳、郭朴、高拱相继入阁。严讷入阁半年即因病告归；李春芳居政府持论平，不事操切，接任首辅后仍推行徐阶之政；郭朴早年受知于复古派要人崔铣，后因公事缠身无心文艺，和同乡高拱一起入阁后乡里相得，一年后在政治角力中双双败走。这三人的政治热情有差异，文学热情却都不高，对供奉青词更是讳莫如深。其外因是朝政纷扰，内因则是

---

① 袁炜：《袁文荣公文集》卷三《送永嘉王九岳之任曲靖节推序》，《明人文集丛刊》第一辑第 19 册，第 84 页。
② 袁炜：《袁文荣公文集》卷三《送永嘉王九岳之任曲靖节推序》，《明人文集丛刊》第一辑第 19 册，第 84—85 页。

传统文道观深入人心，这是馆阁文学与生俱来的底色。而在阁权短暂回落的嘉隆之际，徐阶出于汰除严嵩影响的目的不断强化这种思想，这种底色的浓度不降反升。

嘉隆之际的馆阁文学，由于徐阶不好文艺，且出于全局考量、抓大放小，实际由袁炜主导。馆阁包括内阁和翰林院，但明代内阁在名义上始终是翰林院设在内廷的分支机构，而非制度性存在，阁臣即在内廷办公的高级翰林，理应主导馆阁文学。但随着阁权不断发展，内阁逐渐独立，阁臣虽无宰相之名，而有宰相之实，再一心文艺反被认为不务正业。袁炜入阁后也感到难以再心无旁骛地践行其文学宏愿，但嘉靖四十一年鼎甲申时行、王锡爵、余有丁授馆，让他看到了契机，他"退朝后即召至邸中面课文字，殆无虚日"[1]。庶吉士教习有馆师和阁师，阁师即由阁臣充任，主要负责考试，但鼎甲直接授馆，无须进修。袁炜这种越俎代庖的行为，也是当时翰林院问题重重的一个表现。

二、嘉靖后期的翰林院：内外交困下的馆阁复古诗风

嘉靖后期翰林院衰落，是世宗压制的结果。他厌薄言路，而翰林和科道历来是最爱发表意见的两个群体，于是他不断采取各种手段改造翰林院。早在大礼议时期，他就假手张璁外放嘉靖五年、八年两科庶吉士，改从科道、郎署选拔文学人才，侵夺原属于馆阁的中央文学权力，时人感叹："世庙凡再改词林，……史局多端，莫有甚于此际。"[2]嘉靖十四年（1535），又开始推行隔科馆选制度。馆选越难，奔竞之风越盛，世宗嫌恶之心越强，以致嘉靖三十八年、四十一年两科临考报罢，直到嘉靖四十四年，才在朝臣力谏下考选了本朝最后一科庶吉士。由于隔科馆选和两科罢选的叠加作用，使得从嘉靖三十五年到四十三年的九年间，三科进士，仅九名鼎甲得授馆职，馆阁文学新鲜血液的输送量大大降低。

翰林院的政治和文学话语权在嘉靖朝不断转轻，另一个原因在内阁。阁权从嘉靖朝起强势回弹，但由于世宗的设计竟至畸形膨胀，六卿尚且恂恂若属吏，

① 胡震亨：《读书杂录》卷上，《四库全书存目丛书》子部第109册，第713页。
② 黄景昉：《国史唯疑》卷七，上海古籍出版社2002年版，第189页。

翰林院几乎转为内阁在外朝的秘书处。阁臣淡忘了自己同时具有翰林身份，公然以内阁自诩；首辅从严嵩到徐阶也都不敢拂逆世宗，提出改善翰林院的建议；加之朝政纷扰，馆阁文学生态这样的小事根本无暇顾及。由于受制于内阁，诸翰林在严嵩擅政时俯首屏息，后来竟争相以青词邀宠：

> 诏升翰林院侍读严讷、修撰李春芳俱翰林院学士，右春坊右中允董份供撰玄文。上以讷等供撰效劳，特谕辅臣曰："今大小官以私情乘空铨除无数，侍上者乃千百人中一二耳。"讷、春芳（原作"坊"，引者改）各升学士，以重玄场供事者份补撰文，然自是官词林者多舍其本职，往往骛为玄撰，以希进用矣。①

与此同时，身处郎署的李攀龙、王世贞等复古派，在反严嵩斗争中成为嘉靖中后期文坛最闪耀的明星。两相比较，人们对翰林院政治表现的失望渐渐扩大到了文学方面。

袁炜即在这种局面下开始和壬戌鼎甲接触。他下意识里内阁和翰林院的关系正如上文所述，首先是将壬戌鼎甲视作自己的秘书以供驱使，然后才是座师门生间的文学传授。申时行回忆：

> 行始上春官，而出少傅袁文荣公之门，遂橐笔隶史氏。公谬加器异，许以为衣钵弟子。是时天子斋西宫，公以弼臣终岁爆直，所为翼庙谟、定军及供奉秘密文字，日无宁晷，或夜半承手诏起，然烛奏对，彻旦不交睫。其于优游暇豫之时绝少，而常以其间召行及王宫保元驭、余少傅丙仲入直中，时时谈说文艺，扬扢今古，尝问三生："能诗乎？"对曰："未也。"则为推本风雅及汉魏、盛唐诸名家，示以途径，于国朝则称北地李献吉、左辅王允宁。盖献吉祖杜陵，而允宁宗献吉，公与周旋馆局，称同调者也。公尝自为诗，令三生属和，然莫能应。②

---

① 《明世宗实录》卷四三四"嘉靖三十五年四月丁巳"条，中央研究院历史语言研究所校印本，第7487—7488页。
② 申时行：《赐闲堂集》卷一〇《〈袁文荣公诗略〉序》，《四库全书存目丛书》集部第134册，第206—207页。

引文出自申时行为袁炜诗集所作的序文，因碍于情面而隐去了袁炜和他们三人之间的诸多不快。但申序指出，袁炜的复古主张来自王维桢的影响，是可信的。王维桢之于馆阁诗学的意义，恰似康海之于馆阁文章学的意义，但由于文学成就的关系，前者的关注度远不及后者。翰林康海和郎署复古派里应外合改革馆阁文章，①而馆阁诗学不及文章学根基深厚，反而未引起前七子足够的重视，李梦阳诗歌改革的主场在郎署，并未在馆阁中充分渗透。加之台阁体诗歌本有崇唐宗宋互相借重的传统，容易掩人耳目，所以弘正年间的馆阁复古诗风来去匆匆。嘉靖十四年，王维桢登第选庶吉士，怀着对同乡前辈李梦阳的自幼崇拜，他将复古诗学真正带进馆阁，并努力影响同馆孙升、赵贞吉等，形成了较为浓厚的诗学氛围，"词林岁时会分韵倡酬。赵大洲赠孙季泉诗：'季子文章伯，王孙忠孝家。'又穆孔晖题南司业邸，有'书声山下月，诗思竹边秋'之句。为崔子钟叹赏，并脍炙人口，称雅事"②。三年后，探花袁炜授馆，他之前一直埋首经义，初来乍到对馆阁吟咏之风很看不惯，自负的他甚至写信指责前辈赵贞吉"不共讲圣学，惟与论文事之为务"③。但刚正的赵贞吉似乎很欣赏袁炜的直率和才气，回信不但不针锋相对，还邀请他一同论学论文。这样袁炜才进入了馆阁复古文学圈，并逐渐领略到文学经典的魅力和复古运动的精神，转而成为王维桢的同调者和前七子的追随者。此时严嵩已逐渐得势，他虽富文才，却不视文学为盛事大业，也不关心各团体的文学主张，唐宋派只因肯依附他而得到扶持。王维桢等馆阁作家受制于严嵩，尚未和身处郎署的复古派建立联系，复古派便遭到打压驱逐。但文学复古的余意，特别是前七子一脉，却经由王维桢等人在馆阁中保存下来。《明史·文苑传》将晚辈王维桢列于与之并无交往的前七子之间，或许是基于这个原因。

王维桢于嘉靖三十年（1551）调南监，不久即告归侍亲。他曾致信袁炜："元峰君者，词场之飞将，朋俦之雅徒也。鄙人屏居离索，往往梦寻比来，积句盈箱。天上翰音，能从西风下山中乎？望之，望之。"④表达难以再对坐论诗的惆怅，

① 参郑礼炬：《明代洪武至正德年间的翰林院与文学》，中国社会科学出版社2011年版，第542页；叶晔：《明代中央文官制度与文学》，浙江大学出版社2011年版，第95—96页。
② 黄景昉：《国史唯疑》卷七，上海古籍出版社2002年版，第190页。
③ 赵贞吉：《赵文肃公文集》卷二一《答同馆袁元峰编修书》，《四库全书存目丛书》集部第100册，第541页。
④ 王维桢：《槐野先生存笥稿》卷二〇《与袁元峰编修书》，《续修四库全书》第1344册，第201页。

后在陕西地震中遇难。而当时的馆阁文学环境，或许只让当局者袁炜感到孤独，但在今天看来着实艰难：在内诸翰林以青词邀宠，且庶吉士长期停选，微乎同道，馆阁诗会"今寥寥绝响，数十年来，遂无谈及，可叹也"[1]；在外则后七子崛起于郎署、地方，渐成燎原之势，而袁炜的为人和当时的职位、声望都使他和后七子难以亲近。直到严嵩去后，馆阁供奉之风稍解，他也已入阁，徐阶又不好文艺，所以在生命的最后三年里，他在驱使壬戌鼎甲的同时，也有意识地向他们灌输前七子的复古理论。但是，袁炜究竟不能光大馆阁文学，这主要是他自身的性格、为人所致，文才中平还在其次。"炜自负能文，见他人所作，稍不当意，辄肆诋诮。馆阁士出其门者，斥辱尤不堪，以故人皆畏而恶之"[2]。沈德符记载：

　　每有应酬文字，及上所派撰事玄诸醮章，以至馆中高文大册，悉召三门生至私寓，代为属草，稍不当意，辄厉色呵叱，恶声继之。余其同郡人也，至诟之曰："汝安得名有丁？当呼为余白丁！"其傲慢无礼至此。有时当入西内直房，供上笔札，竟扃门而去，亦不设酒馔，三人者或至昏暮不得食，遂菜色而归，以此为常。王相国每为余言之，尚颦蹙不堪也。[3]

王锡爵对陈继儒也回忆过在袁府撰文终日"饿几死"的窘况。[4]座师让门生代写应酬文字，原本司空见惯，申时行、王锡爵等后来也一样，退一步讲，这也不失为一种文学训练。只是袁炜的种种行径，使这件完全可以愉快进行并使双方共赢的美事，成了令壬戌鼎甲都不堪回首的痛苦记忆。但有一点我们也不应忽略，袁炜虽然性格乖僻，但相比严嵩、徐阶家私巨万，他身后萧条，仿佛总算不甚贪黩，政治野心也不大，其梦想就是成为一代文宗。总之，不管袁炜人品如何，出于何种目的、使用何种方法教导壬戌鼎甲，他的督促还是有助于馆阁文学的发展，至少在一定程度上接续了馆阁复古诗风。

① 黄景昉：《国史唯疑》卷七，上海古籍出版社2002年版，第190页。
② 《明史》卷一九三《袁炜传》，第5118页。
③ 沈德符：《万历野获编》卷一〇"鼎甲召试文"条，中华书局1959年版，第265页。
④ 陈继儒：《见闻录》卷三，《四库全书存目丛书》子部第244册，第169页。

在袁炜的苛责下，壬戌鼎甲尽管不胜其苦，却逐渐对文学复古理论和馆阁文学职能有了深刻的揣摩和内化。他们年纪尚轻，正是受教育的绝佳时机。尤其是申时行，天赋很高，早年诗作即风流婉转，此后转向复古，"方未为学士以前，词赋赞颂，序记碑铭，皆文士之词也，以才丽为主；自学士及为相以来，所纂著皆经纶制置，裁成润色之词也，以识度为宗"①。和风棱严整的王锡爵相比，他性格软熟，可能受到爱诗的袁炜更多的指点。此时发生转变的并非申时行一人，诗歌方面，"至壬戌及第三公，始洗宋元相沿积习，一意师古"②，古文方面，"三公出入友爱如同气，勇肩古道，不屑为今人文章，轨于子长、孟坚，盖词林中衰为一振焉"③。郑礼炬先生也将壬戌鼎甲作为馆阁文学复兴的序曲，但将复兴定义为"对七子派的批判和对唐宋派的认同"，④似乎与以上关于袁炜和壬戌鼎甲的史料呈现不甚相符。诗学和文章学之间、不同作家之间甚至同一作家不同时期都存在差异，但将壬戌鼎甲的共同点放在明代馆阁文学史的长时段中观照就会发现，复古诗学在馆阁作家中产生规模效应，肇始于王维桢的馆阁诗会，经袁炜承先启后，引出壬戌鼎甲。而翰林院在经历了嘉靖后期的凋零后也在此时迎来了转机。

三、乙丑科、戊辰科庶吉士："文章之道复归词林"

嘉靖四十四年（1565）又逢会试，经过两科罢选，朝臣都很担心，工科左给事中张岳奏：

> 庶吉士之选，所以储养人材而备他日重大之任。历科以来觊觎者多，故皇上临选报罢者再矣。今幸门既塞，贤路方开，宜议为定制：每科取选，每选不过三十人，每留不过四五辈，限年四十之内，减年冒进者黜之。所试文字，以纯正典雅为尚，钩棘靡丽者去之。又咨访以求其德行，过堂以

① 焦竑：《申文定公〈赐闲堂集〉序》，申时行《赐闲堂集》卷首，第15—16页。
② 李维桢：《大泌山房集》卷一〇《〈申文定集〉序》，《四库全书存目丛书》集部第150册，第513页。
③ 沈一贯：《喙鸣文集》卷一八《光禄大夫少傅兼太子太傅户部尚书建极殿大学士赠太保谥文敏同麓余公状》，《四库禁毁书丛刊》集部第176册，第327页。
④ 郑礼炬：《明代洪武至正德年间的翰林院与文学》，中国社会科学出版社2011年版，第563、568页。

验其容止。严饬关防，以严考试；精选贤良，以端师范；随材援任，以称器使。庶诸士有砥砺之益，而国家收得人之效矣。①

言辞恳切，且当时翰林院确实缺员较多，请求得到世宗同意。时隔十二年再开庶吉士科，朝野上下都相当重视，首辅徐阶亲撰规范加以开示，其中两条比较重要：

> 一、文章贵于经世，若不能经世，纵有奇作，已不足称，况近来浮诞鄙庸之辞乎？
>
> 故诸士宜讲习四书、六经，以明义理；博观史传，评骘古今，以识时务；而读《文章正宗》、《唐音》、李杜诗，以法其体制。并听先生日逐授书稽考，庶所学为有用。其晋、唐法帖，亦须日临一二幅，以习字学。
>
> 一、每月先生出题六道，内文三篇、诗三首，月终呈稿斤正，不许过期。初二日、十六日仍各赴内阁考试一次。②

这两条规范明确了当时庶吉士教习的范本和馆课、阁试的要求。学者们一向较关注庶吉士教习中的文学部分，但通过这两条规范不难看出，在嘉隆之际的特定时期，经史研习在庶吉士课业中占相当比重。馆课诗文各三篇，但作文无疑比作诗耗费心思，且离不开对经史的琢磨。而徐阶对庶吉士教习制度的关切也充分体现在此，他曾表达过对翰林院发展的忧虑：

> 宣庙时，庶吉士读书在今奉天门之东庑。而三杨先生为之师，在东阁时时召诸吉士，出百司章奏示之，问所当罢行及古今政治同异成败之状，其才达于政矣。又阴察其行，必惇大正直、颙然负时望者，然后留之翰林，非专以文词选也。其后阁老不暇为庶吉士师，而庶吉士亦遂馆于翰林之署。其所诵习独汉、唐人所为诗若文数十卷耳，不复询之政以观其才；其日课于师，月试于阁，视以为去留者，独诗若文数篇耳，不暇察其行以收其望。

---

① 《明世宗实录》卷五四六"嘉靖四十四年五月戊申"条，第8813页。
② 徐阶：《世经堂集》卷二〇《示乙丑庶吉士》，《四库全书存目丛书》集部第80册，第47页。

于是翰林之职，始专以文称，而所谓重且远者，亦始责之而或不能胜，期之而或不能践。①

和文才相比，徐阶更看重翰林未来的重责大任，同时希望相应的培养能在制度上有所保障。他不在其位不谋其政，并不直接插手教习，而是谨守阁师的职责，再通过行政手段使个人意志升级为朝廷律令。和袁炜督导壬戌鼎甲的种种文人做派相比，这都显示出他深厚的政治素养。

黄道周所谓"文章之道复归词林"的代表作家之一李维桢，是隆庆二年（1568）庶吉士。②"馆阁文字，是科为最盛"③，有七人入阁，十几人先后教习庶吉士、执掌翰林院。戊辰馆选前夕，徐阶又上《题考选庶吉士事宜》以规范馆选流程，④首要建议是不再以殿试考卷作为选拔的主要依据，而是要四十岁以下者自愿报名，再行考选，建议被采纳。这是他为馆选制度所做的最后努力，两个月后，他因与新皇不和而去。恭慎廉静的李春芳接任首辅，内阁行政基本延续徐阶的思路。另两位阁臣，张居正此时主要负责北方边防，对馆阁中事不大过问，陈以勤和蔼深沉，有长者之风。翰林院由诸大绶执掌，疏淡潇洒的他与徐渭交好。庶吉士由殷士儋、赵贞吉教习，二人入阁后补任了端介恬雅的陆树声。至此，馆阁的文化氛围空前宽松。

殷士儋和李攀龙同为济南人，李攀龙十五岁、殷士儋七岁时，一同就学于同里张潭，二人又有同门之谊。李攀龙当时即有志复古，对殷士儋文学方面的深远影响也由此开始。嘉靖二十六年（1547）殷士儋中进士，同年有山东诗人李先芳和后来的复古派骨干王世贞、汪道昆等。比他们早三年中式的李攀龙当时已名满京华，在其供职的刑部起社（即后七子结社的前身），经李先芳介绍，结识了年少颖异的王世贞。殷士儋起初也常和李攀龙、李先芳及山人谢榛等同乡集会赋诗，可考选庶吉士时，名声在外的王世贞、李先芳意外落选，殿试仅

① 徐阶：《世经堂集》卷一二《赠太史董君用均予告序》，第609页。
② 《明穆宗实录》卷二一"隆庆二年六月辛巳"条："选进士徐显卿、陈于陛、张一桂、沈一贯、李长春、韩世能、贾三近、王家屏、沈位、田一俊、朱赓、沈懋孝、张位、李熙、林景旸、徐秋鹗、张道明、邵陛、何维柏、李维桢、郭庄、王乔桂、刘东星、于慎行、范谦、张书、李学一、习孔教、刘应麒、郑国仕三十人为翰林院庶吉士，命管詹事府事礼部尚书兼翰林院学士殷士儋、赵贞吉管教习。"中央研究院历史语言研究所校印本，第569页。
③ 《明史》卷二一六《黄凤翔传》附韩世能事迹，第5701页。
④ 徐阶：《世经堂集》卷二〇，《四库全书存目丛书》集部第80册，第47页。

列三甲的他却被选中，而馆师恰是"恶言诗"的徐阶，这使他没有加入李攀龙的刑部诗社。随着李先芳、李攀龙先后调离北京，后七子的活动区域转移至地方，身处馆阁的殷士儋实在难以追随，四库馆臣评价殷、李关系，"盖直以乡曲之谊相周旋耳，其投契不在文章也"①，或指此。但他不仅和李先芳、王世贞、汪道昆等始终保持着不错的关系，和李攀龙的友谊更是终其一生，李攀龙的墓志也托付于他。殷士儋教习并不一味输出复古文学观，但他对文学复古的身体力行，是戊辰科庶吉士有目共睹的，于慎行评论：

> 济南自边宗伯廷实以文雅创始，先生与李于鳞氏生而承其后，相与左
> 提右挈，力挽浇漓之习，而求复诸古。虽其中各有所负，未必相下，而有
> 以相成。李公业已用歌诗显名当世，先生进在大位，无暇以艺文自标，世
> 亦以为承明著作之臣自其职业，弗为异也。今观先生之文，上缘六籍，下
> 浸两京，沉思入玄，铿音中律，盖能挽末世而复之古者。②

殷士儋和李攀龙一样酷爱杜诗，集杜之作屡见集中。馆阁作家普遍擅长七律，而他最善七绝，一首题番国人马图：

> 玉塞无声夜有霜，橐驼五万入渔阳。平沙落日悲风起，马上横梢四白狼。③

颇得龙标风致。

殷士儋和赵贞吉的教习各有侧重，时人称赞："殷言词章，赵言经济，趣操不同而皆深器。"④票拟赵贞吉为馆师时，同样有王学背景的徐阶尚任首辅，这是否是他出于某种考虑后的决定我们不得而知，但王学能在隆庆年间翻案，馆阁的助力不容忽视。赵贞吉最善王学，《明儒学案》将他列为泰州学派的代表人物，

---

① 《四库全书总目》卷一七七"《金舆山房稿》十四卷"条，第1595页。
② 于慎行：《穀城山馆文集》卷一〇《太保殷文庄公文集叙》，《四库全书存目丛书》集部第147册，第402页。
③ 殷士儋：《金舆山房稿》卷二《大金番国人马》其一，《四库全书存目丛书》集部第115册，第671页。
④ 叶向高：《苍霞续草》卷一〇《太子少保礼部尚书兼东阁大学士赠太子太保谥文定于公墓志铭》，《四库禁毁书丛刊》集部第125册，第99页。

此时虽已年逾花甲，但英迈豪爽不减当年。他和王维桢、郭朴等一同入馆，曾积极参与当时的馆阁诗会，晚年仍自述："仆官叨国史，习近风人。"①但由于其性格和王学背景，他对庶吉士"课以相业，不独文词"②。申时行记林景旸受教于赵贞吉："时同馆皆闻人，于国朝称独盛，公斤斤守绳墨，颉颃其间。赵文肃公为馆师，谈理学，公退必书之简，仍梓其诗文，以训来学。"③赵贞吉教习不只传授心学思想，他是馆阁中少有的博洽之人，往往兴之所至，无所不谈，晚明茅元仪指出："往时赵文肃在馆教习，欲一破旧格，唯士之所欲学，故得士颇盛。"④他以庶吉士的自主学习为导向，几乎有问必答，这大大开阔了之前一直埋首经义的庶吉士的眼界。戊辰科庶吉士从万历十一年（1583）起担任馆师，一连教习四科庶吉士，而他们的教习方法也颇有当年赵贞吉的影子。万历十七年庶吉士王肯堂回忆馆师韩世能：

> 余为庶吉士时，馆师韩敬堂先生每邀入火房剧谈，自世务外，于星历太乙壬遁之学无所不究。先生叹曰："惜子不遇赵文肃公！文肃公为馆师时，日孜孜为余辈苦口，如子所谈者无所不谈，惜吾辈素不谙习，无所领解。三十年来仅见子耳。"又述文肃公一日至馆谓诸吉士曰："昨晤张太岳，讯吾何以课诸君，吾应之以方令读《楞严经》。太岳摇首曰：'也太奇。'然吾思之诸君少者几三十岁，长者逾四十矣，人寿几何，不以此时奇，更待何时耶？"⑤

戊辰科庶吉士能有意识地将这种优良风气传承下去，实属难能可贵。从万历十九年王家屏入阁，到万历三十六年朱赓卒于首辅任上，他们执政长达十五年。而这十五年，正是公安派文学活动的主体时期。性灵文学风行一时并进入馆阁，除了本身的感染力，恐怕也和当政者的胸襟气量不无关系。

戊辰科庶吉士在殷、赵二师的悉心教习下，用功读书，形成了扎实刻苦的学风：

① 赵贞吉：《赵文肃公文集》卷二二《启曾巡抚确庵》，第592页。
② 吕坤：《去伪斋文集》卷九《于文定公诔辞》，《四库全书存目丛书》集部第161册，第298页。
③ 申时行：《赐闲堂集》卷二七《中大夫南京太仆寺卿林公墓志铭》，第566页。
④ 茅元仪：《石民四十集》卷八〇《与顾九畴庶常书四》，《四库禁毁书丛刊》集部第109册，第655页。
⑤ 王肯堂：《郁冈斋笔尘》卷二，《四库全书存目丛书》子部第107册，第642页。

五月选进士三十人为庶吉士，以公同少保赵文肃公教之。故事教诸吉士，或以其成材，多所宽假，即课文括诵，要以中程即已，不甚数数也。公念以为朝廷抡天下士储之禁苑，责以后效，士不通经博闻而以华词应世，与张空券何异？故日夜程督诸吉士，取古人文博丽者，命之成诵。其评驳文艺，惟责实学，不以空言为质，诸吉士各务强学稽古，以称塞师法，馆中灯火荧荧，或至丙夜。公又深计士习日趣华靡，浸失古道，与诸吉士约以素朴质直，从先进旧轨，毋染于俗。诸吉士咸遵其指，至面背相字不为小文。①

而他们在紧张充实的学习生活中，也建立了深厚的友谊。于慎行晚年怀念同馆张一桂：

盖往者从公读书翰院，同舍为云中王相君、上党刘中丞、峄阳贾少司马、吴门徐少宰、云间林大卿与吾两人而七。此七人者，相与同起居食饮，欢如昆弟。已而皆荷上恩，布列有位，一时称盛际。②

正是这种融洽的关系，让人们容易将戊辰科庶吉士视作一个整体，从而产生馆阁文学重振于斯的观感。

邵陛感慨："赵先生博我以经济之文，而殷先生约众以身心之礼。虚而往，实而归，盖三岁所而千古不朽之业已绪脩也。"③赵贞吉以经世致用之学增长了他们的见识，殷士儋以结合官方意识形态的复古实践相熏陶，使得戊辰科庶吉士对兴盛于郎署的复古运动兴趣倍增，并进而从馆阁文学创作、理论的需要出发汲取养分。他们中的一些人，如李维桢、于慎行等，后来都成为推动复古运动的重要人物。于慎行晚年持论趋向通达，对早年尊秦汉、盛唐而薄宋元，有所修正：

近世名家辈出，非先秦西京，口不得谈，笔不得下，至土苴赵宋之言，

① 于慎行：《榖城山馆文集》卷二八《明故光禄大夫少保兼太子太保礼部尚书武英殿大学士赠太保谥文庄棠川殷公行状》，《四库全书存目丛书》集部第148册，第80页。
② 于慎行：《榖城山馆文集》卷二八《明故通议大夫礼部左侍郎兼翰林院侍读学士玉阳张公行状》，第98页。
③ 邵陛：《金舆山房稿后叙》，殷士儋《金舆山房稿》卷末，第856页。

目为卑浅，而眉山氏家法，亦若曰姑舍是云。鄙人少而操缦，亦谓为然，久而思之，不也。盖先秦西京之文，化而后为眉山氏；眉山氏之文，化而后为弇州氏。[①]

他努力将苏轼编入先秦至王世贞的复古文统，透露出早年复古思潮的深刻影响和对当时性灵文学的妥协，事实上他一生坚守持格守法的复古理论内核。而他们这一代馆阁作家的创作高峰期，无疑是"非先秦西京，口不得谈，笔不得下"，与复古运动的高潮相伴随。

四、小结

嘉隆之际，徐阶力汰嘉靖后期翰林以文辞媚上的不良习气，重申官方意识形态的重要性。但这种思想传统之天然稳固，已经使馆阁作家感受不到它的存在，它对馆阁文学渗透之深入，到了水中盐味的程度，馆阁作家几乎可以随心所欲不逾矩，在复古运动的感召下依然保持馆阁意识。随着翰林院运行、庶吉士考选的回归正轨，袁炜以一己之好，在新翰林中推广前七子的复古理论，使濒于消歇的馆阁复古诗风再度兴起，殷士儋、赵贞吉等在教习庶吉士时也注意呼应后七子的复古运动，他山攻错，使馆阁作家和郎署作家走到一起。前、后七子领衔的两波复古运动都起源于郎署，其涟漪却在此时汇聚到馆阁。成长于这一时期的馆阁作家，以自信、开放的姿态，继承前七子的文学遗产，参与后七子的文学活动，不但对馆阁文学创作、理论有所贡献，客观上也推动了复古运动的发展。晚明所谓"文章之道复归词林"，实际上是复古之风复归词林。很难说清这场胜利属于馆阁还是郎署，但我们可以预感到，这是晚明种种文学观念，从互相碰撞、互相学习、互相补充，到最终归于合流的大趋势的先声。

原载《浙江社会科学》2016年第9期

---

① 于慎行：《谷城山馆文集》卷一二《宗伯冯先生文集叙》，《四库全书存目丛书》集部第147册，第433页。

古代文学批评中的兵器喻笔现象

——兼论文人制文对匠人制器的取喻系统

黄敏雪①

明代周祈《名义考》有"书翰刀笔"条曰："古者用羽翰为笔以书，故曰书翰。刀以削简牍，吏以刀笔自随，故曰刀笔。今人直以翰为字，以刀为深文杀人，失古人命名之义矣。"②古代所称刀笔吏、刀笔文中"刀笔"一词的来源，的确与上古时期"古人未有纸笔，以刀雕字，谓之书刀，亦如笔也"③的书写方式直接相关。然而，以兵器之锋锐喻笔，以刀、④剑、戈、枪等各色兵器喻笔，乃至以兵器之淬炼磨砺喻笔，在中国古代的文学艺术场域中是一个自成系统的丰富现象，绝不能仅以"误为深文"为之诠释。一方面，它起源于比类取物的思维习惯及用兵之术等对文学创作理论的渗透，并在具体运用中指向特定的文风以及文体。另一方面，它是古代文论中器物取喻现象的一个重要的折射点。中国古代文学理论看似随意而就、不具备完整的系统性与清晰的逻辑性，而其"近

———————————

① 浙江大学古代文学博士，现为中国计量大学讲师，主要从事中国古代文学批评研究。

② 周祈：《名义考》卷六，《丛书集成续编》，新文丰出版公司1989年版，第17册，第694页。

③ 林希逸注"鲁之削"。林希逸：《考工记解》卷上，永瑢、纪昀等纂修：《景印文渊阁四库全书》，台湾商务印书馆1986年版，第95册，第8页。

④ 需要谨慎区分的是，用以喻笔之刀有三种，一为工匠之刀、雕刻之刀，固有词组"刀笔"中的刀即属此类；一为庖厨之刀、剖宰之刀；一为兵器之刀、杀伐之刀。本文讨论的仅为第三种。

取诸身，远取诸物"的象喻传统正是对其进行深入解读的文字密码之一。①通过对兵器喻笔现象的观测，我们不仅能够穿梭于书论和文论，剖析它的特点和思想渊源，还能深入解读它的生成与古代文论发展阶段之间的密切关系，并以此为据点对器物象喻推动文论发展的作用进行推理，从而提取出清晰的"匠人制器"与"文人制文"乃至文人的自我修炼之间的逻辑关系，对研究古代文学批评具有重要的意义。

一、兵器喻笔现象的生成——从初始构词到思想源流

汉代韩婴《韩诗外传》曰："传曰：鸟之美羽勾啄者，鸟畏之；鱼之侈口垂腴者，鱼畏之；人之利口赡辞者，人畏之。是以君子避三端：避文士之笔端，避武士之锋端，避辩士之舌端。"②在这里，文士之笔与武士之锋首次被相提并论。以兵械兵器之尖端作为原始意义的锋③初次与笔结合构成固有词组，是在南北朝鲍照《拟古八首（其二）》诗中："两说穷舌端，五车摧笔锋。"④此处所本显然是前引"君子避三端"一说，然而用以文字书写、书法创作与绘物描形等纯粹文人活动的笔在作者眼中拥有了兵器之锋。从"摧"字可以看出，"笔锋"这一构词绝不仅仅源自于毛笔末端的尖锐形状，它更多地蕴含着需以五车之富学相与抵御的力量感与争持感，是对语言的现实力量的强调。紧随鲍照之后，李谧《明堂制度论》曰："使九室之徒奋笔而争锋者，岂不由处室之不当哉。"⑤刘勰《文心雕龙·物色》云："故后进锐笔，怯于争锋。莫不因方以借巧，即势以会奇。"⑥进一步以短兵交接中的"争锋"诠释文人之笔。沈约《宋书·袁

① 对文论象喻的研究分为几大类，除了以自然界中的山川风月、动植物种等等为喻之外，取喻于与人直接相关的非自然物的主要有：以人体中的气、骨、形神、肌理等取喻的，如吴承学《生命之喻——论中国古代关于文学艺术人化的批评》，《文学评论》1994年第1期；以锦绣及布料织造中的组织、经纬等取喻的，如古风《以锦喻文现象与中国文学审美批评》，《中国古代、近代文学研究》2009年第5期；以器物及其制造过程中的匠、锻炼、典范、熔铸等取喻的，如闫月珍《器物之喻与中国文学批评——以〈文心雕龙〉为中心》，《中国社会科学》2013年第6期。
② 韩婴著，赖炎元注：《韩诗外传今注今译》卷七，台湾商务印书馆1972年版，第281页。
③ 锋，《说文》曰："兵耑也。"段玉裁注曰："兵械也。耑，物初生之题，引申为凡物之颠与末。凡金器之尖曰鏠，俗作锋。"许慎著，段玉裁注：《说文解字注》卷十四，中州古籍出版社2006年版，第711页。
④ 鲍照著，钱仲联注：《鲍参军集注》卷六，中华书局1958年版，第158页。
⑤ 严可均辑：《全后魏文》卷三十三，商务印书馆1999年版，第327页。
⑥ 刘勰著，范文澜注：《文心雕龙注》卷十，人民文学出版社1958年版，下册，第694页。

淑列传》载其奏议曰："罄笔端之用，展辞锋之锐，振辩则坚围可解，驰羽而岩邑易倾。"① 这是目前可及最早的用"辞"与"锋"构词的文献，由"笔端"一词不难想到这正是前述"三端"典故结合"锐笔争锋"的衍化。自唐代以降，以锋喻笔、以锋饰笔、以锋论笔的文字现象逐步大量出现，获得了广泛且长久的稳定延续。如唐黄滔《省试人文化天下赋》："遂使九州四海皆瞻黼黻于朝端，墨客词人交露锋芒于笔下。"② 以笔锋交战来形容广大文人举子一同参加国家级试赋的盛况。又如明李东阳《思石钟山辞》："惟词人之豪宕兮，笔锋莫之敢当。纵驰波于万壑兮，宁肯度尺而寸量。"③。将苏轼的笔触视作不可抵挡的锐器雄锋，以此抒发读《石钟山记》后"壮其为辞"的感慨。

继以兵器之锋锐喻笔后，直接以各色兵器喻笔的文字现象亦逐步浮现。其中出现最早、数量也最为可观的便是以刀喻笔。不可否认，它的形成与竹简记事、刀削错字这一早期书写方式有深刻的联系。早在春秋战国时期，"刀笔"便用以指代官吏所写的案牍文章，如《文子·微明》："老子曰：相坐之法立，则百姓怨；减爵之令张，即功臣叛。故察于刀笔之迹者，不知治乱之本；习于行阵之事者，不知庙战之权。"④ 这种指代一方面流露出古人比类取物的基本思维习惯的痕迹——出于论说形象化的目的，任何两个领域之间都存在互相取喻的可能性；另一方面，这个类别的取喻之所以在早期表现出对案牍文的单一倾向，与由书写方式所生发的硬性比附有直接关系。在目前可及的材料之中，最早用"刀"比喻艺术性创作中的"笔"见于晋王羲之《题卫夫人〈笔阵图〉后》："夫纸者阵也，笔者刀矟也，墨者鍪甲也，水砚者城池也，心意者将军也，本领者副将也，结构者谋略也，飏笔者吉凶也，出入者号令也，屈折者杀戮也。"⑤ 他将书法创作的各个要素分别以战争术语命名，创作书法作品的过程即是一场激烈而有法度的厮杀，用以书写的笔则是大刀长矛。王羲之以兵法论书法，显然与他的老师卫铄有密切关系。卫铄在《笔阵图》中引用《孙子·势篇》中的

---

① 沈约：《宋书》卷七十，中华书局1974年版，第6册，第1838页。
② 黄滔：《黄御史集》卷一，《景印文渊阁四库全书》，第1084册，第98页。
③ 李东阳著，周寅宾校点：《李东阳集》书稿卷十八，岳麓书社2008年版，第2册，第617页。
④ 文子著，彭裕商注：《文子校注》，巴蜀书社2006年版，第136—137页。
⑤ 严可均辑：《全晋文》卷二十七，商务印书馆1999年版，上册，第260页。

语句来说明七种书法创作中的妙笔。① 更引人注目的是此篇的首句："夫三端之妙，莫先乎用笔"，② 可见王羲之用武士之刀矛喻文士之笔，必然以受"君子避三端"典故潜移默化的影响为前提。书法与文学虽然是两种截然不同的艺术门类，但二者共同拥有的、将创作者的情志、需求、才华与技巧转化为实体成果的唯一的工具——笔，决定了书法与文学之间在创作理论层面上存在互相渗透的可能性。继王羲之将兵器喻笔引入书论之后，南北朝时的刘勰首次将之引入文论，《文心雕龙·事类》曰："夫山木为良匠所度，经书为文士所择；木美而定于斧斤，事美而制于刀笔：研思之士，无惭匠石矣。"③《事类》篇主要讨论的是"盖文章之外，据事以类义，援古以证今者"，④ 即在写作时引用典故以阐明义理。这也是最早的以"刀笔"指称文学创作而非官吏案牍文。除此之外，刘勰还丰富了用以喻笔的兵器的种类，如《奏启》："笔锐干将，墨含淳酖。"⑤ 用名剑干将形容笔锋之锐利。与王羲之相类似的是，刘勰亦在《文心雕龙》中首创将大量兵法观念及术语引入文学批评，如《定势》篇中的"势"："夫情致异区，文变殊术，莫不因情立体，即体成势也。势者，乘利而为制也。如机发矢直，涧曲湍回，自然之趣也。圆者规体，其势也自转；方者矩形，其势也自安。文章体势，如斯而已。"⑥ 又如同篇中的"奇正"："旧练之才，则执正以驭奇；新学之锐，则逐奇而失正；势流不反，则文体遂弊。"⑦ 兵法之所以能够融入书论与文论并有所生发，日本人齐藤正谦在《拙堂续文话》中有以下阐释："元吴莱论文云：'作文如用兵，有正有奇。正是法度，要部伍分明。奇是不为法度所缚，千变万化，坐作、进退、击刺，一时俱起，及其欲止，什五各还其队，元不曾乱。'旨哉言之也。由此观之，兵法之通于文法可知矣，不惟兵法而已，至夫工技、曲艺之事，苟得其解，则头头皆道，于文必有得焉。昌黎称张旭草书，

① 《笔阵图》中的"高峰坠石"与"劲弩筋节"均本于《孙子·势篇》，最早将兵法引入书论可追溯至东汉时的崔瑗与蔡邕。
② 上海书画出版社、华东师范大学古籍整理研究室选编《历代书法论文选》，上海书画出版社1979年版，第21页。
③ 《文心雕龙注》卷八，下册，第616—617页。
④ 《文心雕龙注》卷八，下册，第614页。
⑤ 《文心雕龙注》卷五，下册，第424页。
⑥ 《文心雕龙注》卷六，下册，第529—530页。
⑦ 《文心雕龙注》卷六，下册，第531页。

虽善书者，或不能道。昌黎不必悟草书，亦因悟文而及之耳。"①用兵、作书及种种技艺之法与作文之法虽各有不同，但它们可以共用一种纵览全局的广阔视野、进退有度的活跃思维及条分缕析的逻辑回路。前者对后者的指导不仅具有现实的可操作性，也为两者在理论层面的相互深入阐发提供了无限的可能性。兵器喻笔现象在书法和文学等艺术批评语言中的出现，与批评家们对兵法的理解和引入有着密不可分的关联。

此外，从文人的这一语言表现中，我们还得以对他们隐藏的心理活动有所感知。刘勰《文心雕龙·程器》曰："文武之术，左右为宜，郤縠敦书，故举为元帅，岂以好文而不练武哉！孙武兵经，辞如珠玉，岂以习武而不晓文也？是以君子藏器，待时而动，发挥事业，固宜蓄素以弸中，散采以彪外，梗楠其质，豫章其干，摛文必在纬军国，负重必在任栋梁，穷则独善以垂文，达则奉时以骋绩，若此文人，应梓材之士矣。"②可谓对文武兼备的文人推崇备至。自古以来，笔是文人的标准配备，而兵器则与武人不可分割。陈思《书苑菁华》载："前汉相国萧何，深善笔理，与张子房、陈隐等论用笔之道：夫书，势法犹若登阵，变通并在腕前，文武遗于笔下，出没须有倚伏，开阖藉于阴阳，每欲书字，谕如下营，稳思审之，方可用笔。且笔者，心也；墨者，手也；书者，意也；依此行之，自然妙矣。"③文武之道结合用兵之法，可蕴藉于运笔书字的心意手法之中。文人以兵器喻笔，亦不免是一种对文武兼修的期许的流露。

兵器喻笔现象的早期生成源起于构词中对语言力量的追求，它在现象层面的扩张直接来源于古人比类取物的基本思维习惯，而它在书法与文学等领域理论层面的深入则与兵法对艺术理论的渗透密切相关，同时，它还是文人寻求文武兼修的理想化状态的隐晦表达。完成对其思想源流的梳理，我们才能针对这种现象在文学批评场域中的生发展开进一步的探讨。

---

① 齐藤正谦：《拙堂续文话》卷一，王水照编：《历代文话》。复旦大学出版社2007年版，第10册，第9960页。
② 《文心雕龙注》卷十，下册，第720页。
③ 陈思著，崔尔平校注：《书苑菁华校注》卷一，上海辞书出版社2013年版，第3页。

二、兵器喻笔维度的丰富——从文辞到气象，从常规到非凡

自刘勰伊始，兵器喻笔在各种文学批评话语中得到了长久的运用，用以喻笔的兵器种类也逐渐增加，不仅"刀"被持续使用，剑、戈、枪等亦时有出现。值得注意的是，这种现象往往出现在文人评价特定文体、文风、行文特点及文采的场合，它们或是常规兵器的运用对文学体式的适应和呈现，或是非凡兵器的特点与文学碰撞产生的火花，也因此在开展研究时我们有如下线索可供沿溯。首先是从具体言辞的运用，到文章气象的展开。从文体论的角度入手，兵器喻笔的运用情况可以分为两种。一种是对批判性质的论说文的评论。如宋欧阳修《读〈徂徕集〉》中的："尤勇攻佛老，奋笔如挥戈。"[1]《徂徕集》中收录了石介的《怪说》三篇、《中国论》及《去二画本记》等强烈批判佛教和道教的论说文，称"释、老之为怪"使"中国蠹坏"已有千余年，[2]"佛、老以妖妄怪诞之教坏乱之"，[3]"老与佛，贼圣人之道者也。悖中国之治者也"，[4]言辞激烈，奋起打击之意溢于言表。欧阳修形容石介抨击佛老之学如挥舞长戈一般有力，一方面强调了作者与批判对象之间需要进攻／对战的敌对关系，另一方面也形象地刻画出作者所作批判的稳当准确、强而有力。另一种是对特定文体——奏疏文的评价。奏疏，包含章、奏、表、议、启、状等等种类，它们的具体功能和表达内容有所区别，但总体上均为历代臣属向皇帝进言时所作的文书。前引《奏启》篇中的"笔锐干将"首开以兵器喻写作奏疏文之笔的先河。后人对这种取喻形式的沿用并不乏见，如金元好问《御史程君墓表》："炼心成补天之石，奋笔为却日之戈。"[5]程君即金朝御史程震，他曾上书弹劾时任平章政事的皇子荆王，历数其倚仗权势、贪污纳贿、恣纵家奴、巧取豪夺等罪名，"乃以一御史犯疆王之怒"，[6]并最终因荆王设计诬告而罢官。"却日之戈"典出《淮南子·览冥训》："鲁阳公与韩构难，战酣日暮，援戈而挥之，日为之反三舍。"[7]元好问

① 欧阳修著，李之亮笺注：《欧阳修集编年笺注》卷四，巴蜀书社 2007 年版，第 1 册，第 104 页。
② 石介著，陈植锷点校：《徂徕石先生文集》卷五，中华书局 1984 年版，第 61 页。
③ 《徂徕石先生文集》卷五，第 63 页。
④ 《徂徕石先生文集》卷十九，第 228 页。
⑤ 《元好问全集》卷二十一，山西人民出版社 1990 年版，上册，第 551 页。
⑥ 《元好问全集》卷二十一，第 550 页。
⑦ 刘安等著，高诱注：《淮南子》卷六，上海古籍出版社 1989 年版，第 61 页。

赞誉程震不畏显贵强权、直书皇子罪名时的笔有如挥之可使太阳后退三个星座的长戈般正气浩然。又如明董其昌《容台集·书品》："然文肃诸奏疏笔芒迅利，一刀见血，四稿部中无是也。"[1] 评价曾任内阁大学士的王锡爵写作奏疏之笔为见血快刀。刘勰在《奏启》中总结"奏"的主要功能和内容为"陈政事，献典仪，上急变，劾衍谬"，[2] 也就是陈述政治要务、献策礼仪制度、报告紧急事项与弹劾罪责过失。虽然此说尚不能称之为面面俱到，但应已囊括了大部分奏疏文的内容。这意味着该文体的存在形态其实可以被划分为两项构成：一是提出问题，二是解决问题。而这个作为奏疏文核心的"问题"对于作者而言，堪称为一个与之抗争的对手。当把立论对象视作敌方，在纸上展开的文场自然成了战场，所有为了破敌所作的逻辑推理与论据例证恰如排兵布阵，此时作者手中的笔既有将其运筹帷幄呈现为文章的具象意义，又有挟风雷萧杀之气大破敌军的抽象意义。文体核心与作者之间的这种两相对立的逻辑关系，正是兵器喻笔现象在奏疏文批评中多发的决定性因素。

其次，当把目光从具体文辞运用的文体论转移到营造整体文章气象的风格论，我们会看到兵器喻笔往往被用来形容豪放雄健的诗文风格。如宋晁补之《复用方字韵奉赠同舍慎思文潜同年天启》："张侯老笔森矛枪，文词楚些遗塞羌。"[3] 张侯即指与晁补之同为苏门四学士之一的张耒，《宋史·文苑传》称其："仪观甚伟，有雄才，笔力绝健，于骚词尤长。"[4] 苏轼亦在给其子苏过的书信（《书付过》）中称赞张耒："气韵雄拔，疏朗通秀。"[5] 晁补之称誉张耒笔法老练有矛枪森然之气，正是对应其人"绝健""雄拔"的诗文风格。又如清赵翼《题戚继光自写诗卷中有新月如钩不钓鱼之句颇有风趣》："笔锋铦利戈矛气，诗律精严鼓角秋。"[6] 明朝大将戚继光著有诗文集《止止堂集》，《四库全书总目提要》称其"诗亦伉健，近燕赵之音""格律颇壮"。[7] 郭朝宾《止止堂集序》

---

① 董其昌著，邵海清点校：《容台集》别集卷三，西泠印社出版社2012年版，下册，第668页。
② 《文心雕龙注》卷五，下册，第421页。
③ 邓忠臣：《同文馆唱和诗》卷十，《景印文渊阁四库全书》，第1344册，第556页。
④ 脱脱等：《宋史》卷四四四，中华书局1977年版，第37册，第13114页。
⑤ 苏轼著，孔凡礼点校：《苏轼文集·苏轼佚文汇编》卷五，中华书局1986年版，第6册，第2562页。
⑥ 赵翼著，李学颖、曹光甫校点：《瓯北集》卷三十三，上海古籍出版社1997年版，下册，第690页。
⑦ 戚继光著，王熹校释：《止止堂集》，中华书局2001年版，第2页。

曰："故其文闳壮可追乎古，其声慷慨自合乎律也。"① 赵翼评价其诗笔锐利，如有兵器之森森武气，于其"伉健""闳壮"的诗文风格也是有针对性的。

常规兵器的运用主要在文体论和风格论中有所呈现，而非凡兵器的特点与文学批评话语结合则有更直观的精彩体现。从行文特点的角度看，兵器喻笔亦可被用以形容作家作文之"快"。这个"快"分成两种情况，一是成文速度之快，二是文笔之明快。前者如明太祖《述非先生事》："藻于是乎操笔，犹壮士之挥戈，蛇之入草，龙之蜿水，不时而文成，成则成矣。"② 以壮士挥戈、蛇没草丛、龙潜入水等速度极快的动作形容非先生下笔成文之神速。后者如清赵翼《瓯北诗话》："盖香山主于用意。用意，则属对排偶，转不能纵横如意；而出之以古诗，则惟意所之，辨才无碍。且其笔快如并剪，锐如昆刀，无不达之隐，无稍晦之词；工夫又锻炼至洁，看是平易，其实精纯。"③ 所谓昆刀，即昆吾刀的简称，《列子·汤问》有记："周穆王大征西戎，西戎献昆吾之剑，火浣之布。其剑长尺有咫，练钢赤刃，用之切玉，如切泥焉。"④ 至于并剪，则是指并州（今山西太原一带）出产的剪刀，以锋利著称，杜甫有句"焉得并州快剪刀，剪取吴松半江水"（《戏题画山水图歌》），⑤ 此处是以快利刀剪和坚利可切玉之昆刀极言白居易文笔之迅捷明快。在书论中也有类似比喻，如清齐学裘《题黄雳青丈祭画图》："梅花道人画中豪，使笔如使昆吾刀。锋能切玉浑余事，游刃直可劙秋毫。"⑥ 形容元代画家吴镇手中画笔如同昆吾刀般利可切玉、锐可凿秋毫之细，无不游刃有余。兵器喻笔之所以有"快"这种效果的表达，一方面是因为武人使用兵器时对速度和敏捷度的要求与文学创作技法的相参，另一方面则是传说中的名兵利器的特色与文学作品特点的交感，将其投射到文学创作中，则产生上述两种应用。

兵器喻笔还是一种常见的形容文采的手段。如元柳贯《送夏仲文主簿赴遂安》："囊中彩笔如犀剑，早赋芙蓉幕下诗。"⑦ 所谓犀剑，即以犀牛角装饰的宝剑，以喻诗笔之华采。又如元梁寅《送贡士颜子中》："春秋三传在胸臆，

① 《止止堂集》，第7页。
② 朱元璋：《明太祖集》卷十六，黄山书社1991年版，第379页。
③ 赵翼著，霍松林、胡主佑校点：《瓯北诗话》卷四，人民文学出版社1963年版，第38页。
④ 列子著，唐敬杲选注：《列子》，商务印书馆1926年版，第57页。
⑤ 杜甫著，萧涤非主编：《杜甫全集校注》卷七，人民文学出版社2014年版，第4册，第2001页。
⑥ 齐学裘：《见闻随笔》卷十，《续修四库全书》，上海古籍出版社1996年版，第1181册，第224页。
⑦ 柳贯著，柳遵杰点校：《柳贯诗文集》卷五，浙江古籍出版社2004年版，第106页。

熠熠文光动星斗。纵横健笔刀稍利，白昼翕忽风雷吼。"① 以笔似锋利刀矛赞誉元朝重臣伯颜的文采熠熠。又如明葛麟《送同年眭嵩年之华亭教谕》："笔倚九峰能作剑，墨飞三峡欲为虹。"② 以剑喻笔，以虹喻墨，其人笔墨之气势超然、洒脱灵动如在目前。书论中亦有类似取喻，如唐韦续《墨薮·察论》："徽笔则烽烟云起，如刀剑之相成。"③ 以刀光剑影相互交错形容书法创作中挥笔临帖的至妙境界。又如清王拯《喜得石谷子画山水障歌》："淋漓大笔忽有神，尺幅斗觉天机清。笔锋如剑气涌出，磊落皴擦纷嶙峋。"④ 描述画家石谷子作画时笔尖如有剑气奔涌。剑，素有"百兵之君"的称谓，是兵器之中超凡拔俗的一种。秦汉至唐宋均有人将其作为日常配饰，不仅形态优美且常常被加以繁饰，使用时的手法也往往优容潇洒，收放自如。以剑等非凡兵器喻笔，不仅赋予笔翩然多姿的形象，还对作家文笔之光彩动人、文采斐然有极富感染力的表现。

三、兵器淬砺喻炼笔——兼论匠人制器与文人制文

从前述种种可以看到，兵器喻笔现象中具有研究价值的除了它的具体存在形式，所指涉的文体、气象、行文及文采等层面也蔚为可观。除此以外，以兵器的产生及它与人之间的关系——兵器之锻造、亦即淬炼磨砺比喻文人炼笔，不仅在现象层面丰富多姿，还将兵器喻笔牵引囊括进更深层次的文学批评原理体系之中。如宋晁公遡《王元才甥见过其弟元济甥继来有诗次韵》："笔锋剩淬犹锥利，明岁文场破两甄。"⑤ 又如元朱德润《端石砚铭》："美哉兹砚，平而不砥，方而不器，涵文之英，蓄文之粹，滋文之力，养文之气，是谓笔墨之淬砺。"⑥《说文》曰："淬，灭火器也。"段玉裁注曰："灭火器者，盖以器盛水濡火，使灭其器，谓之淬。与火部之焠义略相近，故焠通作淬。"⑦《天工

---

① 梁寅：《石门集》卷二，《景印文渊阁四库全书》，第 1222 册，第 628 页。

② 葛麟：《葛中翰遗集》卷九，《四库未收书辑刊》第七辑，北京出版社 2000 年版，第 60 册，第 14 页。

③ 韦续：《墨薮》，《丛书集成初编》，中华书局 1985 年版，第 1621 册，第 33 页。

④ 王拯：《龙壁山房诗草》卷六，《清代诗文集汇编》，上海古籍出版社 2010 年版，第 659 册，第 386 页。

⑤ 晁公遡：《嵩山集》卷十一，《景印文渊阁四库全书》，第 1139 册，第 58 页。

⑥ 李修生主编：《全元文》，凤凰出版社 2004 年版，第 40 册，第 580 页。

⑦ 《说文解字注》卷十一，第 563 页。

开物·锤锻·冶铁》曰:"凡熟铁、钢铁,已经炉锤,水火未济,其质未坚。乘其出火之时,入清水淬之,名曰健钢、健铁。言乎未健之时,为钢为铁,弱性犹存也。"① 由前引文献可知,"淬"和"焠"强调的重点虽不同,但二者所指称的其实是器物锻造中的同一个操作过程:先将器物本身在烈火中烧至高温,再浸入液体中迅速冷却,以获得坚硬耐磨的重要属性。以这个炼器的关键程序类比文人炼笔,是为了展现炼笔过程的艰险激越与惊魂动魄,以及炼成之后文笔或笔力所产生的质的飞跃,因其触目惊心的画面感与极易联想的刺耳音效而具有强烈的表现力和说服力。又如明顾起元《李大生鹊起轩制义序》:"因习大生之文,其秀色可餐,如初日芙蕖,天然而去雕饰;其笔锋之铦利,如龙渊、泰阿之剑,断蛟截兕而刃初发于硎。"② 硎,即磨刀石。此处有二重比喻,首先将笔以名剑龙泉、泰阿相喻,其次形容其锋如同斩杀恶兽之后仍像刚用磨刀石打磨过的利剑一般锋利崭新,以用磨刀石磨炼刀剑类比文人磨炼笔锋。又如清陈衍《与默园论诗即送其行》:"柳韩笔力藉磨砺,勿怨世路多岖崎。"③ 砺的本义亦是磨刀石,④ 后因此引申出磨砺之义。陈诗认为人生经历的坎坷其实恰好成了柳宗元与韩愈打磨其文笔的途径。淬炼与磨砺虽然是两种完全不同的兵器锻造的手段,却常常被同时提及,如《天工开物·锤锻·斤斧》曰:"凡健刀斧,皆嵌钢、包钢整齐,而后入水淬之。其快利则又在砺石成功也。"⑤ 可见"淬"与"砺"是兵器获得"坚硬"与"锋利"这两种优异品质的关键步骤,缺一不可。与其具体操作相对应,作为与文笔相匹配的动词,"淬"表现的是作家在思考文学创作问题时的顿悟式突破与爆发式灵感,而"砺"突出的则是作家通过大量创作练习的积累和人生经历的丰富,达到写作技巧的日渐提升和自我风格的逐步成型。将此二者投射到文人炼笔的过程中,对其厚积薄发、脱胎换骨的质变与旬煅月炼、铁杵成针的量变均有生动形象的体现。

① 宋应星:《天工开物》卷十,世界书局1936年版,第191页。
② 顾起元:《遁园漫稿》卷辛酉,《四库禁毁书丛刊》,第104册,第242页。
③ 陈衍:《陈石遗集》卷六,福建人民出版社2001年版,第217页。
④ 砺,《尚书·禹贡》有"砺、砥、砮、丹"一句,孔安国注曰:"砥细于砺,皆磨石也",孔颖达正义曰:"'砥'以细密为名,'砺'以粗粝为称,故'砥细于砺,皆磨石也'。郑云:'砺,磨刀刃石也。精者曰砥。'"孔安国传,孔颖达等注疏:《尚书正义》卷六,《十三经注疏》,北京大学出版社1999年版,第150页。
⑤ 《天工开物》卷十,第192页。

以工匠淬砺兵器比喻作者锻炼笔力文字，不仅具有极强的表现力与发掘深层共性的余地，还隐藏着对工匠和作家、器物和作品、工匠制器和文人制文的相似性的表述，为我们提供了一种全新的观照作家及其作文的角度。匠，《说文》曰："木工也，从匚斤。斤，所以作器也。"段玉裁注曰："工者，巧饰也。百工皆称工，称匠独举木工者，其字从斤也，以木工之称引申为凡工之称也。说从斤之意，匚者，矩也。"① 早期"匠"除指木工外，还代指建筑工匠，见《考工记》："匠人建国"，"匠人营国"，"匠人为沟洫"。② 工，《考工记》曰："审曲面势，以饬五材，以辨民器，谓之百工。"③《周礼订义·冬官·考工记》引赵溥言曰："工，百工也，考察也。以其精巧、工于制器，故谓之工。"④ "匠"与"工"生成的固定词组"工匠"在最开始时与"匠"同义，指木工及与之密切相关的营造工人，如《管子·七臣七主··杂篇三》："主好货，则人贾市。主好宫室，则工匠巧。主好文采，则女工靡。"⑤ 汉代以后，"匠"与"工"的意义逐渐趋同合并，均可代指各个工种的手艺人或从业者，"工匠"一词的涵盖范围亦随之增广并逐步稳定。众所周知，对匠人制器的取喻很早就在讨论君子修身的语境中得到了广泛运用，例如人们熟知的"有匪君子，如切如磋，如琢如磨"（《卫风·淇奥》）。⑥ 但最早把对匠人制器的引喻从君子修身过渡到文人作文的讨论中，并将"匠"与文人直接对应起来的是东汉的王充。在《论衡·量知》篇中，王充大量将工匠运用自然物料制作器物这一事况投射到"儒生"自我修炼的过程之中，如"夫儒生之所以过文吏者，学问日多，简练其性，雕琢其材也。故夫学者所以反情治性，尽材成德也。材尽德成，其比于文吏亦雕琢者，程量多矣"。⑦ 又如"骨曰切，象曰磋，玉曰琢，石曰磨，切磋琢磨，乃成宝器。人之学问，知能成就，犹骨象玉石，切磋琢磨也"。⑧ 又如"夫竹木粗

---

① 《说文解字注》卷十二，第635—636页。
② 闻人军译注：《考工记译注》卷下，上海古籍出版社1993年版，第130页。
③ 《考工记译注》卷下，第117页。
④ 王与之：《周礼订义》，《景印文渊阁四库全书》，第94册，第378页。
⑤ 管子著，黎翔凤校注：《管子校注》卷十七，中华书局2004年版，中册，第989页。
⑥ 毛亨传，郑玄笺，孔颖达疏：《毛诗正义》卷六，《十三经注疏》，北京大学出版社1999年版，上册，第216页。
⑦ 王充著，黄晖校释：《论衡校释》卷十二，《新编诸子集成》，中华书局1990年版，第2册，第546页。
⑧ 《论衡校释》卷十二，第2册，第550页。

苴之物也，雕琢刻削，乃成为器用。况人含天地之性，最为贵者乎"。① 他认为人的才能和一切自然物料一样，都是可以经过精心的加工制作，成为有用之器的。在王充以前，以孟子、荀子及董仲舒为代表的人物品评审美标准是"重德轻才"，王充立足于前人传统，却也作出了他自己的独立思考，并不一味只强调道德的价值，同时也用力强调才学，强调实用。他在《论衡·效力》篇中称："人有知学，则有力矣"，"案诸为人用之物，须人用之，功力乃立"，"故夫垦草殖谷，农夫之力也。勇猛攻战，士卒之力也。构架斫削，工匠之力也。治书定簿，佐史之力也。论道议政，贤儒之力也。人生莫不有力，所以为力者，或尊或卑"。② 王充列举的种种职人的"力"，正是指他们的职业技能与实用性，亦即是《量知》篇中提及的"器用"。《程材》《量知》《效力》三篇完整对应了匠人制器的三个要素：儒生的才智即如自然物料，他们的求知问学即是"切瑳琢磨"的制造过程，最后他们呈现的"论道议政"的职能有如在工匠手中完成的具有某种功能的器物。这不仅是王充既重视德行、也强调实才的人物品评审美标准的完整体现，还是一个文人的自我修炼与匠人制器之间的取喻系统的创设。在《量知》篇中我们可以找到这个取喻系统与文学批评更为密切相关的表述："能斫削柱梁，谓之木匠；能穿凿穴培，谓之土匠；能雕琢文书，谓之史匠。夫文吏之学，学治文书也，当与木土之匠同科，安得程于儒生哉？"③ 把雕文琢字的文人史官与木工、土工等同起来，均以"匠"称，将其单纯视作一种掌握技术并以之处理材料的专业人员，将文书视作可经雕琢的器物。王充从"文人自修"与"匠人制器"的相似性推导到"文人制文"与"匠人制器"，这一方面来源于他对"匠人制器"这一取喻系统的格外偏好（如前所述《论衡》中从文辞到结构均有大量使用），另一方面，沿着这条思维轨迹，我们可以意会到文人制文过程与其自修过程的重合——也就是雕琢"文书"与雕琢"用以雕琢文书的知识储备及能力技巧"的过程的重合，并因此对这两个过程均可取喻于"匠人制器"产生更深刻的理解。此外，他还以丝帛的巧妙色彩比喻学士的文采，将匠人织造布匹的情形投射到文人行文的过程中去："绣之未刺，锦之未织，恒丝庸帛，

---

① 《论衡校释》卷十二，第 2 册，第 551—552 页。
② 《论衡校释》卷十三，第 2 册，第 579—588 页。
③ 《论衡校释》卷十二，第 2 册，第 552 页。

何以异哉？加五采之巧，施针缕之饰，文章炫耀，黼黻华虫，山龙日月。学士有文章，犹丝帛之有五色之巧也。"① 这固然与"文章"一词的原义及其引申变化有关，但结合前引文段所表现出来的作者的行文风格及取喻意识，透过这段文字我们可以观察到他对"文人制文"与"匠人制器"之直接对应的认同。

在王充之后，刘勰最早对这种认同作出了明确表述。他在《文心雕龙》中多处以"匠"比喻文学作品的作者，如《书记》："制者，裁也。上行于下，如匠之制器也。"② 又如《定势》："是以绘事图色，文辞尽情，色糅而犬马殊形，情交而雅俗异势，熔范所拟，各有司匠，虽无严郛，难得逾越。"③ 除此之外，刘勰还将器物制造中的一些重要的法度概念与制作工艺大量引入文学批评的话语系统中。譬如和木工密切相关的"规矩"："文成规矩，思合符契"（《征圣》）。④ 又如和铸造业紧密联系的"范"："《礼》以立体，据事制范"（《宗经》）；⑤ "镕铸"："若夫镕铸经典之范，翔集子史之术，洞晓情变，曲昭文体，然后能孚甲新意，雕画奇辞"（《风骨》）。⑥ 再如具体制作手法如"雕琢"："夫能设谟以位理，拟地以置心，心定而后结音，理正而后摛藻，使文不灭质，博不溺心，正采耀乎朱蓝，间色屏于红紫，乃可谓雕琢其章，彬彬君子矣"（《情采》）；⑦ "裁"："蹊要所司，职在镕裁，檗括情理，矫揉文采。规范本体谓之镕，剪截浮词谓之裁。裁则芜秽不生，镕则纲领昭畅，譬绳墨之审分，斧斤之斫削矣"（《镕裁》）。⑧ 要理解刘勰对这些范畴的引入，需要结合他所处在的文学与文学批评发展的阶段来探讨。魏晋南北朝往往被学界称之为文学觉醒的时代，这种觉醒既在于文学创作，也在于文学批评。从创作上看，文人们逐渐挣脱了"诗言志"的传统，而开始趋向"诗缘情"的新方向，这意味着文学将逐步脱离政治及伦理的束缚，转为专注作家体验及情感的表达。这种转变直接导致了文人对文学作品本身（而非其政治伦理隐喻）的高度关注，其重要体现之一则是文学形式化需求的产生

---

① 《论衡校释》卷十二，第 2 册，第 550 页。
② 《文心雕龙注》卷五，下册，第 458 页。
③ 《文心雕龙注》卷六，下册，第 530 页。
④ 《文心雕龙注》卷一，上册，第 15 页。
⑤ 《文心雕龙注》卷一，上册，第 22 页。
⑥ 《文心雕龙注》卷六，下册，第 514 页。
⑦ 《文心雕龙注》卷七，下册，第 539 页。
⑧ 《文心雕龙注》卷七，下册，第 543 页。

和发展。文体、声律和藻饰成为文学家及文学批评家的研究重心。这种研究中不可或缺的义项包括用以构架及约束的规则、用以涵纳及限制的尺度、用以区分及示例的范本，在创作过程中把这几项串联起来、并最终孕育生成新文本的是作家反复的斟酌与打磨。文学不再是一个依附性质的、散漫无形的东西，它越来越接近于一个精心制作的成品，具有其观赏性或实用性的存在意义。在这种转折发生之后的文人作文，毋宁说是文人制文。敏锐的批评家如刘勰对文人制文与匠人制器之间呼之欲出的相似相通发出了最为迅捷的捕捉。他在《事类》篇中作出了一个重要的总结："夫山木为良匠所度，经书为文士所择；木美而定于斧斤，事美而制于刀笔：研思之士，无惭匠石矣。"[1]刘勰把"山木"与"经书"、"匠"（这里主要限指木匠）与"文士"、"木"与"事"、"斧斤"与"刀笔"、"研思之士"与"运斤成风"之"匠石"[2]——一对应起来，精准地提取了工匠制器和文人作文这两个看似毫不相干的运作系统在"造物""身份""材料""工具"和"优异表现"等基本构成上的共性，指出这两者均为运用特定工具对自然物料进行处理、最终制造出具备某种功能的作品的人类活动，证实了后一系统以前一系统取喻的可能性和可行性，极大地丰富了古代文学理论场域的认知渠道和言说方式。以兵器喻笔、以兵器淬炼磨砺喻作家炼笔，既是这种认知渠道和言说方式所生成的现象之一，又是一个破译古代文论逻辑密码的切入点。

四、总结

综上所述，兵器喻笔并不是一种偶发或孤立的现象，它在表现形式上呈现出从言辞到气象、从常规武器到非凡神兵的丰富维度，既是古人比类取物的思维习惯的表现，同时还来源于兵法对艺术理论的渗透以及文人对文武兼修的理想的追求。通过梳理文学批评对兵器喻笔现象的外延——兵器的产生、兵器与人的关系的纳入，可以最终提炼出文人制文对匠人制器的系统性取喻。刘勰及其以后的文学批评家们对这个取喻系统的演绎和丰富远远超出了它的初始形态，

---

[1] 《文心雕龙注》卷八，下册，第616—617页。
[2] "匠石"典出《庄子·徐无鬼》："郢人垩慢其鼻端若蝇翼，使匠石斫之。匠石运斤成风，听而斫之，尽垩而鼻不伤，郢人立不失容。"庄子著，王先谦集解：《庄子集解》卷六，中华书局1987年版，第215页。

除了直接的批评语言的运用，还对不少批评原理的形成产生了深层次的影响，本文所涉及的不过是该庞大系统的冰山一角。针对这个取喻体系的研究对我们深入解读中国古代文学批评理论而言，既是一个新鲜的切入口，也具有深远的前景和意义。

原载《文艺理论研究》2018年第1期

贾开宗、宋荦《诗正》之"诗论"考论

孙敏强　吴慧慧[①]

贾开宗、宋荦都是清初著名诗人，同在"雪苑六子"之列。两人曾经合辑过一种重要的清初诗歌总集《诗正》，现今很可能已经失传，各种书目文献均没有记载。本文根据有关资料，对《诗正》一书的基本情况作推测，同时为之辑得一组佚文《诗论》，由此进一步考察两人的诗学思想。这对于清初诗歌总集研究，特别是贾开宗、宋荦两人著述和诗学思想的研究，都具有一定的意义。

一、《诗正》一书的编者与成书考

美国格林内尔学院（Crinnell College）历史系教授谢正光先生和香港中文大学中文系教师佘汝丰先生共同编著的《清初人选清初诗汇考》（下文简称《汇考》），是一部专门研究清初诗歌总集的著作[②]。其正文部分大致按照成书时间先后，共著录五十五种清初诗歌总集，每种过录原书的序跋和凡例等有关文字；又附录部分《清初诗选待访书目》[③]，共列有二十五种编著者已知其线索的清初诗歌总集。以上两部分，都未见《诗正》种目。然而，即使在《汇考》正文部分所录的某些文字中，也能发现不少关于《诗正》的蛛丝马迹。例如《汇考》所录陆次云《皇清诗

---

① 浙江大学中国古代文学硕士，现为杭州学军中学教师。
② 谢正光、佘汝丰：《清初人选清初诗汇考》，南京大学出版社1998年版。
③ 谢正光、佘汝丰：《清初人选清初诗汇考》，南京大学出版社1998年版，第368页。

198

选·凡例》第九款，曾说：

> 余索居京邸，眇见寡闻，一时佳选，惟见邓孝威之《诗观》、席允叔之《诗
> 存》、宋牧仲之《诗正》、陈伯玑之《诗源》，乐其各标心眼，取益良多。[1]

此处提到四种清初诗歌总集，除《诗正》外的其他三种——邓汉仪（字孝威）
的《诗观》、席居中（字允叔）的《诗存》（全称《昭代诗存》）、陈允衡
（字伯玑；此处疑应作姚佺）的《诗源》（全称《诗源初集》），均已见《汇
考》正文部分著录；又程棨、施谞两人合辑的《鼓吹新编·凡例》第二款，列
举十数种清初诗歌总集，其中也提到《诗正》[2]；此外魏裔介《溯洄集》自序，
同样提到《诗正》，并将其与《诗源》并列（详后）。由此可以断定，《诗
正》一书不但曾经问世，而且其性质与《诗观》等书一样，也是一种清初诗歌
总集，理当补入《清初诗选待访书目》。

上引陆次云《皇清诗选·凡例》第九款，于《诗正》编者只提宋荦（字牧仲）
一人。但今人张显清先生主编《孙奇逢集·日谱》，卷十一"顺治十六年己亥"
（1659）"七月""二十九日"条有《读〈诗正〉一则》，全文如下：

> 贾、宋二子《诗正》之选，其于斯道也，亦深矣哉。余不知诗，窃欲
> 有忠于二子者：诗以人传，选诗须还选人，庶千载下读者可因□□□□见
> 其人，二子始不专以诗著名后世也。虽曰"诗之传，以诗非以人"，然人
> 与诗俱传，不益善乎？世衰道丧，儒术颓废，诗与文何处非学？二子锐意
> 兴起，据所惠诸刻，津津乎有火燃泉达之机，况其乡先哲新吾先生仪型不远，
> 提命犹新，则由乡国而天下而千古，夫岂有隔焉？此予之所望［于］二子也，
> 或亦二子之志也。惠刻相质，意在斯乎？[3]

由此可知，《诗正》一书共有两位编者。"宋"即为宋荦，"贾"，则指贾

---

① 谢正光、佘汝丰：《清初人选清初诗汇考》，南京大学出版社 1998 年版，第 174 页。
② 谢正光、佘汝丰：《清初人选清初诗汇考》，南京大学出版社 1998 年版，第 58 页。
③ 孙奇逢：《孙奇逢集》下册，中州古籍出版社 2003 年版，第 432 页。标点略有更改。

开宗。卓尔堪辑《明遗民诗》卷一内文贾开宗小传，于其著述叙及"选《诗正》"[1]，应即指此种《诗正》。

《诗正》两位编者都原籍河南商丘。其中宋荦生于明崇祯七年甲戌（1634），清顺治四年丁亥（1647）以大臣子弟授任三等侍卫，后累官至吏部尚书，卒于康熙五十二年癸巳（1713）；贾开宗生于明万历二十三年乙未（1595），明末诸生，入清不仕，以遗民终老，卒于顺治十八年辛丑（1661）。贾开宗较宋荦年长三十九岁，并曾馆于宋荦家，两人共同编选《诗正》当在情理之中。两人在《诗正》编者排序方面，从上引孙奇逢《读〈诗正〉一则》"贾、宋二子《诗正》之选"云云推测，应以贾开宗居首（另可参见下文）。至于陆次云《皇清诗选·凡例》略去贾开宗而只提宋荦，显然是从宋荦的个人影响角度考虑的。而宋荦晚年自撰《漫堂年谱》始终未提及《诗正》，也许就是因为他在《诗正》编纂过程中并非占据主导地位的缘故。

关于《诗正》的成书时间，据前引《孙奇逢集·日谱》卷十一该条的对应年份，可知其至少在"顺治十六年己亥"（1659）以前。又前及《汇考》所录程梿、施谞两人合辑《鼓吹新编》序跋，第一篇王潢序末尾署款有确切的写作时间"顺治戊戌［十五年，1658］且月"[2]；假如该序正常作于《鼓吹新编》成书之后，而《鼓吹新编·凡例》已经提到《诗正》，那么《诗正》的成书时间还可以上推至顺治十五年戊戌（1658）以前。无论如何，《诗正》一书在众多的清初诗歌总集内，显然是出现得比较早的。而且在众多的清初诗歌总集中，正如前引陆次云《皇清诗选·凡例》第九款所示，有不少书名都是取"诗×"的形式，诸如《诗观》《诗存》《诗源》之类；如果把《诗正》按照顺治十五年戊戌（1658）这个时间插入《汇考》正文部分，那就更具有创始的意味。至于《汇考》所录康熙五十四年乙未（1715）成书的朱观辑《国朝诗正》，俞南史、汪森两人合辑《唐诗正》，邓淳、罗嘉蓉先后辑《宝安诗正》《宝安诗正续集》等，其书名可能都曾受到此集的影响。

综上所述，贾开宗、宋荦两人合辑《诗正》一书，的确曾经存在，其本身还相当重要。因此，不但如前所述，该书作为一种清初诗歌总集，理当补入《汇考》

---

[1] 卓尔堪：《明遗民诗》上册，中华书局上海编辑所 1961 年版，第 47 页。

[2] 谢正光、佘汝丰：《清初人选清初诗汇考》，南京大学出版社 1998 年版，第 53 页。

的附录《清初诗选待访书目》，而且也应当补入相关书目文献如《中州艺文录校补》既有的贾开宗、宋荦名下①。其他如邓晓东先生《遗民选家与清初诗坛》、刘阳先生《河南作家贾开宗及其著述考论》等相关论文②，也可以之作为补充。

二、《诗正》"诗论"的存佚情况

《诗正》一书虽然现今很可能已失传，但所幸其中的一部分"诗论"却被意外保存下来。《汇考》所录魏裔介辑《溯洄集》自序，末尾曾说：

> 集既告竣，因取《诗正》、《诗源》时人诸刻论诗有合诗教者并录于首，使世之学者得以览焉。③

检《溯洄集》卷首，共附有《诗论》《诗话》各一项。其中《诗论》一项④，各条均以"贾静子曰"或"宋牧仲曰"开头，应该全都录自《诗正》一书。又魏裔介自撰《兼济堂文集》，卷五《宋牧仲诗序》末尾所谓：

> 牧仲昔与贾子静［静子］言诗，余深服其论，载之《溯洄集》首，以风示海内作者。⑤

亦应即指此事。因此，《溯洄集》卷首之《诗论》，正是《诗正》一书的佚文。而此部分佚文，正是借助于《溯洄集》才得以保存至今。

《溯洄集》卷首之《诗论》共有九条，三十则。第一条题作"论诗二十则"，为总论，以"贾静子曰"开头，实际为十七则。其后八条分论八种具体诗歌体裁，依次为"乐府""五言古""七言古""五言律""七言律""五言排律""五

---

① 李敏修、申畅、李宗泉等：《中州艺文录校补》，中州古籍出版社1995年版，第167页、第172页。
② 邓晓东：《遗民选家与清初诗坛》，《南京师范大学文学院学报》2011年第2期；刘阳：《河南作家贾开宗及其著述考论》，《平顶山学院学报》2012年第3期。
③ 谢正光、佘汝丰：《清初人选清初诗汇考》，南京大学出版社1998年版，第103页。
④ 魏裔介：《溯洄集》，《四库全书存目丛书》集部第386册，齐鲁书社1997年版，第519—523页。
⑤ 魏裔介：《兼济堂文集》上册，中华书局2007年版，第113页。

言绝句""七言绝句",合计十三则;其中"贾静子曰"七则,"宋牧仲曰"六则。通观《诗论》三十则,"贾静子曰"多达二十四则,而"宋牧仲曰"仅占六则。上文叙及《诗正》的两位编者,以贾开宗居于主导地位,从这个比例上也可以获得证明。而《诗论》在总论之后分八种具体诗歌体裁论述,或可由此大胆推测《诗正》一书的内部体例是按诗歌体裁编次。

又《诗论》第一条题作"论诗二十则",而《溯洄集》卷首实际仅载十七则,各则联系紧密,无可再分。可见可能是魏裔介在转录时作了选择、删节。上引《溯洄集》自序末尾称"取《诗正》……诸刻论诗有合诗教者并录于首",也许就是因为另外某些内容并不"合诗教",不符合魏裔介的诗学观念。由此类推,其后的八条或许也存在部分被删节的可能。换言之,借助《溯洄集》才得以意外保存至今的《诗正》这部分佚文,很可能不是《诗正》原文的全部,甚至原文的总标题是否就称作"诗论",也很难断定。

还需注意的是,贾开宗《遯园全集》卷首有其后人贾慧心序,述及重刊始末时曾说:

> 丙戌[道光六年,1826]春……又在《诗正初集》抄得……《诗说》一篇。①

此处这里所谓的"《诗说》一篇",具体载于全集本《遯园诗集》卷首②,题作《贾静子诗说》。该《诗说》一共只有三则;经对照,分别对应《溯洄集》所录《诗论》之第四条"七言古"、第五条"五言律"、第七条"五言排律"的各第一则"贾静子曰"③,文字基本相同④。由此可见,所谓的"《诗说》一篇",虽然确实也是抄自《诗正》一书,但其内容却刚好只占《溯洄集》所录《诗论》的十分之一。至于其原文总标题是否就称作"诗说",也正如前述是否就称作"诗论"一样很难断定,很可能都是抄录者所拟。倒是从贾慧心序

---

① 贾开宗:《遯园全集》,道光八年戊子(1828)贾洪信刻本,第1a—2b页。
② 贾开宗:《遯园诗集》,道光八年戊子(1828)贾洪信刻《遯园全集》本,第2a—2b页。
③ 魏裔介:《溯洄集》,《四库全书存目丛书》集部第386册,齐鲁书社1997年版,第522—523页。
④ 差异处唯《诗说》最末一条"七言排律,杜少陵为上,清空流利如五言古诗"云云,"七言排律"在《诗论》中作"五言排律",并且结合其下文"清空流利如五言古诗"云云也可知必是指五言排律,《诗说》盖误将"五"字抄作"七"。

可知，《诗正》一书的完整名称应该是《诗正初集》，这正与姚佺《诗源》全称为《诗源初集》一样。并且该书至少在《逖园全集》付刻的道光八年戊子（1828）之际，仍然流传于世。不过从《诗说》所录只有三条这一点来看，当时的《诗正》传本可能只是一个残本了。

《溯洄集》所录《诗论》，如前所述本身很可能并不完整，但所保存的《诗正》佚文无疑是最多的。正因此，我们将这部分佚文即按《溯洄集》所拟标题称作《诗论》。又这篇（卷）《诗论》原本属于《诗正》的组成部分，但一经《溯洄集》辑录，俨然变成了一种独立的诗学著作。它的意外保存，具有多方面的意义。首先，作为一种诗学著作，目前学术界著录最完备的蒋寅先生《清诗话考》一书[1]，就没有提及这一《诗论》，可以用于补充；张寅彭先生《清人新订诗学书目》一书，第一部分《顺治及康熙前期》著录有一种见于《溯洄集》附录的所谓"论诗一卷""凡20则"[2]，作者署为魏裔介，实际很可能就是指《诗论》，作者应为贾开宗、宋荦两人，总则数也应改作三十则。其次，《诗论》也应与《诗正》同时补入《中州艺文录校补》；此外，如刘万华先生《宋荦著述考补》及《宋荦年谱》，王树林先生《宋荦杂著杂编考》及《贾开宗简论》等论文[3]，也都可以作为补充。再次，通过《诗论》，可进一步增进对贾开宗、宋荦两人诗学思想的了解。

三、《诗正》"诗论"的诗学思想

现存贾开宗、宋荦合撰的《诗论》，篇幅有限，但内容相当丰富，所涉及的范围颇广，较为全面地反映出两人的诗学观念，是研究两人诗学思想的重要资料。下文从诗歌创作论、内容语言论、诗体流变论三个方面展开分析，以期与已知两人的诗学思想相互印证和发明。

---

① 蒋寅：《清诗话考》，中华书局 2005 年版。
② 张寅彭：《新订清人诗学书目》，上海古籍出版社 2003 年版，第 10 页。所谓"论诗""凡 20 则"，疑其仅据《诗论》第一条标题"论诗二十则"而来。
③ 刘万华：《宋荦著述考补》，《殷都学刊》2010 年第 2 期；又《宋荦年谱》，广西师范大学硕士学位论文，2008 年。王树林先生二文，分别见《黄淮学刊》1996 年第 6 期；同刊 1989 年第 3 期。至于《诗论》中的宋荦六则，刘万华先生已作为佚文辑入《宋荦集辑校》稿本。

（一）诗歌创作论

《诗论》把诗歌功能概括为："诗者，古先圣贤之徒，以之自抒其性情。"①所谓"自抒性情"即指诗歌是用来吟咏性情的，这是对传统"诗缘情"观点的进一步阐发。而其所谓"性情"则是指合于"圣贤"的"性情"，略同于儒家"发乎情，止乎礼仪"的性情。《诗论》认为诗歌并非仅仅是"怨贫、贡谀、宣淫、抒志、述景"的工具，并且通过对这五种具体功能的论述，进一步说明诗歌抒发"性情"要做到"怨贫"之中有安分，"贡谀"之中寓谏言，"宣淫"之中存鉴戒，"抒志"之中分正邪，"述景"之中显高致。

关于诗歌的创作，《诗论》认为不可无"才情""学问""议论"，但又必须掌握分寸。诗人的"才情"是诗歌创作必不可少的要素，然而如果在诗歌创作过程中过分逞才鬻技，则会使诗歌陷于华而不实的境地；作诗之于"学问"，诗人需有渊博的知识才能创作出底蕴深厚的诗歌，然而如果"学问"过之，就会产生典故堆砌、饾饤琐屑的弊病；诗歌中发"议论"，能更好地表达诗人的志向，然而如果过多地使用议论，就会破坏诗歌固有的含蓄蕴藉之美，使之流于浅显庸俗。所以，《诗论》又称此三者乃"诗之忌也"，体现出一种辩证的诗学态度。此正与宋人严羽《沧浪诗话·诗辨》之反对诗歌创作"以文字为诗，以才学为诗，以议论为诗"的态度相一致②。关于如何处理"才情""学问""议论"三者与诗歌创作的关系，严羽提出"别材""别趣"说，一方面认为"诗有别材，非关书也；诗有别趣，非关理也"，另一方面又强调诗人应"多读书、多穷理"，方能达到"不落言筌，不涉理路"的境界③。而《诗论》则提出"一气"说，认为唯有"精骛心游，一气抒泄"，才能使三者用得其所。"精骛心游"源于晋人陆机《文赋》之"精骛八极，心游万仞"，用来说明诗歌创作之艺术构思不受时空限制；"一气抒泄"则是注重诗歌的气势，一气贯通，将三者融为一体，统而用之。《诗论》特别讲求"气"，认为优秀的五古应该"一气磅礴，波澜老成"，五律应该"四十字为一气"，五排若"堆积而伤气，则下驷矣"，

---

① 贾开宗、宋荦《诗论》第一条"论诗二十则"第一则贾开宗语，见魏裔介《溯洄集》卷首，《四库全书存目丛书》集部第386册，齐鲁书社1997年版，第519页。下引《诗论》，具体出处从略，以避繁琐。
② 郭绍虞：《沧浪诗话校释》，人民文学出版社1961年版，第26页。
③ 郭绍虞：《沧浪诗话校释》，人民文学出版社1961年版，第26页。

学杜诗也应该学其"气之混茫"，等等。

在诗歌创作中，学与思是必不可少的两个环节，《诗论》强调学思相融。"不读尽古人书，不可以诗；读尽古人书，亦不可以诗"，意思是说不学习古人创作经验很难创作出优秀的诗歌作品，但如果不加选择地盲目学习前人，则会陷入拟古泥潭，毫无特色。这就需要经过自己的思考，有选择地学习前人："学少陵者，学其气之混茫、辞之雄博，非学其痛哭流涕也；学渊明者，学其自靖之志、寄托之苦，非学其耕田饮酒也。"对明公安派、竟陵派"不法高、岑、王、孟而法白居易，法孟郊""不法白之大而法其俗，不法郊之清而法其寒"的做法，表示不满。所以，《诗论》主张诗歌创作"学之功三，思之功七"，在学习的过程中特别注重思考的作用，做到以思为主，学思相成。此外，相对于诗歌的创作速度，《诗论》更注重诗歌的作品质量。为了创作质量上乘的作品，花费更多的时间和精力也是值得的。《诗论》以孟浩然之作为例，说明"诗不欲速，不欲多"的道理，"疾行无善走"，"宁取十年两句，莫云顷刻千言"。这在某种程度上，也是善于学与思的一种表现。

（二）内容语言论

《诗论》提倡内容充实、格调明朗的诗歌。其中引用孔子论《诗经》之言："《诗三百》，一言以蔽之，曰'思无邪'。"所谓"思无邪"，是指诗歌创作要符合儒家的传统道德观念，同时在情感表达上注重表现诗人的真性情。具体而言，《诗论》认为除"道德性命之言、经济康阜之志、献纳箴规之思、节义贞洁之怀、泌水笑傲之乐"以外，其余均为"邪"。此外，认为"诗之道，一曰道德"，"二曰气节"，"三曰经济"。此处"道德"即对应"道德性命之言"；"气节"即对应"节义贞洁之怀""泌水笑傲之乐"；"经济"即对应"经济康阜之志""献纳箴规之思"。离开以上三者，诗歌创作也就没有意义了。

与内容相联系，关于诗歌语言，《诗论》提倡文雅自然、合乎主旨，反对艰涩、俚俗、纤靡、妖媚之类的陋习。首先，"诗不可用一难字，不可用一俚字"。"难字者，诗之贼也"，艰涩、深奥的语言是诗歌创作的"贼"，当然不能使用。与此同时，诗歌语言又不能走向"难"的另一个极端——"俚"，过于俚俗的语言会使诗歌失去含蓄的韵味，破坏诗歌的美感。其次，诗歌创作应注意回避"四子书之语""佛经之语""道藏之语"。其中，"四书之语"因多被前人引用，过于老套，难有新意；而"佛经之语""道藏之语"则不入正道，"近于怪也"，与所提倡的"思无邪"相悖。而且，诗歌如果过多借用诸子和佛道之语，还会有窃用、照搬他人作品亦即所谓"盗"与"伶"之嫌。再次，诗歌语言还需与作品的主旨协调一致，而不能追求外表的华丽纤巧。例如"诗余"即词，"诗之必不可用者也"，这就是词体不但"纤靡妩媚"，如"修未央宫，曲木散砾无所用之"，而且在内容上也是"意之余也，意无当于大雅，故正人不敢取焉"。

需要指出的是，《诗论》主张"诗不可用一难字，不可用一俚字"的说法未免过于绝对，同样，所谓"古人已用之字，虽俚亦雅；古人未用之字，虽确亦鄙"，明显也是厚古薄今，与前面所说"读尽古人书，亦不可以诗"，即主张有取舍地学习前人，恐怕不无抵牾。

（三）诗体流变论

《诗论》从第二条开始，专门对乐府、五古、七古、五律、七律、五排、五绝、七绝这八种具体诗歌体裁推源溯流，论述其发展变化、优劣得失。例如关于乐府，《诗论》认为其题目都是随当时人的亲身经历而创立，后人若有所拟作，必须借古人之题抒发情志，或者别出心裁，翻新古意；如果"依其意"而仅"易其辞"，单纯模拟形似，那就"可厌之甚矣"。杜甫的《垂老别》、白居易的《卖炭翁》等乐府诗，都是既自制题目，又抒发己志之作，所以"凄恻可传"。而明代李梦阳模仿杜甫、白居易，后王世贞、李攀龙等人又模仿李梦阳，这样只能落入被人讥笑的优孟衣冠之流。

《诗论》把"苏李十九首"看作是五古的源头，认为其"谡谡如《国风》"，与《诗经》一样体现了现实主义精神。而发展至六朝，却"不腴则淫"，着力于文辞雕饰，忽略了思想内容。到了唐初，"尚气而黜辞"，重新摆脱了六朝的淫鄙浮华，崇尚汉魏风骨。其后的中晚唐时期，五古创作水平也都在六朝之上。而七古虽然起源于"宋玉、《九歌》"，其后又有"柏梁体"，但其句法艰涩，并不可学。至三国"曹氏父子及甄后"，才是"七言古之祖"。唐代初、盛、中、晚四个阶段，"皆有至境"。《诗论》还以《诗经》中的《绵》《生民》以及王维《辋川图》、"唐李小将军"绘画为例，来说明古诗叙事应详略得当。

古诗至杜甫而"精"，乃以"略"胜；至白居易而"大"，则以"详"胜，两人创作可谓各有千秋，不分高下。

《诗论》认为五律起源于六朝，至唐朝格律开始严格。虽然五律较七律稍易，然而要做到一篇之中"四十字一气"并非易事。《诗论》以间有佳句佳韵、起承转合又能一气而下的五律为佳作，那些"不知一气者""知一气而词不足以运之者""起结鄙纤而中撰工语者"，都是"下技"。七律创于唐初，经沈佺期、宋之问等人不断完善而成熟，然而初盛唐的七律佳作并不多，唯杜甫的七律量多而质善。明朝李梦阳、王世贞、李攀龙等人也是佳作不过数十首。《诗论》特别指出七律与五、七古及五律创作的不同，后三者"可以清空一气如话"，七律则"可以清而不可以空，可以一气而不可如话"，可见七律创作之难。"七律且难，况七排乎"，七排的难度又大于七律。五排则"较七排为易"，《诗论》推崇杜甫的五排，认为其作"清空流利如五言古诗"。谈及绝句，《诗论》认为五绝是从《子夜歌》等古诗发展而来，至"唐人叶以律"，则"尺幅中有千万里之势"。而七绝在唐代的发展并不像七律一样区分初、盛、中、晚："万首绝句，体裁如一，岂句少者易工乎？"的确，绝句虽短小，但想创作出佳作也是不易。如此，《诗论》大致将各种诗歌体裁创作的难易程度定位为：七排最难，五排次之，七律次于排律，五律次于七律，五七古、五七绝、乐府又次于律诗。

通过以上叙述，可以看出《诗论》内涵确实相当丰富，并且往往体现出一种辩证的诗学态度。其中不少具体观点可以与已知贾开宗、宋荦两人的诗学思想相发明。例如《诗论》中反映出贾开宗对杜甫的推崇，这与其现存另一种诗学著作《秋兴八首偶论》正相一致。贾开宗所处的时代，整个诗学主流以宗法唐诗为尚，《诗论》所体现的贾开宗的诗学观点，在一定程度上也折射出时代的潮流。而宋荦一直生活至康熙末年，其诗学思想后来由宗唐转为宗宋，《诗论》保留了他早期宗唐的痕迹，正好可以见出其诗学思想的演变，并且在一定程度上显示出整个清初诗学思想的变化历程。因此，《诗论》作为《诗正》意外保存下来的佚文，从诗学的角度来看也是值得庆幸的。

原载《福建师范大学学报（哲学社会科学版）》2014年第6期

彭宗孟《侍御公诗集》考论

黄成蔚[①]

晚明党争从万历中期开始愈演愈烈，参与者也越来越多。除了最主要的东林党之外，还有其对立面阵营："有齐、楚、浙三方鼎峙之名。齐则给事中亓诗教、周永春，御史韩浚。楚则给事中官应震、吴亮嗣。浙则给事中姚宗文、御史刘廷元。而汤宾尹辈阴为之主。其党给事中赵兴邦、张延登、徐绍吉、商周祚，御史骆骎曾、过庭训、房壮丽、牟志夔、唐世济、金汝谐、彭宗孟、田生金、李徵仪、董元儒、李嵩辈，与相倡和，务以攻东林排异己为事。"[②]传统史学称他们为"齐、楚、浙、昆、宣党"，其中一大部分人因与东林党的现实斗争需要而在天启年间投靠了魏忠贤阵营，还被冠以了"阉党"之名，受到歧视。因而他们的著作及其价值长期无法得到正视与研究，甚至湮没消失在了历史长河中。

但晚明党争的实质和历代党争并无多少差别，都是士大夫之间的朋党之争，因政见、地域或师门之别而党同伐异，齐、楚、浙、昆、宣党和阉党如此，东林党亦如此。而这些阵营中的士大夫，就其人格与才华而论，都是贤愚不均的，不应简单地予以一概否定。而浙党成员彭宗孟就是其中颇值得注意的一位。彭宗孟作为晚明浙党重要成员，《明史》却并未为他立传，除了上文引述的一段文字中提及了他之外，只有在介绍其子彭期生时顺带说了"期生，字观我，海

---

① 浙江大学古代文学博士，现为中国计量大学人文与外语学院中文系讲师，研究方向为明清文学与文献学。
② 张廷玉等：《明史》，中华书局 1974 年版，第 6161 页。

盐人，御史宗孟子"①。

　　彭宗孟的事迹在康熙和光绪两部《海盐县志》里却记载颇详。其中《〔康熙〕海盐县志》的主修者彭孙贻就是彭宗孟之孙②，彭孙贻当对其祖父的生平事迹有更多的了解，也乐于为其祖父立传扬名。且《〔康熙〕海盐县志》对彭宗孟的事迹并未有过多美化，还是以事实为依据进行记述的，因此内容较为可信。而其后的《〔光绪〕海盐县志》则大部分因袭了《〔康熙〕海盐县志》的内容，仅略有增补。从两志中彭宗孟的传记可知：彭宗孟，字孟公，祖上世袭昭毅将军一职，其父彭绍贤即袭此武职。彭宗孟是彭绍贤的长子，却"避世爵不就，读书成进士"③，中万历二十九年（1601）三甲第 207 名进士④，初选朝城县令，有政声，后以御史巡按湖广，忤旨乞归，从此不仕。著有《侍御公诗集》与《江上杂疏》各一卷，其中《侍御公诗集》更是彭宗孟文学创作之集成。虽然两部《海盐县志》已将彭宗孟的大致生平进行了介绍，但诸如其交游、党争心理及诗歌创作理念等皆未言及，而这些正是还原彭宗孟在晚明党争与文坛中地位的重要因素。《侍御公诗集》恰可起到补阙之作用，帮助我们更清晰而深入地对彭宗孟进行研究。

一、《侍御公诗集》的版本信息

　　由于之前针对彭宗孟的研究成果阙如，因此学界对其著作的关注与了解程度也相对比较匮乏。其笔记《江上杂疏》于 1937 年被商务印书馆收入《丛书集成初编》出版，流传相对较广。但《侍御公诗集》则一直未得公之于众，后被收入《罗氏雪堂藏书遗珍》，原书现藏于辽宁省图书馆，堪称珍本。集前有对彭宗孟的简介及明末兵部尚书熊明遇写于崇祯十六年（1643）孟夏的序各一篇，其中简介的作者已不可考，集后有跋一篇，文甚短，兹录于下："顷得此于闺

① 张廷玉等：《明史》，中华书局 1974 年版，第 7115 页。
② 潘光旦：《明清两代嘉兴的望族》，商务印书馆 2015 年版，第 319 页。按潘光旦所列"海盐彭氏家族世系表"，彭宗孟生子彭期生，彭期生生子彭孙贻。另，彭宗孟复有子彭原广，彭原广生子彭孙遹，下文中还将提及。
③ 彭孙贻、童申祉：《〔康熙〕海盐县志》，上海书店 1993 年版，第 224 页。
④ 朱保炯、谢沛霖：《明清进士题名碑录索引》（下），上海古籍出版社 2006 年版，第 2582 页。

人夹刺间，爪侵蠹蚀，殆不胜手指，其刻木今世不传，晒时当手录一编，示我同好。癸酉冬日豹隐居士书。"① 可见此书原有刻本，但其后遭蠹蚀而朽烂，经豹隐居士抄录，即今所见之清抄本，而原刻本已不知所踪。

此清抄本具体抄于何时，本可据"豹隐居士"而定，但"豹隐居士"为别号，非抄录者真名。查《清人室名别称字号索引（增补本）》，别号中有"豹隐"二字者有七位，分别是"豹隐陈大齐、豹隐山房史悠厚、豹隐堂吴宗渭、豹隐堂赵城、豹隐堂赵连城、豹隐楼罗湘林、豹隐庐丁传靖"②。其中可考者为陈大齐、赵连城与丁传靖三人：陈大齐生于晚清，曾任北京大学代理校长、台湾大学校长等职，与彭宗孟同为浙江海盐人，似较有机会获得诗集稿本；赵连城③著有《豹隐堂集》八卷，为清同治杏花村舍刻本，可知赵连城生活的时代当在清同治年间左右；丁传靖为晚清著名藏书家与作家，但其生于清同治八年（1869），卒于1930年，跋文写成时间为"癸酉冬日"，而丁传靖所经历过的癸酉年只有1873年，此时尚且三岁，而后一个癸酉年为1933年，已经去世，因而此跋文当不可能出自丁传靖之手。

此书中有多处避讳字，如七言律诗《将入楚境寄诸旧好及君山弟》中句"飘飘六传御□氛，校猎旌旗亦浪闻"，其中"校"字缺末笔，应为原明末刻本中避明熹宗朱由校之名讳；而五言古诗《赠刘少彝》中句"巧肠夺玄功，笔阵矫纵横"与七言律诗《前登岱（其六）》中句"依镇东皇檀帝孙，玄功走望更称尊"，则同缺"玄"字末笔，应为清抄本中避清圣祖玄烨之名讳。可知原刻本当刻成于明朝灭亡之前，而抄本当抄于康熙帝登基之后，抄录者或为保持原书样貌，未将避明熹宗之讳字改过来，因此才会出现清抄本上避明清两代帝王名讳的情况。从中亦可推断，陈大齐生于1886年，其所经历的第一个癸酉年当是1933年，若是他所抄，则抄录于1933年的抄本不能算作清抄本，就算被罗振玉误认为清抄本，则1933年清朝已经灭亡，陈大齐非满清遗老，他在抄录中也无需再为清朝皇帝避讳，所以抄本出自陈大齐之手的可能性亦可排除。至于其余五位别号为"豹隐"者，由于可考线索有限，未能指，但此抄本诞生于康熙以后当属无疑。

---

① 彭宗孟：《侍御公诗集》，辽宁省图书馆藏罗振玉旧藏清抄本，卷末。
② 杨廷福、杨同甫：《清人室名别称字号索引（增补本）》（上），上海古籍出版社2004年版，第404页。
③ 按，赵连城在其所著《豹隐堂集》中作者题名为"赵莲城"，可知本为一人，现统一从"赵连城"之名。

集中共收诗292首，按诗体顺序编排，依次为五言古诗4首、七言古诗3首、五言律诗24首、五言排律7首、七言律诗193首、七言排律1首、五言绝句2首、七言绝句58首，其中七言律诗体量最大，占全集66%有余。七言律诗大体能看出时间顺序，第一首可确知时间者为《庚子除夕抵都门与刘少彝相劳》，此年为明神宗万历二十八年（1600），可知彭宗孟于此年除夕进京准备参加殿试，并于次年中进士。最后一首纪年诗为《戊辰元旦立春值今上改元》，作于明思宗崇祯元年（1628），此时彭宗孟已辞官回乡多年，纪年诗前后跨度近三十年，从中基本可以勾勒出彭宗孟的仕宦和生活轨迹。

二、彭宗孟的交游唱和研究

综观彭宗孟的交游唱和情况，大致有僧道、同年、同僚与亲属几类，遍布彭宗孟生活的各个时期，特别值得注意的是，作为浙党成员的彭宗孟，不仅与齐楚浙党同僚及其亲属多有来往，与反对派东林党成员亦颇多交游。诗题中所出现的人物，有姓名可确考者就达32人（见表1），还有只知字号而未详姓名者，在此不予计入。

表1

所出诗题	人物姓名	人物情况
侍御公诗集序	熊明遇	兵部尚书
赠刘少彝（二首）、题刘少彝灌木庵、庚子除夕抵都门与刘少彝相劳、江山久别乍见若得故人念刘少彝在建业得相把晤颇足拟也	刘世教	闽清令，彭宗孟海盐同乡
答岳石梁礼部赠别之作、送岳石梁之任岭西	岳和声	顺天巡抚
赠别徐玄仗勋卿（二首）	徐必达	兵部右侍郎
同茅玉英年兄游灵岩	茅瑞徵[①]	南京光禄寺卿
题思泉郑表兄小像	郑心材	彭宗孟海盐同乡，官应天府治中，刑部尚书郑晓之孙
送同年文天民司封请告还岭右	文立绍	彭宗孟同榜进士

---

① 诗题中"茅玉英"真名未详，但可知此诗是彭宗孟写给进士同年的，而与彭宗孟万历二十九年同榜进士中，茅姓者唯有茅瑞徵一人，故推断茅玉英即茅瑞徵。

续表

所出诗题	人物姓名	人物情况
送同年熊仲龙请急还江右	熊化	彭宗孟同榜进士，官御史
九日张衡符中舍，俞忠伯，杨永益两侍御，郭善孺缮部，周孟泰给谏小集，俞杨与余俱需次经年，余方图未得	杨以增、周永春	两人同为彭宗孟同榜进士，其中周永春①为齐党重要成员，官右佥都御史
辛亥除夕表弟贺孝延比部过集、送贺孝延表弟之南秋曹、贺孝延进士以母老乞南得刑部走笔赠之	贺万祚	江西右布政使
送同年姚允初之任琼州兵宪	姚履素	彭宗孟同榜进士
送胡孝辕之合肥	胡震亨	彭宗孟海盐同乡，晚明著名文学家、藏书家
魏太史道冲大父两倅郡满九载，以催科不及格，致其政归。太史尊人中丞公以直节称名臣，未及满而以终养去，先后俱未得疏荣，后中丞以功见录，进少司马，则已不急待矣。逮太史授官，始得请自曾祖考妣而下俱赠官三品，太史将归告之先陇，以侈大主上之恩，因索余言。余心向中丞公有日矣，是恶可辞？爱成一律	魏广微②	吏部尚书兼东阁大学士，阉党重要成员
张君一太史尊翁九十索寿翁先以覃恩封今就养京邸太史请急扶侍归	张以诚	彭宗孟同榜状元，官太子谕德
将入楚境寄诸旧好友君山弟	彭宗砺	彭宗孟同母弟
唐美承台长自淮阳改命督漕北上赋寄（二首）	唐世济③	左都御史，浙党重要成员
为陈中湛侍御题家传	陈于廷	左都御史，东林党人
得杨修龄侍御黔中书并诗卷走笔为答	杨鹤	兵部右侍郎
答寄龙君御大参	龙膺	太常寺卿
太史时良马丈，给舍中怡陈年丈典试楚中，撤棘后适值九日，雨中小集黄鹤楼，时良有作，奉和二首	马之骐	礼部左侍郎，天启中力反魏忠贤、客氏等阉党集团
丙辰元旦过沈君聚水部	沈萃桢	湖广右布政使

---

① 张廷玉等：《明史》，中华书局 1974 年版，第 6161 页，有"齐则给事中亓诗教、周永春，御史韩浚"。
② 张廷玉等：《明史》，中华书局 1974 年版，第 7846 页，有"自秉谦、广微当国，政归忠贤。"
③ 张廷玉等：《明史》，中华书局 1974 年版，第 6161 页，有"浙则给事中姚宗文、御史刘廷元。而汤宾尹辈阴为之主。其党给事中赵兴邦、张延登、徐绍吉、商周祚，御史骆骎曾、过庭训、房壮丽、牟志夔、唐世济、金汝谐、彭宗孟、田生金、李徽仪、董元儒、李嵩辈，与相倡和，务以攻东林排异己为事。"第 6163 页有"而浙人唐世济、董元儒遂助嘉遇排击。"第 6825 页有"都御史唐世济荐霍维华"，霍维华为崇祯帝钦定阉党逆案中人，可知唐世济与阉党成员霍维华亦有交情。第 7933 页"而（温）体仁阴护其事，又用御史史范、高捷及侍郎唐世济、副都御史张捷等为腹心"，可知唐世济以温体仁集团重要成员。

所出诗题	人物姓名	人物情况
答谢傅咨伯学宪	傅淑训	户部尚书
郑孝标表弟四十赋此寿之、来鹤篇为孝标表弟赋时适举子故及之（两首）	郑孝标	彭宗孟表弟
酬谢亢宗樊明府、樊亢宗明府初度适遇立春为成一律奉祝	樊维城	福建副使
冯三峨以诗及佳茗书卷见寄赋答并订后语、乞冯三峨年兄题斋额及对联	冯玄鉴	涪州知州
钱康侯年兄五十友人索诗寿之漫赋	钱士晋	云南巡抚
杨泠然学宪自滇中存问并寄新刻赋谢	杨师孔	浙江左参政，南明阉党成员杨文骢之父
送郑思梦省元应试	郑端允	彭宗孟海盐同乡，刑部尚书郑晓曾孙
得徐檀燕年兄越中书并拜诗扇笋酒之惠赋谢	徐如翰	山西参政
受大中丞东华张公	张延登	左都御史，齐党重要成员
受沈汝迈六十	沈士皋	东林党人沈思孝之子
送朱白岳台长按滇还朝	朱泰桢	兵部主事
毛孺初侍御节孝题辞	毛一鹭	应天巡抚，阉党成员
贻伯登年兄斗酒	阎世科	辽东宁前兵备道参议

另有未详姓名，但知其法号或出家人身份的僧道，在此列表 2 以示：

表 2

所出诗题	人物姓名	人物身份
银山参无相上人口占一偈印可	无相上人	僧人
为萍踪上人题卷、晚晴过银山禅堂示知休萍踪二上人、银山雄踞江浒迥然独出金山意少逊之玉山则坏土矣余戏谓萍踪山本无情乃复以物性贵贱生分别大小心耶萍踪笑谓余山何自知人自分别耳因成一偈	萍踪上人	僧人
答赠月支上人	月支上人	僧人
晚晴过银山禅堂示知休萍踪二上人、赠知休上人	知休上人	僧人
题画赠贞白上人	贞白上人	僧人
寿黄羽士竹楼	黄羽士	道士

细观彭宗孟诗集中的交游情况，一个事实得以渐渐清晰，即晚明党争是有其复杂性的，特别是一些齐楚浙党成员，并非如《明史》中所记"务以攻东林

排异己为事"，与东林党如此势同水火，反过来东林党中的许多成员也并没有如此厌弃齐楚浙党成员，作为个体的人，抛开党争中的政治因素，在生活中主导交游取向的还是文人士大夫之间的认同感。从表中可知，彭宗孟的交游唱和活动确实夹杂着党争成分，如齐党的周永春，阉党重臣魏广微，浙党张延登、唐世济、毛一鹭等人。其中固然有后来投靠魏忠贤，加入阉党的魏广微、唐世济和毛一鹭，但从彭宗孟交游唱和对象略可推断，彭宗孟之所以与他们有唱和交往，不能说没有党争因素，但更多的却是同乡和同年的友谊，如与周永春同为万历二十九年进士，与张延登、唐世济和毛一鹭则同为浙江老乡，而魏广微此时供职翰林院，尚未加入魏忠贤阉党集团，若单论才华，魏广微翰林出身，且仅比彭宗孟晚一科中进士[①]，有着文人之间的认同感亦属正常，甚至在诗中有"共推接武名臣业，但可疏荣事好传"句，对魏广微颇寄期望。这一交游取向在彭宗孟诗集的其他诗作中亦不难看出。而作为齐楚浙党反对派的东林党，彭宗孟与他们依然保持着唱和交往，如为诗集写序的熊明遇，东林党人马之骐、陈于廷与东林党早期重要成员沈思孝之子沈士皋等。一个与传统认识有所不同的浙党成员交游唱和关系网渐渐清晰全面起来了。

三、不同心境中的不同诗风

彭宗孟诗作的风格是随着他不同的心境而变化着的，这些风格的并存，显示出彭宗孟在党争漩涡中的矛盾处境。总的来看，彭宗孟最为突出的诗风体现在两方面：一者为对归隐与佛道境界的向往；另一者为身处党争之中的无奈与愤懑心绪的表露。而身陷晚明党争的士大夫们，也多因党争而遭受这种矛盾心境的折磨。

（一）禅道之风与归隐之意

从诗集中可以看出，彭宗孟与僧道频繁往来，特别是创作了较多有关佛道内容的诗作。其中有与僧道唱和的，有咏叹寺院景色的，还有阐述佛道义理的，

---

① 《明清进士题名碑录索引》（下），上海古籍出版社 2006 年版，第 2584 页。魏广微中万历三十二年（1604）进士，同属阉党的毛一鹭与其同年。

这方面的诗作就多达 33 首，有《银山参无相上人口占一偈印可》《功德废寺》《登玉山寺俄而大风》《为萍踪上人题卷》《过鹤林寺古竹院》《招隐寺》《寿黄羽士竹楼》《香山寺》《碧云寺》《同茅玉英年兄同游灵岩》《登云岫绝顶望海（二首）》《云岫禅林（二首）》《答赠月支上人》《赠僧游五台山》《甘露寺》《晚晴过银山禅堂示知休萍踪二上人》《焦山寺（二首）》《客江千日过晓公兰若题字颇多于其行再成一律》《立夏前一日同孙年兄郊外寓目观西城法座》《碧云流觞因而假宿》《登太和绝顶（四首）》《登塔》《天竺礼大士》《永岳陶文五十寿言兼举子》①《银山雄踞江浔，岿然独出，金山意少逊之，玉山则坏土矣。余戏谓萍踪："山本无情，乃复以物性贵贱生分别大小心耶？"萍踪笑谓余："山何自知，人自分别耳。"因成一偈》《赠知休上人》《题画赠贞白上人》等。同时，彭宗孟也多有表露向往远避朝政纷扰，归隐林泉的愿望，并的确在盛年辞官，这方面的诗作亦为数不少，有《山家》②《山行》③《行春》④《除夕谢丈见枉讶余岁事冷寂拈韵答之》⑤《方图归未得》《归思》《壬子元旦试笔》⑥《戊午元旦》⑦《家园杂言（二首）》⑧《客有问余近事者走笔答之》⑨等。

随着晚明党争的加剧，国事日非，士大夫们"过去曾经信仰、陶醉并努力追求的社会理想、人生理想、审美理想等，现在看来是那样的幼稚、荒谬、可笑……在这种情况下，人们纷纷把目光转向自我，觉得只有个人的精神自由、甚

---

① 诗有"漫说彭钱多道术，何如弘景有丹方"句。
② 诗有"拟向此中携室住，重来异境恐难求"句。
③ 诗有"但得胜游常借客，不须归办买山钱"句。
④ 诗有"近日耕余人足否，再从父老话桑麻"句。
⑤ 诗有"幽兴转于为圃熟，野情只解看云还"句。
⑥ 诗有"赖是偶容藏拙日，寂寥偏爱子云居"句。
⑦ 诗有"巴峡春回江涨急，家山雪后海云低。萋萋莫赋王孙草，拟办轻帆下五湖"句。又有自注曰："余以疏免藩田，蒙恩罚治切责，尚未得代，往遇岁节，请代多得旨。"可见彭宗孟思归心切。又王彬修，徐用仪纂〖〔光绪〕海盐县志〗，《中国地方志集成·浙江府县志辑》，上海书店，1993 年版，第 838 页载："（彭宗孟）巡按湖广，纠参承天守备内监杜茂，故纵爪牙盗葬显陵山麓，内官为之敛焰。福藩膳田多派楚省，额数不足部撤，括废藩产，宗孟疏争括地非祖制，奉旨切责，再上疏，夺俸。司道惧欲加楚赋以充额，宗孟曰：'异日就封者以为例，楚赋将日重，使者宁以身任责。'三上疏争之，神宗稍悟，终不加遣。施秉苗与民争田，哄黔抚张鹤鸣，檄楚师夹剿，公暴与争，谓黔患在仲苗，彼施秉黑苗争田小哄，一有司事耳，未可骚动全楚。黔抚怒，上疏愤诟，楚师终不出，施秉苗旋戡黔，后辈发难仲苗。乙卯，赠解额，藩司请加征，宗孟曰：'民力竭矣，岂可再加括赎镪充之？'是年各省俱加赋，楚独否。向来巡方币岁，瓜期易人更代，神宗末年倦勤，丛胜章奏鲜所报可，即辣试多怨期焉。宗孟既以膳田忤旨，请代疏屡上，候命四年，留中竟不下，仍以亲老乞归，拜疏即行。"可见彭宗孟为民谋利反遭切责，致使其灰心而寻求弃官归隐。
⑧ 诗有"占得人间丘壑长，不妨巢许买青山"句。
⑨ 诗有"壮志久摅非伏骥，童心难遣是雕虫。人疑幻迹藏名外，老爱闲身习懒中"句。

至个人的感官享受等，才是唯一实在的真正有价值的东西"①。如彭宗孟《戊午元旦》一诗，他为了减轻楚地百姓的赋税负担，与朝廷据理力争，但反而忤旨遭切责，原本的人生理想和儒家正统价值理念在现实政治环境的打击下渐趋崩塌，因而他只能将目光转向自我的自由，寻求出世归隐的道路。而他亲近僧道、习悟佛理，正是这种思想的进一步发展，这种出世倾向的、寻求自我的浪漫主义文学，恰与符合传统儒家价值理念的、追求积极入世的复古派文学，成为晚明文学的两大主流。受浪漫主义文学思潮影响的诗人们"大量咏叹佛道思想，高谈学佛学道的心得体会，以至形成一种时代风尚"②，当然，在此并不是说彭宗孟就是一个完完全全的晚明浪漫主义诗人，而是说浪漫主义因其所处的政治环境和心境的变化，已经深刻地影响了他，成了他诗作的主要风格之一。同时，不独齐楚浙党成员的诗风，但凡陷入晚明党争的诗人作家，其作品亦大多存在浪漫主义风格因素，这是时代的印记，虽然东林党人在传统观念中多是心系天下之臣，但他们的诗作中也有不少亲近佛道，向往避世归隐、目光转向自我的浪漫主义元素。

（二）对党争的不满与愤懑之情

彭宗孟身处晚明党争的漩涡之中，并身受党争之害，他在诗中也多有反映其对党争的不满与愤懑之情，这也成了他诗歌创作的一个显著特征，亦是晚明特定历史时代中，许多被卷入党争的士大夫们或多或少所共有的心境和诗文创作主题。如果说亲近僧道、向往归隐成就了彭宗孟浪漫主义诗歌的创作，那么对党争不满心绪的流露，则体现出他对世事的关切与无奈。而对现实政治的关切与无奈，又与从治平天下的理想回归关注自我的浪漫主义创作倾向密切相关。

彭宗孟诗中明显流露出党争与仕宦纠葛者，大多创作于其出仕阶段。有五律《与周声仲谈昌年兄事有感》，七律《放剧园亭客有促余赴留铨任者答赋》《除夕谢丈见枉讶余岁事冷寂拈韵答之》《候补久格自嘲》与《贺孝延进士以母老乞南得刑部走笔赠之》。其中大多出自七律部分，而在彭宗孟的诗作中，由于七律数量占比最大，因此也倾注了彭宗孟最多的创作精力。彭宗孟虽然没有对其七律诗进行有意识的编年，但可以清楚地看到，自从彭宗孟赶考抵京的

---

① 廖可斌：《明代文学思潮史》，人民文学出版社 2016 年版，第 399 页。
② 廖可斌：《明代文学思潮史》，人民文学出版社 2016 年版，第 496 页。

万历二十八年作《庚子除夕抵都门与刘少彝相劳》一诗后，历经十八年，直到
万历四十六年（1618）辞官，作《戊午元旦》一诗，之间或有告假暂归，但总
体来看都是处于出仕阶段，而彭宗孟亦往往会在这些年的元旦和除夕作诗纪念，
无意中给诗作进行了编年。从诗集中可以看出，彭宗孟在出仕阶段皆有诗纪念
每年的元旦和除夕，而在此阶段的其他诗作大多夹于元旦和除夕诗之间，因而
编年较为容易。当彭宗孟致仕归隐之后，有明确纪年的诗仅有《丙寅元旦》《丁
卯除夕守岁》和《戊辰元旦立春今上改元》三首，赶考抵京之前则未有纪年之诗。
所以，《放剧园亭客有促余赴留铨任者答赋》一诗位于《己酉元旦立春》与《己
酉除夕》之间；《除夕谢丈见枉讶余岁事冷寂拈韵答之》一诗位于《己酉除夕》
与《庚戌元旦》之间，可知亦作于己酉除夕当日；《候补久格自嘲》和《贺孝
延进士以母老乞南得刑部走笔赠之》二诗皆位于《辛亥元旦》与《辛亥除夕表
弟贺孝延比部过集》之间，可见这些诗都是彭宗孟出仕阶段对朝政的心得体会。
而五律《与周声仲谈吕年兄事有感》一诗，从诗题可知亦是作于中进士以后。

其中《与周声仲谈吕年兄事有感》一诗就反映了一场晚明激烈的党争。事
关浙党领袖沈一贯，而同为浙党的彭宗孟自然也不能免，此诗即其党争心境的
吐露：

> 吏议关何事，时清忌楚吟。
> 右文元盛世，薄技悔童心。
> 避去名都尽，藏来器自深。
> 非君能顾曲，不敢觅知音。

彭宗孟是归属于浙党阵营的，而浙党的创建人就是沈一贯，史载晚明"党
论渐兴。浙人与公论忤，由一贯始"[1]。彭宗孟万历二十九年中进士，此年九月，
沈一贯即进位为内阁首辅，史载"会志皋于九月卒，一贯遂当国。初，志皋病久，
一贯屡请增阁臣。及是乃简用沈鲤、朱赓，而事皆取决于一贯。寻进太子太保、
户部尚书、武英殿大学士"[2]。其实按《明史·宰辅年表》，自从万历二十六年

---

① 张廷玉等：《明史》，中华书局1974年版，第5758页。
② 张廷玉等：《明史》，中华书局1974年版，第5756页。

（1598）内阁次辅张位罢官闲住，直到万历二十九年九月赵志皋病卒，内阁中仅有辅臣赵志皋和沈一贯两人，而赵志皋一直处于养病状态[1]，遂导致"事皆取决于一贯"，即拥有了等同于内阁首辅的实权，因而作为浙江同乡的彭宗孟得以在此时中进士，虽然没有确凿的证据证明他曾受到沈一贯直接或间接的提携，但于沈一贯掌权时中进士，后又归属于以沈一贯为首的浙党集团，其中亦不可谓没有渊源。

在诗歌首句"吏议关何事，时清忌楚吟"中，就暗藏着激烈的党争情况。从诗歌的创作时间来看，诗中所指的党争事件应当是以万历三十三年（1605）之乙巳京察为核心的一系列政治冲突[2]，在此番党争活动中，以沈一贯为首的浙党成员与政敌们发生了激烈的对抗。所谓京察，就是对官员的定期考核，因此官员的升降沉浮皆系于此，京察制度自明宪宗成化年间始，到万历年间已成定制，一般每六年进行一次，逢巳、亥之年即行京察。由于京察关乎官员的沉浮去留，万历中期以后，京察制度就被党争双方所利用，成了打击敌对势力的政治武器。

乙巳京察中党争的导火线源于"楚王案"，史载："（万历）三十一年，楚府镇国将军华越讦楚王华奎为假王。一贯纳王重贿，令通政司格其疏数月余，先上华奎劾华越欺罔四罪疏。（郭）正域，楚人，颇闻假王事有状，请行勘虚实以定罪案。一贯持之。正域以楚王馈遗书上，帝不省。及抚按臣会勘并廷臣集议疏入，一贯力右王，嗾给事中钱梦皋、杨应文劾正域，勒归听勘，华越等皆得罪。"[3]郭正域是另一位阁臣沈鲤的亲信，二人都与东林党人相交颇厚，认同于东林党的政见，因此与浙党为敌。郭正域与沈鲤本欲借"楚王案"打击沈一贯，却遭浙党反攻，最终以沈一贯全胜告终，遂心有不甘，欲借乙巳京察再度出手。京察由沈鲤亲信温纯主持，史载："始，都御史温纯劾御史于永清及给事中姚文蔚，语稍涉一贯。给事中钟兆斗为一贯论纯，御史汤兆京复劾兆斗

---

[1]　张廷玉等：《明史》，中华书局 1974 年版，第 3372 页。

[2]　《与周声仲谈吕年兄事有感》的前一首诗《过周声仲年兄夜话奉和（其二）》中有句"千里怀人梦，三年去国思"，"去国"一词可理解为离开都城，也可理解为离开家乡。彭宗孟万历二十八年（1600）除夕上京参加科举考试，次年中进士。按《〔光绪〕海盐县志》："万历庚子、辛丑联捷成进士，谒选得朝城县"（《中国地方志集成·浙江府县志辑》，上海书店，1993 年，第 838 页）。由此可知彭宗孟于万历二十九年赴任朝城县令。因此无论是离开都城还是家乡，当万历三十三年乙巳京察之时，三年之数皆可成立。且《与周声仲谈吕年兄事有感》与《过周声仲年兄夜话奉和（两首）》依次排列，交游人物亦相同，可以推断其创作时间不会相隔太久，此诗作于乙巳京察前后无疑。

[3]　张廷玉等：《明史》，中华书局 1974 年版，第 5758 页。

而直纯。纯十七疏求去，一贯佯揭留纯。岁至乙巳，大察京朝官。纯与（杨）时乔主其事，梦皋、兆斗皆在黜中。一贯怒，言于帝，以京察疏留中。久之，乃尽留给事、御史之被察者，且许纯致仕去。于是主事刘元珍、庞时雍，南京御史朱吾弼力争之，谓二百余年计典无特留者。时南察疏亦留中，后迫众议始下。一贯自是积不为公论所与。弹劾日众，因谢病不出。三十四年（1606）七月，给事中陈嘉训、御史孙居相复连章劾其奸贪。一贯愤，益求去。帝为黜嘉训，夺居相俸，允一贯归，鲤亦同时罢。"① 党争的结果是沈一贯与沈鲤两败俱伤。

现存史料中虽尚未找到彭宗孟在乙巳京察中遭到打击的记载，但他作为沈一贯浙党成员，亲历了激烈的党争，目睹了沈一贯之败与朝局的动荡，发出"吏议关何事，时清忌楚吟"的慨叹，借楚吟以表对党争的不满与哀怨之情。但彭宗孟作为一位正直的士大夫，虽然面临着被政敌借京察以打击的危险，却依旧以豁达磊落之心面对吏议。这种哀怨与豁达相交织的情感，正是彭宗孟身处党争中的真实心境写照，最后只能是"避去名都尽，藏来器自深。非君能顾曲，不敢觅知音"，放下心中的抱负，走向避世的林泉，感叹知音难觅、世事多艰，借诗歌来宣泄一腔无奈与纠结。因此，彭宗孟诗中凡涉及党争者，多少会带有一些愤懑避世的情绪。又如《放剧园亭客有促余赴留铨任者答赋》一诗：

> 春来花信即佳期，况值君恩赐沐时。
> 池上官行为白鹭，林中鼓吹是黄鹂。
> 飞觞纠政调繁简，较局占材第正奇。
> 我自家园多阀阅，肯容捷径使人疑？

面对同僚们催促自己赴任，彭宗孟并没有感到欣喜，反而觉得朝中党争官员如同聒噪的黄鹂，使自己烦扰。同时，虽然家乡浙江出了许多朝廷公卿，并形成了势力庞大的浙党，但自己却不想被卷入其中。党争中官员们的进退，往往与自己所在的党派荣辱与共，因此如果出仕，也往往会被认为靠己党势力而进，彭宗孟已经厌烦了党争，不愿意被党争左右自己的仕途，因此说出了"我自家

---

① 张廷玉等：《明史》，中华书局 1974 年版，第 5758—5759 页。

园多阀阅，肯容捷径使人疑"之语，无奈与不平之情跃然纸上。面对逼人的党争形势，彭宗孟只能感叹"年华欲焕任难攀，那遣尘氛到石关。幽兴转于为圃熟，野情只解看云还"[1]与"移官我亦曾南国，悔落京尘逐路歧"[2]。万历三十九年（1611）辛亥京察，浙党随着沈一贯罢归而渐趋失势，京察大权落入东林党手中，于是对浙党成员进行打击，彭宗孟自然受到波及，但他依然以豁达与不屑的心境冷对党争，于当年作《候补久格自嘲》，将不满与愤懑随着嬉笑怒骂宣泄出来：

> 虚传汉使辟循良，启事高天正渺茫。
> 未许寒材供揽辔，可能凡鸟遂鸣阳。
> 客衣谢腊都堪典，旅食经春渐不偿。
> 方朔遇来应大笑，输他月来更空囊。

彭宗孟的内心深处是厌恶党争的，但又无奈被卷入了党争之中。他所交游之人中有齐楚浙党成员，也有东林党成员，他只想做一个为国为民的官员，不想在党争中耗尽光阴与才华。他复杂矛盾的心路历程，也只有通过自己的诗作得以表露，一个真实的彭宗孟，与传统史家眼中"务以攻东林排异己为事"之徒大相径庭。

四、对彭孙遹诗风的影响

在党争漩涡中沉浮的彭宗孟，虽然对仕途的抱负渐渐幻灭了，但作为文人士大夫的他，依然注重对家族后辈们的教育和培养。特别是在他的孙辈中，出了彭孙贻和彭孙遹堂兄弟，彭孙贻长于史学，而在文学上，则彭孙遹的成就较为显著。彭孙遹于康熙十八年（1679）举博学鸿词科第一名，官至吏部侍郎兼翰林院掌院学士、《明史》馆总裁，成为清初文坛上的一代领袖人物。关于祖父对乡人亲族学养的深刻影响，彭孙遹曾在《重修海盐学宫序》一文中回忆道："窃念自祖父以来，由乡校以宾兴于国者，于今盖三世矣，其沐浴于学校之泽者，

---

① 语出彭宗孟诗《除夕谢丈见枉讶余岁事冷寂拈韵答之》。
② 语出彭宗孟诗《贺孝延进士以母老乞南得刑部走笔赠之》。

不可谓不深且厚矣。"① 特别是对自己的子孙，从彭宗孟诗《病中闻龙孙② 诵书声志喜》中，即可见其殷殷关切之情：

> 卧病秋寥寂，书声落枕边。
>
> 送年惟药里，问产只经传。
>
> 顾我惭贻厥，因之独芜然。
>
> 会当催起色，述祖仁新篇。

听到自己孙辈的诵书声，甚至感到病情恢复都有了起色，可见心情之愉悦。彭孙遹亦在《盘城游草序》中说："然予窃有以为龙孙慰者，予家自侍御公以风流被服，兄弟姑姊妹若而人，才质皆不后于人。"③海盐彭氏后辈学养的积累，彭宗孟实导其先，功不可没。

  彭宗孟由于诗集长期湮没，未受到学界重视，因此少有对他诗风的总结与评述。但从其影响颇深的彭孙遹诗中，或可梳理出海盐彭氏自彭宗孟以来的诗风传承。对彭孙遹的诗风，历来认为是颇具唐风的。如清初邓汉仪《慎墨堂诗话》评价彭孙遹的诗风道："羡门丽秀逸之才，兹为应制，亦复云霞珠玉，摇笔而生。能不以延清见许。"④延清即唐初宫廷诗人宋之问的字，邓汉仪认为彭孙遹的应制诗不让唐人宋之问，亦可证明彭孙遹诗作唐风馥郁。又王士禛《渔洋诗话》评彭孙遹诗风道："余尝喜讽诵之，谓刘文房、郎君胄无以过也。"⑤将彭孙遹比作中唐著名诗人刘长卿和郎士元，亦可见彭孙遹之诗颇宗唐风。且《两浙诗话》载："羡门工诗词，与新城王阮亭齐名，时有'彭王'之称。"⑥王士禛在清初力倡"神韵说"，是宗唐的一代诗坛盟主，彭孙遹与他齐名，亦可知其诗风之指归。

---

① 彭孙遹撰、霍希胜点校：《彭孙遹集》（中），浙江古籍出版社2016年版，第487页。
② 龙孙，即陈遇辰的字，陈遇辰亦海盐人氏，陈、彭两家为姻亲世交。按潘光旦《明清两代嘉兴的望族》中"海盐彭氏家族世系表"所列，彭孙婧与彭孙遹同为彭宗孟子彭原广与妻刘氏所出，而陈遇辰之妻即为彭宗婧，因此陈遇辰乃彭孙遹的姐夫。两家既为姻亲世交，故陈遇辰自幼与彭家孙辈子女多有往来，受到彭宗孟的影响，被当作孙辈一样教养。
③ 彭孙遹撰、霍希胜点校：《彭孙遹集》（中），浙江古籍出版社2016年版，第489页。
④ 邓汉仪撰，陆林、王卓华点校：《慎墨堂诗话》（四），中华书局2017年版，第1522页。
⑤ 王士禛撰、丁福保汇辑：《渔洋诗话》，《清诗话》（上），上海古籍出版社1978年版，第171页。
⑥ 陶元藻编、俞志慧点校：《全浙诗话》（下），中华书局2013年版，第1212页。

彭孙遹诗风宗唐，应当是受到了彭宗孟这位家族文脉始祖的影响。虽然有关彭宗孟诗风的直接记述很少，但亦可从彭宗孟诗作中读出一丝唐风。关于明末清初诗坛的宗向问题，大致有唐宋之争，而唐宋诗风之别，南宋严羽在《沧浪诗话》中已明确指出："盛唐诸人惟在兴趣，羚羊挂角，无迹可求。故其妙处透彻玲珑，不可凑珀，如空中之音，相中之色，水中之月，镜中之象，言有尽而意无穷。近代诸公乃作奇特解会，遂以文字为诗，以才学为诗，以议论为诗。"① 综观彭宗孟诗，但凡咏物写景，总以吟咏意象为尚，并未在诗中以文字、才学和议论相标榜，韵律流畅且不喜用典，可见与宋人诗风是存在明显区别的。如七绝《途中杂咏（其二）》一诗：

> 草满芳堤花满林，卷帘春思晓来深。
> 贪看四面青山色，忘却衣衫雨半侵。

不仅意向蕴藉，意在言外，毫无议论用典之桎梏。且首句亦可看出受到了唐代李白名作《清平调》中句"云想衣裳花想容，春风拂槛露华浓"的影响。现在虽很难找到彭宗孟诗风宗向的直接证据，但从他现存诗作来看，其诗风近唐而远宋，当数可证。也正因为彭宗孟如此之诗风，才对其孙彭孙遹产生了较深的影响。

五、结语

通过对彭宗孟《侍御公诗集》文本的解读和考索，一个在传统史家眼中的政治人物，渐渐变得立体而清晰了起来。那个"务以攻东林排异己为事"的浙党成员，他的交游、诗文风格以及内心真实情感，帮助我们得以将一个东林党对立面的党争官员回归到一个传统文人士大夫的本位上进行审视与研究。让我们对齐楚浙昆宣党成员，乃至阉党成员有一个更为客观全面的了解。当然，这一切依然有待学界对相关文献的进一步关注与研究。

原载《文献》2021年第2期

---

① 严羽撰、郭绍虞校释：《沧浪诗话校释》，人民文学出版社1998年版，第26页。

试论中国古代文论中的"具眼"说

谢文惠①

"具眼"一开始是佛教的元关键词，早期的古汉语无"具眼"一词，而多以"具""眼"两个独立的语素出现。随着佛教传入，"具眼"在佛经译介中组合成词，在传统的佛教意味与中国文化所赋予的新义的融合下，其语义进一步发展、演变，衍生出许多富有中国本土特色的文化内涵。"独具只眼""独具慧眼"等成语的广泛运用，"诗眼""文眼""曲珠"等文学评骘术语的普遍流传，"具眼衲僧""具眼者（人）"身份的尊崇与名位的争夺等，无不与"具眼"说的发展息息相关。"具眼"说源自宗教，逐渐移植至诗文、书画等艺术批评领域，其内涵更为丰富，其跨学科、跨领域的应用颇值得重视，但现今学术界对"具眼"说的论述若空谷足音，文论中"具眼"说的专门研究更是无人问津②。本文试图以动态的眼光对"具眼"一词追源溯流，对其内涵的演变进行历时性考察，围绕创作主客体的双重因素，探讨"具眼"说跨界所体现的学理现象，进而探究不同艺术乃至文化之间相互交流与影响的密切关系。

---

① 浙江大学古代文学博士，现为广州中医药大学讲师，研究方向为中国古代文学批评史。

② 现今关于"具眼"说的学术成果如吉光片羽，多以"具眼"代指其所研究的人物，并非将"具眼"作为研究对象，且集中于书画鉴赏领域，如：浮邱生《万卷虽多皆具眼——访我省藏书家何光岳》，《图书馆》1987年第6期；王元建《鲁公具眼人谁继永叔遗编字几存——陈鹏年自书五律诗卷》，《收藏家》2007年第8期；郭怀宇《何为具眼——詹景凤的书画鉴赏活动及其观念》，中央美术学院博士学位论文，2018年。跨界下的"具眼"说研究更是空白。

一、"根"与"识"："具眼"说的佛教文化缘起

"具眼"一词较早见于唐代佛典。佛教主要通过佛典汉译的宗教活动正式输入中土，且佛典汉译发展至隋唐臻至顶峰，"具眼"便是译经的产物。

从现存文献来看，"具眼"在译经中一开始并未被当作一个词语来使用。较早的玄奘编《阿毗达磨俱舍论》言"具眼等根"，这里"具"为动词，"眼"为名词，"眼"是佛家"六根"（眼、耳、鼻、舌、身、意）之首，指眼根，即"眼识发生之所依者"①，"具眼"意为"具眼根"。以"眼"为词根，佛经中诸如"净眼""智眼""普眼""五眼"（肉眼、天眼、慧眼、法眼、佛眼）等术语皆可用来诠释"具眼"之"眼"，"具眼"此时可简单地理解为"具何眼"。眼根生眼识，"根"与"识"互存互补。眼识是"六识"的一部分，佛家向来捍卫"唯识无境""境不离识"的根本主张："色等极微，设有实体，能生五识，容有缘义，然非所缘。如眼根等，于眼等识，无彼相故。"②"色"作为"六境"（色、声、香、味、触、法）之一，不离眼识。《阿毗达磨俱舍论》又道出眼根、耳根与鼻舌身三根的区别："如是眼根虽见不至而非一切，耳根亦尔。""所余鼻等三有色根，与上相违，唯取至境。"③所取之境的宽狭受制于根，根不同，所取之境亦不同。眼根与能否见一切色没有决定与被决定的关系，色境的大小不受眼根的制约，耳根亦然；而鼻舌身三根只能反映与根相应的等量之境。因此，"六根"之中，"眼"尤为重要，其灵活性决定了其对应的"根"与"识"乃至"境"的与众不同，具眼根而后识眼见，然后入禅境，最终悟得玄妙真理，"具眼"成为佛教中智慧眼光的代名词。

自唐以后，"具眼"一词在佛教典籍中大量出现，如五代时期现存最早的禅宗典籍《祖堂集》言"眼在顶上"，将"具眼"与禅师挂钩④。至宋代，印刷技术的发展大大避免了唐代手抄佛经之误，佛经得到了更为广泛的传播。"具眼"一词在宋代佛经中比比皆是，如惠洪《林间录》言若要辨得人之真伪，"直

---

① 丁福保编：《佛学大辞典》，文物出版社1984年版，第1010页。
② ［印］陈那：《观所缘缘论》，中华大藏经编辑局编：《中华大藏经（汉文部分）》第104册，中华书局1996年版，第500页。
③ ［印］世亲：《阿毗达磨俱舍论略注》（上），玄奘译，智敏注，上海古籍出版社2016年版，第77页。
④ 静筠二禅师编：《祖堂集》，上海古籍出版社1994年版，第83页，第336页。

须具眼"①，"具眼"之"眼"指眼识。"具眼"在《五灯会元》中的使用更是不胜枚举，多达三十余处，且多以"具眼禅人""具眼衲僧"等表身份的词出现。宋代佛教渗透于文化领域，表现出不同于隋唐时代的另一种形式的兴盛："佛教文教事业空前发展，自上而下地走向民间，对士大夫的影响、在民众中的影响、对社会生活和文化领域的渗透，都达到了相当的程度。"②宋代诗僧大量诵读佛经，佛经的众多术语便入僧诗。如道冲、道宁、慧空等人所作的偈颂中多次出现"具眼"一词，且"具眼"多与"舌头""顶门"等词连用，"顶门眼"在佛教中意为"最超常眼"，如"顶门具眼人"③，将"具眼"的身份提高了一个档次。值得注意的是释惟一的诗歌《送孚藏主归江西》："云卧胸中蟠万卷，舌端笔端皆具眼。评今论古知几何，寥寥百年骨不冷。"④"舌端笔端"以"具眼"形容，代表了佛典的两种形式：口头和文字形式。"具眼"已逐渐步入了艺术作品评鉴领域。

眼根、眼识和色境这一组序列逻辑互通，"根"是客观绝对的，以"色"为觉知，接收外尘境象；而"识"是主观相对的，以"境"为心性，了别诸般尘境。"根"与"识"是佛教"具眼"说最原始的内涵，基于眼的最根本的"识见"机能，"具眼"才具备摄取和认识外境的特殊功能，因此，"具眼"在众多领域中能有效发挥其自身的品评、识鉴作用自然不足为奇。

二、"宗"与"趣"："具眼"说禅理与文理互化

有唐以来，向佛喜禅渐成风气，尤其至宋代，有"两宋诸儒门庭径路，半出入于佛老"之说⑤。宋代文人士大夫多习染于佛，他们多从文化层面理解佛典，或将佛经中的禅理、术语学以致用，或将这些禅理、术语转化为现实生活中的人生智慧，为艺术与文学创作提供理论依据。在佛儒互化的时代大背景下，"具眼"一词的宗教内涵与文学艺术内蕴互化，被赋予了更多的文化意义。

① 惠洪：《林间录》，见李淼编著：《中国禅宗大全》，长春出版社1991年版，第520页。
② 张志芳：《译以载道：佛典的传译与佛教的中国化》，厦门大学出版社2012年版，第296页。
③ 宗杲：《大慧普觉禅师语录》（上），见纯闻主编：《云居法汇》第5册，大象出版社2014年版，第105页。
④ 北京大学古文献研究所编：《全宋诗》第62册，北京大学出版社1998年版，第39023页。
⑤ 缪天绶选注：《宋元学案》，商务印书馆1931年版，第437页。

　　宋代书画审美趣向的代表黄庭坚，在诗文、书画等方面成就不凡。他自小受禅宗熏陶，且时入丛林，与僧人交游频繁。他与佛教思想渊源甚深，其诗文、书画自然受到佛家的影响。综观黄庭坚的作品，发现他援禅入文的现象最为突出，而禅学中的"眼"似乎成了其诗文书画论的"口头禅"。

　　其一，黄庭坚将"具眼"之佛理与书画论融会贯通。他提出：书法应"'字中有笔，如禅家句中有眼'，直须具此眼者，乃能知之"①，画作应"是中有目世不知，吾宗落笔风烟随"②。其所说的"眼"与佛教所提倡的"正法眼藏"一样，所谓"尽大地一只正眼""有趣有宗"③。他参透禅之"眼"，以"具眼"评画："文湖州《竹上鸲鹆》，曲折有思，观者能言之，许渠具一只眼。"④"具眼"与"曲折有思"联系起来，谓书法含蕴丰富。在黄庭坚看来，"具眼"还有具几只眼之分，他评王羲之书法曰："至如右军书，如《涅槃经》说伊字具三眼也。"⑤他又说"三眼等诸缘，洞视非世目"⑥。从这个角度来看，黄庭坚提出的"具眼"论是有层次的。"三眼"非世俗所有，这里的"具三眼"可理解为"具第三只眼"。很多神祇造像都有第三只眼，此种巧合并非偶然，佛教中的"三眼"说即天眼观最成系统，"三眼"往往与异象、透视等神秘概念相关联，通常被认为是眉间轮的特殊潜能，这种潜能可通往心像开悟的门路。黄庭坚将王羲之书法赞为"具三眼"，可见他对王氏的高度颂扬，也说明了黄氏对"具眼"的熟参。对黄庭坚来说，"具眼"是书法技法的基础，"具三眼"更是对一个书画家最高的褒奖。

　　其二，黄庭坚使"具眼"之禅意与诗文论会合变通。黄庭坚提出的"拾遗句中有眼，彭泽意在无弦"⑦，与圆悟克勤的"不妨句中有眼，言外有意"⑧如出一辙，黄氏的"有眼""无弦"多指禅意。一方面，黄氏熟参佛家"法眼""道眼"，其《黄龙心禅师塔铭》曰："庭坚夙承记莂，堪任大法，道眼未圆，而来瞻窣堵，

①　黄庭坚：《黄庭坚全集》，四川大学出版社2001年版，第719页。
②　黄庭坚：《黄庭坚全集》，四川大学出版社2001年版，第1479页。
③　黄庭坚：《黄庭坚全集》，四川大学出版社2001年版，第1440页。
④　黄庭坚：《黄庭坚全集》，四川大学出版社2001年版，第735页。
⑤　黄庭坚：《黄庭坚全集》，四川大学出版社2001年版，第747页。
⑥　黄庭坚：《黄庭坚全集》，四川大学出版社2001年版，第2353页。
⑦　黄庭坚：《黄庭坚全集》，四川大学出版社2001年版，第201页。
⑧　圆悟禅师：《碧岩录》第二十五则"莲花拄杖"，华夏出版社2009年版，第175页。

实深安仰之叹。"①其《题意可诗后》曰："若以法眼观，无俗不真。若以世眼观，无真不俗。"②"眼"意为认知事物真相、观照真理的眼光。另一方面，黄氏借文字禅以索解"宗趣"，其《自评元祐间字》曰："字中有笔，如禅家句中有眼，非深解宗趣，岂易言哉！"③《论写字法》曰："字中无笔，如禅句中无眼，非深解宗理者未易及此。"④《答洪驹父书》曰："凡作一文，皆须有宗有趣，始终关键，有开有阖。"⑤诗文之"眼"与佛家之"眼"相契合，宗趣是禅门的第一要义，而深解宗趣的途径唯有悟得。"具眼"便是悟得的关键，它既指创作主体应有的审美修养和精神状态，又指写诗作文要如同参佛意宗趣一样，悟出文字的妙处。正如释惠洪《李道夫真赞》所言："眼盖九州，韵高一世。"⑥他将"韵"和"眼"并论对举，又引用黄庭坚之言道："此（东坡《海棠》诗）皆谓之句中眼，学者不知此妙语，韵终不胜。"⑦表明"具眼"是诗文造语之工、韵味无穷的前提条件。

黄庭坚"于义理得宗趣"⑧，援"具眼"禅理入书画诗文的理论影响了后来一大批诗画论者。如李之仪以"具眼"评价黄庭坚诗歌："鲁直具正偏知，为世矜式，不应如是。然予与之厚，雅爱其善游戏，而于游戏中，未尝不出眼目。"⑨李氏所言"具正偏知"与黄庭坚"以翰墨作佛事"⑩的"具眼"说相印证；又言黄氏于游戏中"出眼目"，强调了眼目对悟解及识取宗趣的重要作用。元好问也采黄氏之论评价黄氏之诗："黄鲁直天资峭拔，摆出翰墨畦径，以俗为雅，以故为新，不犯正位，如参禅着末后句为具眼。"⑪元好问称其禅诗的末句为"具眼"，原因在于其禅诗"以俗为雅，以故为新，不犯正位"，"不犯正位"成

① 黄庭坚：《黄庭坚全集》，四川大学出版社2001年版，第853页。
② 黄庭坚：《黄庭坚全集》，四川大学出版社2001年版，第665页。
③ 黄庭坚：《黄庭坚全集》，四川大学出版社2001年版，第677页。
④ 缪天绶选注：《宋元学案》，商务印书馆1931年版，第71页。
⑤ 黄庭坚：《黄庭坚全集》，四川大学出版社2001年版，第474页。
⑥ 曾枣庄、刘琳主编：《全宋文》第140册，上海辞书出版社2006年版，第362页。
⑦ 释惠洪：《冷斋夜话》，中华书局1985年版，第23页。
⑧ 黄庭坚：《黄庭坚全集》，四川大学出版社2001年版，第477页。
⑨ 李之仪：《姑溪居士全集》，中华书局1985年版，第306页。
⑩ 黄庭坚有诗云："昭觉堂中有道人，龙吟虎啸随风云。"史容注"道人"当是圆悟禅师克勤。元好问《蜀和尚颂序》记李屏山语云："东坡、山谷俱尝以翰墨作佛事，而山谷为祖师禅，东坡为文字禅。"元好问：《元好问全集》（下）卷三七，山西人民出版社1990年版，第55页。
⑪ 元好问编：《中州集》，中华书局1959年版，第78页。

为研读黄庭坚诗歌的金针和利器①。此"具眼"代指黄庭坚的诗歌风格，也代指其诗中之"眼"和诗之精髓。元代陶宗仪《书史会要》卷九引黄庭坚语云："作字须笔中有画，肥不露肉，瘦不露骨；正如诗中有句，亦犹禅家'句中有眼'，须参透乃悟耳。"②陶宗仪笔下的"眼"虽然只是对篆隶书法点画形质的要求，但实际上已融合了书画、佛道、诗学三方面艺术风格的内涵，颇具典型意义。

"具眼"本于佛理，众多书画家、诗文家援其"宗趣"之意入批评领域，禅理与文理会通，"具眼"遂成为书画、诗文和禅道的结合体。"眼"源于佛家"根、识、境"，而后演变为"作品意境或形象体系的关键性部位和中心意象"③，中国古代文论中的"句眼""诗眼""文眼"乃至"词眼""曲珠"之说与"具眼"说不无关系，兹不赘述。"具眼"以其固有的审美意味和禅学义理，成为"观者当用"的传统评鉴术语，亦成为中国古代文论的诗性话语。

三、体与格："具眼"于诗文书画批评中会通

宋代以降，书画诗词全面发展，"具眼"的运用由译经领域逐渐扩展至诗文批评与书画批评领域。古代文人多是全才型文人，他们的诗文观和书画观相互影响，故"具眼"一词遂成为诗文和书画批评的重要术语，于诗文和书画批评中会通化成，表达同样的风格趣向和审美旨趣。

于诗文批评领域，"具眼"主要用于评述他人诗文或诗文理论。较早许顗《彦周诗话》曰："东坡祭柳子玉文：'郊寒岛瘦，元轻白俗。'此语具眼。"④宋之思辨理性盛行，争辩不休，许顗以"具眼"评价东坡论郊岛元白，一方面称道苏轼独到之论，另一方面也体现了自己"论道当严，取人当恕"的包容性。再如曾几《次程伯禹尚书见寄韵》"胸中具眼世莫知，笔端有口公能说"⑤，赞

---

① "不犯正位"，本是曹洞宗接引学者、示悟度人的语言技巧，也是研读黄庭坚诗歌之关键。参见张高评《〈诗人玉屑〉论言用不言名——不犯正位与创意诗思》，《山西大同大学学报（社会科学版）》2009年第5期。

② 陶宗仪：《书史会要》，上海书店出版社1984年版，第417页。

③ 孙敏强：《试论孔尚任"曲珠"说与〈桃花扇〉之中心意象结构法》，《文学遗产》2006年第5期。

④ 胡仔《苕溪渔隐丛话》、蔡正孙《诗林广记》皆收录此语。参见何文焕辑：《历代诗话》（上），中华书局1981年版，第384页。

⑤ 曾几：《茶山集》卷三，中华书局1985年版，第23页。

程伯禹具眼于胸，口诉笔端，这里的"具眼"是胸中之"眼"，"眼"的内涵似乎更为抽象，使人自然联想到后世郑板桥的"胸中之竹"论，郑氏之论在某种程度上可以说是对曾几"具眼"说的赓续。曾几之说显然是附会"意在笔先"及"趣在法外"，"具眼"说亦可作为古代言象意之辩的组成部分。以上皆借"具眼"赞美他人，如此类者更仆难数①。此外，也有使用该术语指摘他人者，如范晞文《对床夜语》评论"四灵"曰："四灵，倡唐诗者也，就而求其工者，赵紫芝也。然具眼犹以为未尽者，盖惜其立志未高而止于姚、贾也。"②范氏表达了他认同四灵倡导学唐诗的诗学观点，且认为此观点只有"具眼"者才能提出，然而这里的"具眼"并不完满，也有"未尽"之处，范氏惋惜四灵"立志未高而止于姚、贾"，认为诗歌仅在技巧上拥有辨识度还不够，更重要的是具有诗歌之志。

于书画批评领域，"具眼"用以观书法、评绘画。如明代书画家、文学家孙凤《孙氏书画钞》载画家陈复言曰："古人不可见，所可见者纸上之遗文耳，故诵其诗律者，如闻其言；观其诗法者，如对其人。公所谓百世士者，讵非此耶，惟具眼者知之。"③。这里立足于诗文书画的关系，表明了"具眼"说的普适性。孙氏跨越诗文书画多个文艺领域，才得以有高超的甄别能力，不至于在鱼目混珠的诗文书画市场缺少判断力，其《孙氏书画钞》也因此成为当时书画家案头必备之书。另有以"具眼"论书法字体之例，如明代赵崡《石墨镌华》云："余合数碑观英公书，似当以正书第一，篆次之，分隶又次之，不知具眼者谓之何？"④赵氏认为具眼者需要懂得区别楷书、篆书、隶书等多种字体。

实际上，通观诗文和书画批评领域，二者相通之处比比皆是，这一定程度上和古代通才式的教育模式有关。"具眼"一词在这样的文化土壤中不断被援引和借鉴，反映了诗文论与书画论之间殊途同归的关系，具体表现在二者观点的暗合或风格趣向的一致上，即以不同的论述途径表达一样的审美眼光和终极本旨。批评家们在论述艺术作品的风格体式、品位高低时，借助"具眼"进行阐述，力求使抽象索然的理论变得形象生动，其中最值得一提的是李东阳的"具眼"说。

---

① 再如南宋王霆震《古文集成》卷八收录张子韶语："予闻陈伯修云：《喜雨亭记》，自非具眼目者，未易知也。"体现了陈氏对苏轼《喜雨亭记》的高度赞扬。见曾枣庄编：《三苏选集》，巴蜀书社2018年版，第464页。
② 范晞文：《对床夜语》，中华书局1985年版，第10页。
③ 卢辅圣主编：《中国书画全书》，上海书画出版社1992年版，第882页。
④ 赵崡：《石墨镌华》，中华书局1985年版，第61页。

李东阳沿袭费衮以"具眼"观王安石诗①评价道："其（王安石）咏史绝句，极有笔力，当别用一具眼观之。"②更重要的是他还发展了"具眼"说，且明确提出了"具眼"与"格"的关系论：

> 诗必有具眼，亦必有具耳。眼主格，耳主声。闻琴断知为第几弦，此具耳也；月下隔窗辨五色线，此具眼也。费侍郎廷言，尝问作诗，予曰："试取所未见诗，即能识其时代格调，十不失一，乃为有得。"③

首先，李东阳将"具眼""具耳"并提，一方面是对佛教中具耳、目等六根的继承，另一方面结合了"具眼"的眼光辨识意义和审美风格之义，使具耳、目的内涵更加综合全面。其次，他认为"眼"的对应范畴为"格"。"格"在李东阳看来范围极广：一为体制，"古诗与律不同体，必各用其体，乃为合格"④；二为格律，"音响与格律正相称"⑤；三为规格，"（庄昶）晚年益豪纵，出入规格"⑥；四为风格，"汉魏以前，诗格简古"⑦；五为格力，"格力便别"⑧。因此，"具眼"识辨的对象包括诗的体制、格律、规格、风格、格力等，就如同"月下隔窗辨五色线"一样，识辨要精、要准、"十不失一"。此外，他首创"耳主声"，"声"指声调、音律等。由此，"具眼""具耳"分别指向诗歌的体格和音乐因素，二者融合为一，正与李东阳主张的"格调"说相呼应。眼观与耳听相比较而言，李东阳更强调眼识，他认为"具眼"所识的格调乃为"时代格调"，且是"发人之情性"⑨的格调。同时，他也亲身实践了其"具眼"论："诗之为妙，固有咏叹淫泆，三复而始见，百过而不能穷者。然以具眼观之，则急读疾诵，

① 《梁溪漫志》以"此非具眼者不能"称道王安石咏史诗。见费衮《梁溪漫志》卷七，三秦出版社2004年版，第203页。
② 李东阳：《怀麓堂诗话校释》，李庆立校释，人民文学出版社2009年版，第287—288页。
③ 李东阳：《怀麓堂诗话校释》，李庆立校释，人民文学出版社2009年版，第24页。
④ 李东阳：《怀麓堂诗话校释》，李庆立校释，人民文学出版社2009年版，第6页。
⑤ 李东阳：《怀麓堂诗话校释》，李庆立校释，人民文学出版社2009年版，第60页。
⑥ 李东阳：《怀麓堂诗话校释》，李庆立校释，人民文学出版社2009年版，第192页。
⑦ 李东阳：《怀麓堂诗话校释》，李庆立校释，人民文学出版社2009年版，第205页。
⑧ 李东阳：《怀麓堂诗话校释》，李庆立校释，人民文学出版社2009年版，第228页。
⑨ 李东阳：《怀麓堂诗话校释》，李庆立校释，人民文学出版社2009年版，第21页。

不待终篇尽帙，而已得其意。"① 以"具眼"观诗，不但可辨其体格，还能察其意，李东阳笔下的"具眼"不仅具有辨体意识，还涵盖了辨诗情和诗法之意。

继李东阳将"具眼"引入诗文体格批评领域后，后来诗文评论家纷纷效之，具体涉及两个方面：一是评文人品格和眼光；二是评诗文风格和体式。

明代李贽文中曾多次出现"具眼"一词，多指一个人的才能，如他赞顾右丞说"聪明具眼"②。又曰："当今人才，必不能逃于潘氏藻鉴之外，可以称具眼矣。"③ 意思是说具眼之才应该经得起品藻和鉴别。除了以"具眼"评价诗人外，另有以此评文人观点者，如焦竑赞"裕陵评李白有轼之才无轼之学，可谓具眼"。这样类似的例子在诗话中极为常见，其中，最典型的莫过于胡应麟的《诗薮》。胡应麟曾多次以"具眼"称道诗人们独到的眼光和见解："李于麟云：'唐无五言古诗而有其古诗。'可谓具眼。"④ 李氏"唐无五言古诗而有其古诗"的观点是明清时期争论不休的诗学论题，胡应麟站在诗歌风格和诗歌体裁的立场上推崇这个观点，可见其鲜明的诗学尊体思想。同时，胡氏还以"具眼"表达对清新平淡诗风者的赞赏："（六一）推毂梅尧臣诗，亦自具眼。"⑤ 需要注意的是，胡氏多以"具眼"表达辩证性观点：他以"具眼"观"世希大雅，或以为过盛唐"的晚唐绝句，认为"不待其辞毕矣"⑥；以"具眼"称道颜之推评萧悫之诗，认为"虑思道不以为然"⑦；以"具眼"评"宋人推（杨蟠诗）壮而欧以为粗豪"，"然粗豪易见，寒俭难知，学者细思之"⑧……以上皆乃胡氏对他人诗论的公允评价，也间接地表达了他自己的诗歌主张。诗话中用"具眼"评价诗文的例子还如明人何良俊在《四友斋丛说》中称钟嵘《诗品》为"具眼"⑨。谢榛《四溟诗话》序言："四溟山人，眇一目，称'眇君子'，然其论诗，真天人具眼，弇州《艺

---

① 李东阳：《怀麓堂诗话校释》，李庆立校释，人民文学出版社 2009 年版，第 124 页。
② 李贽：《焚书·续焚书校释》，陈仁仁校释，岳麓书社 2011 年版，第 481 页。
③ 李贽：《焚书·续焚书校释》，陈仁仁校释，岳麓书社 2011 年版，第 30 页。
④ 胡应麟：《诗薮》，中华书局 1962 年版，第 35 页。
⑤ 胡应麟：《诗薮》，中华书局 1962 年版，第 209 页。
⑥ 胡应麟：《诗薮》，中华书局 1962 年版，第 122 页。
⑦ 胡应麟：《诗薮》，中华书局 1962 年版，第 278 页。
⑧ 胡应麟：《诗薮》，中华书局 1962 年版，第 98 页。
⑨ 何良俊曰："盖显然明著者也，则钟参军《诗品》，亦自具眼。"何良俊：《四友斋丛说》卷二四，中华书局 1959 年版，第 214 页。

苑卮言》所不及也。"① 再如翁方纲《石洲诗话》评王渔洋"从人借宋、元人诗集数十种，独手钞《所安遗藁》一卷，良是具眼"②。潘德舆的《养一斋诗话》记载："王新城谓姚氏《唐文粹》别裁具眼，其书颇贵重于世，犹惜其雅俗杂糅，未尽刊削。"③ 将《唐文粹》提升到较高的高度，而此时"具眼"并非堪称"完美"，潘氏的意思是说：即使《唐文粹》可称"别裁具眼"，也不能忽略此书"雅俗杂糅"等缺点。

可见，"具眼"至宋代成为当时人所共识的诗画批评术语。根据这样的书画和诗文审美导向，宋代的诗画品评有了更为精确的标准。除了书画和诗文批评领域，"具眼"一词逐渐渗透到小说和戏曲批评领域④，对这些文体的批评也产生了一定的影响，不一一胪列。

四、真与伪："具眼"共鉴及"具眼者"之异趋

鉴藏领域最讲究"眼识"，"具眼"一词最强调的也是"眼识"，于是该术语自然而然地就进入了鉴藏群体的视线内，也"卷入"了诗文书画市场化的浪潮之中。宋代作伪现象规模化蔓延，众多诗人对此纷纷发出感慨："是名无尽藏，具眼悉和融。"（郭印《无尽桥》）"穷诹远引商是非，具眼落落多传疑。"（王易简《咏保母帖》）宋代向佛习禅的文人往往集书画家、诗人等身份于一身，常化用此禅宗术语于诗文书画论中，于是，"具眼"一词在诗文和书画鉴藏领域表达相类的鉴定方法与审美趣向。

首先，"具眼"大致可用以勾勒目鉴方法的基本轮廓。张丑在其《清河书画舫》中归纳了鉴定书画的四条要诀：观神韵、考流传、辨纸绢、识临仿，其中以"观神韵"为第一要旨，并说道："字数虽不多，而古意具在，观于此者……共看具眼，则山阴自誓之文不孤矣。"⑤ 张氏总结的鉴定方法深得古人品鉴之壶奥，此法仍

---

① 谢榛：《四溟诗话》，中华书局1985年版，第1页。

② 翁方纲：《石洲诗话》，中华书局1985年版，第89页。

③ 陈伯海编：《唐诗汇评》（增订本），上海古籍出版社2015年版，第3527页。

④ 如明末清初剧作家邹兑金的《空堂话》中主人公是明万历间著名的"狂人"张敉，杂剧称他为"具眼的道他作人无长物，兴至把胡荽撒去；有识者却道是终日无部言"。这里"具眼的（人）"与"有识者"相对。参见邹兑金编：《杂剧三集》卷之五《空堂话》，中国戏剧出版社1956年版，第161页。

⑤ 卢辅圣主编：《中国书画全书》，上海书画出版社1992年版，第355页。

受用于今世。在诗文鉴别方面，"具眼"多用以阐发诗文的编选方法。如陆游《冬夜对书卷有感》诗言"万卷虽多当具眼，一言惟恐可铭膺"，主张选书时须有较高的辨识力。面对卷帙浩繁的书海，书籍市场如同绘画市场一样，真假不清，良莠不齐，"具眼"是选择好书的必要条件。其次，不少鉴藏家提出应用"具眼"识真伪。王羲之的《兰亭序》临摹版本多样，临摹技术也极为高超。宋高宗赵构在其《翰墨志》中言："然右军在时，已苦小儿辈乱真，况流传历代之久，赝本杂出，固不一幅，鉴定者，不具眼目，所以去真益远。惟识者久于其道，当能辩也。"① 这里，"具眼目"成为鉴定真品与赝本的前提，宋高宗以为只有经验丰富的"识者"才有这样的眼力和辨识力。此外，亦有主张以"具眼"辨诗歌伪作者，如袁宏道评《拟古乐府》曰："乐府之不相袭也，自魏、晋已然。今之作者，无异拾唾，使李、杜、元、白见之，不知何等呵笑也。舟中无事，漫拟数篇，词虽不工，庶不失作者之意。具眼者辨之。"② 严羽以"具眼"观诗文语言，辨诗文风格，进而推断诗歌的真伪。其《沧浪诗话·考证》曰："杜注中'师曰'者，亦'坡曰'之类。但其间半伪半真，尤为淆乱惑人。此深可叹，然具眼者自默识之耳。"③ 在以"具眼"择诗上，严羽十分细致，他所说的"师曰""坡曰"实乃说话体的一种，结合他在《答吴景仙书》中所言"仆于作诗，不敢自负，至识则自谓有一日之长，于古今体制，若辨苍素，甚者望而知之"④，可得知，严羽通过说话体的不同来判定诗歌风格及真伪，"具眼"在此便发挥了判断作用。再如庞谦孺诗言"君今学诗叩妙理，颇已具眼识精粗"⑤，"精粗"既可以指诗歌版本的精良粗劣，也可以指诗歌文字的精密粗疏，还可以指诗歌内蕴的多寡厚薄。明代杨慎《升庵诗话》认为"具眼"可鉴别时代风格，他评价李郢的《上裴晋公》一诗为"晚唐之绝唱，可与盛唐峥嵘，惟具眼者知之"⑥。不难发现，"具眼"在诗文书画鉴藏领域中的运用范围极大，不仅用以辨识作品真伪，还用以鉴定作品风格。

① 赵构：《翰墨志》，中华书局1985年版，第1页。
② 袁宏道：《袁宏道集笺校》，钱伯城笺校，上海古籍出版社1981年版，第577页。
③ 严羽：《沧浪诗话》，郭绍虞校释，人民文学出版社1983年版，第235页。
④ 严羽：《沧浪诗话》，郭绍虞校释，人民文学出版社1983年版，第252页。
⑤ 庞谦孺《表任赵文鼎监税传老拙所定〈九品杜诗说〉正宗，作诗告之》，华文轩编：《古典文学研究资料汇编：杜甫卷上编》（第一册唐宋之部），中华书局1964年版，第416页。
⑥ 陈伯海编：《唐诗汇评》（增订本），上海古籍出版社2015年版，第4030页。

鉴藏家要求善于辨识，他们对作品真伪、风格的判断和取向都直接影响了后世鉴藏家的判断。同时，随着不同经验和方法的传播与影响力的扩大，某些鉴藏家也成了时代鉴藏风气的引领者，即所谓的"具眼者"。"具眼者"一词也源于佛经。佛学将禅林中能透见一切现象之实相者称为"具眼者"，故佛教中有"具眼衲僧"①之说。《宗镜录》云"具眼人"，这是对具有高明禅术之人的极高褒扬。元代萧士赟《分类补注李太白诗》论及李白伪诗时曾多次提及"具眼者"，如："按此篇造语叙事，错乱颠倒，绝无伦次，董龙一事尤为可笑。决非太白之作，乃先儒所谓五季间学太白者所为耳。具眼者自能别之……"②意谓李白之作自有风格，"具眼者"可通过李白诗歌风格辨定真伪。与黄庭坚并为宋四家之一的书画家米芾在其《海岳名言》中也记载，因蔡京识得米芾书法"太遽异"，故米芾赞蔡京为"具眼人"③。"具眼者"在各个领域都拥有崇高地位和声望。值得说明的是，据初步统计，在使用频率上，"具眼者"于书画鉴藏领域的使用远远超过诗文批评领域。明清时期诗文批评领域"具眼者"的内涵基本沿袭唐宋，而书画鉴藏领域"具眼者"则慢慢染上功利色彩。这和书画鉴藏家们格外重视"具眼"之名位不无关系，关于"具眼者"的悄然争夺之战要从王世贞开始说起。

明代中期，吴派绘画备受追捧，沈周、文徵明等吴门画家把持着当时赏鉴品评的原则，并引领着鉴藏的主流方向，于是被称为明代鉴藏活动中的"具眼者"。而兼具书画家、画论家身份的学者型鉴藏家王世贞评浙派代表画家戴进为"具眼""最高手"，他不因戴进"生前作画不能买一饱"及画价低而否定戴氏绘画的造诣，体现了他以风格不同而非以门户和画价作为绘画优劣的鉴定取向和评判标准。王世贞为浙派画家进行辩护，无意于鄙夷吴派画家。他的意图在于为戴进这一类职业画家的作品树碑立传，使戴进等人在画史上有一定的地位，而这样的"具眼"地位太高，以至于成为明后期书画家与鉴藏家论争的焦点。诸如詹景凤、项元汴等人，竟成了"具眼"奔竞之士。詹景凤借方司徒采山公（方弘静）之口自夸为"具眼"，同时贬低王世贞的地位："曩者但称吴人具眼，

---

① 《碧岩录》第九十九则"肃宗十身"："若是具眼衲僧眼脑，须是向毗卢顶上行，方见此十身调御。佛谓之调御，便是十号之一数也。"参见圆悟禅师《碧岩录》，华夏出版社2009年版，第574—575页。

② 詹锳主编：《李白全集校注汇释集评》（5），百花文艺出版社1996年版，第2710页。

③ 米芾：《海岳名言》，中华书局1985年版，第3页。

今具眼非吾新安人耶？"①这里的"具眼"带有明显的地域之争的色彩，可想而知当时江南鉴藏界名位竞争十分激烈。同时，詹景凤的《东图玄览编》中还记载了更为自负者项元汴的一段话：

> 今天下谁具双眼者？王氏二美则瞎汉；顾氏二汝眇视者尔。唯文征仲具双眼，则死已久。今天下谁具双眼者？意在欲我以双眼称之。……今天下具眼唯足下与汴耳。②

项元汴视别的鉴藏者为"两眼瞎""单眼瞎"，且自矜为"天下具眼"，足以看出此人无知而浅薄。虽然这段话源自项元汴，但项氏在自赞之际不忘夸詹景凤。不论詹氏出于何种意图记录此话，都足可管窥到当时书画鉴藏领域的一些口舌之争，而这场纷争的最后"赢家"却是董其昌。他曾说米芾"不足称具眼人"，而自诩为"三百年来一具眼人也"，否定了所有前辈。明代及明以后"具眼者"之辩，皆可视作争抢时代鉴藏地位的体现。鉴藏家们对"具眼"的争论实则是一场关于鉴藏的主导权的唇枪舌剑。

诗文批评和书画鉴藏领域中持"具眼"观点识鉴艺术者屡见不鲜，"具眼"在其中发挥着同样的鉴别作用，异轨而同奔。从两个领域的不同侧重点来看，诗文批评中的"具眼"重作品风格与水平高低，更强调鉴赏；而书画鉴藏中的"具眼"多针对作品真伪、鉴藏方法和鉴藏者名利地位，强调鉴定。但从识鉴的出发点和落脚点来看，二者的"具眼"内涵皆源自佛教文化，皆旨在以去伪存真的立场鉴赏艺术作品，力图给出一个公允的评价，进而还原艺术作品的本来面貌。

五、结语

由此看来，"具眼"一词从佛教术语扩展为品评术语和鉴藏术语，兼具评价功能和辨识功能，其内涵由佛教中的禅理扩展为诗文书画批评中的文理，涵括了评鉴作品风格和体式、总结作伪伎俩和辨伪方法等含义。它在不同时代、

① 卢辅圣主编：《中国书画全书》，上海书画出版社1992年版，第38页。
② 卢辅圣主编：《中国书画全书》，上海书画出版社1992年版，第54页。

不同领域的发展，说明了随着时代的发展，文学中的流派思想愈加激烈、辨体意识更为细致；它在诗文领域和书画领域的双向发展，表现出不同艺术之间的交锋融合和同样的指归。文人们借"具眼"的禅宗禅趣思考虚静澄明的主体状态，进而推至博观约取的评鉴和创作过程。在此过程中，主客体双重因素并存，批评家们最后又回到"具眼者"主体本身，去伪存真，表现了他们对创作主客体身份的自觉体认。"具眼"说以较强的包容性和丰富的内涵跨越了诗文批评和书画鉴藏等多个领域，融诗书画禅于一体，一方面表达了学者文人型的书画鉴藏家们对传统艺术的认同和超越，另一方面也反映了中国古代文艺批评一体化的哲学特征。所谓"具眼"实则就是中国人认识艺术进而把握世界的方式，即通过身体乃至生命来感知、认识世界。这种方式是具象且一致的，既表现了不同艺术门类各自不同的独特性，又表现了不同领域之间的联系和内在统一性。

原载《浙江大学学报（人文社会科学版）》2020年第2期

班固辞赋观矛盾与局限管窥

吴雪美①

一、"王权"场域下的两汉赋论

"王权"即政治。两汉辞赋创作与赋论具有鲜明的王权烙印。东汉桓谭《新论》记载:"汉武帝材质高妙,有崇先广统之规,故即位而开发大志,考合古今,模范前圣故事,建正朔,定制度,招选俊杰,奋扬威怒,武义四加,所征者服;兴起六艺,广进儒术,自开辟以来,惟汉家最为盛焉。"②汉武帝雄才大略,缔造了汉帝国之繁荣图景,并对文艺发展推行了一系列促进政策。在王权与政治渗透下的汉代文学书写整体上呈现以下趋向:一是以儒家经学为主导,追求功利性与实用性,以"宣汉""颂美"为指归;二是形式上追求"巨丽"之美,语言繁盛广博;三是向宫廷化聚拢,为王权立言。

首先,汉武帝"罢黜百家,独尊儒术",置五经博士,儒家思想成为两汉主导思想,经学成为两汉学术主流。汉代官学与私学皆讲授儒家经典,汉儒解经成为一时风尚,开始出现古今文经学之争,而不同创作者亦有家学或师承渊溯,经义之学构成"辞章"语体的重要内容。其次,政教与功用占据文学创作主导,政论散文指摘时弊、以古鉴今,骈辞大赋润色鸿业、歌功颂德,皆与"王权"需求紧密相连;同时汉代政治稳定,经济繁荣,国力强盛,催生了两汉文学"苞

---

① 浙江大学古代文学专业在读博士生。
② 严可均:《全上古三代秦汉三国六朝文》,上海古籍出版社2009年版,第530页。

括宇宙、总揽天人、贯通古今的艺术追求"①，赋体铺叙修辞及夸饰达到极致，充分展现大汉帝国之蓬勃气象。汉赋以歌功颂德、驰骋才学而独具特色，深受帝王喜爱与青睐，成为两汉时人倾力创作的一种文体；两汉文章以政论散文和史传散文成就最高，政论目的在于巩固皇权，史传以帝王事迹及群臣掌故为叙述核心；乐府采诗、献诗要经过宫廷文人的润饰与修改，"皆感于哀乐，缘事而发，亦可以观风俗，知薄厚云"②。文学创作具有贵族化、宫廷化趋势。汉赋较早兴盛于诸侯幕府，梁孝王刘武广筑苑囿、延纳各方才士，形成以司马相如、枚乘等为中心的梁园文人群体，这些人诗赋唱和、笔耕不辍，创作了大量文学作品，如淮南王刘安召宾客著书立说，群臣创作著述颇丰。此外，汉武帝为加强中央集权，提高"王权"的绝对权威，实施朝官廷辩制度，积极延揽各路人才，诸侯幕僚之宾与战国时期纵横之士纷纷汇聚京城。这些人即是后来文学侍从之臣的由来，并由此形成宫廷文学创作之风气，尊经与颂美在"王权"场域的"软控"之下，成为两汉文学创作的显著特征。

汉赋历经骚体赋、散体大赋、京都赋、抒情小赋四个不同阶段的嬗变，在"王权"政治场域影响下，其篇章书写具备以下特征：一是散体大赋歌功颂德，以颂美为核心；二是汉赋语体融经义之学与"辞章"之美为一体，然"美""刺"比例失衡；三是辞赋献纳成风；四是赋家辞赋创作与赋论互有矛盾。于创作而言，题材方面骋辞大赋以帝王宫殿、园囿、京都等为对象，文章鸿裁巨制、气势恢宏；思想方面体国经野、"宣汉"诵德，与古诗政教、讽喻挂钩，"或以抒下情而通讽谕，或以宣上德而尽忠孝，雍容揄扬，著于后嗣，抑亦雅颂之亚也。故孝成之世，论而录之，盖奏御者千有余篇，而后大汉之文章，炳焉与三代同风"③。修辞方面铺采摛文、堆砌辞藻，语体的描绘性、叙述性、罗列性使赋体创作几乎"无物不可入，无事不可入"，具有极强的叙事容纳性。此外，汉赋宫廷化趋势与献赋制度对汉赋产生深刻影响。汉赋随着各路人士聚集京城而成为一种宫廷文学，"与贤人失志之赋的一个极大的不同就是汉赋回到王言传统，从过去传说的天子听政回归到真正的天子听政"④，回归王言传统、代天子立言是汉赋创作

① 袁行霈：《中国文学史·第一卷》，北京高等教育出版社1999年版，第159页
② 班固：《汉书》，中华书局1964年版，第1756页。
③ 萧统：《文选》，上海古籍出版社1986年版，第3页。
④ 许结：《赋学讲演录·二编》，北京大学出版社2018年版，第80页。

宫廷化的必然结果。两汉时期献赋是一条有效的入仕之途径，"故言语侍从之臣，若司马相如、虞丘寿王、东方朔、枚皋、王褒、刘向之属，朝夕论思，日月献纳"①。武帝和宣帝皆好辞赋。汉武帝读司马相如《子虚赋》"恨不为同时之人"，后诏相如入朝，相如再献《上林赋》《大人赋》，武帝读之有"飘飘然有凌云之志"；再如汉宣帝认为"辞赋大者与古诗同义，小者辩丽可喜"②。帝王对辞赋的喜好及宫廷文学侍从的倾力创作推动汉赋的繁荣发展，成为"一代文学之胜"。

两汉赋论散见于史籍或赋序中，较为零星。较早是司马迁在《史记》中的论述："相如虽多虚辞滥说，然其要归引之节俭，此与诗之风谏何异？"③从政教角度评论。司马相如《西京杂记》以"赋迹""赋心"为中心探讨作赋之法④。扬雄早年倾慕司马相如，大力模仿其赋作，然晚年却对赋进行严厉批评，认为辞赋为"雕虫篆刻""壮夫不为"。两汉赋论最具代表和影响力者要数班固。班固在《汉书》《〈两都赋〉序》中对汉赋的评判与论述是较为具体而全面的，然而在内外因素的共同作用下，班固以"讽谏与否"及"颂美意识"为中心构建的辞赋理论体系，存在言语上乃至思想上的矛盾与局限。敏泽指出："其关于汉代辞赋的意见，比较零星（既见于《汉书》的《艺文志》与其有关的传记，又见于他的《〈两都赋〉序》），又常常自相矛盾。"⑤踪凡亦认为："班固的汉赋观的确有自相矛盾之处，但以'零星'论之未免有点片面。"⑥王权政治对两汉赋论的影响，早期政治与文学的关系，是审视班固辞赋观的前提与基础。关于班固辞赋观存在矛盾的问题，亦有不少研究者提及，然仍缺少深入细致的论述。

二、班固辞赋观矛盾之论与局限所在

细考班固《汉书·艺文志》《汉书》赋家传记及班固传世赋作中的辞赋批评，

---

① 萧统：《文选》，上海古籍出版社 1986 年版，第 2 页。
② 班固：《汉书》，中华书局 1964 年版，第 2829 页。
③ 司马迁：《史记》，中华书局 1963 年版，第 3073 页。
④ 《西京杂记》中关于司马相如作赋之论，其真伪尚有争论，然司马相如关于如何撰写汉赋的理论，具有赋体创作论价值，"赋迹""赋心"之说后世赋论给予重视。
⑤ 敏泽：《中国美学思想史》，中国社会科学出版社 2014 年版，第 351 页。
⑥ 踪凡：《班固对汉赋的研究》，《南京师范大学文学院学报》2006 年第 2 期。

可知班固辞赋论断矛盾之处，主要体现在以下几点：一是对屈原及《离骚》的评价；二是对汉赋"讽喻与否"的判断；三是对赋家态度及赋体文学体式缺点的认识与阐释；四是辞赋理论与个人创作倾向相偏离。

首先，班固在《汉书·艺文志》"诗赋略"结尾叙论对屈原给予高度赞扬，却对汉大赋语体颇有微词。他认为"贤人失志之赋作矣"[1]，而"大儒孙卿及楚臣屈原离谗忧国，皆作赋以风，咸有恻隐古诗之义"[2]，认为屈原赋具有古诗讽谏之意；而"宋玉、唐勒，汉兴枚乘、司马相如，下及扬子云，竟为侈丽闳衍之词，没其风谕之义"[3]，对汉赋语言特征进行了批评。"侈丽"形容服饰奢侈华丽，"闳衍"形容文章语言恢宏繁缛，说明班固能认识到汉赋语体自身的缺点。扬雄晚年对自己模仿司马相如倾力创作辞赋的行为懊悔自责，班固则表示认同；班固称屈原为"辞赋宗"[4]，很显然这段叙论中的"贤人"特指屈原，不包括以枚乘、司马相如为代表的赋家在内[5]。班固认为屈原"作赋以讽"，与古诗并举，且在《离骚赞序》中亦持相同观点[6]。然在《楚辞补注》中的《离骚序》[7]中，班固却对屈原质疑。其文曰：

> 今若屈原，露才扬己，竞乎危国群小之间，以离谗贼。然责数怀王，怨恶椒、兰，愁神苦思，强非其人，忿怼不容，沉江而死，亦贬絜狂狷景行之士。多称昆仑、冥婚宓妃虚无之语，皆非法度之政、经义所载。[8]

于此班固否定了《离骚》的讽喻之义，并对屈原"责数怀王"、忧愤沉江的行为进行否定，称《离骚》为"昆仑、冥婚宓妃虚无之语"，与经义之旨相悖离，显然与《汉书·艺文志》诗赋略序言及《离骚赞序》中的态度相互矛盾。

---

① 班固：《汉书》，中华书局1964年版，第1756页。
② 班固：《汉书》，中华书局1964年版，第1756页。
③ 班固：《汉书》，中华书局1964年版，第1756页。
④ 洪兴祖：《楚辞补注》，中华书局2006年版，第49页。
⑤ 班固认为枚乘、司马相如等赋家为"言语侍从之臣"，不属"贤人失志之赋作"之范畴。
⑥ 《离骚赞序》曰："屈原以忠信见疑，忧愁幽思而作《离骚》。离，犹遭也；骚，忧也，明己遭忧作辞也。是时周室已灭，七国并争，屈原痛君不明，信用群小，国将危亡，忠诚之情，怀不能已，故作《离骚》，上陈尧、舜、禹、汤、文王之法，下言羿、浇、桀、纣之失以风。"
⑦ 亦有文献称《楚辞序》，如《文选·赠白马王彪》李善注曰"班固《楚辞序》"。
⑧ 洪兴祖：《楚辞补注》，中华书局2006年版，第49—51页。

《离骚序》是否出自班固之笔存有争议①，班固的真实态度是什么，何以会出现这样一段言论，不免让人困惑。

其次是关于汉赋"讽喻与否"判断上的矛盾。汉赋是否具有讽谏功用，班固有肯定亦有否定。《汉书·艺文志》诗赋略序言肯定楚辞的讽喻价值后，对枚乘、司马相如等提出了批评，认为枚乘、司马相如"没其风谕之义"；然在《〈两都赋〉序》中，班固又对汉赋给予称赞，班固云"赋者，古诗之流也"，同时描绘了汉赋创作的一个盛况。在《〈两都赋〉序》中，班固肯定了汉赋"润色鸿业""歌功颂德"之功用，极大提高汉赋的地位，将汉赋与古诗同源并举，"或以抒下情而通讽谕，或以宣上德而尽忠孝，雍容揄扬，著于后嗣，抑亦雅颂之亚也"，给予汉赋极高评价与赞扬。仔细分辨，班固将司马相如、枚皋、东方朔定义为言语侍从之臣②，区别于孔臧③、董仲舒④等公卿大臣之赋，并说他们"朝夕论思，日月献纳"，细细考量，却稍带有嘲讽之嫌；司马相如、枚乘等西汉赋家在当时地位不高，班固把公卿大臣拉入辞赋创作队伍里，目的在于提高赋体文学的地位与影响力。班固在《〈两都赋〉序》中将楚辞与汉赋进行区分，他说"故孝成之世，论而录之，盖奏御者千有余篇，而后大汉之文章，炳焉与三代同风"⑤，这一段评述已经不包括屈原楚骚在内，单独指向汉赋。总之，班固在《两都赋》中极力提高辞赋文学地位，说其"炳焉与三代同风"，与《汉书·艺文志》诗赋略序言⑥、《离骚序》中的评论形成矛盾之论。

第三，对两汉赋家态度及汉赋缺点认识与评价上的矛盾。《汉书》为诸多赋家立传，然在班固笔下两汉赋家的地位并不高。如东方朔为武帝言语侍从之

---

① 《离骚序》作者存争议，有研究认为非出自班固，但无确凿证据；有研究认为，此段文字非出自班固本意，乃是为汉明帝代言。班固为儒学世家出身，其思想是复杂的，他和班彪虽对《史记》给予高度赞扬，但二人都曾经从儒家经义角度对司马迁提出否定之处；班固受儒家经学影响较深，且入朝为官，受统治阶级权利的约束，这段序言仍可作为考察其辞赋观的依据。

② 枚乘、枚皋、司马相如、东方朔、王褒、刘向等汉赋主要代表作家，而两汉时期具有代表性的经典赋作大体皆出自"言语侍从之臣"。

③ 《汉书·艺文志》载："太常蓼侯孔臧赋二十篇。"《孔丛子》卷七："孝武皇帝重违其意，遂拜为太常，其礼赐如三公。在官数年，著书十篇而卒。先时，常为赋二十四篇，四篇别不在集，以其幼时之作也。"现存《谏格虎赋》《蓼虫赋》《鸮赋》《杨柳赋》，亡佚20篇。据彭春艳《汉赋系年考证》（上海古籍出版社2017年版）第47页。

④ 董仲舒《士不遇赋》见于《古文苑》卷三、《汉魏六朝百三家集》卷三、《历代赋汇》外集卷三。

⑤ 萧统：《文选》，上海古籍出版社1986年版，第3页。

⑥ 《汉书·艺文志》"诗赋略"序言："其后宋玉、唐勒，汉兴枚乘、司马相如，下及扬子云，竞为奢丽闳衍之词，没其讽喻之义。"

臣"滑稽不穷，常侍左右"①，"尝至太中大夫，后尝为郎，与枚皋、郭舍人俱在左右，诙啁而已"②。枚乘之子枚皋最善作赋"为文疾，受诏辄成"③，然"皋不通经术，诙笑类俳倡，为赋颂好嫚戏，以故得媟黩贵幸，比东方朔、郭舍人等，而不得比严助等得尊官"④，赋家在皇帝身边扮演着俳优的角色，应诏作赋，以辞赋取悦皇帝；司马相如在朝中因受不了委屈"称疾避事"。这些情况说明两汉赋家的真实境遇——不为统治阶层重视，以"俳优畜之"，与同时代的公卿大臣是不能相提并论。班固在《汉书·叙传》中评司马相如"文艳用寡，子虚乌有，寓言淫丽，迁风终始，多识博物，有可观采，蔚为辞宗，赋颂之首"⑤，将司马相如誉为"赋颂之首"，对司马相如给予高度评价，这里又与《汉书·艺文志》诗赋略构成矛盾。

第四是辞赋理论与个人辞赋创作倾向的矛盾。《幽通赋》叙班固家庭突遭变故之事，情感哀思怅惘，可谓性情之作；《幽通赋》语言似骚体，多以兮字结尾，情感真挚而无宣汉颂美之辞；《竹扇赋》是以七体为文的咏物小赋，叙竹子被制作成竹扇的具体过程，篇幅简短，质朴无华，接近于七言诗；《终南山赋》吟咏终南山雄伟之势，语言清新自然；《览海赋》亦为抒情言志之作，勾勒大海瑰丽壮观之象，继承屈原楚骚遗风；《白绮扇赋》同样为咏物小赋，恕不赘述。综观班固流传的七篇赋作，除《两都赋》承袭司马相如汉大赋体制，其余赋作篇章都不似汉代散体大赋般追求形式上的华丽，而是以抒情言志、咏物叙情为主。

班固辞赋论断局限之处主要体现在以下几点：一是虽有分体意识，但对辞赋区分与界定不清晰，在阐释中往往将楚辞、汉赋相提并论；二是关于赋体文学起源的论述，如"赋者，古诗之流也""雅颂之亚""贤人失志之赋作"在不同文献语境中，为片段之言，无具体阐释；三是论辞赋时过分尊显汉室，以宣汉为旨，同时其对屈原及《离骚》存批评之论，褒贬态度存在矛盾。

其一，《汉书·艺文志》将屈原楚辞与汉赋合为"诗赋略"一辑，将屈原

---

① 班固：《汉书》，中华书局1964年版，第2844页。
② 班固：《汉书》，中华书局1964年版，第2366页。
③ 班固：《汉书》，中华书局1964年版，第2366页。
④ 班固：《汉书》，中华书局1964年版，第2366页。
⑤ 班固：《汉书》，中华书局1964年版，第4255页。

的作品归类称为"屈原赋"，与陆贾赋、孙卿赋、杂赋并列，以辞赋统称，可知班固对辞赋概念没有严格区分。宋代郑樵《通志·校雠略》云："惟刘向父子所校经传、诸子、诗赋，冗杂不明，尽采语言，不存图谱，缘刘氏章句之儒，胸中元无伦类。"①认为班固对文体的区分是不明朗的，没有明确的标准和依据。如在《汉书·艺文志》序言中班固将屈原作品称为"屈原赋"，能赋可为大夫、贤人失志之赋作，将楚辞称为赋；而在《〈两都赋〉序》中所论之赋，又不包括屈原赋在内，指两汉赋作，辞与赋往往相杂在一块。班固的辞赋观可分为楚辞观及赋学观两个方面，阐释过程区分不明确，对楚辞的肯定与对汉赋的质疑容易混淆。

其二，班固辞赋观散见于不同文献中，无完整的长篇论述。班固关于辞赋的论述留存下来的文字其实是有限的，只能通过综合考察来考量班固的辞赋观。班固"赋者，古诗之流""不歌而诵谓之赋""雅颂之亚"等观点的提出，没有进一步的阐释说明，对于辞赋分类的准则也没有详细的论述；在《汉书》赋家传记中，班固许多材料继承《史记》，班固在沿用司马迁材料的同时，承袭司马迁的辞赋观，虽有变化之处，但班固亦没有做出说明。班固辞赋观受到政治因素影响较大，主体意识表达受缚。《〈两都赋〉序》有其特定时代背景，创作过程存在功利性、目的性，无法作为纯粹的文学家的审美判断。

其三，班固辞赋观以"讽谏"和"颂美"为中心，过分尊显汉室。班固辞赋观不论是在《〈两都赋〉序》，还是在《汉书·艺文志》及《汉书》赋家传记中，辞赋是否具有或发挥讽谏功用，成为班固发表评论的重要依据，班固有意突显辞赋地位，将辞赋作为古诗源流论之，却又时不时表露批评之意。班固从讽喻角度出发，认为"赋者，古诗之流也"，将汉赋与古诗并举，晋代皇甫谧、左思等亦持此说。皇甫谧《〈三都赋〉序》云："诗人之作，杂有赋体。"将《诗经》"六义"之"赋"与文体之"赋"进行了联系，抓住赋体文学的铺陈特征。然而《诗经》中仅存的叙事诗为《大雅》周民族史诗，其叙事性特征被消解，《诗经》不存在大量铺陈的作品，汉赋铺陈的特征又如何从《诗经》而来？若从讽谏的角度论述，汉赋虽然有讽谏成分，但其"劝百讽一"，文章整体以歌颂赞

---

① 郑樵：《通志十二略》，中华书局1995年版，第1821页。

扬为主，后人用"曲终雅奏"来缓解汉赋"劝过于讽"的尴尬处境，这与《诗经》传统美刺精神已相去甚远。

三、班固辞赋观矛盾与局限形成原因

班固辞赋观矛盾与局限形成之内在原因主要有以下几点：

其一，"王权"场域与赋论话语相黏附。"王权"对两汉文献书写话语"软控"最典型的案例为《汉书》的撰写。永平五年（62年），班固修《汉书》因人告发"私修国史"而身陷囹圄，其弟班超将班固修史手稿上呈汉明帝，阐明班固以"宣汉"为目的的修史意识，才免致杀身之祸，后班固奉诏入皇家校书部供职，拜"兰台令史"，明帝下诏让他以颂"汉德"为旨继续修完史书，《汉书》在这样的历史与政治情境下得以继续，"王权"把控着文献书写的话语权。《两都赋》序文关于辞赋的阐释，主要从赋体功用的角度，肯定赋体文学创作的政治价值与社会价值。《文选》卷一《两都赋》题下李善注："自光武至和帝都洛阳，西京父老有怨，班固恐帝去洛阳，故上此词以谏，和帝大悦也。"[①] 说明了《两都赋》的创作动机。自东汉建都洛阳后，"西土耆老"多次提及迁都之事，班固因作《两都赋》以驳之；班固在章帝东巡狩之时，已体察圣意，《两都赋》的目的是说服皇帝不要迁都，同时也是顺从了皇帝之意。班固为了实现政治意图，在《〈两都赋〉序》中提高赋体文学地位与影响，却非纯粹文学审美方面的评判。班固将汉赋视为"古诗之流""雅颂之亚""抒下情，通讽谕""宣上德，尽忠孝"，将其放到两汉儒家经学视野中进行考察，政治因素的介入与统治阶层的干涉促使《两都赋》成为统治者意识形态的构建，成为班固辞赋观矛盾主要原因之一。

其二，经义之学与"辞章"之美互有矛盾。汉赋融经义之学与"辞章"之美于一体，然在文学自身规律与审美倾向的影响下却难以调和融通。班固对汉赋的评论大体可分为两类："一类是以《两都赋序》中提出的'赋者古诗之流'为代表的宗经致用的赋学观，一类是以《汉书·艺文志·诗赋略》中提出的'贤人失志'为代表的注重文学抒情传统，试图不受经学和现实政治的桎梏，力求

---

① 萧统：《文选》，上海古籍出版社1986年版，第1页。

以文学眼光来评判文学创作的抒情文学观。"① 汉赋与经学关系复杂，在以经学为尊的时代背景下，两汉作家经历了"自由—依附—自由"的转变，文人难以实现人格的真正独立。纵横家可以自由发表自己的观点，而赋家充言语侍从之臣，为统治阶级代言。司马迁"发愤著书"将《史记》创作宗旨定位为"究天人之际，通古今之变，成一家之言"，具有强烈批判色彩、传奇色彩；班固"劫后余生"，入朝为官，调整了对当时文学的评判态度。汉赋作为当时最兴盛的一种文体，与经学挂钩，"赋者，古诗之流""赋者与讽谏何异"的论述带有政治因素。扬雄后期对赋"劝百讽一"的特点提出了批评，并批判自己的作品。班固在撰写《汉书·艺文志》以及著录汉赋篇章的过程中，不可能对赋体文学的这些特点视而不见。班固《两都赋》分为《西都赋》和《东都赋》两篇，在艺术形式上模拟和吸收司马相如、扬雄散体大赋的创作经验，文章逐层铺叙，极尽夸张之能事，但在结尾处给予讽谏，也是回归政治、回归经学的一种表现。汉赋是一种修辞的语体，而文学具有自身审美规律与特点，经义之学与"辞章"之美的矛盾也是促成班固辞赋观矛盾之论的重要原因。

其三，汉赋语体"美""刺"比例失衡。"美"指颂美，"刺"指讽喻，汉赋"劝百讽一"的形式极大削弱了汉赋创作的反讽意图，造成"美""刺"比例失衡的根本原因在于"王权"场域的"软控"。赋家充当言语侍从之臣，给皇帝出谋划策或劝谏也是他们的职能，在"王权"场域下，大臣们在劝谏的时候要照顾到皇帝的情感体验，汉武帝好大喜功，汉赋对汉帝国极尽奢华的描绘满足了皇帝的需求。于讽谏而言，自古以来臣子对帝王的劝谏都极其讲究方式，"直谏""婉谏""抗谏"，因为稍有不慎就会招来杀身之祸，后世辞赋研究有赋体来源于俳词、谐语之说，"孟优谏马"就是最生动的案例，采用正话反说的方式，让帝王自己察觉到言行上的不是，汉赋"劝百讽一"的语体构成有异曲同工之妙，然而由于汉赋语言上的华丽掩盖了讽谏之意，并没有收到讽喻之效。汉代散体大赋"美""刺"比例失衡是明显特征，汉赋篇章的语体构列方式及语言表达特点影响赋论家的评判，班固对汉赋语体特征的批评是两汉赋论的重要内容。

---

① 吴崇明：《班固文学思想研究》，上海古籍出版社 2010 年版，第 184 页。

其四，班固主观评识的转变。赋家对辞赋的评判是有变化的，汉代以扬雄最为突出①。总体而言，"班固的文学思想充满着矛盾，那就是浓厚的儒家正统观念与严谨的史学家、审美的文学家的矛盾"②，这些矛盾的形成主要原因在于班固评价态度的转变。在东汉特殊时代背景下，班固的政治场域、史学眼光与文学审美三者难以融通。班固思想上受其父影响，加上东汉时儒家经学的强势地位，班固以"讽谏与否"为中心的辞赋理论体系不自觉向颂美意识靠拢。《后汉书·儒林传》记载，明帝继位行尊儒大典，宣讲经义，旁听者数以万计，规模之宏大前所未有；章帝之时，开御前学经会议，文武百官参会，班固作为使臣，"撰集其事"，汇成《白虎通义》一书。这一时期，儒家经学通过政治途径，在国家管理、等级制度、基本伦理等方面实现了统治地位，"儒学正宗化和独尊地位通过政治权利最后确定下来"③。班固阐发辞赋批评既从经学的角度考虑，又需坚持儒者自身立场，其辞赋观始终未能摆脱儒家经学影响，而赋体文学最理想的状态是"讽喻"，班固"赋者，古诗之流也""雅颂之亚"等论述实际是从儒家经学政教功能的角度进行阐述，是向经学靠拢的一种表现。文学审美要归于纯粹就必须远离政治约束，站在政治角度进行文学审美与评判、进行历史书写，就难免产生偏颇或矛盾之论。作为文学家的班固，他对两汉文学相当重视，继承刘向父子修书传统，在《汉书》中开辟《艺文志》，并阐释自己的文学理念与审美取向，在《汉书·艺文志》中班固不仅有分体意识，对文学的得失也有自己的独特感悟。班固在"诗赋略"序言中对枚乘、司马相如赋提出批评，指出了其在语言上的缺点，从文学审美角度进行判断。作为史学家的班固，他从历史的角度看待问题，但政治因素的介入，让他失去对历史评判的话语权，无法像司马迁那样具有批判性，《汉书》从"私修"变为"官修"，其主体意识表达受缚，促使他必须站在统治阶级角度立言。

总之，两汉辞赋在语言与形式上的缺点，后世评论者众多。如曹植称"辞赋小道，固未足以揄扬大义"④；晋代挚虞将赋体缺点以"四过"概之，其文曰："古

---

① 扬雄为"汉赋四大家"之一，晚年认为辞赋为"雕虫篆刻""壮夫不为"，遂弃而不作。
② 辛保平：《班固文学思想评述》，《呼伦贝尔学院学报》2001年第2期。
③ 陈其泰、赵永春：《班固评传》，南京大学出版社2002年版，第21页。
④ 曹植：《曹植集校注》，中华书局2016年版，第227页。

诗之赋，以情义为主，以事类为佐。今之赋，以事形为本，以义正为助。情义为主，则言省而文有例矣；事形为本，则言富而辞无常；文之烦省，辞之险易，尽由于此。夫假象过大，则与类相远；逸辞过壮，则与事相违；辩言过理，则与义相失；丽靡过美，则与情相悖。"[1]元祝尧谓："至于宋唐以下，则是词人之赋，多没其古诗之义。"[2]班固处于赋体创作成熟定型的东汉时期，能阅览到西汉大量具有代表性的骈辞大赋，班固自身也进行赋体创作，不可能对汉赋结构上"劝百讽一"、语言上堆砌辞藻、形式上夸饰铺陈、思想上歌功颂德等特点毫无察觉，其辞赋论断产生矛盾与局限，根本原因在于"王权"政治场域对文献书写的"软控"与渗透，后世辞赋研究在引述班固"赋者，古诗之流"之论时，对这一问题应给予足够重视。

原载《天中学刊》2021年第2期

---

① 欧阳询：《艺文类聚》，上海古籍出版社1982年版，第1018页。

② 祝尧：《古赋辨体》，文渊阁四库全书第1366册，台湾商务印书馆1986年版，第746页。

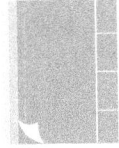

雪泥鸿爪

润物细无声

——忆蒋鑑冰老师启蒙二三事

人这一生，于求学阶段遇到好老师，是幸运；而在人之初，碰上好的启蒙老师，那是福分。因为最初的记忆与疑惑，会一直萦绕心头，酝酿生发，最早的启蒙与教导，如春风化雨，其影响及于一生。春节前夕，教化启蒙我的蒋鑑冰老师不幸仙逝，追忆往事，如云如烟，迷茫伤怀中，写下老师发我心智、开启童蒙的二三事，以纪念先生。

我是1958年生人，1963年时，母亲在桐乡县濮院公社中心小学星锋分校教书，外公从嘉善西塘来看我们，给我一个袋子，里面有削好的铅笔和一叠白纸，让我在母亲班上跟班试读。我的学生生涯从此开始，而蒋老师便成为我最难忘的一位启蒙老师。那时的点点滴滴，深深影响着我后来的成长与发展。

在我的记忆中，当年的蒋鑑冰老师四十不到，平时衣着十分整洁，身材清瘦，腰板笔挺，很有精神。他不苟言笑，但笑起来，有着特别温暖的神情。授课时更是仪容肃然，有着不怒而威的气势。他讲课深入浅出，很有章法，特别注重启发点化，引导学生。蒋老师很帅，气场特别强大。平时再调皮捣蛋的学生，在课上都不敢做小动作，开小差。他语速平缓，吐字清晰，抑扬顿挫，没有一个字的废话，娓娓讲来，有条有理，引人入胜。蒋老师的板书，清清楚楚，字迹工整漂亮，布局匀称疏朗。那时的乡村小学，由于教学条件所限，所以多复式教学，我所在的就是三复式的班，老师一上来先给两个不同年级的学生布置不同时长的课堂作业，再给另一个年级讲课。通常都是先给高年级同学讲课，让低年级的学生做作业，这个年级讲完，布置作业，再给已完成作业的年级授课，依次轮转。蒋老师安排衔接得井井有条，非常合理。我们低年级学生做完作业，常常听蒋老师给高年级讲课。记得有次讲的是"丰收二号"飞机，蒋老师在黑板上画了飞机图案，除了讲解生词字义以外，还讲述飞机可以运输货物、给林场灭火、给农田喷洒农药等等，我们听得津津有味，大开眼界。在蒋老师课上，不会觉得时间漫长。

上学伊始，我是一点规矩都不懂的，母亲上课，要同学们举手发言，回答问题，坐在最后一排的我，也冒冒失失站起来叫妈妈，要求发言，母亲没理我。蒋老师知道这事后，专门跟我说，学校不是家里，有学校的规矩，在学校里课堂上你不能喊妈妈，只能叫老师。从此，我在课堂上再也没有称呼过妈妈，都是叫老师的。那时上课，由值日老师摇铃掌握时间，上课铃一响，蒋老师就神情肃然，进入上课状态。家人是家人，师生是师生，下课时是下课时的情形，上课时是上课时的状态，这看似简单的道理，却关系不小，意涵重大。多年以后，我自己也成为老师，在我的心目中，课堂就是课堂。是蒋老师在我人之初的时候，最早教导和熏陶我树立这样的理念，上课一丝不苟，努力追求完美，尊重和维护教学秩序与规矩，界限与法则。

不久，"文革"爆发，我们有时会被组织走几里地去镇上游行庆祝。记得那时，每逢"五一""十一"，活动特别隆重。此外，毛主席最新指示发表，也会庆祝一番，敲锣打鼓是常有的事。锣鼓声响，脚底板痒。手持小旗、标语和彩纸做的花，去镇上游行，让我们兴奋莫名。在一次前往游行途中，我偶然发现原先涂着黑黑的柏油、有点东倒西歪的木头电线杆不见了，换成了白色的、高大挺拔的水泥杆，整整齐齐地排成一线，向镇上延伸。我觉得很新鲜，就指给小伙伴们看。过了几天，我自己早就将这件小事丢在脑后，蒋老师却在班上表扬了我，说孙敏强注意发现身边的变化和新鲜事物，很值得鼓励，他要同学们保持对环境和生活的敏感，善于发现新的事物与变化。老师的鼓励是指引，是熏陶，是教导，润物细无声，让我如此难忘。从此，我对周遭的一切，尤其是新鲜事物和变化，一直保持着敏感和好奇。近如江、浙、沪汽车08、09、10打头的车牌号，远如一些国家的国旗图案，我都会留心注意。即使人到中年，我依然如此，杭城开通快速公交，我会专程前去乘坐体验，顺便到下沙逛逛。通了地铁，我又及早去乘了个来回，去湘湖一游。几十年来，我走遍了杭城的大街小巷，和西子湖畔连绵的群山，欣喜地注意着一个个变迁和变化。早春新绿的杨柳，初夏刚发的菡萏……大千世界，日新月异，一切都让我永远觉得新鲜、有趣，充满期待。这种心态与心情，关乎我一生的命运福祉。这既是源于家庭的熏陶，也是与蒋老师的教导分不开的。追根溯源，我深深感恩蒋鑑冰老师，深深感恩生我、养我、教导我的所有亲人和老师。

随着"文革"的开展，乡村小学的教学进程中发生了一些我们学生无法理解的变化。记得有一次，公社中心小学的钱荣生校长在学校造反派的监督下到我们班上课，内容是讲解毛主席关于党内走资本主义道路当权派的一段语录。除了对最高指示尚有些印象，钱校长具体怎么讲的，一点印象也没有了。在我的学生生涯中，教学内容与秩序受到重大冲击和改变，这是第一次。那时，我们原先的课文一律废弃了，语文课的全部内容一度就是师生讲解和背诵毛主席语录，特别是"老三篇"（《为人民服务》《纪念白求恩》和《愚公移山》），直至背得滚瓜烂熟。连算术课的应用题，也要重新转换，加进有关政治的和阶级斗争的内容。

当时最受震撼并留下深刻印象的事情，是蒋老师挨批斗。蒋老师是因为他地主成分的家庭出身而挨斗的。批斗会场就在学校操场，记得是秋天的一个下午，人们用课桌搭起了批斗台，横幅上写着："打倒地主分子！"有两人把蒋老师押上台来，一会儿揪着头发让抬起头来示众，一会儿又反剪双臂摁着低头以示认罪（那时叫"坐喷气式飞机"），我们全体师生，还有许多村民乡亲，都在台下观看，台上戴红袖章的男女红卫兵领呼口号，诸如："誓死捍卫毛主席！""将无产阶级文化大革命进行到底！"还有"不忘阶级苦，牢记血泪仇！""打倒……"之类，我们也便跟着喊口号。还记得，有一位年长的老师神情激愤地上台检举揭发蒋老师，说自己响应毛主席"节约闹革命"的最高指示，做了一个省柴灶，蒋却很不以为然，居然说："这能够省几斤柴啊？"这是跟毛主席的号召唱对台戏云云……

我们家当时租住在庄家荡庄伯伯家，房间隔壁就是庄伯伯家的堂屋，他是村里队长，邻居乡亲常来他家串门，蒋老师偶尔也会过来坐坐聊聊。就在批斗会开过的当天晚上，我已经睡下，却听到蒋老师前来串门，与庄伯伯还有过来串门的乡亲们聊天。农村人一向敬重老师和有文化的人。他们交谈的具体内容我完全忘了，当时十分迷惑，至今记忆犹新的是，听到老师熟悉的声音，一如往日往时那样洪亮，不紧不慢，有说有笑，我可以想见他平时从容不迫的神情。而乡亲们也像往常一样称呼蒋老师，亲切交谈之中，依然是对老师敬重的语气。亲历了下午批斗大会强烈刺激的我完全想不到，也不明白，刚刚挨斗过的蒋老师怎么会像往常那样出来串门。而同样令我不解的是，贫下中农乡亲们刚刚目睹批斗地主家庭出身的蒋老师，怎么会不划清界限，依然像往常一样与他亲切交谈。很久以后，我才能够明白，斯文扫地，人格受辱，作为老师，那一定是最难受的时候吧。很久以后，我才能够深切体悟到，老师的定力，老师的要好，老师的倔强和风骨精神，我才真正明白，乡亲们的淳厚、善良和有定见。风云变幻，木摧草偃，原野大地却依然沉静厚重。在革文化命的沧海横流之中，乡亲们仍然怀有对文化、对知识、对老师的敬重。而蒋老师，在艰难时世中，仍然不改"富贵不能淫，贫贱不能移，威武不能屈"的浩然之气。在世事颠倒、动乱不宁的年代，那是个人、族群和社会赖以生存、延续与发展的生机、风骨和精神底蕴。虽然不久后我转学到濮院镇小，蒋老师不再教我了，但他的言与行，在许多年以后，还在启迪我理解人生和社会，教导我什么叫人格，什么叫从容，什么叫追求完美，什么叫敬业精神，什么叫独立不惧。是的，是独立不惧，而不是宠辱不惊。这使我想起一句名言：恐惧的其实只是恐惧本身。让我知道，遇大事，更当有静气。每当看到师道尊严等字句时，我心中首先浮现的形象，就是蒋老师。人生不易，回首自己一步步走过来的从教生涯，深深感恩老师的教诲。而今，蒋老师已经不在了，但正是他的不言之教，让我知道庄敬自强这四字成语的深刻内涵。当我最后审读，絮絮叨叨补上这行文字时，我又一次泪湿眼眶。

这一切，像灯火一样，照耀着我的人之初，一直潜移默化着我的人格心性。我这一生是如此幸运，才始向化，便遇上这样好的启蒙老师，终生难忘他的教导和点拨，他的优雅和从容，他的坚毅与敬业……是的，蒋鑑冰老师庄敬的风范、坚毅的神情和温暖的微笑长留我心间。

曾经看到网上流传的民国童蒙课文，不由得想起蒋老师教给我们的那些课文，那时的教材编得也好，不少课文朗朗上口，容易记诵，让我一直记忆犹新。比如："楼上楼下，电灯电话。"当时我们用的还是煤油灯，这样的课文，经过老师的讲解，让我们心中对未来的生活充满期待。当十多年后（1976年）我亲手给家里铺设线路，安上电灯的时候；当三十多年后（1996 年）的一个冬天，我家里通上电话的时候，我自然会想起那篇课文。再比如："房前房后，种瓜种豆。种瓜得瓜，种豆得豆。"那真是想忘也忘不了的好句子。虽然，我要到很久以后才明白，种瓜不一定得瓜，种豆也是不一定得豆的。如果年份不好，辛勤的农夫，还可能颗粒无收。但是，我们依然相信，播种总有收获，努力会得结果，那是蒋老师当年讲解时阐明的理念。

"滴答，滴答，下雨啦！下雨啦！"那也是蒋鑑冰老师当年教给我们的课文。老师是播撒种子的园丁，他的教导，像春雨一样，润物细无声，润泽着我们的心田，滋养着我们的心性，直到永远。

"滴答，滴答，下雨啦！下雨啦！"

怀念敬爱的老师

　　曾经一次又一次在心中默默送别自己敬爱的老师，又一个清明节即将来到，那是我们民族怀念逝者的特殊节日，我们不能唤回长者们越行越远的身影，便只能用拙笔记下雪泥鸿爪般的往事与随想，来寄托我们对给予我们关爱、知识和珍贵记忆的先生们的哀思与怀念。

　　还记得撰写毕业论文前去请教指导老师而第一次走进祖怡师家的情景。那是大四时一个秋日有阳光的下午，当时的我，是一个从物质与精神都十分贫乏的年代，从一座江南小镇刚刚走出来不久的怯生生的青年，而先生则是早在新中国成立前就已在文学创作与研究方面成就卓著的知名学者。先生亲切地接待了我，从此，我的生命中就有了一位博学的导师和和蔼的长者。在一座还不无陌生感的城市里，有一位亲人般关怀自己的睿智老人，而自己也如儿女般牵挂着他，这是一种弥足珍贵的幸运和缘分。一直到我毕业留校，娶妻生子，先生的家依然是我无拘无束、倍感温馨的所在，去蒋爷爷家，曾是我牙牙学语的稚子一件很开心的事。

　　我生也晚，未及见到先生风华正茂的时候。我见到的先生，已是饱受迫害，劫后余生。两度中风，半身不遂。高度近视与白内障，使先生执卷握笔，至为不易，更兼旧稿资料被抄散失，这一切给先生的学术研究带来了极大的困难。在世界文明史上，战后成长起来的一代人常常是最具有创造性和建设力，并已创造了一个个人间奇迹的。但是，我们的兄长一辈的青春年华，和我们的父辈，当时作为社会中坚力量的一代人的黄金时代，被无谓地点燃起来的有害国本的"文革"熊熊大火所消耗，绿色的春天和金色的秋天相燃耗，这是共和国的悲剧和重大损失，也是先生至为痛惜的。然而，一向坚毅倔强的先生，并没有怨天尤人，

　　而是以"伏枥老骥心尚壮"（祖怡师《劫后抒怀赠友人》）的精神，笔耕不止，诲人不倦。于二十世纪八九十年代先后出版了《文心雕龙论丛》《诗品笺证》等六部著作，赢得了学术生涯中又一个金秋季节。那些著作是先生以残病之躯，克服了常人难以想象的困难，一字一句写出来的啊！

　　从先生游十余年，最难忘的是先生的微笑，那经历坎坷与忧患以后的微笑，那源于生命和心性中的宽厚和仁爱、如春风般和煦的长者的微笑，是特别令人感动的；还有，就是先生书桌案头橙黄色的灯光，晚上或阴雨天，先生的台灯总是亮着的，他总是在灯下拿着那柄放大镜，或是眼睛凑得很近一个字一个字地看着书，要不就是在纸上摸索着一个字一个字地书写着。一直到1992年初辞世前不久，先生还十分艰难地为他主编的《中国诗话辞典》作序。在我的心目中，先生的微笑和燃亮着的灯光，辉映为先生生命中灿烂的晚霞，并成为我生命中永久的记忆。我敬重先生，敬重先生的为人及其所代表的老一代知识分子的人生精神，那完全是基于自由精神和平等人格的发自内心的尊敬和爱戴。

　　我所难忘的还有郭在贻先生，记得读大三期间，我们几个同学自发组织了学习《楚辞》的兴趣小组，请郭先生做我们的辅导老师，郭先生欣然应允，每周课外义务为我们讲授。当时的杭州大学中文系在文二街那边，有时先生专程赶来，来回就要个把小时。现在我也已人近中年，工作和家务，常有诸事鞅掌，令我疲于应付的时候，想起那时郭先生匆匆赶路的身影，我才真真切切地理解和感受到惜时如金的郭先生对学生的无私、忘我、慷慨和盛德！每当想起在艰苦的条件下超负荷工作而英年早逝的先生，心里就非常难过。难忘郭先生以浓郁的山东口音讲述做学问"其乐无穷"的高峰体验，难忘先生给我们讲解"路漫漫其修远兮，吾将上下而求索"的屈原精神。先生正是以这样执着的人生精神，在训诂学理论和古汉语考证中默默地坚守着、耕耘着。当他离去的时候，他芬芳的园地里已开满鲜花。

　　同样，我也忘不了可敬的蒋礼鸿先生，他为我们上过校勘目录学，此外我没有很多机会聆听先生的教诲，但先生以他反复修订补充的开山之作《敦煌变文字义通释》和将自己遗体献给医学事业的最后的遗嘱，向我们后人阐释和昭示着生命的意义和崇高纯洁的精神品格。先生奉献了一切，他的风范长留人间，使一切的精心算计和蝇营狗苟显得苍白、无聊和荒唐。

去年二月，郑择魁先生溘然长逝，我们又失去了一位良师。是郑先生，以他精彩而深刻的讲授引领我们走近一代文学大师的精神境界，去读懂鲁迅先生作品中所揭示的洁白后面的罪恶和罪恶后面真正的洁白。"横眉冷对千夫指，俯首甘为孺子牛。"这是鲁迅先生的伟大人格，也是我们许多敬爱的先生共同的精神品质。1983 年，祖怡师在为上海古籍出版社影印重版他父亲伯潜先生所著《十三经概论》而写的引言中，叙述了 1942 年他们父子在上海被日本宪兵拘捕一天两夜，受到严刑逼供而一言不发的情景，令人肃然起敬。我想：无论是在战乱、动乱的时期，还是在和平的年代，在无涯的学海中百折不挠、艰苦跋涉、拼搏一生的先生们不仅具有鲁迅先生上联的那种风骨精神，而且也以他们作为人师默默奉献的生命历程实践着下联的精神。郑先生在发表于 1988 年 9 月10 日《杭州大学报》的文章中写道："我奉献了身内的青春，但身外的青春常在。"这也代表了许多可敬的先辈们共同的心声。

我想说，这也同样代表了我们的心声。在我们的生命和人生精神中，不绝如缕地延续着先辈们的生命与精神，尽管，不肖如我，没有能作出许多成绩来告慰先生们，而纷纷扬扬的粉笔灰也迟早要悄悄地将我的头发染成秋霜，但我觉得无愧于先生们和自己的是，我一直在努力，一直真诚地面对我的老师、我的学生、我的亲人、朋友、同事和自己。

岁末年初，我们又送别了和蔼可亲的吕漠野先生……我的眼前，有时会浮现出一位位先生那熟悉的微笑与身影，我的心头，有时也会有莫名的忧伤袭来。是的，先生们的事业和精神，自有我们后人来继承和延续，但是，当一位又一位长者远去的时候，那也是我们自己的生命无可挽回的损失。因为，是亲爱的先生们，以他们和煦的微笑和灿烂的生命，辉映、滋养和对应着我们的生命，息息相通，痛痒相关地成为我们的生命的一部分。当祖怡师远归道山的时候，我曾默默地在寒风中伫立和流泪，回想那从此只能作为记忆而存在的如沐春风的情景。鲁迅先生曾经说过："长歌当哭，当在痛定思痛之后。"我暗暗告诉自己，十年、二十年以后，我一定要写一点纪念先生的文字，我要用时间去丈量师生之间的情谊所能达到的长度。但现在还不到十年，当一个又一个损失和痛苦接踵而来，累积和重压在我的心头的时候，我只能提前草草地写下这样的文字，作为对先生的一点纪念，以宽解我自己的心，而那美好的回忆，也将伴随我的一生。

（草于2000年3月21日，2002年3月30日修改）

曾经独自去探望酣眠中的徐朔方（步奎）先生，默默祝祷他能醒来。哪知春节刚过，却传来先生溘然长逝的噩耗。2月27日，是送别徐先生的日子，而我已远在异国。遥望南天，眼前浮现的是西子湖畔新绿的杨柳，心头浮现的是"目极千里兮伤春心，魂兮归来哀江南"的诗句。先生的乡音犹在耳边，先生在天堂的微笑也一如往昔吧！

不由得想起大二时先生给我们讲授魏晋南北朝文学的一些细节和场景。嵇康的《与山巨源绝交书》是讲授的重点之一，先生逐句逐段诵读讲解。文中写道："少加孤露，母兄见骄，不涉经学。性复疏懒，筋驽肉缓，头面常一月十五日不洗；不大闷痒，不能沐也。每常小便而忍不起，令胞中略转，乃起耳。"在古诗文名篇中，自述行文及于生活琐屑，似近乎不雅者，实属少见。而且嵇康是竹林七贤和魏晋风度的代表人物。其为人爽朗清举，萧萧如松下风。临当就命，顾视日影，索琴而弹之，喟然叹息："广陵散于今绝矣！"他的形象和"手挥五弦，目送飞鸿"的诗句，与"胞中略转"诸语似乎存在不可思议的距离和反差。所以在预习时，我不太理解，甚而有所忽略。先生却花了不少时间加以详解，要我们了解绝交书的背景，读鲁迅先生的有关文章，思考其字里行间忧愤的情思。他从表面毁坏礼教，实则相信礼教，说到大俗大雅，放胆为文，嬉笑怒骂，皆成文章。说来十分惭愧，那时"文革"刚刚结束，更由于自己读书少，因此存有一种简单的思维定式，一读绝交书，就鄙视山涛。先生的启发，使我再去阅读《晋书·山涛传》等有关文献，始知山涛与嵇康友情之深厚，全然超出我们想象。"嵇叔夜之为人也，岩岩若孤松之独立；其醉也，巍峨若玉山之将崩。"这样的品鉴和称誉，正出自山涛；嵇康临终前，"谓子绍曰：'巨源在，汝不孤矣。'"后来山涛果然如父执般关爱善待嵇绍。可见，山涛于嵇康，是毫无保留地赞赏和倾慕；嵇康于山涛，心意相通，有着可以托孤的信赖。叔夜嬉笑怒骂的辛辣笔调，表现出的是对司马氏集团的最大蔑视。他锐利的笔锋所向的其实并非山涛，书面的绝交也并非真的割袍断义，划地绝交。社会需要勇于并且能够有所担当之士，如山巨源；也应该有不受羁勒、孤标独峙之人，如嵇叔夜。前者未必不高洁，后者有时实际上是另一种意义上的担当。两者之间也并不形若水火仇雠，而是可以为知己为挚友的。徐先生在大四时给我们开过"英国诗歌选"的选修课，是用英文文本，以英语为主来讲解的，先生印发的讲义我珍藏至今。他对中外文学名著的解说，既揆诸历史实际的语境背景，又反求当下即刻的人情物理。他的教诲和启发，不仅让我们学会怎样读书，怎样解读文本，而且对于我们思想的启蒙、情感的丰富和审美能力的提高都有重要意义，使我们知道读书不该是沦于工具理性的技术操作，而应滋养自己的心性。徐先生上课时不苟言笑，言简意赅，没有多余的话，是我们最敬畏的一位老师。有次上自修课，我在看《清诗话》时遇到问题，就贸然问前来辅导自修的先生，他只说了四个字："我不知道。"我思量许久，自省是否问题太幼稚？该好好去找资料，动脑筋。比这更重要的是，这四个字足以让我铭记一生，教我实实在在做人，老老实实读书，坦坦荡荡，没有负担。

那个学期先生给我们布置的期中论文是关于陶渊明的。一次上课时，先生说：同学们的作业我都看过了，我要请十位同学站起来。随着他一一点名，同学们一个个毕恭毕敬地站了起来，面面相觑，不知所措。先生说：你们七七级学生是我所教过的历届中最好的一届学生，这十位同学的作业都可以打95分以上的。二十八年过去了，我始终没有忘记那一刻，因为我以一篇《说悠然》忝列其中，从而增添了学习中国古代文学的兴趣和信心，我今天从事古代文学教学与研究的工作，是与那一刻分不开的。先生此举，影响了我后来的人生走向，令我永怀师恩。碰到老同学，谈及此事，也都难忘当时的情景，感谢徐先生的教诲与鼓励。行文至此，又想起徐先生那熟悉的声音，让人油然而生"广陵散于今绝矣"的感叹。

我虽然并不自卑，但缘于出身经历，一直不是自信心很强的人。我起念考研究生，正是缘于徐先生的鼓励；读古代文论、毕业留校，是因了祖怡师的栽培。我是如此幸运，在生命历程中遇到那么多温暖、陶冶、影响过我的可敬的先生，那样的恩情永在我心。

"人生到处知何似？应似飞鸿踏雪泥。泥上偶然留指爪，鸿飞那复计东西。"

这著名的诗句，是年轻的诗人在彻悟人生命理的同时，深深眷念往事亲情，不能忘情世事的表征。当我们又一次送别长者的时候，眼前展现的是漫漫长路和斑斑行迹，心头浮现的是先贤留在我们记忆深处的雪泥鸿爪，那一切，与我们的人生轨迹和心灵图像息息相关。谨以这些文字，铭记和感谢师恩！再一次哀悼和纪念我们逝去的所有可敬的先生们！

（草于2007年2月27日，3月12日、21日修改）

关于春天，一些难忘的瞬间

——大学毕业二十五周年纪念

今年一月，我们杭州大学中文系七七级同学毕业已整整二十五年，而明年三月六日，又是我们入学三十周年。早就想要写些什么以作纪念，却总是把笔拿起又放下，时间的积淀，世事的变迁，使我的书写无端地迟滞而且凝重。应约写下这些段落，聊以塞责，但心里的任务，依然没有完成。

1978 年 3 月 6 日，对于我和我的同学来说，是一个特殊的时刻。那时我们正走在从家乡奔赴杭州大学中文系求学的路上。我的记忆就像母亲珍藏的车票一样清晰。那一天，我乘的是开往杭州的头班车。那个阳光灿烂、大地清新的早晨，将永远留在我们的生命和记忆之中。因为那一天，对我们的生命、我们未来的人生旅程有着特别的意义和深刻的影响。回忆中的大学时代，新鲜得一如那个春天的清晨，那是在经过了浑浑噩噩的童年和有些灰色的少年以后，我生命中一个真正意义上的青春的早晨！那也正是共和国历史上一个坚冰融化，万象更新，生气勃勃的春天的早晨！

高考制度的恢复给许多之前无缘进高等学校深造的青年以公平的机会和宝贵的希望。那时的桐乡县是浙江省恢复高考的试点县，记得正式考试时语文卷的作文命题是就给出的一段材料写一篇作文，材料叙述毛主席晚年如何克服眼疾学习英语。我很自然地由这一材料引申到自己，那时我高中毕业已近两年，没有工作，也没有书看，好不容易得到去乡下代课的机会。秋天的时节，我时常在旷野中仰望天空，目送南飞的大雁，放声歌吼，以一抒郁闷。渴望飞翔，向往远方，是那时心中朦胧的梦想。我还没有具体地梦想过走进哪个大学校园深造，因为那是根本不可能的。而现在，这样的希望和可能却仿佛就在面前。我非常珍惜这一次机会，并且把自己渴望继续求学的强烈愿望写出来了。记得写到激动处，如飞的笔在颤抖。不久后，浙江全省开始统一高考，作文题目是《路》。这真是一个好题目，我曾为此艳羡同学们。许多年以后回想起来，我感到试点卷和后来的全省卷的作文题及其差异都具有某种标志性的意味，包含着丰富的历史信息。那标示着社会变化和进步的速度。

考入杭州大学中文系，成为七七级的一员，是我一生中最大的幸运。我和我的同学们共同经历了物质、精神极其匮乏的年代，十年动乱给我们带来的时间（生命）的损失是无法挽回的。那时我们不仅吃不饱饭，更读不到书。记得自己之所以知道杭州大学中文系，就是因为看过的毛泽东诗词注释本是杭大中文系编的。除了毛主席诗词和鲁迅的作品外，还有偶然有幸读到的半册《红楼梦》和一二册《中华活页文选》，其中《高祖本纪》《项羽本纪》和《淮阴侯列传》是我看了许多遍的，这些就构成了我可怜的国学和文学底子。我们的同学中有已人近中年，拖儿带女的兄长和大姐，有扛过枪和锄头的，有抡过锤驾过车船的，来自天南地北，干过各行各业，经历了共和国历史与各自生命旅程中的风雨春秋，走到一起。十几年的积累、多少年的饥渴，浓缩为四年的精彩。我们能够有缘一起在大学校园里重新学习，是多么来之不易啊！在这短短四年中，我从书里书外，从同窗那里所学到的一切，超过了过去十几年所学到的总和。难忘临毕业时，志贤兄在同学录上代表我们全体同学题写的一段文字："我杭州大学中文系七七级 141 位同学，砥砺萤窗，顾学业之锐进；风雨中流，感岁月之峥嵘。歧别依依，特制此册，非惟志青山于永恒，亦冀扬沧海之云帆。"

正是因为高中毕业后的蹉跎岁月和大学时代的得来不易，我们真是废寝忘食、如饥似渴地学习。无论是外出还是排队买饭，我们的手上总是有纸片或者小本子，不是背英语单词，就是背古代诗文。那时，杭大中文系在文三街和文二街之间的下宁桥，现在的省工会干校内。与校本部相比较，这里很大的好处是没有晚上按时熄灯的规定，这给我们的学习带来诸多方便。我们年级多夜猫子，许多同学都要用功到午夜 12 点，有的同学甚至要到更晚，而这时喜欢早起的同学已经开始来晨读了，所以我们的教室总是通宵达旦地亮着灯。

从系大门出来，对面是西溪河支流。河对岸有菜地，河边是青青的杨柳。

西南面有小路可通学军中学和杭州大学生物系，附近不远处就是田野。早春时节，可以看到油菜地和麦田，大片大片清新的麦绿与淡黄的油菜花，让人心醉。那里宜于吟咏春天的诗。再走几步路，就是现在的学院路一带。那时还是大片湿地，有河，有水塘，有水田，还有菜地。仲夏时可以到此朗诵夏日的诗章。再远就更荒野一些了，尤其是秋天。高岗上不规则地散布着旧冢新坟，偶尔还有一二零落的花圈，上面的字纸经日晒雨淋，风吹霜打，已消退了颜色，在秋风中瑟瑟地飘零着。乌鸦栖息在秋叶落尽的乌桕树上，寒风中的哀鸣划破周遭的宁静。在夕阳西下的时候，此地最适合讽咏"诗鬼"李贺的诗。至于冬天，适宜吟诵白雪之诗的岂止是雪后的断桥？钱塘江边，西子湖畔，触处皆是诗景。在苏堤之上，我们可以遥想诗人的风采，感受东坡先生的诗韵和德政。于六和塔下向南眺望，但见钱塘江流经此处，水面更加开阔，悠悠然拐了一个弯，划成一道美丽的弧线，以更舒展的姿势奔涌向前，让人领略到"江流婉转绕芳甸"的意境，我以为，那儿曾经是杭州最富于诗意的地方之一。我们就这样于钱塘江的潮起潮落，西子湖的春花秋叶，领略了诗意和词韵。

我们亲历过一个匮乏动乱的年代，大多有过或多或少的忧患和坎坷的记忆。因此，我们关心政治，关切国家和民族的命运。那时同学们在寝室里对床夜语，有时为此辩论，甚而争吵，乃至于声闻邻室，达旦不寐。一次选举西湖区人民代表，我们的同学中，既有作为校方推荐人选的学生会主席，也有勇敢地跳出来竞选的力为同学。几位志同道合的同学还自发地为他组成竞选班子，这是需要深思熟虑和无畏的勇气的。他们的竞选海报上写着："昔日海上水手性格豪放不怕惊涛骇浪；今日文科学生风度翩翩敢为正义声张！"我也清晰地记得力为同学在竞选演说和答问中滔滔不绝而有条有理地阐述自己的竞选纲领和主张，从国家的政治改革一直谈到学校的教改。我敬佩他将思想付诸实践的敢为天下先的勇气。

志贤君是最年长的老大哥之一，他现在已经退休了吧。有家小的他，那时常常囊中羞涩，却总是节衣缩食，拼命买书。刚开始，新华书店里多的是领袖著作，没有什么文学名著，外国的更少。记得新华书店第一次开禁发行外国小说大约是1978年或者是1979年五一节。那时文二街有一家不大的书店，我们前一天晚上就早早搬了凳子，到那里通宵排队。排队者大多是学生，我们自己管理，先到的编了号子依序分发给后至者。大家高谈快论，高兴得像过节一样。内容已经完全忘记了，还有印象的是志贤、雪景的神情。这样一直等到天亮。书的种类不多，而且没有大文豪的作品，记得是《一千零一夜》和《三个火枪手》等。虽然每人只能限购两本，但拿到散发着油墨清香的新书，还是很开心的。那种感觉，在书店里琳琅满目的今天，已经很久没有体验到了。我总是觉得，作为当年的幸运儿，我们七七级每一个人，对自己，对我们的时代，对我们的同龄人和同代人都有一种责任，一份义务，包括作为高校教师尽自己微薄之力教好他们的子女的本分。我曾经这样做，将来还会这样做。唯有如此，才能对得起自己的良知和责任，才无疚憾于心，无愧悔于世。

二三十年眨眼间就过去了，但我依然记得那些春天的美丽瞬间，记得每一个春夏秋冬的流转：我记得初夏的午后与黄昏，酷爱音乐的依民兄打开收音机，德彪西的《牧神午后》、舒柏特的《小夜曲》、贝多芬的《月光奏鸣曲》那优美的旋律便像金色的阳光和皎洁的月色一样洒满了房间；我记得同学们呼朋唤友，一起去文二街露天电影场或海洋所广场看电影，印象较深的影片有《阿波罗登月》和《奇普里安·波隆贝斯库》；我也记得志锋、志贤、梦新等老大哥和大姐们对我们的关心和帮助，作为杭州东道主，志锋兄曾经领我们全小组同学整整一天在西湖山水间徜徉；记得同学们发起组成的初阳诗社和志锋兄初为人父时为新生儿写下的诗篇，此诗和诗社同学的一些佳作后来被《诗刊》发表；记得涌泉、依民兄第一次在《中国语文》等刊物上发表《释"平居"》等论文，杭育、徐岱兄第一次发表小说的情景；我还记得大学毕业前的最后一门考试是外国文学，考完后我来到西湖边痛饮一气，我曾经一路狂歌，最后醉倒在苏堤之上；我更难忘毕业离别前的不眠之夜，我们唱着骊歌，告别同学和大学时代；记得文育、余刚、自亮、依民等同学共同创作，雪景、一禾等同学配以贝多芬的《命运交响曲》朗诵的大学时代最后的一首长诗，其中的一些诗句至今仍时时萦绕心头：

在远古的荒原和未来的铜像之间，
诞生了一群脚印。

于是，我们从海滩起步，

地平线便有了新的意义。

我们要让每一个人的心灵，
都变成鸽子的故乡，
把所有的秋天连成一片。

在宇宙和更远的宇宙之间，
将留下我们这消逝者的微笑。

大约二十七年前，看过美院七七级的一个画展，其中的一幅画令我终生难忘。画中只画了向前摸索的手掌、一双探求的眼睛和一串脚印。我相信，那就是我们七七级的象征和宿命。愚钝如我，既已为七七级的一分子，就始终不敢放弃努力，始终不敢忘怀肩负的责任和使命。心中依然拥有大学时代的激情，继续着发端于大学时代的思考，沿着先辈跋涉的路继续走下去，这是我生命中的莫大之福。

常常想起杭州大学中文系的许多可敬的先生，虽然，他们带着或浓或淡的乡音给我们授课的情景，已经遥远得如同古典时代，但是其影响力却及于今天。他们在传授学理和专业知识的同时，也将他们对宇宙自然、社会人生的感悟，对美的境界和韵味的敏感，以及生命的智慧传授给了我们，影响了一代代学子的求学与生活之路。我在《怀念敬爱的老师》中曾经写过许多已故的老师。这里还要特别提到的是吴熊和先生讲授宋词，蔡义江先生解说唐诗。吴先生从容优游的语调，深沉含蓄、饱含哲理的阐发，与蔡先生神采飞扬的风度，挥洒自如、引人入胜的讲解，堪称双璧。听他们授课真的是一种美的享受啊。

每当我经过钱江南岸的西兴浦口，总是会想起苏东坡著名的《八声甘州》（寄参寥子）的诗句，想起吴先生对这首词的讲解。我一直认为，自己喜欢苏东坡，是受到吴先生的影响。我是通过吴先生走近了苏东坡，又通过苏东坡，走近吴先生。苏子那诗意的理性和清醒的迷醉，使他有着特殊的人格魅力。我心目中的吴先生也是如此。"有情风万里卷潮来，无情送潮归。问钱塘江上，西兴浦口，几度斜晖？"千百年来，钱塘江潮就这样年复一年，月复一月，一日两回地汹涌而来，又悄然而去。这天下奇观是基于大地江河与日月星辰的运行伟力和相互作用，是神秘的宇宙之数的体现。而人世间的悲欢沉浮，生死聚散，有情无情，也自有其社会人生的因缘和命理。二十多年的人生，实在只是几个瞬间，我们的今天，有远远超出昨天的我们所预期的方面，也有事与愿违、令人扼腕叹息的方面。但是，我们依然像昨天一样，在现实之上固执地高悬着自己的理想，并且愿意为此而继续努力。

"嘤其鸣矣，求其友声。"当写下这些文字的时候，我十分想念我的同学们，也非常感谢我的老师。昔年同窗 141 位同学中，已有六位同学先后辞世。他们是：志锋兄、娟芬姐、丽颖姐、顺刚兄、加宁兄和国祥兄。四年寒窗共读，我们之间有着同胞手足般的情谊。亡我同类，思之黯然。愿他们在天堂安宁！也祈愿我的师友们健康，平安！

（应约为浙江大学110周年校庆而作。因长差出门在外，全凭记忆书写，不能核对资料，或与同学相互参证，如有张冠李戴等记忆上的讹误，还请同学诸君和观者批评谅宥。）

2007年3月21日

给学生的一封信

亲爱的同学们：

　　你们好！

　　在灯下读到许多同学用心写就的作业，我觉得这大约便是做老师的一种福分吧。非常感谢中文系的李霞同学，历史系的杨艳琼同学等，向我提出了很好的意见和建议。外语系的孙琼琼同学赏析李商隐的《锦瑟》诗，新闻系胡嘉同学谈王维《鸟鸣涧》，中文系杨灵叶同学读王维《观猎》等作，都写出了自己的感受，文笔甚好。杨作谈婺剧"武将出场时的氛围足以使最冷眼观世之人也气血沸腾"一节，独具会心，给我留下了深刻的印象。许多同学的作业，已经写成了一篇篇文笔清新可观的抒情文字……总之，作业中可圈可点者不少，这里就不一一枚举了。

　　同学们的一些文章中还谈到了人生的大问题，有的甚至较为悲观，老师深以为忧，这也是我写此信的重要原因。尽管实际上我无能为力，不能有所帮助，但是，十几个周末愉快的夜晚，师生之间的缘分与情谊令我必须说些什么才感到心安。我虽年逾四十，然"不惑"二字是永远不敢道的。我想：生命的意义、幸福等等，是需要我们终其一生去创造、去追求、去体验的，在彻悟之前，实在不敢言；在悟彻之时，则已经不必言；在这以后，当然已不能言了。所可知可言者，宇宙是美丽的，生活是美好的，只要不把其当作负担，以我们全部的热情、真诚、智慧和坚强去直面人生的一切，那么，"水水山山处处明明秀秀，晴晴雨雨时时好好奇奇"，是无往而不适的。古今中外的优秀文艺作品和思想成果，向我们揭示了宇宙人生的真相与真谛，但这代替不了我们脚踏实地的思考、探索、感受和实践，在这方面，你们的路比我更长，而所负似乎也并不比我轻。你们的作业使我深信，你们会走得比我们好。

在我的心目中，师生的情谊，和父母与子女之间、兄弟、夫妻、亲友之间的亲情，同学、同事之间的友谊一样，是弥足珍贵的。无论是沧海桑田，还是天崩地裂，有些原则不能动摇，有些思想和价值不容轻忽，有些情感决不允许被亵渎。否则，我们便是无根的人，仿佛无家可归的游魂，随波逐流的飘萍。坚信我们都不会如此，愿那些春风沉醉的夜晚和教室里宁静明亮的灯光成为我们共同的美好回忆！

顺颂

进步！

孙敏强

2000年6月15日

这封信是给大二同学上《中国古典文学欣赏》课后写给同学们的，当时听闻有年轻学子轻生的悲剧事件发生，看到有些学生的文章中流露出较为消沉的意绪，令我十分不安和担心，因而写了这封信，分寄有关同学。四校合并后，我开了这门课，原其初衷，是有感于蔡元培先生美感教育的主张，希望把中国古代最美的作品介绍给同学们，或能助益其开阔思路，丰富素养，成为有能力幸福、有益于社会的人。为此我写了《诗艺与诗心》，可以说，我的第一本书是为学生写的。

回望

　　让我再一次回望，把这里的一切留在我眼中和心底。我不知道什么时候，或者能不能再来这里，那么，这一切也许会成为美好而遥远的梦。难忘的记忆，将成为我生命的一部分，而我的心，我生命的一部分，也永远地留在了这里。

　　我回望，晨光里，晴空下熠熠生辉的帕米尔高原群峰。那是天之西极裂地擎天的柱石。连绵起伏的冰山雪峰，化育了汩汩的溪流，奔腾的江河，滋润和泽被九州万邦。

　　我回望，大漠中的胡杨和红柳，那顽强的生命，拓展和成就着天边的绿洲，那是我父老兄弟的象征，凝望中有我全部的深情和敬意。

　　我回望，兄弟姐妹热情奔放、优美柔曼的舞姿，那舒展自如的手势和舞步，那无所滞碍、洋溢着生命热情的微笑，让我陶醉，使我感动。我伸出我的手，以我历尽千万年苦难与欢笑的心，缔结一个永恒的心灵之约：我们共有过千万年的沧桑，让我们一起创造又一个千万年的辉煌！

　　我回望，回望这戈壁滩上的绿洲，那年复一年开满鲜花、挂满果实的林园。

　　我回望桃李芬芳的校园，这里的弦歌，将引出未来雄浑的交响；明亮的灯火，将辉映灿烂的明日之光。

　　我回望，同学们临别闪烁的泪花，从此，我的生命中又有了新的牵挂。

　　我回望，百年喀什，千年喀什：

　　铁与血，

　　沙与汗，

　　冰与花！

　　我已经经历了太多的离别，我将微笑着离开，不愿眼中涌上酸涩的泪光，但在我的心中，却早已热泪长流。我知道，这里的每一片绿洲、每一行树木、每一座果园，都有我的父兄含辛茹苦的故事，而我苍凉的心，能够感受他们在天地之间的艰难漂泊和饱经风霜的心，能够读懂他们心中深藏的心思和岁月年轮。

我回望，以我虔敬的祈愿和祝福！以我挚爱、感恩和悲悯之情，以我自由、光明和欣悦之心。

纵然天各一方，我们共有同一轮明月，会有美好的时光。

2003年12月27日清晨草于喀什师范学院（以下简称喀什师院）招待所

2003年秋学期，笔者曾有幸与历史系李凭老师、外语系白锡嘉老师赴疆任教于喀什师院（现喀什大学），虽只短短一个学期，却留下了终生难忘的美好记忆。记得那时条件相对比较艰苦，但师院对于我们援疆教师非常关怀，为我们尽可能提供了最好的教学和住宿条件。我们可以用多媒体教室授课，招待所里还开通了网络和电话，甚至从热水器到床单都是新的。每逢佳节，学校或系里会安排我们参加活动，同仁朋友也多次热情相邀。我成为中文系罗浩波、张海燕教授家的常客，与浩波他们一起聊家常，谈学术。最有意思的是，笔者1978年考入杭州大学中文系，成为七七级的一员，喀什师院中文系的罗辑教授当时也正在那里进修，我们一百五六十人曾在大礼堂里一起听课，当年并不相识，却有缘在25年以后，于喀什师院重逢。在我的心里，他就是我的兄长。他和嫂子给我很多的关爱和帮助，令我永远难忘。还有已从喀什政协岗位上退休的马树康先生，他的《百年喀什》帮助我认识喀什和她的历史，成为书架上我最喜欢的书之一，而他自学成才、勤于创作的精神令我敬佩，他们夫妇对我的关爱也让我感念至今。令我感念的，还有胡明老师的干练和对我们的悉心关怀、帮助和支持。罗辑教授既神思飞扬，热情奔放，又充满厚重的历史感的诗文，在师院学报工作的徐梅老师清新大气，才华横溢，美不胜收的诗章都令我惊喜、佩服，涵泳不已。真要感谢上苍，喀什之行，让我结识了多位好兄弟，好朋友！我也记得，临别以前，同学们舍不得我离开，我带着同学们一起去喀什机场去看飞机，跟同学们说："老师将从这里回杭州，也希望同学们从这里多去内地看看。"

当时草草杯盘，依依惜别，那样的情景，微笑的面容，而今依然是美好的回忆。这篇《回望》就是在那样的心境中写的。当年的学子，而今就像珍珠般洒遍南北疆、口内外的大地，我仿佛看到了他们在各自岗位上熠熠地闪光。我想念同学们！

今年九月，喀什师院将迎来五十华诞，作为喀什师院曾经的一员，我为学院厚重的历史、崭新的今天和更美好的未来而欢欣而骄傲！

谨以此诚挚的拙文敬献给我心中的喀什师院，也以此向朋友、老师和同学们致意。祈愿那里的天空明净，大地安宁，我的兄弟父老们健康平安！

2012年夏补记于杭州

写给我的韩国学生

从中国浙江大学来到东国大学任教一年，有幸结识了许多韩国老师和同学。我要衷心感谢东国大学的老师和助教们对我工作和生活多方面的关心与帮助！也有许多的话想向同学们说。

镇浩同学：你一丝不苟的作业和精心准备、有板有眼的课堂发言，给我留下了深深的印象。你告诉过我，曾骑车走遍了韩国东西南北的许多城市，你想将来要走遍天下。你是有志气，认真、勤奋而执着的青年，老师祝愿你将来能实现自己的人生理想！显顺同学：你很要强很努力，你家离学校很远，但很少看到你迟到。你的作文，老师批改后，你总是清清楚楚誊改抄写，再给老师看看还有没有问题。你说过自己的心愿是将来努力赚钱，然后办一个孤儿院，让那些孤苦的孩子有温暖的家。你的爱心深深感动了老师，当你要实现自己心愿的时候，请不要忘记告诉老师，我也愿尽自己的一份力量。翼还同学：春节过后，到韩国第二天，在东国大学后门结着薄冰的街路，我很高兴地在人群中叫出了你的名字，你从斜坡上冲下来，张开双臂拥抱我。老师深深感受到你的友好和热情，你是一个有灵气，有才华，并且懂得幸福的人。愿我们成为忘年之交，愿你未来一切顺利，永远幸福！我也难忘在中文系"迎龙祭"活动中，同学们精彩地展现了聪明才华和青春活力，你们以年轻的心去诠释和演绎那《天堂里的微笑》……

老师祝愿所有的同学都这样有志气有理想，有爱心、激情和才华，认真勤奋地学习，将来更好地建设家园，并拥有幸福的未来！

在我的祖国，同样有千千万万这样的青年，让我看到了更有希望更美好的未来。欢迎同学们到中国去，愿你们能够成为好朋友。明天的我，终将离开这里，带走这一切美好的记忆，永在我心。

　　又是人间四月天，将我在杭州写的关于春天的小文章送给大家。

开花的季节（节选）

一湾浅浅的春水，倒映着梅和柳，红梅如霞，白梅似雪，杨柳新绿的柔条，丝丝缕缕地垂下来，像乐思一样，在风中摇漾。难怪古代人要将梅柳并称，来描绘冬春之际的节候与风光。冰消雪化的时候，梅花的微笑，是冬天向春天致意，而柳丝的飞扬，是春天与冬天作别。在梅柳色调的变换中，我们感受到年光的流转和生命的韵律，听到了春天奏鸣的序曲。

冬去春来，花开花落，大自然运行的旋律是如此的简洁，却蕴涵着无穷的变幻，无限的韵味。就看这四季的花吧，也许因为寒冬凛冽，所以梅花和玉兰要聚精会神地默默酝酿，然后以全部的神韵赋诸花朵，展示她们生命的精彩，一直要到花期过后，才会开始生长绿叶。烈日炎炎的夏天，最清爽最有灵气的花儿，总是开在水面上的，而上天或是人们洒下的每一滴水珠，花儿都会报之以一份清新和美丽。古人有诗说："霜叶红于二月花。"秋天，是连叶子都像花儿一样美的季节，秋天的花也是最耐人寻味的，桂花开了一茬又一茬，郁郁的芳香弥漫渗透在月光里，菊花偏是经霜以后更显得精神。春天是百花的节日，花开到了春天，那真是无可无不可，姹紫嫣红、万紫千红那样的词汇只能属于春季。春天的山间，红杜鹃一簇簇、一丛丛如火如霞，油菜花开，盈阡溢陌，田野成为花的海洋，暮春时节，杨花柳絮像雪花般飞扬着，春天的花儿，是最热烈最灿烂最浪漫的生命，当花儿燃烧的时候，她们是要让整个世界变成花的宇宙啊！且不说花的颜色，也不必说花的形状，即就花的种类而言，草本的花，如星星般落满辽阔的草原，绿色的原野有了那些无名的小花，才如此生动；藤本的花，则总是随着藤条的攀缘，骄傲地怒放在悬崖峭壁之上，或是娇憨地偎依在大树枝头；木本的花，大多根深叶茂，一树繁花点缀在绿枝间，预示着来日的硕果。我们热爱春天，还有这四季的花，我们的诗，我们的歌，还有我们的哲学，都指向生命之花，因为在我们看来，花就是宇宙，我们的生命就是花。

花开花谢，方死方生，是宇宙自然和生命的本相。花儿的盛开，就像新宇宙的诞生，那是生命的奇迹。花，就是我们的生命，人，就是宇宙之花。当我们欣赏花儿的时候，我们也欣赏自己，因为，造物主有灵，也一定会视人类为自己最好的杰作，宇宙间最美的花，因为，每一个人的诞生，都是生命的奇迹。宇宙因"我"而存在，因"我"而精彩，我们每一个人，就是一个独立的宇宙，就是一朵盛开的花。我们新鲜，我们芬芳，我们要让一生的春秋，都成为开花的季节。

（本文应韩国东国大学中文系学生约稿而作，2007年4月于首尔。）

乡间的声音

　　早年曾在农村生活了十多年，那生命中最初的记忆，是永远难以忘怀的。而今，我已离不开窗外这钢筋水泥、车水马龙的世界，但在夜深人静的时候，在悠长的梦中，那绿色的田野、小桥流水和炊烟袅袅的村庄，仿佛依然就在眼前，时时萦绕在心间。窗外，又响起了除夕夜欢乐的爆竹声，叫我回想起那乡间的声音……

　　早春，雨淅淅沥沥地下着，你能听到沟渠里哗哗的流水声，小河涨水了，鱼儿们溯流而上。其中数小鲫鱼最为活泼强健，精灵似的，两只手都抓不着它，一不小心它便泼刺刺窜出好远，溅你一身水花。晚上，春风里飘来阵阵蛙声，远远近近，汇成绿色的海洋，融进你甜蜜的酣梦里。"稻花香里说丰年，听取蛙声一片。"那此起彼应的绿色的蛙声，其实并不只响在稻花香里，是蛙声催青了秧苗，催绿了田野。最神秘的要数布谷鸟了，从来总是只闻其鸣，不见其影，其叫声好像远在天边，又仿佛近在眼前。暮春时节，到地里割青草，田野里，花都开了，太阳暖洋洋地挂在天上，人也懒洋洋的，有时，会在蚕豆花如泥土般浓郁的芬芳和土蜜蜂绵绵不断的嗡嗡声里沉沉地睡去。

　　长长的夏日里，铄石流金的旷野上有着别样的宁静。小河边，大人们踩起了水车，那"吱吱"的水车声是滞涩的，而汩汩的流水声却是欢畅的。夏夜，搬一张长条凳到场地上躺着纳凉，仰望星空，时有流星从天边划过，星光摇曳，仿佛是天上的萤火虫在闪烁。老人们一边挥着大蒲扇，一边拉家常，或是讲过去的、天上的、童话里遥远而陌生的故事，夏虫也在月夜的静谧里随意地歌吟。蝉儿从夏天一直鸣唱到秋天，直唱到霜露把田地染成一片金黄，直唱到夕阳里，秋风萧萧，落叶飘飘。在"蓬蓬"的打稻声中，乡亲们结束了一年中最后的收获季节。夕阳西下的时候，老牛哞哞地叫着归厩了。暮霭中的晚风带来瑟瑟的寒意，冬天即将来临……

冬日的清晨，照例是由远近四围此起彼应的声声鸡唱迎来的，比起别的季节来，寒夜里的鸡鸣狗吠特别具有穿透力和空间感。下雪了，仰望灰蒙蒙的天空，那大的是雪片，小的是雪花，在回风中旋转、飞舞，纷纷扬扬撒向树梢、屋顶、田间小路和冰封的河面。永远忘不了雪花飘依大地的瞬间那轻柔的声息，那纯乎是天籁，当你凝神谛听时，整个的心魂便融入这无语的天空和冰雪的世界。整个河面都结冰了，变成了一面长长的冰玻璃，在河沿上拣一块薄薄的瓦片，用力掷去，瓦片像箭一般在冰面上滑行，滑得很远很远，发出一串串清脆悦耳的声音。要过年了，乡亲们又几家合起来打年糕，热气腾腾才出蒸笼的糯米饭，倒入缸一般的大石臼里，三五个精壮的汉子，用木头做的长柄大榔头轮流击打，随着高亢有力的号子，榔头落处，犹如地动山摇，直打到一个个光着膀子，挥汗如雨。刚打好的年糕，晶莹、香甜、柔韧无比，可以做成各种小动物的形状，点上食用颜料，煞是可爱，让人不忍张嘴去咬。童年时代的我，好几次是在这样令人心醉的打年糕声中，带着对新年的向往和梦想酣然入梦的。

谛听着年轮无声无息地碾过春夏秋冬的声音，谛听着时光无边无际地淌过那一片片新绿的麦苗、嫩黄的油菜花、鲜红的紫云英和金色的稻浪、白雪皑皑的大地与村庄的声音，我一年年渐渐地长大，离开乡村来到小镇，来到都市，离这样的声音越来越远了。如今，在城市的喧哗中，我仍然能清晰地感受到那不绝如缕的余音和回响。而小伙伴生病时，邻居老奶奶抱着孙儿，在门前一遍又一遍地喊"金奎，快回家！金奎，快回来！"那样的声音，一直要在读到屈原的《招魂》"湛湛江水兮上有枫，目极千里兮伤春心。魂兮归来哀江南！"那样美丽动人的词句后我才有所领悟的。也许，有些声音是只有在难以听到的时候才能真正听到它，听到它在心灵深处情韵悠悠的余响，如同我们只有离开家乡，才能真正拥有家乡，才能真正体验思乡的心绪一样。我心中的声音依然，我故乡的声音无恙！

梦回南疆

昨夜，我又梦见了帕米尔高原的雪山，梦见了戈壁沙漠中的绿洲！

从南疆回来已经整整一年了。一直想写些什么，来作为对这段难得经历的纪念。南疆的风景，是我此后永远怀想的，南疆的朋友，也是我时时记起的。但是每当下笔的时候，却又踌躇了。庄子说过："有成与亏，故昭氏之鼓琴也，无成与亏，故昭氏之不鼓琴也。"天地至乐有大美而不言，当琴师昭氏手挥五弦之时，虽然有些乐思有些乐音被弹奏出来了，却必定有更多的被遗漏了，本来，我的心中和身外，俱有一个完整的世界在，那样的完美其实是无法书写的。我非昭氏，而欲罢不能，我想歌唱，却五音不全。难得的梦，把早已淹没在日常生活流程中的我又带回到高原，醒来的我，唯有响应这样的召唤，记录下一些风景与心情的碎片。

从空中飞临一地的感觉，与行路而至是不一样的。从古到今的人们，或是骑着驴马，或是乘着车船，山一程水一程，从一个地方颠簸摇晃到另一个地方，你可以一路观赏两边的风景，慢慢感觉两地之间的连接、过渡和联系，你也尽可以一步步地丈量你脚下的大地，观照万千年漫长的历史所赋予它的厚重积淀，毕竟，这里那里，每一片土地，每一个遗迹，都可能曾经被多少年多少代人们的鲜血和汗水覆盖了几多遍。而乘飞机旅行，却像是用一串省略号略去了大块文章。当你腾空而起，离开一座城市的时候，你会感到仿佛自己与这座城市，与大地上的这个点的千丝万缕的联系在刹那间被切断了，腾云驾雾之中，你看到的是太阳、星空和万里云天，俯瞰机翼之下，大地一片苍茫，而在你似乎还没有心理准备的时候，另一座城市已经在天际如梦如幻般地出现了。我就这样在恍惚中来到了新疆，来到了喀什。

喀什，是喀什噶尔的简称，古称疏勒，古代丝绸之路分南北两线绕过塔克拉玛干大沙漠后，在这一片绿洲交汇，又经帕米尔高原通向西亚。这里是不同民族聚居的地方，佛教和伊斯兰教两大宗教文化曾经在这里碰撞，此消彼长，这里也是中西方文化交汇的前沿。可以想象曾经有多少商旅驼队和传经取经的僧侣，远望西天的彩霞，遥想东方的神秘，形而上的道和形而下的利让东西方一代代的人们怀着各自的梦从这里走过，或在此停留，成就了这座有着两千多年悠久历史的南疆重镇，他们称这里是玉石般的地方，喀什噶尔便由此得名。当我来到这座想望中西极万里之遥的城市，我好像身处梦幻之中。我走遍了喀什的大街小巷，去寻觅那汉时的余辉，大唐的遗韵，我的眼前掠过班超三十六铁骑扬起的烟尘，我的耳边分明听到那一声声胡笳、琵琶与羌笛，包括疏勒在内的西域乐舞的旋律从这里走进中原，走进唐宋词曲，也走进了我的心灵。

来到喀什的第二天下午，一个人走在东湖公园边宽阔的人民西路上，看到一位维吾尔族老人不慌不忙地吆喝着一群羊走来，羊儿们占了半条马路，就如同在草原上一样慢慢地走着，像潮水一般向前涌动着，夕阳的余辉暖暖地照着羊群，有一种感动，突然涌上我的心头。

初来喀什时，久居江南，住惯了青砖绿瓦、尖顶飞檐的水乡民居的我，看到老城维吾尔族民居干打垒的墙壁，平平的屋顶，一无所饰的土色外观，以为那都是些未完成的建筑。等到走近细观，才发现这里的民居看似平淡无奇，其实很有特色。这里的大门都做得特别考究，饰以美丽的植物花卉图案。走进里面，只见墙壁上挂着、地上和炕上铺着羊毛毯，有大红的、嫩绿的，花草鸟雀，琳琅满目，鲜艳灿烂、明快热烈的色调里，有一种浓郁的生活气息和生命情调扑面而来，映照着你的眼睛、你的心。朴实无华的外表之中洋溢着生命的激情，民居的风貌实际上正是住民精神性格的外现。就像维吾尔族热烈奔放的歌舞，展现着一个热爱生活，热爱生命，爱美和快乐的生动民族。喀什师院对面的高冈上，有一大片维吾尔族民居建筑群，那是喀什旧城的一部分，我曾经在那里徘徊良久。这里的巷子与内地江南那笔直悠长的小巷不同，它是曲曲弯弯的，在这里你根本辨不清方向，也不知道巷子前面是什么。巷和巷回旋交错，相互贯通，你不知道该往哪里走，它的尽头和出口在哪里。那情景仿佛迷失在了古堡迷宫之中，不知斯世何世。另外，这里的房子门楣都比较低矮。据说，这里不少民居，已经有两三百年的历史，有的还是清康熙大帝平定噶尔丹前后建造的。那时作战主要靠骑兵，这样的街道和房屋使马队无法自如地纵横驰骋，而且要进屋搜查就必须得下马步行，这使得骑兵的优势毫无用武之地。在小巷中穿行，就像行走在早已远去的历史的背影里。历史和现实，就通过这些民居，以它本来的面目呈现在我们面前。

由舷窗俯瞰南疆，视野里常常是没有一丝绿意的画面，真以为是到了黄沙漫漫的无何有之乡；站在塔克拉玛干大沙漠的边缘，放眼望去，无边无际的荒漠让人感受到生命底里的苍凉；等到走进去，才知道，那里一样有丰富鲜活的生命存在，才能真正体悟到生命的顽强与生生不息。无数次听到人们谈起或者写到大漠胡杨，胡杨，维吾尔语叫"托克拉克"，意思是"最美丽的树"，它"生而千年不死，死而千年不倒，倒而千年不朽"。它以伟岸的形象和斑驳苍劲的枝干，见证着岁月的沧桑和生命的传奇。令我感悟生命的还不只是凝望中的胡杨，我感到震撼的是，在胡杨林里，我竟然看到了纤弱的芦苇，在深秋凛冽的寒风中摇曳，我也曾经看到沙漠里爬行的蜥蜴，它浅淡微缈的生命痕迹在无垠的瀚海里只能存在一个瞬间。面对这至柔弱至短暂的生命存在，我虔敬地将它们摄入镜头，久久地伫立注目。我的镜头记录下的还有红柳、芨芨草与骆驼刺，以及那些不知名的小草，我将其名之为生命的奇迹。我礼赞它们，一切在大漠上灿烂的生命！

最难忘的是清晨遥望帕米尔高原雪山的情景。喀什海拔近 2000 米，气候干燥，天空明净，日照充足，兼之较少工业污染，所以能见度很高，也很少阴雨天气，你可以天天望见晴朗的天空下冰封雪冻的群山。记得刚到喀什师院的第二天早上，我从宿舍出来，往西向教学主楼走去，抬头一望，便见西南方向好像有重重叠叠的银色的山峦，蔚为壮观，起先我还以为那是如山的白云，在家乡可从来也没有看到过这样奇峭险峻、气势不凡的白云。我把这样的感觉告诉同行的老师，他笑了，告诉我说，那不是云，那就是帕米尔高原的雪山，离这里有两三百公里。我心中顿时油然而生一种肃穆的情感，至今难以形容那一顷刻自己心灵的感受，只记得当时我找遍了主楼的各层教室，想寻得最高的地方，最好的角度，来遥望高原和雪山。我也不知道该怎样来描述晨光照耀下的雪峰。早晨的雪山是那样的清晰而神秘，是那样的雄壮和神奇！峰姿雪色，势压五岳，尽显自然造化的大气和壮美，使人联想到唐代诗人祖咏的著名诗篇《终南望余雪》："终南阴岭秀，积雪浮云端。林表明霁色，城中增暮寒。"诗人好似是特意为此情景而书写的。尽管后来我到过高原的深处，踏上了海拔近5000米的冰大坂，瞻望过海拔7719米的公格尔峰和海拔7546米被称为冰山之父的慕士塔格峰，尽管那时我在教室授课随时都能隔窗眺望雪域高原的群峰，但是那种心情和感觉并不因为自己到过和常见而有丝毫的减弱与冲淡。很快，我就发现有一个非常奇特的现象，从这里遥望高原，早晨和下午的距离感是大不一样的。早晨的帕米尔高原仿佛近在眼前，就在喀什城边，似乎你伸出手去就可以触摸得到；而到了下午，高原诸峰又是如此遥不可见，瞻望未及，神秘缥缈得如同梦幻一般。我想，这一定和阳光有关。早晨的阳光，照耀着高原群峰东侧，雪山将阳光反射回来，所以使高原仿佛近在咫尺，而到了下午，太阳在帕米尔高原的西北侧，就不再有这样的光影效应，因此高原显得更加遥远了。多少个清新的早晨，每当遥望晨光沐浴中和辉映下的圣洁的雪域群峰时，总是有一种如晨光般清新，若冰雪般洁净和神圣的情感溢满我的心胸。

从喀什到中巴边境的红其拉甫山口，驱车三四百公里，要经过戈壁沙漠、大片的绿洲和莽莽昆仑的著名山峰，我们在一天的行程里就领略到了从大漠到雪域地理的变化和从炎夏到隆冬季节的流转。站在大漠戈壁的深处，放眼遥望苍天之下的荒原，地平线无限地伸展着，那是远古如斯的旷野，在这里，除了造物主，没有任何力量能够如此大刀阔斧地切割时间和空间，也许这正是上天的意志，让广漠冰川就这样随心所欲地平铺直叙自然的大块文章，从开天辟地的时光一直铺叙到地老天荒，从雪山下的草原一直铺展向九州万邦，也让我们的心魂得以在那样的时空里那样的瞻望中，随同大自然从容肆意地挥洒。我对着太阳，面向南天，两侧远处是万里晴空下连绵起伏的雪山，雪线之下是如斧劈刀削的嶙峋的山石，雪线之上是阳光下熠熠生辉的雪峰。山峰之间有开阔的峡谷和平原，峡谷里，融化的雪水汇集成高原的河流，静静地漫过一川碎石的河床。河道两边有平旷的草甸子，骆驼、牛马、驴羊成群结队或三三两两，在草地上安闲地寻草觅食，远处升起袅袅的炊烟。在喀拉库勒湖这座传说中西王母的瑶池之畔，我久久地凝望远处的冰山之父慕士塔格峰，圣洁的雪峰倒映在喀湖宁静澄澈的湖面，周遭没有一点尘世的喧嚣。时间仿佛停滞了，我好像从来就在这里，在这里伫立凝望了亿万斯年，抑或是在这里长眠后刚刚醒来。站在冰雪覆盖的山口回望俯视，高原之上，群峰耸峙，在雪山和雪山之间，天长地阔，阳光像瀑布般地倾泻下来，弥漫在群山、峡谷之间与河流、草原之上。我突然明白，为什么中国古代把昆仑视为"万山之祖"，视为群仙所居的神山，而神话中的仙山不是在大海之中，就是在高原之上，我明白我们为什么那么向往大海，向往这戈壁大漠和积雪千年未化的高原。因为我们与大自然的这一切有着天然而无法割断的联系，因为这里有我们称之为永恒的东西在，面对着就这样存在了千万年的一切，就像远眺一望无际的大海，听那千古不息、律动如斯的涛声，在这样的顷刻，你可以认定，你可以把握和信赖，它一直是这样，它一直在这里，它一直与我们人类、与一切的生命、与大漠、冰川和雪山同在，也许，那就是老庄所说的道，释家所说的真如，柏拉图所说的理念。在这样的顷刻，在所有的这一切里，我仿佛听到了天乐、自然的韵律和生命的信息。在这里，我迷失了自己，也找到了自己。

在梦里，我不知道，是我在呼唤高原，还是高原在呼唤我……

听潮记

2002 年暑假前《古代文学》课的最后一节，是讲《水经注》，结束之前，我跟同学们说：这是古今中外著述中一部非常特殊的著作，因其以注文而为名著，因为注文之中，满含作者对山川大地、一方方水土的至爱深情，对自然人文、历史传说的好奇探究、忠实记载和科学理性。在中外文明史上，每一条伟大的河流都孕育了伟大的文明，我们如数家珍地列举的那些永恒的旋律、不朽的画面和永载史册的文学篇章，都与那些伟大的河流联系在一起。我讲到钱塘江，我们现在正游学于钱塘江畔，钱塘江，是我们的母亲河。她不是最宽的江，也不是最长的河，然而，她肯定是世界上最浪漫的河流，最激情澎湃的大江。请大家暑假回去，在钱塘江边采风，访询父老乡亲，写写钱塘江吧，如果内容可观，我会掏钱和负责为同学们联系出版这本书，书名就叫《钱塘江告诉我们》。我还拟了题为《钱塘江——我们的母亲河》的序言。

虽然因为同学们都很忙，采风之事未果，文章也只寥寥数篇。但我们还是做成了一件事情。那年我用高考阅卷报酬做活动经费，与同学们一起赴海宁，我要和大家一起去完成自己的一个夙愿：月半夜晚在钱塘江边听地底传来的第一缕涛声。

7 月 27 日，农历六月十八，是月夜里谛听夜潮的最佳时间。我们一行八人，兴冲冲由杭州赶赴海宁。

在观赏了日潮的壮观声势后，夜深之时，游人散尽，江畔只有我们几个。江中有雾，天上有云，凝神注视朦胧的月光下浩渺东去的江水，谛听江流喃喃的低语和江水拍打堤岸的轻柔声息。远处，时或传来鱼儿的戏水声，水鸟清幽的鸣叫。露水打湿的草丛中，夏虫在浅吟低唱。一日喧闹以后，在深夜月色笼罩下的江边，我们感受到本真的自然和自我，感受到自然与自我息息相通的交流与默契。

俊锋带来了他心爱的笛子，舒扬也给小提琴调好了音，于是，悠扬的笛声和琴韵，就像水波一样，在月色里清漾、飘散。看着俊锋在月下信步徘徊，他的吹奏虽然不是很专业，但笛声中的真诚与真情，却深深地感动了我；每天听到舒扬拉小提琴，但在江畔月下听到略显稚拙却不乏激情的琴声，还是第一次，新鲜的体验中，有几多欣慰。江声与乐音，自然的精神与自我的情感，如此美妙地融为一体。

晓庆在月下翩翩起舞，虽只似漫不经意的几个舞步，手臂轻扬的舒展姿势，我已然欣赏和领略了柔曼的舞姿，可以想见她在大自然中陶然忘我、跃跃欲试而又略带羞涩的神情。卫庆久久地伫立在栏杆前，凝望那中天皓月，倾听江流的低语，也许他又想起了许多童年的往事，又在酝酿着他的奇想和诗思。此时此刻，我与这个"野孩子"有许多共鸣。郑幸轻轻地哼唱起儿时的歌，她的歌声，清新中有一种意味，有一些底蕴，令我深深地感动。晶娜和范琛玩起了儿时你拍一、我拍一的游戏，看到大家这样高兴地嬉戏，像孩子似的，我的心醉了。我在心底默默地记下这美好的时光，默默地为少男少女们祝福。

我们在月下饮酒，在江边诵诗，此情此景，令人忘记了一切。"春江潮水连海平，海上明月共潮生。滟滟随波千万里，何处春江无月明。江流宛转绕芳甸，月照花林皆似霰。空里流霜不觉飞，汀上白沙看不见，江天一色无纤尘，皎皎空中孤月轮……"，不知是谁先开始吟诵起来。我们已然记不起自己最早见到明月是在哪一地哪一刻，我们也久已告别了想到天上捉月亮时的童真童趣，然而，此时此刻，此情此景，我们与往古的诗人和永恒的宇宙，与自然和诗交流、融合，息息相通。在这里，我们找回了自己。不知道还有什么地方，还有什么境界，比此时此地更适合我们朗诵《春江花月夜》的诗篇？我们已然不能分辨，是诗歌在为大自然作注解，还是大自然在为诗歌作诠释？

本来，我们是想在月色空蒙、静夜微茫中，在沉睡的大地上，谛听钱江夜潮的第一缕声音。俊锋还伏在草地上，久久倾听。但是，我们凝神静候许久许久，却没有听到或者分辨出一丝的消息。听到的，是远处施工的声音。我们实在是专为寻觅这最初一刻的天地之韵而来，却终究还是没有能够把握到这美丽的瞬间和初起的刹那，叫人万分感慨自然之美那微妙律动的神秘莫测和天缘凑泊的自然妙境之难以兼得。以后，我再也没有作这样的尝试。也许，那样的声音用耳朵是听不到的，我们只能用心灵与想象才能感受宇宙自然那天籁之音吧。

正当我们沉浸在夜色江天如诗如画的境界之中，而忘记了自我的存在时，远处江声响起了，乍闻之，如隐隐惊雷，扣人肺腑，迫近后，是撼天动地的镗鞳之音，终于，潮头如千军万马奔腾咆哮而来。刚刚还在呢喃低语的江水，仿佛接受了神秘的感召和指令，转瞬之间掀起了拍天的巨浪，惊涛裂岸，而潮头仍一刻不停，势不可挡、喷珠溅玉地奔涌向前而去，身后是一浪高过一浪的波涛，滔滔汩汩，奔流激荡。"十万军声半夜潮"，我们领略到的不仅是声威与气势，更有大自然的雄奇和神秘。

纤云舒卷、柳丝花朵，那是天地自然的灵气和神性，而此时此刻，他是在尽情地显现他天性中的另一面，他是以其席卷一切的雄浑气势、澎湃的激情和赫赫威灵，来和我们对话。

白天，我们已领略了汹涌的江潮，才过了十几个小时，他已然又积聚了如此巨大的能量，在震撼天地的同时，再一次震撼了我们的心灵。在大自然的神性和威灵面前，我们无暇省察自我心性和我们生命的旅程，但我们迟早会去追溯和追问：我们的生命尽情地展现其蓄极积久的光华和能量，精力弥满，无所忌惮，纵横开合，汪洋恣肆，是在哪一时？我们灿烂的生命之花再一次如火般热烈燃烧，会在哪一刻？我们有过那样的时刻吗？我们还能够有那样的时刻吗？我不想说，也无法说，奔腾的钱塘江似乎也没有告诉我。他只是以每日每夜的江潮无言地启示着我们。

十九年过去，我们同游八人，或远隔重洋，或天南地北，甚至有学生已阴阳两隔。我想，夜半观潮，一定是我们平生最美妙最难忘的记忆之一吧。

我与老师

（2006届硕士研究生　刘红裕）

许多年后，得知老师即将荣休时，我仍然记得入学的那天中午，老师带着我从西溪校区门口走出来，穿过宽阔的天目山路，在路边找了一家面馆，两人点了馄饨，对坐而吃。这就是我与老师的开始。

我是 2003 年跟随老师读研的，是老师第三个学生。入学时师兄和师姐都毕业了，老师就带我一个。在读研的前两年，我都是老师唯一的学生。那时候大学扩招正当其时，有的老师一个人带十多个研究生，我这样的情况并不多见。正因为这样，我与老师有了更多交流和相处的机会。

我本来不是文科专业的，完全是凭着爱好考取了古代文学的研究生。但这爱好有点像叶公好龙，结果入门后不知所措。与师兄、师姐的老成持重相比，我又显得与年龄不符的顽劣憨痴。辛弃疾有词说："大儿锄豆溪东，中儿正织鸡笼。最喜小儿无赖，溪头卧剥莲蓬。"在老师门下，我就是那个浑不晓事的无赖小儿，人情世故固然一窍不通，同时读书既乏天分也不够刻苦。通常这样的学生不会引起老师太多的注意和眷顾，例行公事见几次面，师生一场最后也就留个名分而已。但我和老师不是这样，无论是求学时还是毕业后，我和老师的感情都非常深。

老师喜爱散步。他来学校时，常会来我宿舍，喊我一起出去走走。他来得自然，并不觉得有失身份，来的次数又多，后来我的室友们和他都非常亲近了。而整个读研期间，我很少见过其他老师来宿舍找过自己的学生。那时候我刚买电脑，有时候晚上贪玩，很晚才睡，然后上午在寝室睡觉，结果几次被他撞见。

学古代文学的都知道"宰予昼寝"的典故，最为孔子不齿，斥为朽木难雕。但老师不以我为弃，也不诫勉谈话，只是笑眯眯把我拍醒，让我起床，出去和他散步。后来很长一段时间，我一觉醒来，都恍觉老师微笑着站在我的床头，说：走，我们散步去。

西湖是不去的，因为人多。去得最多的是西湖西边的杨公堤一带，因为幽静，那是老师在杭州最爱的去处，从宿舍门口的上宁桥坐公交车几站就到了。在杭州三年，我和老师不知道去过多少次，杨公堤也成为我读研问学的主课堂。那一带的地名，杭州花圃、茅家埠、乌龟潭、三台山、浴鹄湾，我至今耳熟能详。有时候走得远一点，还会去灵隐、梅家坞、九溪十八涧。读书人讲时令，下雪了要去断桥赏雪，梅花开了要去灵隐探梅，清明节到了要去龙井喝茶，中秋月亮那么亮要去西湖荡舟。有时候没什么来由，也要出去走一走，吃完一碗面后，他才会喜不自禁地告诉我，那天是他生日。和老师的每一次出去，我都能感觉到他满心喜悦，我也是。老师的喜悦是来自他对生活的热爱、对杭州的热爱，我的喜悦则是被老师感染。

老师有教无类，除我之外，包括室友在内的我的一些同学也爱和他往来，有时候大家也会一起去散步。其中有些人和我老师散步的次数，可能还要多过和他们自己导师散步的次数。《论语》里说："暮春者，春服既成。冠者五六人，童子六七人，浴乎沂，风乎舞雩，咏而归。"除了规模没这么大，我在杭州有无数次这样的出游。因此之故，杭州在我的印象里永远是春天的模样，底色永远是踏春郊游时的一派青绿。那些秀丽的景色，连名字都那么美，让我终生难忘。或许和老师一起走过的那些地方，度过的那些时光，以及沉淀在其中的感情和记忆，这才是我在杭州最大的收获。

毕业后和老师联系，绕不开的话题还是杭州。南宋诗人杨万里好玩山水，有"处处山川怕见君"之称，我想杭州见我老师应如是。而且他亦能与时俱进，其命维新，发短信告诉我：买了一辆车，刚学会开，等你下次再来杭州，就可以开车带你去玩了，不过开得比较慢。过一阵子又有沮丧消息传来：最近不小心摔了腿，在家休养，很长时间都不能出去了，可惜。有时候他给我分享他拍的风景照，告诉我杭州又开发了什么新的景点，惋惜我没看到。总之，他对自己生活在杭州的幸福感，不亚于邵雍自豪于生活在作为宇宙中心的洛阳。我问他是不是和学生一起去的，他颇有点踌躇，说现在带的学生是女生，不太好单独和她出去走。放下电话，我不禁想起《西游记》里孙悟空赞许唐僧的：我师父乃是志诚君子。

在我看来，作为一个中文系的教授，老师身上的文人气质更胜过他的学者气质，学者是他的当行，文人才是他的本色。酣畅淋漓的书法、钱塘江的怒潮、记忆中老家的大黄狗，都能引发他的情思。至今记得他曾和我说，大学毕业的时候，考完最后一门功课后，他来到西湖边痛饮一气，一路狂歌，最后醉倒在苏堤上。正因为如此，我很能理解老师在学校里开设关于《庄子》的课程，因为在上下五千年里，最和老师精神契合的大约就是庄子了。他有庄子哭着喊着要捉月亮的天真浪漫，庄子对自由逍遥的向往、独与天地精神相往来的气质，正是老师的一生的写照和追求。老师曾去新疆喀什师范学院支教，后来微信兴起，他用的头像就是在喀什时照的一张相片。那是一条直到天尽头的大路，远方是帕米尔高原上巍峨的雪山。我想那也代表着他的追求，在精神世界对未知的向往和无穷的追求。入学后不久我去他家里，留下两个印象：一是书多，家里像个二手书店，到处堆着书；二是房间小，像潜水艇一般逼仄，随便往哪个方向走两步都会碰到墙。那时我还没进入社会，不知道杭州居大不易，只感慨知识分子的清贫。现在想来，一个热爱庄子的人就是东方的狄奥根尼，自有其富足的精神世界，哪怕在果壳里也怡然自得，自认为宇宙之王，我实在不必为老师叹气。后来有一次，我和他在校园里碰到系里另一个教授，老师和他聊天时兴高采烈、非常得意，我一听，原来是他给自己最近的一篇文章取了一个上好的标题，忍不住要公诸同好。当时我就暗忖：学古代文学的人，快乐就是这么简单。

在学术上，老师研究的方向是文学批评，侧重于理论研究。偏偏我并不擅长理论，所以写毕业论文的时候，擅自选了其他方向的题目。当时老师固然不以为意，我自己也全然不觉有何不妥。少不经事，壮悔兹深。要许多年后我才知道，这样犯了很大的忌讳。只是老师对我非常包容，才会让我率性而为。整个求学期间，老师都给了我最大的自由，才让我无拘无束，本来是一头闯入瓷器店的公牛，偏也过得如鱼得水。以至于后来我知道有的学生和导师关系处得不好时还不明所以，心想怎么会有这样的事情呢？现在回过头想，借用时下流行的一句话："哪有什么岁月静好，不过是有人为你负重前行罢了。"

　　毕业的时候，老师希望我留在杭州，也想办法帮我介绍过工作，可最后我还是因为工作缘故回了老家。至今记得，走的那天杭州下了多年不见的大雨，老师一定要送我去车站。在出租车上他和我说，这是天在留人。可我还是走了，我想那时候老师一定很失望，而我那时候并不知觉，多年后想起来，心里才会钝刀割肉般隐隐作痛。金庸在《倚天屠龙记》的后记里写道："张三丰见到张翠山自刎时的悲痛，谢逊听到张无忌死讯时的伤心，书中写得太肤浅了，真实人生中不是这样的。因为那时候我还不明白。"同样，我放弃留下来，轻易作别，也是因为人世间很多事情那时候我还不明白。如果再来一次，我想不会是那样。

　　虽然在学术上不能继承老师的衣钵，但是在精神上我认为与老师是相通的，也许这才是我的大杀器。《庄子》原文过于深奥，我看得磕磕绊绊，总疑心现代人是否理解了他的意思。我喜欢看《世说新语》这样任侠使气而又有血有肉的例子。王献之雪夜访戴的率性，张季鹰秋风挂冠的洒脱，我都神往不已。别人得鱼忘筌，我则照猫画虎，有时候仅仅是和老师的一次聊天，或者老师的一条短信，我就会赶周末最快的一班火车去杭州。年复一年的往返，浙赣线沿途的炊烟村落，车窗外高举叫卖的鸡腿，我至今历历在目。古人说，"未能抛得杭州去，一半勾留是此湖。"对我来说，比西湖之水更割舍不断的是与老师的感情。

　　有一次去杭州，事先和老师联系。到了杭州后他告诉我，接到我电话的时候他正在上课，他对学生说：我平时上课一般都不接电话，但这个电话我要接。后来他坚持要去火车站接我，我怎么劝都劝不住。在火车站见了面后，他对我说："得知你要来，昨晚我在床上两点多还没睡，早上五点钟就醒来了。"

　　也就是那次，我和老师在钱塘江边的六和塔下喝茶聊天。他和我说，可惜我随他读研的时候，他还不是博导，所以才让我没法继续读博，然后又回去了。说得好像很对不起我的样子。我不知道这些年来老师心里还有这样一个心结。其实，那个时候我没读博士，或许老师觉得是遗憾，于我却是万幸。南宋的赵师秀曾心有余悸说，一首诗幸亏只有四十个字，如果多增一字，真不知该如何是好。我读研也有这个感觉，读完硕士已经费尽移山心力了，再读博士真不知道该如何收场。但听老师说出这桩陈年公案时，我内心的感动却远胜畏惧，差点就脱口而出要再跟随他读一个博士。不为学术公器，也不为头衔光环，纯粹只为弥补一个遗憾，与老师再续前缘。不过那时候我出国工作在即，冲动是魔鬼，这话终究没说出口。

曾有谑言说"古典文献的虫子，古代文学的夫子，现当代的才子"，以此形容中文系不同领域的研究生。老师虽然是研究古代文学的学者，但却不是埋首故纸堆、两耳不闻窗外事的夫子。他是学者文人，同时也是知识分子，杭州的温山软水不曾消磨他的激浊扬清，西湖的暖风游人也未能平复他的忧世伤生。老师是恢复高考后的首批大学生，经历过"文革"那样荒腔走板的岁月，正如马克思所说："思想的闪电，一旦照进人们荒芜的心田，必将迸发出无穷的力量。"因此对家国命运有着不同寻常的关心，对社会上一些不公平的现象、不合理的事情难掩愤慨——这往往也是我见他最生气的时候。有时候他和我分享自己的感受，字里行间，片言只语，都能感受到他的家国情怀和社会忧思。毕业后，有一次他给我发短信说：我看到报道说湘江污染得很严重，真是痛心。张若虚的《春江花月夜》里写"斜月沉沉藏海雾，碣石潇湘无限路"，这才是我想象中的潇湘。多么美好的意境，却这样给污染了。这么大的事，地方政府怎么能无动于衷、睁只眼闭只眼呢？我说不是的，他们是两只眼睛都闭起来。我没想到老师远在千里之外还这么关注我的家乡，非常感动，特向他表示感谢。"那当然了，"他一下子激动起来，"那是我们心目中千古诗韵的潇湘啊！"

还有一次，他给我发来他朗诵的诗歌，那是他大学毕业时，同学们写的一首诗《在远古的荒原和未来的铜像之间》，从标题就能看出那个时代独有的特征。老师用雄浑的男低音朗诵这首诗，背后仿佛也蕴藏着无穷的力量。那是我听过的最好的诗歌朗诵，在我心目中，这才叫诗歌，这才叫朗诵，这才叫情怀，这才叫知识分子。

如今老师荣休，我也毕业十五年。十五年间，世事翻覆，人物浪淘，师门已由聊聊数子变为济济多士，当年在岁月的河边揭衣欲渡的我也年届不惑。回想第一次在火车上站了十九个小时从老家去杭州，恍如隔世。刘禹锡有诗："巴山楚水凄凉地，二十三年弃置身。怀旧空吟闻笛赋，到乡翻似烂柯人。"追思曩昔出游之好，更有无穷感慨。老师曾写过不少关于庄子的文章，其中一篇是论述庄子"流光其声"的美学思想。当年我住的生科院宿舍旁边的文三路上，有一个叫"流声"的音乐吧，霓虹灯招牌在黑夜里熠熠发光。我每次经过就想起庄子，想起老师。如今多年过去，我在网上查了一下，那个音乐吧还在，真应了《流光飞舞》里那句歌词，"留人间多少爱，迎浮生千重变"。在我的内心，杭州的美好记忆一直长留心间，我与老师的感情不曾因时光流逝而褪色。

曾经有次和老师散步，我一时兴起，说要在读书期间走遍杭州的每一个景点、每一条街巷。老师听了哑然失笑，说：我在杭州这么多年，也不敢这样说，我想你有点难度。毕业多年后，老师发短信给我说："你喜欢的公交 327，现早改为 197，还是那个线路，等你回来，我们重游。你没有去过的地方，都想陪你去走一走，或者重游一番。"他的短信让我想起苏轼写给弟弟的诗："与君世世为兄弟，更结来生未了因。"我与老师，谊属师生，情同父子。我只是一个资质平常的学生，老师却给了我异乎寻常的关爱，三年何短，愿有来生。

后记

　　读书漫游生涯，一路行来，点滴在心。苏东坡有《炖肉歌》（又称《猪肉颂》），真如禅家偈语：慢著火，少著水，火候足时他自美。诗人写来，一饮一啄，便有了文化意涵，烟火气中，有对生活的热爱，积极的心态，咀嚼不尽的滋味与禅趣。咸有咸的味道，淡有淡的滋味，弘一法师话语中有对人对物的体恤珍惜，如此亲和平易，云淡风轻，那么腌菜、淡粥便自是人间至味。去城西公园，看到一钢制竹雕，太子湾公园打算报废弃置，杭州雕塑院要来，安放于城西休闲湿地公园。设若将其置于逼仄的室内空间，那便未能成全它的美。唯有置于苍天星空之下，大地绿野之上，空旷与长风，便赋予柔弱的竹子以健旺的姿势，其灵动其生命，那迎风飞舞的张扬和力之美的写意造型与韵味创意，才能得到完美的呈现。夕阳西下时分，走在玉古路上，看到玉泉校区西边山脊线如旋律般延伸的剪影，大象有（无）形，大音希声，我心像乐思一样，告别那每一个不复重现的今日，无比留恋，更有无尽的陶醉。这，也是我退休时的心情。

　　感恩命运，让我出生于教师之家，并从教一生。福字含田，三尺讲台，亦是一方福田，像勤劳的农夫，耕种这块福田，是我一生的幸运。自小随被打发下放的父母，在乡村生活了十多年，也曾义务参加过"双抢"，酷暑天骄阳似火，在四围高地的低洼水田插秧，闷热，一丝风都没有，蚂蟥叮，虫子咬……让人想起"粒粒皆辛苦"的诗句。除了中间六七年回桐乡濮院镇上求学，1975年高中毕业后，又曾在农村学电工和顶编代课，一直到1978年3月6日考进杭州大学中文系读书。纯朴自然的乡情，清新美丽的乡野，给我抹上人之初的底色。乡村，古镇，都市，构成我青少年时代丰富而充满韵律感的三部曲。海子自谓是乡村知识分子，不才如我，不敢以此自命，却深有共鸣。

来到这个世界，我从没有那么多的心思智慧去周旋应付，只想以一份真，去感受善，感悟美。感恩祖怡师厚爱，收录我入其门墙。四十年工作下来，视所系院为家，承蒙所里同仁不弃，要我出荣休集，恭敬不如从命，心里却有不安。以往所著文字，大多已灾梨祸枣，新思新作，暂时没有。然思及与各位青年才俊游学杭城多年，二十余年，春花秋月，师生有缘，彼此亦师亦友，有一份真心与真情，将我们真诚思考的成果，都为一集，于我，算是一份交代，于师生之间，亦可藉此留些念想吧。

来在杭城，至今已四十三年有余，茫茫人海，青青子衿，能以我永远年轻的心和人群中至新鲜有生气、最奋发有才思的青年学子同游，是我生命中的福分。而我能有此心性福分，饮水思源，皆归因于蒙受亲人师长教养之恩。所附书信文字，便是我作为学生对师长们的一些回忆，也是我作为老师与青年学子同游的记忆。永远难忘那些曾经的心路与画面，那些纯粹的瞬间和美好的回忆。这一切，雪泥鸿爪，也是我心灵的一些写照、余音和回声，虽非学术文字，却也关乎学问性情，故珍重附录于此。

我是学文论的，曹丕有"文以气为主"之说，我以为，人之为人，亦以气为主。虽常与世无争，但关键之时，亦负气相向，率性而为，从未窝囊苟且。虽不可或免有迫于生存之时，却终未做迫于生存之人。与学友诸君同游，亦复同声相应，同气相求。回顾平生，空旷的心，有诗，有光，有长风，有乐思，有真情，酸甜苦辣，都是人间至味，生命所到之处，自然心生欢喜，回望无憾，不虚此生，可谓快哉！

此书有望出版，深谢旭华兄大力支持！珍惜有缘与友情，费心费力，已是一而再，再而三了。

天得一以清，地得一以宁，吾人思得其一，谓之真。愿以此感恩之心与情意理之一真，对天地自然，对亲人师友，对古今中外的圣贤，对如山如海的知识学问，故名之为《一真集》。

仅以此集，感谢我所有的亲人师友，献给爱我和我爱的人！